Y Cy

Y CYLCH

Gareth Evans-Jones

Cyhoeddwyd yn 2023
gan Wasg y Bwthyn
ISBN 978-1-913996-59-8

Cyhoeddwyd gyda chymorth ariannol Cyngor Llyfrau Cymru.

I MARRED

Diolch am bob cyfle,
cefnogaeth,
ac am gyfeillgarwch arbennig

Mae cymeriadau a digwyddiadau'r nofel hon yn gwbl ddychmygol ac mae unrhyw debygrwydd i bobl a/neu ddigwyddiadau gwirioneddol yn gyd-ddigwyddiad llwyr

DIOLCHIADAU

Hoffwn ddiolch o galon i nifer o bobl am eu cymwynasgarwch, eu cefnogaeth a'u hysbrydoliaeth wrth lunio'r nofel, ac am eu hadborth adeiladol ar y gwaith. Yn enwedig felly Jerry Hunter, Angharad Price, Manon Wyn Williams, Josh Andrews, Llŷr Titus, Dyfed Edwards, Manon Steffan Ros, Ioan Kidd, Iwan Kellett, Melda Lois Griffiths a Sonia Edwards. Diolch yn fawr iawn i bawb yng Ngwasg y Bwthyn am y mwynhad o gydweithio eto; yn enwedig Marred Glynn Jones a Meinir Pierce Jones. A diolch o galon i fy nheulu am eu hanogaeth a'u gofal, yn arbennig i Mam a Celyn.

She is like a cat in the dark and then
She is the darkness,
She rules her life like a fine skylark and when
The sky is starless.

'Rhiannon', Fleetwood Mac

CYSGOD PIODEN

Mae hi'n eu gwylio nhw bob cam, y bioden a'i llygaid main.

Mae tair ohonyn nhw yno; pedair ambell dro. Yn cyfarfod. Cyfarfod sydyn bob hyn a hyn fydden nhw, yn dair neu'n bedair o gyffelyb fryd, o fath. Mae hi'n craffu arnyn nhw, ar hyd pob modfedd o'r tair, neu'r pedair. Mae hi'n edrych ar eu hwynebau, ar eu dillad, ar eu cyrff, ac yn dychmygu, yn deisyfu cael glanio ar eu pennau nhw, plannu ei chrafangau'n ddyfn yn eu cnawd, a phigo. Pigo, pigo, pigo, nes tynnu gwaed. Trywanu'r llygaid fesul un, dro ar ôl tro, nes bod ei phig yn goch a'r tyllau llygaid yn llaith. Mae hi'n culhau ei llygaid hithau, ond nid yw'n blincio; nid yw am i'r olygfa sy'n llenwi'i dychymyg ddiflannu. Mae hi'n teimlo'r tyllu, y twrio i'r tu fewn. Nes canfod y peth gloyw hwnnw sy'n ei llonni, sy'n ei llenwi â bodlonrwydd bas. Bodlonrwydd hen bioden.

Mae hi'n dychmygu hyn i gyd ond, am rŵan, dim ond eu gwylio a wna.

PENNOD 1

'Ac felly, mi fedrwn ni ddallt y cysylltiadau sydd rhwng strwythur y deunydd a'i briodweddau trydan-gemegol drwy'r dull yma ...' Trodd Rhiannon i gyfeiriad y gynulleidfa o fyfyrwyr oedd wedi hen ddechrau fflagio. 'Reit 'ta, rhwbath dwi isio ichi feddwl amdano fo erbyn y seminar ddydd Iau ydi pa mor effeithiol fasa techneg fel syncrotron Pelydr-X i ddallt yn well strwythur y deunydd a'i briodweddau trydan-gemegol. Os oes gynnoch chi unrhyw gwestiwn yn y cyfamser, mae croeso ichi fy e-bostio fi. Fel arall, mi wela i chi mewn dau ddwrnod.'

Daeth su o gyfeiriad y ddarlithfa wrth i'r myfyrwyr gasglu eu pethau ynghyd a mân siarad â'i gilydd. Aeth un o'r myfyrwyr draw at Rhiannon, wrth i'r darlithydd ddiffodd y cyfrifiadur, a'i holi ynghylch ail aseiniad y modiwl. Atebodd Rhiannon gan barhau i hel ei phethau ynghyd. Estynnodd am y co' bach oedd dan y bwrdd ac fe hedfanodd i'w llaw.

'Ia, dyna chdi,' meddai Rhiannon, eto, wrth y fyfyrwraig swil â sbectol ar flaen ei thrwyn. 'Mi fedri di drafod hynny yn dy draethawd ar bob cyfri.'

'So 'nelen i ddim colli marcie?'

Gwenodd Rhiannon, 'Na, ddim o gwbl.'

Gwenodd y ferch hefyd ac roedd hi ar fin agor ei cheg eto, ond llwyddodd Rhiannon i achub y blaen arni a nodio'i phen i gyfeiriad y drws, lle roedd yna ddosbarth arall yn disgwyl cael dod i mewn i'r stafell ar gyfer eu darlith.

☽○☾

Bu'r Athro Rhiannon S. Griffiths yn brysur drwy'r dydd; diwrnod arferol arall. Hithau â darlithoedd i'w cynnal a chyfarfodydd i'w mynychu. Hyn oll cyn iddi fynd i recordio sgwrs ag Endaf Edwards yn y BBC am y papur a gyflwynodd yn ddiweddar yng Nghynhadledd y Gymdeithas Gemeg Ewropeaidd (yr EUChemS), a oedd yn amlinellu'r tro newydd – ac arloesol – yn ei hymchwil gyfredol.

Porodd drwy'i nodiadau wrth iddi eistedd yn nerbynfa Bryn Meirion. Fe wyddai bob gair oedd rhwng dau glawr y ffeil, ond roedd yr hen nerfau bach yn berwi, fath ag arfer. Agorodd dudalen ar hap a chraffu ar y cynnwys. Crynodd ei ffôn yn ei phoced ac estynnodd amdano. Neges gan Jackie:

> Haia Rhiannon!
> Sori am styrbio – remeindia v eto faint o'r
> gloch da ni'n meetio heno ma plis?
> Diolch! Xxxx

Gwenodd Rhiannon. Typical Jackie; er ei bod hi'n byw ac yn bod efo calendr ei phedwar plentyn a Simon, ei gŵr, wrth law, roedd manylion ei bywyd ei hun yn dywod mân rhwng ei bysedd. Atebodd Rhiannon y neges gan ddweud mai am saith roedden nhw i gyfarfod, a chan eirio'r tecst yn ofalus ac yn ddigon cyfeillgar, siarsiodd hi i beidio â bod yn hwyr y tro 'ma.

> Will do!
> C u wedyn xxxx

Gwenodd Rhiannon eto. A chysidro ei bod hi'n brysur iawn, yn ôl ei chyfaddefiad ei hun, roedd gan Jackie wastad ddigon o amser i restru pedair sws ar derfyn pob neges.

Heb i Rhiannon sylwi, agorodd y giât drydan wrth y cadeiriau a daeth dynes ifanc ati: 'Haia, Rhiannon?'

'Ia?'

'Grêt. Anna dwi; 'naethon ni siarad dros y ffôn.'

Nodiodd Rhiannon ei phen a gwenu eto.

'Diolch o galon ichi am gytuno i ddod i sgwrsio efo Daf.' Sganiodd ei cherdyn ac agorodd y giât drydan, a chamodd y ddwy drwyddi. 'A deud y gwir, o'ddan ni'n poeni bod ni'n rhy hwyr yn dal chi!'

'Wel, mae'n braf cael y cyfle i siarad am yr ymchwil yn Gymraeg, 'chi.'

'O, ia! Ma' siŵr 'dach chi 'di ca'l powb a'i nain yn cysylltu 'fo chi, yn do?'

Gwridodd Rhiannon fymryn, 'Ambell un, 'de.'

Cyrhaeddwyd y stiwdio, ac ar ôl cyfarfod Endaf Edwards a gwrthod y cynnig am baned yn glên am y trydydd tro, cymerodd ei lle wrth y meic, a dechreuwyd recordio. Aeth amser heibio mewn dim o dro, wrth i Rhiannon amlinellu'r arbrofion a gynhaliodd yn ddiweddar a esgorodd ar y canfyddiadau newydd ynghylch ymadweithiau carbohydradau a phrotein ar lefel folecwlaidd.

'Wel, dyna ni wedi cael clywed o lygad y ffynnon y canlyniadau cyffrous yna. Diolch yn fawr ichi, yr Athro Rhiannon S. Griffiths, am drafod yr agweddau newydd ar eich ymchwil, ac edrychwn ni 'mlaen at weld hyn yn cael ei drafod ymhellach yn eich erthygl a gyhoeddir yn rhifyn nesa *The Journal of Organic Chemistry*.'

'A ga i ychwanegu? . . . Mi fydd 'na drafodaeth Gymraeg am y canfyddiadau'n cael ei chyhoeddi yn rhifyn yr hydref *Gwerddon* hefyd.'

'Gwych iawn. Wel, diolch yn fawr ichi eto, yr Athro Griffiths, a diolch ichi, wrandawyr. Tan y tro nesa felly, da boch.' Tynnodd Endaf ei glustffonau ac edrych draw at Rhiannon, 'Ew, 'dach chi 'di gneud hi'n dda. O'n i wrth 'y modd pan glywish i'r newydd!'

'O, diolch yn fawr ichi,' a ffurfiodd gwên denau ar ei hwyneb. Roedd Rhiannon wir yn gwerthfawrogi'r cyfleoedd hyn i drafod ei hymchwil a gallu rhoi sylw haeddiannol i faes mor bwysig â biocemeg, ond roedd ei hen nerfau wedi'u rhisglo'n wyllt. Edrychai ymlaen at wydryn mawr o Pinot y noson honno.

☽○☾

'I am sorry but we can't give you a discount for –'

'But we've been kept waiting!'

'Yes, I'm aware of that,' ceisiodd Cara, ond torrwyd ar ei thraws gan y cwsmer trwynsur.

'I'd like to speak to the manager!'

Cuddiodd Cara'i gwên wrth ateb, 'You're speaking to her.'

Edrychodd y drwyn ar Cara o'i chorun i'w sawdl, â golwg dydi-hon-ddim-yn-ddigon-hen-i-fod-yn-rheolwraig yn ei llygaid. Edrychodd Cara arni hithau, wrth i'w hwyneb araf syrthio fel brechdan ar lawr.

'I'm afraid that we can't issue any type of –'

'Fine.' Saethwyd y gair fel bwled o du'r ddynes.

Gorffennodd Cara sganio'r eitemau a dweud, 'Twenty-seven, twenty-three, please.'

Cymerodd ei hamser i roi'r newid i'r cwsmer cyn estyn am yr hylif diheintydd, rhwbio'i dwylo, a chau'r til am y tro. Roedd ei meddwl fel ceiliog gwynt mewn storm yn trio cofio pob dim oedd ganddi i'w wneud, a doedd y rhestr ddim fel petai'n mynd yn llai.

Cerddodd i gyfeiriad y stafell gefn ond cyn iddi gyrraedd y drws, trawodd merch ifanc yn ei herbyn, ei gwallt yn frown tywyll, tyn am ei hwyneb, *air pods* wedi'u plannu'n ddyfn yn ei phen, a stŷd arian yn pefrio ar ochr ei thrwyn.

'Hei –' dechreuodd y ferch cyn sylwi pwy oedd o'i blaen. 'O, sori. 'Nes i'm gweld chdi . . . '

''Nes inna'm gweld chditha, Lowri. Ti'm i fod yn ysgol, dwa'?'

'Ti'n waeth na mam fi! Ma'n ten to four 'sti!'

Nodiodd Cara, heb sylwi ei bod hi mor hwyr.

'Sy'n grêt a finna efo noson fowr o 'mlaen i, 'de!' winciodd Lowri, cyn troi yn ei hunfan.

'Paid . . . '

'"Paid" be?'

'O, paid â gneud sioe, rhag ofn . . . '

'Rhag ofn . . . ?' edrychodd Lowri i fyw llygaid Cara. 'God, Cara, ti mor serious. No way bo neb am guessio!'

''Nei di gadw dy lais i lawr?!' meddai Cara'n daer.

Edrychodd Lowri arni ac, o dipyn i beth, dechreuodd chwerthin, cyn gafael am Cara a rhoi andros o goflaid iddi. Ar ei gwaethaf, gwenodd Cara.

'Hei, mi fydd yn double celebration, 'bydd!'

'Be?'

'Heno 'de,' atebodd Lowri. 'Ma' Rhiannon 'di bod yn siarad ar y radio am ei thing newydd hi.'

'Yli, ma' raid 'mi fynd i'r cefn,' meddai Cara. 'Gawn ni sgwrs iawn heno, ia?'

'Ideal.' Cychwynnodd Cara a gwaeddodd Lowri ar ei hôl, 'Cofia ddod â'r bubbly! Ha!'

PENNOD 2

Arllwysodd ragor o lefrith i soser Gerty ac yfodd y gath yn awchus. Cododd Rhiannon ar ei thraed, ac wrth wneud hynny, fe'i trawyd gan bendro hegar eto. Doedd hi erioed wedi profi hynny o'r blaen, ddim tan ychydig wythnosau'n ôl, pan gododd hi o'r bàth un noson a syrthio dros yr ymyl.

Caeodd ei llygaid a'u hagor. Gwelai gylchoedd bach simsan, degau ohonyn nhw'n ffurfio ac yn diflannu am yn ail o'i blaen. Rhwbiodd ei llygaid a'u hagor eto. Dechreuodd y gegin ddod i'w golwg yn gliriach.

'Ew, 'sgen i fawr o fynadd heno, Gerty,' meddai, gan droi yn ei hunfan ac estyn diod o ddŵr o'r tap.

Rhwbiodd Gerty yn erbyn ei choesau. Roedd y gath bellach ymhell dros ei phymtheg oed a'r cyfaill agosaf oedd gan Rhiannon, er bod ei henw'n destun sbort gan ambell un, gan gynnwys Jackie: 'Am enw i roid ar gath!'

Ond daliai Rhiannon ei thir bob gafael. Roedd hi wedi dewis enwi'i chyfeilles ar ôl ei harwres, Gerty Cori, a dyna ni.

Mewiodd Gerty gan dynnu Rhiannon yn ôl i'r gegin.

Roedd hi'n crafu, yn disgwyl i Rhiannon godi'r glicied ar y fflap-bach-i-gathod yn y drws, felly chwifiodd Rhiannon ei llaw, agorodd y fflap, a saethodd Gerty drwyddo.

Aeth Rhiannon i fyny'r grisiau wedyn, i'w stafell sbâr, er mwyn gwirio unwaith eto fod popeth yn ei le. Bu wrthi am ddiwrnodau'n paratoi'r stafell, yn gosod y canhwyllau yn eu priod lefydd, yn didoli'r perlysiau i'r pedwar llestr priodol, ac yn gofalu bod yr *athame* wedi'i hogi'n ddigonol. Bu'n sbel go lew ers y ddefod-croesawu-aelod ddiwethaf.

Cerddodd draw at y ffenest ac edrych drwy'r bleinds. Doedd dim golwg o neb. Edrychodd ar ei watsh: 6:49. Ychydig funudau eto. Deuai'r tair yn eu tro, dywedai wrthi ei hun. Ond roedd y cur yn dal yn gryf ym mlaen ei thalcen.

Aeth yn ôl i'r gegin a llyncu dau dabled Nurofen. Fe wnâi hynny'r tro am rŵan, meddyliodd wrth agor y ffrij i gadw'r llefrith. Yna, sylwodd ar y botel Pinot yn swatio'n oer braf yno. Estynnodd amdani a'i hagor. Ogleuodd y ddiod. Roedd yn chwerwfelys. Caeodd ei llygaid ac wedi ennyd fer, llowciodd dipyn ar ei ben. Llyncodd yn drwm a thynnu wyneb sur. Pesychodd.

Canodd y gloch.

Brysiodd i roi'r botel yn ôl yn y ffrij, a thwtio'i hun yn y drych o glywed cloch y drws.

'Ga i d'autograph di?' gofynnodd Jackie'n jôc i gyd.

Gwenodd Rhiannon cyn i'r ddwy gofleidio ar stepen y drws.

'Ydi'r lleill 'ma?' gofynnodd Jackie.

'Chdi 'di'r gynta, cofia.'

'Fflipin 'ec! Ydi'n lleuad llawn ne' rwbath?!'

Gwenodd Rhiannon eto cyn i Cara ddod i'r golwg o'r lôn â bag yn ei llaw.

'Dowch i mewn.'

Caewyd y drws ac aeth y tair i'r lolfa.

'Rhwbath bach,' meddai Cara, wrth gynnig y bag i Rhiannon, a'i lond o ganhwyllau, dwy botel o win, ac ychydig berlysiau. 'Jyst rhag ofn.'

'Diolch, Cara.' Oedodd Rhiannon fymryn wrth weld Cara'n rhyw edrych o amgylch y lolfa. 'Newydd baentio dwi. Licio fo?'

Bu saib am sbel cyn i Jackie dorri'r distawrwydd, 'Aye, neis 'de!'

Bu saib arall cyn i Rhiannon estyn am un botel o'r bag a gofyn, 'Reit, be am inni agor hon, ia?'

Cytunodd Jackie'n syth a nodiodd Cara. Aeth Rhiannon i'r gegin.

Daliodd Cara i edrych o amgylch y stafell wrth i Jackie ffidlan efo'i ffôn. Dechreuodd hwnnw ganu.

'Sori,' meddai wrth Cara cyn ateb. 'No, sorry, I can't help you now . . . No, because I'm at my yoga class, aren't I? . . . Go and ask your dad, yeah. He can do something for a change . . . O, listen now, don't be cheeky . . . I'll help you when I'm home then. Iawn? . . . Iawn then . . .'

Gosododd Rhiannon y gwydrau ar y bwrdd a dechreuodd arllwys y gwin coch.

'Kids! Who'd have 'em, 'de!' meddai Jackie, gan redeg llaw drwy'i gwallt cyrliog, a phwyso botwm ar ochr ei ffôn. ''Na ni. Off! Chawn ni'm mwy o ddisturbances rŵan!'

Estynnodd Jackie am wydryn ac yfed llond ceg yn syth. Estynnodd Cara hefyd. Caeodd ei llygaid am ennyd, a gwelodd Rhiannon yn ei phen yn estyn am y gwydrau, a dyna'r cyfan.

'Fawr ddim byd cyffrous ichdi, Cara,' meddai Rhiannon, yn lled-ysgafn, wrth iddi ddod 'nôl i'r lolfa a gweld ei chwaer wrach yn darllen hanes diweddar y gwydryn.

Gwenodd Cara'n gadarn, a thrwy lwc, canodd y gloch eto. Aeth Rhiannon i'w hateb ac yno, ar stepen y drws, roedd Lowri yn ei dagrau.

'Argian, be sy'?'

'Dwi'n hateio bod yn wrach . . .'

Cythrodd Rhiannon yn y ferch un ar bymtheg oed a'i thynnu i mewn i'r tŷ o glyw'r byd ar unwaith. Aeth y ddwy i'r lolfa; Rhiannon dan wrido a Lowri dan gnadu.

'What's the matter, 'mechan i?' gofynnodd Jackie.

Cythrodd Lowri am y botel win a gwydryn gwag, heb ddisgwyl am gynnig, a thollti diod.

'Ma' Tom yn cheating bastard! Dyna be sy'!'

'Pam, be . . . ?' dechreuodd Jackie.

'Welish i fo efo Maddie Jackson.'

'O, no way! Be 'nest ti?' Roedd Jackie'n porthi, yn mwynhau'r ddrama.

'Dim byd eto, obviously.' Trodd Lowri at Jackie, 'Fedra i'm deutha fo, "Dwi 'di gweld chdi'n cheatio yn pen fi", yn na f'dra?'

Bu'r tair yn ceisio tawelu Lowri am sbel wedyn: Jackie'n cymryd yr awenau, yn tynnu enw dynion fel hil drwy'r mwd, Cara'n cynnig ambell sylw rhesymegol, a Rhiannon yn dawel.

Aeth munudau lu heibio nes i Lowri ffrwyno'i dagrau ac ymddiheuro am ei hymddygiad.

'Hei, paid ti ag apologiseio am ddim byd,' mynnodd Jackie.

'Reit, be am inni, w'chi, symud petha 'mlaen?' awgrymodd Rhiannon. Nodiodd Lowri ac, ar hynny, cerddodd y pedair i fyny'r grisiau.

Caewyd llenni'r stafell a chynnau'r canhwyllau oedd mewn cylch o gwmpas y bwrdd a ddaliai bowlen o ddŵr.

Camodd Rhiannon, Jackie a Cara at un gannwyll bob un, a safodd Lowri ychydig y tu allan i'r cylch.

'Ti'n barod?' gofynnodd Rhiannon.

Nodiodd Lowri.

'Iawn 'ta.' Cydiodd Rhiannon yn y gannwyll wrth law. Gwnaeth Jackie a Cara'r un peth. 'Ty'd i sefyll wrth y gannwyll yna,' meddai Rhiannon, gan bwyntio at yr unig gannwyll goch yn y stafell. Gwnaeth Lowri hynny.

'Chwiorydd, dyma ni heddiw yn ymestyn ein Cylch ac yn gwahodd un arall i'n plith.'

Camodd Rhiannon i ganol y llawr a chwifio'i channwyll uwch y bowlen. Ar ôl ennyd, disgynnodd mymryn o gŵyr y gannwyll i'r dŵr, a chamodd yn ei hôl. Gwnaeth Jackie a Cara'r un peth cyn camu'n ôl a gadael i Lowri gerdded at y bowlen, ei channwyll heb ei chynnau, a gosod blaen ei bys yn y dŵr.

Chwifiodd Rhiannon ei llaw o amgylch ei channwyll gan beri i'r fflam ddawnsio'n dawel. Yna estynnodd am berlysieuyn a'i ddal uwch y fflam. Dechreuodd losgi'n araf bach gan greu arogl cryf. Daliodd Rhiannon ati i losgi'r perlysieuyn, ac wedi iddo dduo at ei wraidd, fe'i taflodd i mewn i'r bowlen – yn sgerbwd yn y dŵr clir.

'Gan adael yr hen fywyd digyfeiriad a chamu'n ofalus ar y llwybr newydd.'

Llosgodd Cara a Jackie eu perlysiau hwythau cyn eu taflu i mewn i'r bowlen. Dawnsiai'r mwg yn denau uwch y dŵr.

'Ein chwaer newydd, gwahoddwn di i yfed o ddiod ein cynulliad.'

Cwpanodd Lowri ei llaw a drachtiodd ei llond o'r dŵr. Tynnodd wyneb ar ei ôl. Gwenodd Jackie. Yna, cododd Rhiannon yr *athame* oedd ar y bwrdd o'i blaen a chamodd at y bowlen yng nghanol y llawr. Camodd Cara a Jackie yn eu blaenau hefyd.

'Ein chwaer yng ngrym y gair. Ein chwaer yng nghalon y Cylch. Ein chwaer yng nghadwyn ein gwaed.'

Rhedodd Rhiannon flaen yr *athame* ar hyd ei bys gan ffurfio briw siâp gwên. Pasiodd yr *athame* at Jackie. Gwnaeth hithau'r un peth, felly hefyd Cara. Gafaelodd Lowri yn y gyllell am ennyd, ei sicrwydd yn simsanu braidd, yna, brathodd ei gên a thorrodd groen ei llaw.

'Gwaed yng ngwead ein Cylch. Gwaed yn nerth y lleisiau elfen. Gwaed yng ngwybod y meddwl amgen.'

Estynnodd Rhiannon ei llaw o'i blaen. Cydiodd Jackie ynddi, wedyn Cara, ac, o dipyn i beth, estynnodd Lowri ei llaw hithau. Arhosodd y pedair felly am rai eiliadau. Sefyll a disgwyl, a dim yn digwydd. Rhedodd llygaid Cara o wyneb Jackie i wyneb Rhiannon. Roedd arweinydd y Cylch yn brysur yn rhythu o'i blaen. Edrychodd Cara yn ôl at Lowri. Roedd ei channwyll yn dal heb ei chynnau. Bu saib. Bu oedi. Yn y man, torrodd Cara ar y distawrwydd, 'Pam 'di o'm yn gweithio?'

Ymatebodd Rhiannon ddim, dim ond rhythu o'i blaen.

'Rhiannon?' gofynnodd Cara. Anwybyddodd yr arweinydd hi.

'Be, be sy'?' gofynnodd Lowri. 'Be sy'm yn gweithio?'

Parhaodd Rhiannon i rythu.

'Rhiannon!' cyfarthodd Cara, ei gwaed yn dechrau berwi. 'Blydi hel, tydi o'm yn gweithio!'

Tynnodd Cara ei llaw yn ôl.

'Paid â thorri'r Cylch,' meddai Rhiannon.

'Fedra i'm 'dorri fo a hwnna ddim yn bod,' atebodd Cara.

'Hold on 'ŵan,' dechreuodd Jackie, ond anwybyddodd Rhiannon hi. Cododd yr arweinydd ei llaw a hedfanodd y gannwyll goch o afael Lowri i'w llaw hithau, ac fe'i hastudiodd.

'Dim ar y gannwyll ma'r bai!' Roedd Cara bron â chwerthin.

'Hisht,' meddai Rhiannon.

'Be? So, dwi'm yn y coven?'

Trodd Jackie at Lowri a gwasgu'i llaw, 'Mi wyt ti. Jyst 'di bob dim ddim yn . . . in working order, 'de.'

Craffodd Rhiannon ar y gannwyll gan redeg ei

bysedd ar hyd y sgriffiadau. Roedd y gannwyll yn iawn – yr arwyddion cyfrin wedi'u naddu'n ofalus. Y cyfan heb ei danio erioed.

'Dwi'm yn dallt,' dechreuodd Rhiannon.

Bu distawrwydd am ennyd go faith wrth i Jackie geisio tawelu Lowri, wrth i Rhiannon syllu ar y gannwyll, ac wrth i Cara ffrwyno'i thymer.

'Dwi jyst ddim yn dallt,' meddai Rhiannon eto, yn gloff.

Trodd Cara at yr arweinydd a mynnu, 'Nac 'dach! Tydach chi'm yn blydi dallt – achos tydi'ch pen chi ddim yn hyn!'

Edrychodd Rhiannon ar Cara, ac roedd hynny fel taflu petrol ar dân.

'Chi, Rhiannon! 'Dach chi 'di bod yn preoccupied efo'ch petha'ch hun a 'dach chi'n meddwl bron ddim am y Cylch!'

'Yli, Cara –'

'Be? Y gwir yn brifo?'

'Hei, come on 'ŵan,' ceisiodd Jackie.

'Y gwir plaen ydi 'dach chi'n meddwl gormod am 'ych career chi, a 'dach chi 'di neglectio'r Cylch. Sut ddiawl 'dan ni'n disgwyl *gwadd* un arall aton ni os tydi'm blydi ots gan arweinydd ni?!'

Llyncodd Rhiannon ei phoer.

Brathodd Cara'i thafod.

Aeth eiliadau heibio gyda neb yn dweud dim. Yn y diwedd, chwythodd Cara'i channwyll a'i thaflu yn y bowlen yng nghanol y stafell gan ddweud, 'Wast o amsar! Dyna be 'di hyn. Complete wast o amsar!'

Trodd ar ei sawdl ac ymadael â'r tŷ. Roedd Jackie am alw ar ei hôl, ond fe wyddai am natur ei chwaer wrach.

Bu saib arall am ennyd, wrth i Rhiannon ddal i rythu ar y gannwyll goch.

Yn y man, awgrymodd Jackie, 'Mi awn ni i neud panad. Ia, Lows?'

Nodiodd y ferch ei phen yn simsan ac ymadawodd y ddwy â'r stafell, gan adael Rhiannon yn sefyll yno, wedi'i tharo'n fud, a'i channwyll yn chwithig yn ei llaw.

PENNOD 3

Roedd yna ewin cath o leuad y noson honno. Lloer hen wrach, yn ôl yr hen bobl. Lloer-taflu-llafn-o-olau. Ac roedd Bangor yn ferw i gyd, gyda cheir yn rasio, myfyrwyr yn baglu o dafarn i dafarn, ac ambell gerddwr yn mwynhau mymryn o awyr iach ar ddiwedd dydd.

Ym Mhenrhosgarnedd, roedd un tŷ wedi bod â'i lenni ynghau ers y prynhawn. Bu ymwelwyr yno. Dwy ddynes, byddai un cymydog yn ei ddweud. Naci, tair dynes, byddai cymydog arall yn mynnu. A bu'r lle'n llonydd wedyn. Doedd dim golwg o berchennog y tŷ na'r un enaid byw, ar wahân i'r gath ddu oedd yn crwydro'r ardd. Bu mymryn o olau yn y lolfa – golau-tân-gwneud, ond dim byd mwy. Dim byd i dynnu sylw. Tŷ tawel a hwnnw dan lafn y lloer.

Rywbryd ym mherfeddion y nos y digwyddodd o. Yn oriau mân y bore. Mae'n anodd dweud i sicrwydd yr union amser yn ystod y nos. Mae fel un ennyd faith, a honno'n para nes bod aderyn yn trydar i gyhoeddi'r bore bach. Ond rywbryd cyn deffro'r dydd y digwyddodd o. Yn dawel. Yn heddychlon, bron. Ac arhosodd perchennog y tŷ ynghwsg am oriau, am ddyddiau, am bron i wythnos nes i gymydog sylwi bod y biniau ailgylchu heb eu cadw, a bod y llenni'n dal wedi eu cau'n dynn.

Chwiliodd y cymydog a gweld bod y drws cefn heb ei gloi. Aeth i mewn dan weiddi 'Oes 'na bobol?' Ond ddaeth yr un ateb. Doedd dim golwg o'r gath chwaith. Aeth y cymydog drwy'r tŷ yn ofalus nes iddo ddod ar draws yr olygfa. Golygfa a seriwyd ar ei gof yr ennyd y'i gwelodd. Golygfa a'i hysgydwodd. Golygfa a barodd iddo gerdded o'r tŷ fel petai mewn breuddwyd.

Ffoniwyd am ambiwlans, er nad oedd diben gwneud. Galwyd yr heddlu. Ystyriwyd ffonio teulu, ffrindiau, ond wyddai neb ddim oll am na theulu na ffrindiau'r ddynes.

A'r noson honno, dros wythnos yn ddiweddarach, a'r tŷ bellach yn wag, a'r gath ar goll, bwriodd y lloer hen wrach wargam ei gwg dros yr adeilad.

PENNOD 4

'University Professor Found Dead in Gruesome Circumstances'.

Roedd y pennawd yn fras ar dudalen flaen y *Daily Post*. Waeth faint geisiai hi beidio â gwneud, darllenai Cara'r stori drachefn a thrachefn wrth sortio'r peil o bapurau newydd ar gyfer y stand. Bu'r ychydig ddiwrnodau diwethaf yn rhyfedd a dweud y lleiaf, gyda'r ddinas mewn sioc, y brifysgol mewn galar, a'r Cylch mewn drysni llwyr. Roedd y tair heb gyfarfod ers y noson anffodus honno ym Mhenrhosgarnedd. Roedden nhw wedi anfon ambell decst cryno at ei gilydd yn gofyn a oedden nhw wedi clywed y newydd, a chytunwyd y byddai'n syniad da cyfarfod yn fuan, cyn y cynhebrwng, i drafod beth oedd beth. Ond bu'n dipyn o waith dwyn perswâd ar Lowri i ymuno â nhw. Atebai mo'i ffôn, a'r unig ymateb a gafwyd ganddi oedd negeseuon tecst digon siort. Ond ar ôl cryn dipyn o waith, llwyddwyd i drefnu dyddiad ac amser i gyfarfod. Y lleoliad: fflat Cara ar lôn y traeth.

Cododd y bwndel a'i ollwng yn y stand. Roedd llygaid llun Rhiannon fel petaen nhw'n treiddio i mewn i ben Cara. Edrychodd arni eto, ar yr athrowrach yn llwydaidd ar y dudalen flaen ac, o dipyn i beth, penderfynodd Cara droi'r papur ar ei ben; cuddio wyneb arweinydd diwethaf, olaf o bosib, y Cylch.

Camodd heibio i'r ddau hen ŵr oedd newydd lanio yno i ddarllen y papurau na fyddent yn eu prynu, ac yn bwrw ati i gynnig sylwebaeth ar bob hanesyn.

'Toedd hi'n ofnadwy be ddigwyddodd iddi, d'wad?'

'Tragedy! Dyna o'dd o. Tragedy go iawn!'

☽○☾

Clywid y cloc yn rhygnu drwy'r stafell wrth i'r tair eistedd, yn edrych o'r naill i'r llall i'r llawr, ac yn ôl. Yn y man, Cara dorrodd ar y distawrwydd.

'Wel . . . diolch am ddod 'ma . . . '

Ysgydwodd Lowri ei phen; daliodd Jackie i syllu o'i blaen.

'Mae o'n . . . mae o'n sioc. Be ddigwyddodd. Yn tydi?' Llyncodd Cara'i phoer. 'Ond, ma' rhaid inni ryw . . . rhyw feddwl a . . . chwilio . . . '

'Chwilio am be?' gofynnodd Lowri.

'Wel . . . pwy 'nath hyn i Rhiannon.'

Chwarddodd Jackie'n chwerw. Edrychodd Cara arni.

'Jackie?'

Ysgydwodd hithau ei phen, ei thymer yn berwi, 'Ti'n deservio Oscar! Blydi hel!'

Edrychodd Cara ar yr hynaf o'r tair, ei llygaid yn culhau, 'Be?'

'Ti'n gwbod yn iawn "be"! . . . 'Dan ni'm yn thick! Wel, dwi'm yn thick anyway!'

Gwasgodd Jackie ei dwylo at ei gilydd. Oedodd Cara am ennyd. Ymhen tipyn, gofynnodd Lowri, 'Be sy'?'

'Gofynna i honna,' atebodd Jackie, gan amneidio i gyfeiriad Cara. Roedd hithau bellach ar flaen ei sedd, a chwestiwn yn gwlwm yn ei llygaid. Edrychodd Lowri draw at Cara. A bu saib. A bu oedi. A ffrwydrodd ffrae ddieiriau drwy'r stafell.

Yna, mentrodd Cara, 'Wyt ti'n accuseio fi o . . . o neud rwbath i Rhiannon?'

'Too bloody right. A 'nest ti fwy na jyst "rwbath" iddi 'fyd!'

Edrychodd Lowri o'r naill wrach i'r llall cyn i bethau gyrraedd pen eu tennyn.

'Oh, my God, Jackie! Ti'n gwatshiad gormod o rybish ditectives!'

Styfnigodd Jackie.

''Nes i'm byd iddi!'

'Medda chdi.'

'Ydw, dwi *yn* deud achos 'nes i'm byd! Ma' hyn yn gymaint o sioc i fi ag ydi o chi'ch dwy!'

Oedodd Jackie. 'Wel,' meddai, yn y man. 'Wel, 'di'm yn secret bo chi'm yn licio'ch gilydd.'

'Na'di. Ti'n iawn. Ond dim fi 'nath lladd hi. No way 'swn i 'di neud y ffasiwn beth!'

Bu'r tair yn dawel am ennyd wedyn, yn ceisio prosesu'r gwir. Wedi ychydig eiliadau, gofynnodd Lowri, 'So, be 'ŵan?'

Llyncodd Cara'i phoer, 'Wel, dyna pam o'n i isio ca'l gair efo chi . . . Ma'r ffor' gafodd Rhiannon 'i . . . 'i lladd,' dechreuodd Cara, wrth i Jackie wingo'r mymryn lleiaf. 'Ma'r ffor' yn swnio fel . . . wel, fath â rhwbath seremonïol.'

'Be? Gwrach?' gofynnodd Lowri.

'Ella,' atebodd Cara. 'Cysgodwrach, bosib.'

'Be 'di hynna?' gofynnodd Lowri.

'Rhyw wrachod . . . ' dechreuodd Cara cyn i Jackie dorri ar ei thraws:

'Evil.'

''Di colli'u ffor',' ychwanegodd Cara. Bu saib am ryw hyd; digon nes i Cara deimlo'n chwithig, felly dywedodd, ''Dan ni'm *yn* gwbod. A chawn ni'm gwbod gosod 'nawn ni rwbath.'

Gofynnodd Lowri beth oedd gan Cara mewn golwg

ac amlinellodd y wrach yr hyn a wnaeth yn ystod y dyddiau diwethaf, ers iddi gael gwybod am farwolaeth arweinydd y Cylch: cerddodd heibio i'r tŷ ym Mhenrhosgarnedd, ond roedd yr heddlu'n bla yno. Roedd y drwg a wnaed mor eithafol i ardal dawel fel gogledd Bangor. Buont wrthi am ddiwrnodau yn chwilio am wahanol rannau o gorff Rhiannon. Felly allai Cara ddim mynd at y tŷ heb sôn am fynd i mewn. Ond gallai synhwyro rhyw gymaint. Roedd ei phŵer yn ddigon cryf, a gallai glywed presenoldeb bod arall yno. Nid person dynol, ond rhywbeth goruwch. Efallai gwrach arall. Neu gythraul. Neu was-y-cysgodion.

Erbyn hyn, roedd y tŷ wedi'i lanhau o bob llychyn o dystiolaeth fel na fuasai'n werth iddi fynd yno i geisio gweld yr hyn ddigwyddodd. Roedd gormod o amser wedi treiglo heibio a'r heddlu wedi gwneud eu gwaith yn rhy dda.

Ond roedd yna un peth y gallent ei wneud, mynnodd Cara: 'Mae 'na ddiwrnod agorad yn yr uni dy' Sadwrn.'

'Ia?' gofynnodd Jackie.

'Ia, wel, be am inni fynd yno a trio ffendio office Rhiannon? Siawns gen i bo nhw heb wagio hi eto.'

'I be?' gofynnodd Jackie.

'I drio gweld o'dd 'na rwbath o'dd Rhiannon yn 'guddio oddi wrthan ni? O'dd hi mewn cyswllt efo rhywun? Neu o'dd 'na rywun wedi targedu hi . . . ?'

'A ti'n meddwl fydd 'na rwbath yn office hi?'

'Wel, ma'n well na'm byd!' mynnodd Cara, gan gau pen y mwdwl yr un pryd. O dipyn i beth, meiriolodd Jackie a chytunodd i helpu. Edrychodd Cara draw at Lowri, a gweld y ferch yn welw.

'Lowri?'

'Ond dwi'm yn un ohonach chi . . . Ches i'm joinio'r coven a . . . '

'Paid â siarad yn wirion rŵan. Mi wyt ti'n un ohonan ni'n barod!'

Nodiodd Lowri ei phen yn simsan ar ôl ateb Jackie. Cytunwyd. Ac ymadawodd y ddwy â'r fflat.

PENNOD 5

Roedd y dydd fel petai wedi codi o'i wely'n hwyr a'i wallt am ben ei ddannedd. Chwythodd y gwynt yn ddiseremoni gan redeg ei fysedd main drwy gôt y gath. Ond daliodd hi ati. Daliodd i gerdded yn fân ac yn fuan ar hyd y lôn. Gallai weld Pont Menai yn y pellter, fel braich fetalaidd yn cydio yn yr ynys. Teimlodd y gath ryw ias yn cropian ar ei hyd. Nid y gwynt yn ei chribo, ond hen gryd yn golchi drosti.

Nesaodd Gerty at y tro yn y lôn gan weld 'Môn Mam Cymru' yn ddatganiad balch ar y garreg lwyd. Dilynodd y ffordd a mentrodd gam ar y bont. Cam simsan. A'r ynys o fewn cyrraedd.

PENNOD 6

Roedd y coridor yn ferw o bobl.

'Helô! Croeso! Mae isio ichi gofrestru drwy fynd ffor'cw. Iawn?'

Pobl mewn crysau coch yn cyfeirio'r ymwelwyr i'r fan a'r fan, a'r dorf gyfan yn araf yn symud. Aeth Lowri a Cara at y ddesg yn y ddarlithfa i gofrestru a derbyn eu bagiau-diwrnod-agored, tra bo Jackie'n disgwyl amdanyn nhw, yn fam-gogio-am-y-dydd.

Arweiniwyd y tair gan y llif o bobl i gyfeiriad y brif neuadd. Roedd y lle dan ei sang, a sŵn yn llenwi Neuadd Scientia. Ond, a chysidro bod y tair yno efo'i gilydd, doedd yna fawr o sgwrs rhyngddyn nhw gan fod eu meddyliau wedi'u canoli ar un peth yn unig.

Croesawyd yr ymwelwyr a dangoswyd ffilm fer yn cyflwyno'r gorau o'r brifysgol a'r ardal, cyn dechrau didoli. Codwyd arwyddion amrywiol, a phan alwyd ar y Cemegwyr, cododd y tair ar eu traed gyda nifer o rai eraill. Fe'u harweiniwyd o'r prif adeilad i lawr i'r un priodol. Roedd y tair wedi hen arfer pasio'r adeilad hwn, ond yr un ohonyn nhw wedi bod tu fewn o'r blaen. Ac am ryw reswm, teimlai Jackie fel petaen nhw ar fin tresmasu. Gofod Rhiannon oedd hwn ac roedd y tair am geisio'i chwilio a'i chwalu.

Edrychodd Cara ar Jackie, fel petai wedi darllen ei meddwl, er nad oedd ganddi'r gallu i wneud hynny. Trodd Jackie'n ôl at yr arweinydd cyfoed, ac fe'u tywyswyd i mewn i'r adeilad.

'So, 'ych chi wedi dod o bell?' gofynnodd myfyrwraig

â sbectol ar flaen ei thrwyn i Lowri.

Oedodd Lowri am ennyd, yn ansicr sut y dylai ateb, ond camodd Cara i'r adwy.

'Na, dim ond o Sir Fôn, 'chi.'

'O, lyfli. Ma' fe'n le mor braf, yn dyw e?'

Nodiodd Lowri.

'Pwy ran?'

''Dach chi'n nabod Sir Fôn?' gofynnodd Cara.

'Weddol yfe.'

'Yn ochra Amlwch 'dan ni . . . Reit o'r top 'cw!'

Aed â'r ymwelwyr i mewn i stafell ddarlithio a gorfu iddynt wrando ar sawl cyflwyniad. Yn waeth byth, roedd y ferch â'r sbectol a'i gwallt mewn cynffon wedi penderfynu glynu ei hun wrth y 'tair o Fôn'.

Aeth rhyw hanner awr heibio cyn i bennaeth yr adran agor y llawr i gwestiynau. Gofynnwyd rhai cyffredinol ynghylch ffioedd, llety, tebygolrwydd cyflogaeth wedi graddio ac ati. Yna, cododd un dyn ei law a holi sut fyddai'r adran yn ymateb i'r golled ddiweddar i'w staff a'i harbenigedd. Roedd hynny fel ergyd i stumog Jackie, a bu'n rhaid iddi adael y stafell; 'angan awyr iach.'

Dilynodd y fyfyrwraig â'i sbectol Jackie i weld a oedd hi'n iawn, a safodd y ddwy yn y coridor am 'chydig. Gofynnodd y ferch a hoffai Jackie ddiod, ac er iddi wrthod yn glên, daliodd honno ati i refru a phregethu nes, yn y diwedd, cyrhaeddodd Jackie ben ei thennyn a dweud, 'Dwi'n meddwl yr a' i allan am bach o awyr iach.'

'O, fe ddof i –'

'Na. Ma'n fine, diolch,' yn atalnod gan Jackie, cyn meddwl yn sydyn, ''Sgwn i 'sa chdi'n mynd at 'y ngenod i, plis? Jyst i ddeu'thyn nhw lle 'dw i. Plis?'

Nodiodd y ferch ei phen, yn awyddus i blesio, ac wedi sicrhau bod Jackie'n cofio'r ffordd allan o'r adeilad, fe adawodd hi yno.

Ar ôl gwirio bod y fyfyrwraig wedi diflannu go iawn, cymerodd Jackie lond ei hysgyfaint o wynt ac wrth wneud, sylwodd ar arwydd ar ambell ddrws. Roedd yna swyddfeydd yno. Edrychodd ymhellach, ac ymestynnai swyddfeydd darlithwyr ac ymchwilwyr ôl-radd amrywiol ar hyd y coridor. Bu am sbel yn craffu'n fanwl ar yr enwau ar y drysau nes iddi ddod ar draws drws â blodau wedi'u gosod wrth ei waelod. Gyferbyn â'r drws, roedd yna luniau o Rhiannon a hanesion am ei llwyddiannau academaidd yn britho'r hysbysfwrdd. Oedodd Jackie am ennyd, ei chalon yn dyrnu. Edrychodd i lawr y coridor: doedd dim golwg o neb. Estynnodd ei llaw a mentro troi handlen drws swyddfa Rhiannon. Roedd o wedi'i gloi. Wrth gwrs. Yna edrychodd o boptu iddi eto er mwyn gwirio. Doedd neb o fewn golwg. Pwysodd ei llaw ar wyneb y drws, caeodd ei llygaid ac anadlu'n ofalus. I mewn. Allan. I mewn. Allan. Yn araf deg bach, teimlodd ei llaw'n treiddio trwy'r pren. Camodd yn ei blaen. Teimlai flaenau'i bysedd yn cyrraedd yr ochr draw. Gwthiodd ei hun ymhellach a chamodd drwy'r pren wrth i'w hwyneb gosi.

Roedd y stafell fel pìn mewn papur, yn union fel Rhiannon. Edrychodd o'i chwmpas. Roedd y lle'n llawn ffolderi, llyfrau a chyfnodolion. Camodd Jackie at y ddesg. Roedd yna fymryn o lwch yn gorchuddio allweddellau'r cyfrifiadur – rhywbeth anarferol i'r stafell hon: rhaid nad oedd y glanhawyr wedi bod yno, er parch. Er, mae'n debyg fod yr heddlu wedi bod yno'n chwilio, neu o leiaf wedi cymryd cipolwg ar y lle.

Cododd Jackie sawl llyfr nodiadau ar hap a chraffu drwyddyn nhw. Dim. Cododd ddyddiadur Rhiannon a phorodd drwyddo. Doedd dim byd yn dal ei llygad, ond rhoddodd y dyddiadur yn ei bag, rhag ofn. Yna, trodd ei sylw at ddroriau'r ddesg. Mentrodd agor un a thyrchu drwyddi. Beiros, clipiau papur, ffolderi gwag, ambell lyfr nodiadau, ond dim byd o bwys. Edrychodd yn y ddrôr nesaf. Dim. Edrychodd yn yr un waelod. Dim eto. Ar wahân i botel. Oedodd. Estynnodd amdani. Potel fodca a'i hanner hi'n wag. Edrychodd Jackie arni eto cyn penderfynu cau'r ddrôr, a rhoi'r botel yn ei bag.

Craffodd o'i hamgylch drachefn, ac o weld dim yno, camodd at y drws. Roedd hi ar fin camu drwyddo ond clywodd leisiau pobl yn cerdded heibio: y criw yn cael eu tywys o amgylch yr adeilad. Arhosodd am ychydig funudau. Disgwyl yn dawel. Pwysodd ei chlust yn erbyn y paen. Tawelodd y lleisiau wrth iddyn nhw bellhau. Caeodd ei llygaid drachefn: canolbwyntio ar ei hanadlu; yna, treiddiodd drwy'r drws. O gyrraedd y coridor eto, simsanodd ei thraed fymryn. Pwysodd yn erbyn y wal a cheisio gostegu'r hen gyfog a fyddai'n ei tharo'n aml ar ôl treiddio. Anadlodd.

'Fan'ny 'ych chi,' daeth llais y fyfyrwraig o'r tu ôl i Jackie. 'Ffiles i'ch gweld chi tu fas gynne.'

'O, ia. Wel . . . ' cloffodd Jackie, gan deimlo chwys yn cripian ar ei thalcen. Yna, sylwodd ei bod yn sathru ar y blodau a orweddai ar y llawr. 'O, shit! Sori.'

'O'dd,' atebodd y ferch, â mymryn o gryndod yn ei llais. 'O'dd . . . Ro'dd hi'n ffantastig, ch'mod?'

Bu saib am ennyd wrth i'r ddwy edrych ar y tusw ar lawr.

'Reit . . . 'sa well inni, w'chi?' mentrodd Jackie.

'Ie, wrth gwrs,' atebodd y ferch, cyn arwain Jackie i gyfeiriad gweddill y criw.

Ailymunodd 'y fam' efo'i merched heb ddweud gair wrth Cara a Lowri. Bu'n rhaid iddyn nhw wrando ar gyflwyniad arall am y cwrs a'r modiwlau oedd ar gael, a chyda hynny, dosbarthwyd taflenni gwybodaeth.

Estynnodd y fyfyrwraig â sbectol ar flaen ei thrwyn

ddarn o bapur at Lowri. Gafaelodd hithau yn y daflen gan gyffwrdd yn ysgafn yn llaw'r ferch. Parodd hynny i Lowri wingo'n siarp a gweld golygfa: y fyfyrwraig yn sefyll yn Marstons yn gwylio Cara; hithau'n brysur yn rhoi cyfarwyddiadau i ddau weithiwr; y ferch yn camu'n nes at Cara ond yn cadw ei phellter; Cara'n troi ac yn mynd o'r golwg, ond y ferch yn ei dilyn.

Yna, agorodd Lowri'i llygaid. Gwenodd y fyfyrwraig o'i blaen. Gwenodd Lowri'n wan yn ôl.

'Ti'n iawn?' gofynnodd Cara.

Nodiodd Lowri.

PENNOD 7

Sgroliodd drwy'r lluniau. Bu Lowri fel barcud yn cadw golwg ar ei *feed* Instagram ers diwrnodau. Roedd Tom wedi hoffi ambell lun ganddi, ond dyna'r cyfan. Doedd hi ddim wedi clywed ganddo ers dydd Gwener diwethaf, a haia digon ffwrdd-â-hi oedd hwnnw, wrth iddo jogio heibio'i chartref. Doedd y ddau ddim wedi siarad llawer dros yr haf mewn difri, ond roedd hi wedi gobeithio cael gair ag o cyn i'r ysgol ailagor.

'Lowri! Gafael yn'i, 'nei di, neu fyddi di'n hwyr! Ac ar dy ddwrnod cynta'n ôl!' daeth llais ei mam o lawr y grisiau.

Cadwodd Lowri ei ffôn yn ei phoced ac aeth i'r stafell ymolchi i dwtio'i hun yn y drych. Roedd ei gwallt yn dynn mewn cynffon a mymryn o golur wedi'i baentio'n dwt, ond ddim gormod i dynnu sylw. Roedd y man geni siâp calon gam ar ei gwddw yn dal i fod yn amlwg, er iddi geisio'i orchuddio â *foundation*. Roedd yn gas ganddi'r galon 'na.

'Ma'n golygu bo chdi'n sbesial,' meddai'i mam un tro, wrth geisio darbwyllo'i merch ifanc, oriog. Roedd y man geni siâp calon gam yn nodweddiadol o ferched ei theulu. Roedd gan ei mam un tebyg ar ei braich chwith, ei modryb un ar ei hysgwydd dde, ac roedd gan ei nain un ar waelod ei choes chwith. Ond doedd waeth beth ddywedai neb wrth Lowri, roedd y ffaith fod y man geni yng ngolwg pawb ar ochr ei gwddw yn ei hanniddigo.

Ond nid hynny'n unig a'i gwnâi hi'n 'sbesial', wrth gwrs. Roedd yr 'hynodrwydd' arall amdani yn un a frigodd i'r wyneb pan oedd yn blentyn hefyd. Byddai'n hoff o herio ffawd, ond pan gâi'r 'teimlad' yna, y rhybudd cyfrin, byddai'n cloffi ac yn ymateb yn bryderus. Yn ferch wyllt o ofalus. Ac roedd y cythraul dof yn dal i fod ynddi hyd heddiw. Bellach, roedd hi fel cwpan mewn dŵr ar ôl pob dim oedd wedi digwydd i'r Cylch yn y misoedd diwethaf.

Rhiannon oedd yr un a ddaeth ar draws Lowri a sylwi ar ei gallu. Ymwelodd yr athro ag Ysgol Bryn Celyn er mwyn rhoi cyflwyniad i'r disgyblion am wyddoniaeth yn y byd gwaith, ac wrth i'r disgyblion wneud arbrawf, sylwodd Rhiannon ar Lowri'n troi o fod yn hogan siaradus â chloch wrth bob dant i un fewnblyg o dawedog am ennyd, cyn bloeddio'n bowld unwaith eto. Roedd yr ennyd honno'n dyngedfennol. Cawsai'r ferch ragwelediad a gallai Rhiannon synhwyro'n syth bod Lowri'n arbennig.

Fedrai Lowri ddim credu'r hyn a gynigiwyd iddi ar ôl y diwrnod hwnnw – ymuno â grŵp o wrachod lleol. Bod yn rhan o chwaeroliaeth a fuasai'n gefn ac yn graig iddi. Cael teimlo'i bod yn perthyn heb orfod cuddio. Ac nid unrhyw gwfen mo Cylch Bangor. Roedd ymysg yr hynaf yng Nghymru â'i wreiddiau'n deillio'n ôl i'r bymthegfed ganrif, medden nhw. Cylch llewyrchus ar un adeg, ond bellach wedi pylu, wrth i niferoedd y gwrachod leihau'n sylweddol. Ar y pryd, tair yn unig oedd yn y Cylch, a buasai cael Lowri'n ychwanegiad wedi eu cryfhau cryn dipyn.

Gadawodd Lowri'r stafell ymolchi, aeth i nôl ei bag a throi am lawr y grisiau.

'Dos o'r ffordd, wir!' siarsiodd ei mam y ci bach oedd dan ei thraed. 'Beryg i rywun syrthio a brifo hefo hon!'

'Ma' gynni hi enw,' atebodd Lowri, cyn plygu i fwytho'r Labrador aur.

'Oes, a ma' isio ichdi watshiad ar ôl hi'n well 'fyd!'

'Mi dwi.'

'Nag w't! Ac yn ddiweddar 'ma, ti'n potshian llai fyth efo hi!'

Roedd hynny'n wir. Bu Lowri fel ragarŷg yn erfyn ar ei mam am anifail anwes. Gofynnodd am gath yn gyntaf, ond roedd gan ei mam alergedd. Ystyriodd gael aderyn, ond gwaredai'i mam mai llanast yn unig roedd adar yn ei greu. Yna cyfaddawdwyd ar gi. Roedd yn bwysig iddi gael anifail cyn ei defod croesawu'n aelod o'r Cylch. Roedd ar bob gwrach angen cyfaill. A Seren fyddai un Lowri. Ond, a'r ddefod wedi mynd yn ffliwt, Rhiannon wedi marw, a'i rhagwelediadau yn digwydd yn llai aml ond yn fwy siarp, collodd Lowri ddiddordeb yn Seren.

'Ty'd rŵan, wir; ma' hi'n ugain munud i naw.'

Mwythodd Lowri ben y ci yn ysgafn cyn ei throi hi am y drws.

Aeth i mewn i gar ei mam ac estyn am ei ffôn eto. Roedd yna neges newydd yn fflachio ar y sgrin, a honno gan Jackie:

> Haia del
> Jysd checkio ti'n OK? Xxxx

Roedd Jackie wedi tecstio Lowri sawl gwaith yn ystod gwyliau'r haf. Ac roedd hi wedi syrffedu ymateb i'r negeseuon efo'r un ateb, ond fe wyddai na châi lonydd tan iddi anfon gair draw.

> Ydw diolch X

Dyna ni, dylai hynny dawelu meddwl Jackie am ryw hyd.

☽○☾

‘Chris?’

‘Yma.’

‘Ffion?’

‘Yma, miss.’

Edrychodd Lowri drwy’r ffenest ar y cae chwarae. Roedd y gofalwr wrthi’n cerdded ling-di-long o’i amgylch. Dilynodd ei gamau â’i llygaid. Roedd ganddo beiriant chwythu dail, a hwnnw’n chwyrnu’n dawel yn y pellter.

‘Lowri?’

Gwyliai’r dail yn cylchdroi o flaen y gofalwr.

‘Lowri?’

Culhaodd ei llygaid. Roedd golwg ddifrifol ar ei wyneb.

‘Lowri Davies!’

Trodd Lowri ei sylw’n ôl i’r stafell ddosbarth.

‘Rhwbath difyr tu allan?’

Llyncodd Lowri ei phoer gan deimlo’i gruddiau’n gwrido fymryn, ‘Sori, miss.’

Aeth Mrs Hughes yn ei blaen i gwblhau’r gofrestr.

‘Ti’n iawn?’ gofynnodd Gwen yn dawel o’r bwrdd drws nesaf. Nodiodd Lowri.

‘Reit ’ta, blant.’ Rowliodd Lowri ei llygaid wrth i Mrs Hughes gyfeirio atyn nhw fel ‘plant’. Blydi hel, roedd hi’n un ar bymtheg ers mis Mehefin.

‘Reit ’ta, fel ’dach chi ’di sylwi, ma’ siŵr, ma’ gynnon ni aelod newydd yn y dosbarth.’

Trodd y rhan fwyaf eu pennau er mwyn edrych ar y newydd-ddyfodiad: doedd ei dderbyn fel aelod newydd yn dawel bach ddim ynddi. Gwenodd y bachgen gwallt du’n gynnil.

‘Croeso aton ni, Gwyn Gillmore.’

Edrychodd Lowri dros ei hysgwydd ac wrth gael cip arno, ar ei lygaid gwyrddion, trodd ei stumog.

Faint ydi dy oed di, Lowri, gofynnodd iddi'i hun, cyn troi'n ôl i wynebu blaen y dosbarth, a chledrau'i dwylo'n chwysu'r mymryn lleiaf.

'A dwi'n siŵr y gwnawn ni i gyd roi croeso cynnes iawn a chyfeillgar iddo, yn gwnawn?'

Nodiodd ambell un ei ben.

'Wel, croeso, Gwyn.'

Hanner nodiodd yntau a gwenu'n ysgafn.

Caeodd Lowri ei llygaid. Roedd ei chledrau'n chwysu fwy. Sychodd ei dwylo ar ei throwsus cyn eu rhedeg ar hyd ei gwallt. Callia wir, meddai wrthi'i hun eto. Ac agorodd ei llygaid.

Aeth y wers heibio'n boenus o araf a doedd Lowri fawr callach ynghylch beth oedd arwyddocâd y gerdd ryfel dan sylw. Canodd y gloch ac ymatebodd y disgyblion i gyd yn syth drwy gasglu eu pethau ynghyd a gadael y stafell am y wers nesaf.

Holodd Gwen Lowri a oedd hi'n iawn – roedd hi'n dawedog mwyaf sydyn, ac wedi bod felly ers ychydig wythnosau.

'Dwi'n fine. Jyst dim lot o fynadd efo ysgol a ballu 'sti.' Taflodd ei bag ar ei hysgwydd ac wrth iddi droi, trawodd yn erbyn y disgybl newydd.

'Sori,' meddai yntau, gan gynnig gwên gymodlon.

'Na. Iawn,' atebodd hithau cyn ei throi hi'n o handi o'r stafell.

Dilynodd Gwen hi gan ofyn yn wên i gyd, 'Lowri Davies! 'Sgen ti rwbath tisio rhannu am Mister Gillmore?!'

PENNOD 8

'Helô?! Musus Âr-Aitsh?' galwodd Jackie, wrth iddi gau'r drws ar ei hôl. Ddaeth yr un ateb. Tynnodd ei chôt oddi amdani a thorchi llewys ei siwmper. Twtiodd ei hun yn sydyn yn nrych y cyntedd. Doedd hi heb olchi ei gwallt y bore hwnnw. Ta waeth, meddyliodd, cyn troi ar ei sawdl a cherdded am y lolfa. Gallai glywed llais brau yn y pellter: llais Musus Roberts-Hughes, a hwnnw braidd yn bigog. Edrychodd i mewn i'r stafell. Gwelai'r hen wraig yn y gegin â'i ffôn yn sownd wrth ei chlust.

'Na, dwi ddim yn meddwl . . . Ond, ia . . . Ond . . . '

Wedi rhai eiliadau, camodd Jackie'n nes at ddrws y gegin oedd yn gilagored. Gwyliai Mrs Roberts-Hughes yn cerdded yn ôl ac ymlaen yn sgwrsio, yn union fel gwenynen wrth flodyn. Dynes fach, eiddil yr olwg oedd hi, ond roedd ei thafod yn gweithio cystal ag erioed. Dyna un o'r nifer o bethau yr oedd Jackie'n eu hedmygu am y wraig weddw hon. Chymerai hi ddim gan neb a byddai'n fwy na pharod i roi pryd o'i thafod i unrhyw un a fuasai'n ei phechu. A rhad arnyn nhw!

Gwenodd Jackie. Roedd pwy bynnag oedd ar ben arall y lein wedi rhyw ymdawelu wrth i lais yr hen wraig ganu'n ddi-dor ac yn ddi-wynt bron.

'Wel, dyna ni felly, 'te.' Cododd ei phen a gweld Jackie'n sefyll wrth y drws. 'Yli, mae'n rhaid imi fynd rŵan. Iawn? . . . Wel, dyna ni, 'te . . . Nac'dw . . . Wel . . . Yli, rŵan, rhaid imi fynd.'

Diffoddodd y ffôn a sigodd ei hysgwyddau.

‘Bob dim yn iawn?’ gofynnodd Jackie heb glosio at y drws.

‘Plant, Jackie bach. Plant, ’te!’

‘O, tell me about it! O’dd y kids acw on one bore ’ma. Bob un ohonyn nhw. OK, fedra i ryw ddallt efo Mel a hitha’n teenager. Ond y tri arall! Don’t get me started, ’de!’

‘Dos drwadd, yli; gawn ni banad cyn iti ddechra,’ meddai’r hen wraig, wrth gamu at y tegell ac estyn am ddwy gwpan.

‘Ylwch, mi wna i hynna. Ewch chi drwadd, siŵr,’ atebodd Jackie, ac ufuddhaodd Mrs Roberts-Hughes mewn dim o dro gan fynd i eistedd yn ei chadair feddal.

Aeth Jackie ati i baratoi’r baned. Fe wyddai’n iawn gynnwys bob cwpwrdd, lle roedd y te yn cael ei gadw, ac ym mha ochr o’r ffrij roedd y llefrith yn byw. Bu’n glanhau i Musus Roberts-Hughes ers bron i saith mlynedd bellach ac roedd y ddwy’n deall ei gilydd i’r dim. Er, doedd pethau ddim felly ar y dechrau.

Pan ddaeth Jackie am y cyfweliad, roedd Mrs Roberts-Hughes a’i merch (a fyddai’n siarad efo’r hen wraig dim ond pan fyddai arni eisiau rhywbeth, erbyn deall), yn eistedd wrth y bwrdd yn y gegin ac yn croesholi Jackie’n arw. Fyddech chi wedi cymryd mai swydd efo’r MI5 ac nid glanhau tŷ oedd yr hyn oedd dan sylw. Ond llwyddodd Jackie i ddal ei thir. Roedd ganddi eirdaon gloyw, agwedd iach tuag at waith, ac roedd hi’n ddibynadwy. Atebodd bob cwestiwn a saethwyd ati a chadwodd wên (er mor straenllyd oedd hi) ar ei hwyneb tan y diwedd un.

Bu’r ychydig droeon cyntaf wrth ei gwaith yno hefyd yn dipyn o straen, efo’r hen wraig yn llygadu’r ddynes newydd o bell: yn pipian dros ei *Daily Post*; yn taro’i phen yn sydyn rownd y gornel; yn oedi wrth ddrws y stafell gan blannu'i chlust arno. Fe wyddai Jackie'n iawn am hyn, ond fe'i hanwybyddodd gystal ag y medrai, gan y gwyddai fod yr hen wraig, ar y pryd, dan bwysau ofnadwy, efo'i gŵr mewn cartref gofal, a'r plant a'r wyrion, er gwaetha'r doreth o luniau ohonyn nhw oedd ar hyd y tŷ, yn ddieithriaid mewn difri.

Te cryf â joch o lefrith yn ei lygad a hanner llwyaid o siwgr wedi'i ysgeintio ar ei ben. Roedd Jackie wedi perffeithio paned Musus Âr-Aitsh i'r dim. A chydag amser, dechreuodd y ddwy rannu pethau. Y naill yn gweld y llall fel clust hwylus a diogel. Siaradai Musus Âr-Aitsh yn hiraethus am ei gŵr, a arferai fod yn gyfrifydd, yn giamstar efo golff, ac yn dipyn o arlunydd. Yr un oedd wedi'i gadael ers pum mlynedd bellach. Siaradai Jackie, hithau, am ei theulu ac antics ei phlant, y pedwar ohonyn nhw'n peri iddi bryderu mewn ffyrdd gwahanol bob dydd. Bu bron i Jackie hefyd sôn wrth Musus Âr-Aitsh am y Cylch ar ddamwain un tro, ond llwyddodd i frathu'i thafod mewn pryd.

'Reit, 'ma chi,' gosododd Jackie'r cwpanau ar y bwrdd rhwng y ddwy gadair. ''Dach chi isio rhwbath arall?'

'Na, dwi'n iawn, diolch iti,' atebodd yr hen wraig, wrth blygu'r *Daily Post* yn ei hanner a'i osod ar ei glin.

Eisteddodd Jackie.

'Tydi'n ofnadwy, d'wad?'

Yfodd Jackie gegaid o'r baned cyn gofyn, 'Be 'lly?'

'Wel y professor 'na, 'te.'

Teimlodd Jackie ryw gryndod yn ei llaw, y mymryn lleiaf un.

'O?'

'Wel, ia,' gosododd Mrs Roberts-Hughes ei sbectol yn ôl ar ei thrwyn. 'Yn ôl hwn heddiw 'ma, maen nhw'n dal i ofyn i bobl 'sgynnon nhw unrhyw wybodaeth. Rhyfadd, 'te? Fod neb 'di dod ymlaen?' Llyncodd ei phoer a thynnu'r papur fymryn yn nes at ei hwyneb, 'Ond mi fydd hi'n ca'l 'i chladdu dydd Sadwrn nesa 'ma. Y service yn Our Lady and Saint James' Catholic Church. Honna wrth ymyl Marstons, 'te.'

'Ym, ia, dwi'n meddwl.'

'Wel, ma'n hwyr glas iddyn nhw neud. Tydi'r gyduras wedi – w'sti – wedi marw ers faint? Wel, July medda hwn, 'de?'

'O, ia . . . '

'Dau fis. Meddylia! . . . Ma'n rhaid fod y police 'di decidio na 'toes 'na fawr o leads . . . '

Oedodd Jackie am ennyd wrth i'r cryndod yn ei stumog barhau. Pwy oedd wedi penderfynu hyn? Ai'r brifysgol oedd wedi cymryd yr awenau i drefnu'r cynhebrwng? Ynteu a oedd gan y wlad ryw system ar waith efo pobl heb deulu? Ac mewn eglwys Gatholig? Wyddai Jackie ddim fod Rhiannon yn Gatholig. Hyd y gwyddai, doedd Rhiannon ddim yn grefyddol. Llyncodd ei phoer a chribo cudyn golau o'i llygad. Wyddai Jackie ddim. Beth arall oedd 'na nad oedd hi'n ei wybod am Rhiannon? Byddai'n rhaid i'r tair gyfarfod yn o fuan i drafod hyn. Siwrne seithug oedd yr ymweliad â'r brifysgol mewn difri, ond ella y byddai 'na rywbeth pwysig yn ei amlygu'i hun yn y cynhebrwng. Ond a ddylien nhw fynd yno ac edrych allan o le'n hollol? Byddai cydddarlithwyr Rhiannon yno'n sicr ac ella'r heddlu mewn dillad pengwin. A ddylai Jackie fentro yno? Roedd ei meddyliau'n bwdin reis yn berwi yn ei phen.

'Jackie?' Daeth ati'i hun wrth weld Mrs Roberts-Hughes yn edrych yn gam arni.

'Sori,' meddai'n gloff, cyn ychwanegu, 'Sori, y kids a ballu dal ar wick fi.'

Gwenodd Mrs Roberts-Hughes yn ysgafn wrth blygu'r papur eto a'i roi i orwedd ar fraich y gadair.

'W'sti be?' meddai'r hen wraig yn y man. 'Dwi'n meddwl 'na i gymryd 'sgedan fach. Gymi di un efo fi?'

Nodiodd Jackie gan dynnu gwên ddrama cyn codi ar ei thraed a mynd am y gegin.

PENNOD 9

Roedd y llygoden wrthi'n closio'n araf deg at y sgip plastig. Ei thraed bach yn symud yn sydyn a'i chlustiau ar bigau. Arafodd ennyd a chodi ar ei choesau ôl gan gipedrych tu ôl iddi: gwelai gar yn gyrru heibio. Aeth ar ei phedwar eto ac agosáu at y sgip. Roedd yna focsys bwyd ar y llawr – hen rai pitsa. Mentrodd y llygoden at un bocs a'i ogleuo. Ysgydwodd ei chynffon fymryn gan bwyso'n nes. Roedd y golau stryd gerllaw yn fflachio, ar ddiffodd, a gwingodd y llygoden cyn sgrialu o dan y sgip.

Ystwythodd y gath ei phawennau wrth rythu ar symudiadau'r llygoden. Roedd ei greddf wedi trechu'i synnwyr, a'i llygaid yn gwylio'i phrae.

Yn y man, mentrodd y llygoden i'r golwg, gan gerdded yn betrus, braidd. Roedd un bocs pitsa ar lawr yn gilagored, felly cododd ar ei choesau ôl, pwyso ar ochr y bocs a chymryd cip tu fewn. Ysgydwodd ei chynffon eto.

Roedd y gath yn anadlu'n ddwfn, a grwndi bodlon, tawel yn bygwth ei bradychu. Ffrwynodd ei hun a pharatoi. Plygodd yn isel fel bod ei chorff brin chwarter modfedd oddi ar y llawr. Un. Dau. Tri. Neidiodd o'i chwman a'i symud hi fel mellten i gyfeiriad y llygoden. Trodd honno ar unwaith oddi wrth y bocs a'i bachu hi o dan y sgip. Gwthiodd y gath ei phen o dan y sgip a mentro pawen finiog, ond roedd y llygoden wedi bagio'n rhy bell am yn ôl. Neidiodd y gath ar ei thraed, mynd i ochr arall y sgip, a mentro eto. Symudodd y llygoden i gyfeiriad arall, yn bell o afael y gath. Mewiodd hithau'n yddfol, gan greu rhyw sŵn garw. Roedd ei llygaid yn fflachio yn yr hanner gwyll, a'r llygoden yn crynu gerllaw. Arhosodd Gerty felly am rai munudau – yn gwylio, yn awchu, yn benderfynol o gael ei brecwast.

Symudodd y llygoden i guddio tu ôl i olwyn y sgip ond daliai i edrych, rhag ofn i'r gath sleifio ati. Yn raddol bach, tynnodd Gerty ei phen o waelod y sgip ac eisteddodd yn gefnsyth, ei chynffon wedi plethu am ei choesau. A gwyliodd. Roedd gwylanod yn clegar yn y pellter ac ambell gar yn tuchan heibio, ond arhosodd y gath yn berffaith lonydd; golwg gadarn ar ei hwyneb. Roedd y llygoden yn dal i ddawnsio tu ôl i olwyn y sgip, ei llygaid duon yn sgleinio'n llaith.

Cododd y gath ei phawen a llyfu ei chefn, cyn plygu ei phen, rhwbio'r bawen yn erbyn ei ffwr, a llyfu'r bawen eto. Daliodd ati am rai eiliadau a gwyliai'r llygoden bob symudiad. O dipyn i beth, stopiodd Gerty ymolchi ac edrychodd o'i hamgylch, fel petai'n gweld y lle am y tro cyntaf. Cododd ei phawen ac edrych arni. Yna, safodd ar ei phedwar. Sylwodd ar ei chynffon a symudodd mewn cylch fel petai yn ei hymlid. Mentrodd y llygoden gam i'r ochr; roedd y gath â'i chefn ati. Ar hynny, sgrialodd y beth fach oddi wrth y sgip i gyfeiriad cefn y siop.

Cododd y gath ei hwyneb ac edrych yn fanwl ar y lôn yn ymyl. Roedd yna gar wedi troi i mewn i'r iard ac wedi stopio wrth y pympiau petrol. Ysgydwodd ei phen, caeodd ei llygaid a'u hagor eto, a gwylio'r dyn yn estyn am y pwmp a'i blannu yn ochr y car. Gallai fentro neidio i mewn i'r car pan fyddai'r dyn yn agor y drws. Ond beth os nad oedd y dyn yn mynd i'r cyfeiriad roedd hi'n mynd? Beth petai'n trio a'r dyn yn rhoi fflich iddi o'r ffordd? Beth petai'n mentro ac yn cael ei chludo yn ôl i'w gartref a'i gwneud yn gaeth?

Llyncodd ei phoer a mentro cam yn nes at y sgip. Roedd ei stumog yn gwasgu, a hithau heb fwyta'n iawn ers wythnosau. Roedd yna sbarion rhyw gig ar lawr mewn ffoil. Ystyriodd. Fedrai hi ddim, wir! Simsanodd. Cododd ei phen. Edrychodd o'i hamgylch. Trodd ei phen yn ôl at y sgip, sylwi ar y cig, a gwneud bi-lein amdano.

Ac fe'i trawodd.

Atgof? Dau uwch ei phen. Rhywun wedi cythru amdani. Yn ei chaethiwo hi yn ei hunfan? Llygaid glas. Mor las â thân gaeaf. Dyna oedd gan un. Yr un gwallt cwta. Yr un a bwysodd ymlaen ati a sibrwd rhywbeth yn ei chlust. Ni fedrai gofio beth yn union ddywedodd y person, ond fe allai ddal i deimlo gwres ei lais ar ei chroen. Ei lais? Ei llais. Eu llais? Erbyn meddwl, llais meddal a glywodd. Ia ddim?

PENNOD 10

Eisteddai'r tair o amgylch bwrdd y gegin, a thician y cloc yn llenwi'r stafell wrth i Cara agor y gist fach efydd a thynnu'r cynnwys ohoni: powlen ddu, plu bob lliw, cerrig amrywiol, perlysiau melys a chwerw, poteli bychain, gwag, a sach fach goch. Fe'u gosododd yn ddestlus ar y bwrdd wrth i'r ddwy arall dawel wylio. Yn y man, estynnodd lyfr nodiadau, oedd â lliw ei gloriau wedi hen bylu, o waelod y gist a'i osod o'i blaen.

'Wel . . . ' meddai Cara ymhen ennyd.

'Wel be?' gofynnodd Jackie.

'Wel . . . mi fydd raid inni blanio'n ofalus.'

'Planio be 'ŵan?'

'Wel, be 'dan ni'n mynd i neud dydd Sadwrn, 'de.'

''Dan ni *am* fynd 'lly?' gofynnodd Jackie, a'i llais yn denau.

Nodiodd Cara'i phen, 'Ma' raid inni. Ella gawn ni fwy o syniad o be 'nath ddigwydd iddi drwy fod yna.'

'Ond fyddan ni'n edrach fath ag odd ones out 'na'n byddan? Fydd 'na lecturers a, a rhyw bobol bwysig yna, a ninna yn canol nhw?!'

'Wel, ddim cweit,' atebodd Cara wrth agor ei llyfr nodiadau.

Roedd Lowri'n annodweddiadol o dawel y diwrnod hwnnw, ond sylwodd yr un o'r ddwy arall ddim am sbel.

Trodd Cara'r tudalennau gan graffu'n sydyn ar y sgrifen gain. Roedd yna luniau bach yn britho'r dalennau ynghyd â symbolau cyfrin. Rhedodd ei bysedd ar hyd y llinellau a sibrwd darllen yn sydyn.

Crynodd ffôn Lowri a heb feddwl ddwywaith, estynnodd amdano ac agor y neges. Gwen; wedi anfon llun o Gwyn Gillmore yn disgwyl am fws. Gwenodd Lowri'n gynnil cyn ateb:

Paid! Ti fatha stalker rŵan! x

Sylwodd Jackie ar Lowri yn chwarae efo'i ffôn, 'Rhwbath pwysig gynno chdi'n fanna?'

Cododd Lowri ei phen a gweld Jackie'n edrych braidd yn gam arni. Oedodd Lowri am ennyd fach, cyn troi'n ôl at ei ffôn, anfon y neges, a'i roi yn ei phoced. Trodd Lowri ei phen oddi wrth Jackie a gwylio Cara'n dal i chwilio. Yna, trawodd Cara un dudalen efo'i llaw, ''Ma ni!'

Cododd Lowri yn ei sedd i gael cip o bell ar gynnwys y llyfr.

'Ma' 'na un ffor' . . . saff . . . inni fedru mynd dydd Sadwrn.'

'Be ti'n feddwl, "saff"?' gofynnodd Jackie.

'Wel, heb i neb wbod na ni fydd yna . . . '

Roedd Jackie'n dal i edrych yn od ar Cara, a Lowri hefyd yn edrych i wyneb y wrach.

'Wel . . . ym . . . Ma' 'na ddau beth sy'n stopio ni rhag mynd yna fel, fel ni. Iawn?'

Nodiodd Jackie'n araf.

'Yn un peth, be tasa 'na rywun o'r coleg yno a 'di gweld ni yn y diwrnod agorad? 'Sa fo'n weird bo ni isio mynd i gnebrwng rhywun toeddan ni'm yn nabod – i fod! Ac yn ail, wel, ma'r ail yn fwy o beth os rwbath. Be os na witch hunter ddaru ladd Rhiannon? A gneud o mewn ffor' seremonïol i neud inni feddwl na rwbath arall ddaru'i lladd hi? A be tasa'r hunter yn y cnebrwng hefyd? Yn chwilio amdanon ni?'

‘Paid â bod yn wirion. ’Sna’m witch hunters o gwmpas ’ma.’

‘Blydi hel, dyna ’di atab chdi i bob dim!’ torrodd Cara ar draws Jackie.

Bu distawrwydd am ennyd cyn i Cara droi’r llyfr i olwg Jackie a Lowri. Ar frig y dudalen, roedd y gair, ‘Trawsffurfiad’, ac oddi tano, roedd rhestr go faith o gynhwysion ar gyfer diod gyfrin a fyddai’n newid pryd a gwedd rhywun.

‘Ella fedran ni fynd fel hyn,’ meddai Cara.

Daliai Jackie i edrych ar y cynhwysion – doedd hi ddim wedi clywed am eu hanner nhw. ‘Fedran ni neud hwn? . . . As in, ’sgynnon ni’r stwff ’ma i gyd?’

‘Oes.’ Oedodd Cara. ‘Ma’ gynnon ni’r stwff, ond ...’ Tynnodd y llyfr yn ôl ati. ‘Ond dwi’n ama na fyddan ni’n gallu gneud diod i ni’n tair. ’Dan ni’n rhy wan fel Cylch. Ella fyddan ni’n medru gneud diod i ga’l effaith ar un. Dwy ar y mwya.’

‘So pwy sy’n mynd i . . . ?’

‘Dwi’m am fynd.’

Edrychodd Jackie a Cara ar Lowri.

‘Na, na, ma’ raid fod ’na ryw ffor’ arall neu ...’ mentrodd Jackie.

Ysgwyd ei phen wnaeth Lowri, ‘Na, ma’n iawn. Honest. To’n i’m rili’n nabod hi. ’Im go iawn. A dwi’m even yn perthyn i’r coven.’

‘Mi fyddi di,’ atebodd Jackie’n dawel.

‘Ma’n iawn. Really. Ewch chi. Gobeithio ’newch chi ffendio rwbath.’

Roedd Cara wedi plygu ei phen fymryn a llygaid Jackie’n gwibio o’r naill wrach i’r llall. Yn y diwedd, gafaelodd Lowri yn ei bag a chodi ar ei thraed.

‘Well ’mi fynd, dwi’n meddwl. Fydd Mam yn wondero lle dwi.’

'Ond . . . ' dechreuodd Cara. Trodd Lowri i edrych arni â chwestiwn yn llond ei llygaid. 'Ond, mi 'dan ni ... 'dan ni angan chdi.'

'Ydan tad,' ychwanegodd Jackie.

Bu saib am sbel wrth i Lowri deimlo'i thymer yn berwi.

'Ydan,' ceisiodd Cara eto.

Daeth gwên i wyneb Lowri wrth iddi ysgwyd ei phen fymryn. Ond methodd â ffrwyno'i thafod, 'Angan. Jyst i fod o use ichi efo'r potion 'ma!'

'Ddim jyst hynna,' meddai Jackie.

'Ia, *jyst* hynna . . . angan fi,' atebodd Lowri.

Edrychodd Jackie i gyfeiriad Cara. Wyddai'r un o'r ddwy beth i'w ddweud. Gwenodd Lowri eto a gollwng chwerthiniad bach.

'Wel, dwi'n siŵr fedrwch chi neud o'n iawn 'ych hunan!'

Trodd Lowri am y drws.

''Nawn ni gontactio'n fuan, ia?' cynigiodd Jackie.

Agorodd Lowri'r drws a'i gau'n sicr ar ei hôl. Aeth rhai eiliadau heibio wrth i'r ddwy oedd yn weddill geisio cael trefn ar blu mân eu meddyliau.

Trodd Jackie at Cara yn y diwedd, 'So, be 'ŵan?'

Estynnodd Cara am y bowlen a'r plu. Gosododd nhw yng nghanol y bwrdd a chododd ar ei thraed. Rhedodd ei bys ar hyd y dudalen a stopiodd wrth un llinell. Gwyliodd Jackie'r wrach mewn dipyn o syndod; roedd hi'n dal ati fel pe na bai dim wedi digwydd.

''S 'na rwbath yn bod 'fo chdi?'

Anwybyddodd Cara'r sylw, ac estynnodd am bluen arall ac ambell garreg dryloyw.

'Cara!'

Stopiodd Cara ac edrych ar Jackie.

''Dan ni newydd golli rhywun arall.'

'Do,' atebodd Cara'n undonog. 'Mi fydd hi'n fwy o job inni neud y swyn rŵan.'

'Dyna'r cyfan sy'n poeni chdi?!'

Bu saib am ennyd, a'r distawrwydd yn dwrw di-sŵn.

'Ma'n biti. Yn ofnadwy. Yndi. Ond ma'n rhaid inni ddal i fynd. Mi fedrwn ni sortio petha efo Lowri wedyn. Y peth pwysig ar hyn o bryd ydi bod ni'n aros yn fyw, Jackie!'

Ac aeth Cara yn ei blaen i ddidoli'r perlysiau cyn eu gosod yn ofalus yn y bowlen. Camodd oddi wrth y bwrdd i nôl y malwr-pethau-mân o'r ddrôr er mwyn chwalu'r perlysiau. Gwasgodd y malwr yn gadarn a stwnsio cynnwys y bowlen. Yn ystod hyn i gyd, arhosodd Jackie'n dawel, yn cael trafferth prosesu'r hyn roedd hi'n dyst iddo. Gwyliodd Cara'n symud mewn ffordd bron yn robotaidd. Yna edrychodd ar gyfaill Cara yn y tanc gwydr yng nghornel y stafell. Roedd y geco'n sefyll ar ben logyn ac yn rhythu ar Cara. Gosododd y wrach y bowlen ar y bwrdd cyn troi'n ôl at ei llyfr.

'Wyt ti isio fi neud 'wbath?' gofynnodd Jackie, wedi'i threchu rhyw gymaint.

''Nei di nôl y bocs gwyrdd o'r cwpwr' ar y chwith fanna?'

Cododd Jackie ac aeth at y cwpwrdd. Erbyn gweld, hen focs bisgedi oedd o â phatrymau-bob-sut ar ei hyd. Roedd y bocs yn ysgafn iawn. 'Hwn tisio?'

Nodiodd Cara a chaeodd Jackie ddrws y cwpwrdd, cyn gosod y bocs ar y bwrdd.

''S 'na rwbath yn'o fo?'

'Oes,' meddai Cara gan agor y caead. Teimlodd Jackie ryw bwl o gyfog yn ei tharo wrth iddi weld y cynnwys. Yno, mewn rheseidiau bach taclus â chwlwm am bob un, ynghyd â darn o bapur ag enw, dyddiad a rhyw biolegol, roedd sypiau bach o wallt amrywiol.

'Pa liw tisio bod?' gofynnodd Cara.

Daliodd Jackie i edrych ar y bwndeli o'i blaen. Roedd yna rywbeth amdanyn nhw a wnaeth i ias gropian ar hyd ei chefn.

'Lle gest ti nhw?'

''Di casglu nhw ar hyd y blynyddodd . . . '

Oedodd Jackie eto wrth i Cara godi sypyn o wallt tywyll, 'Ti ffansi du?'

Aeth y ddwy ati wedyn i ddilyn y cyfarwyddiadau yn ofalus. Malu'r cynhwysion, eu cymysgu'n drylwyr â phowdwr, cyn eu gollwng i mewn i'r poteli bach oedd yn hanner llawn o ddŵr afon. Wedi gwneud hynny, rhoddwyd cudyn o wallt yn y ddwy botel – dau gudyn gwahanol – ac fe'u gadawyd yno i fwydo. Adroddodd y ddwy fendith. Bu hynny'n dipyn o orchwyl a dweud y gwir. Roedd fel petai pob brawddeg yn sugno eu hegni. Daliwyd ati, nes y bu'n rhaid i'r ddwy stopio wrth deimlo'u pennau'n troi. Gosodwyd y poteli yn y sach fach goch, a'u dodi yn y ffrij i fwydo am ddeuddydd. Y gobaith oedd y buasent yn barod erbyn bore Sadwrn.

☽○☾

Clegar gwylanod a ddeffrodd Cara y bore hwnnw. Roedd yna dair ohonynt y tu allan i ffenest ei llofft fel parti llefaru brwdfrydig oedd heb ymarfer hanner digon. Teimlai Cara eu bod yn edliw iddi hynny o gwsg roedd hi wedi'i gael. Roedd ei meddwl yn aflonydd drwy'r nos – y cwestiynau'n we amdani a dydd Sadwrn yn fwgan cyn ei gyrraedd.

Cododd Cara ar ei heistedd. Rhwbiodd ei dwylo'n erbyn ei hwyneb cyn eu rhedeg drwy'i gwallt lliw derw. Roedd ei llygaid yn drwm. Ond wedi rhai munudau, penderfynodd godi o'i gwely a mynd am gawod.

Deffrodd drwyddi wrth i'r dŵr oer olchi drosti. Trodd y mesurydd gwres i fyny. Estynnodd am botel hylif golchi'r corff ac oedodd am ennyd. Gan iddi ei gweld hi eto. Rachel. Yn llond ei meddwl. Ei chroen llyfn, ei chorff synhwyrus, ei bronnau meddal, a'i llygaid gleision yn gariadus o lawn, yn sefyll yn y gawod efo'r wrach. Clywai Cara'i harogl eto. Blas ei gwallt. Rhedodd law ar hyd ei hwyneb i lawr ei gwddw, ei bronnau, ei stumog, i'w chluniau. Prin mai ei phŵer a ganiatâi iddi gofio'r pethau hynny am Rachel. Atgofion oedden nhw. Atgofion oedd yn araf felynu. Roedd dros flwyddyn a hanner wedi pasio ers ei diflaniad wedi'r cyfan. Ond daliai i'w gweld, ei theimlo, ei phrofi.

Wyth mis yn unig y bu'r ddwy'n gweld ei gilydd. Ond roedd yn wyth mis o decstio'n ddyddiol, o gyfarfod ddwywaith, dair yr wythnos, ac o greu atgofion amrywiol mewn byr o dro. Gweithio i gwmni yswiriant roedd Rachel, ac roedd ei golwg ar ei gyrfa. Gweithiai oriau bwygilydd, ac roedd Cara'n edmygu hynny amdani. Roedd y ddwy yn egnïol yn eu priod feysydd, a chyda hynny, yn gefn ac yn anogaeth i'w gilydd. Gwelsant y naill yn cael ei gwneud yn rheolwraig siop fawr a'r llall yn cael cynnig swydd yn uwch-adran y cwmni ym Manceinion.

Bu Rachel fel cwpan mewn dŵr yn ceisio penderfynu ynghylch y dyrchafiad. Er gwaetha'r sioc gychwynnol, cefnogodd Cara'r posibilrwydd. Yna, un noson, yng nghanol pennod ddiweddaraf rhyw gyfres ddrama ar BBC1, dywedodd Rachel ei bod angen mymryn o awyr iach, ac aeth am dro ar ei phen ei hun.

Gorffennodd y ddrama. Gwyliodd Cara'r newyddion. Edrychodd ar ryw raglen chwaraeon heb gymryd llawer o sylw. Roedd amser yn prysur fynd heibio a dim golwg o Rachel. Erbyn hanner nos, penderfynodd Cara ei ffonio. Aeth yr alwad yn syth i'r peiriant ateb. Triodd eto, droeon, a'r un oedd y canlyniad. Bu'r noson honno'n araf drybeilig, a phob awr yn llusgo'n boenus.

Yr ennyd y cyrhaeddodd 9 y bore wedyn, ffoniodd Cara'r heddlu. Doedd ymddwyn fel hyn ddim fel Rachel. Cofnodwyd ei diflaniad a gwnaed ymholiadau. A bu'r cyfnod canlynol hwnnw fel hunllef, gyda Cara'n brysur yn cerdded o gwmpas Bangor, yn chwilio ym mhob twll a chornel, rhag ofn. Gwnaeth bosteri a'u dosbarthu'n eang. Cysylltodd â'r ychydig ffrindiau y gwyddai a oedd gan Rachel – pobl yn y gwaith bob un. Ond doedd ganddi ddim manylion cyswllt ar gyfer teulu Rachel. Postiodd negeseuon ar Facebook. Gwnaeth hyn i gyd, ond i ddim. Yn y diwedd, penderfynodd droi at y Cylch a gofyn i Rhiannon am gymorth. Bu Rhiannon yn rhyw fath o fentor i Cara, wedi'r cyfan, felly roedd y wrach ifanc yn ymddiried yn llwyr ynddi hi a'i gallu.

Cynhaliwyd cyfarfod er mwyn gwneud y swyn. Daeth Cara a Jackie draw i Benrhosgarnedd – Jackie â chanhwyllau lafant a Cara ag un o flowsys Rachel. Gosodwyd yr allor. Safodd y tair o gylch y bwrdd. Rhoddwyd y canhwyllau yn y crochan, wedi eu goleuo, a'r flows i orwedd wrth eu hymyl. Yna gostyngwyd crisial a glymwyd am gadwyn arian i mewn i'r crochan. Llafarganodd y tair eiriau cyfrin a dechreuodd y crisial droi mewn siâp cylch. Gadawyd iddo fod am rai munudau nes i'r crisial fynd yn wyllt. Codwyd y gadwyn o'r crochan ac estynnnwyd am fap y byd. Dylasai'r crisial fod wedi glanio ohono'i hun ar y map i ddangos lle roedd Rachel, ond daeth i stop heb lanio yn unman. Edrychodd Jackie'n simsan a gwelwodd wyneb Rhiannon. Ond roedd Cara'n edrych yn wyllt. Yn rhythu ar ddiffyg symudiad y crisial.

'Cara,' mentrodd Rhiannon yn y man.

'Dau funud eto,' atebodd Cara, heb godi'i phen o'r map.

'Cara,' meddai Rhiannon eilwaith, ond nid atebodd y wrach ifanc.

'Ti'n gwbod be ma' hyn yn feddwl,' ychwanegodd Jackie gan estyn llaw at fraich y wrach 'fengaf. Tynnodd Cara'i braich o'i gafael a dal i edrych ar y crisial. Aeth rhai eiliadau heibio nes i Rhiannon godi'r gadwyn.

'Be 'dach chi'n neud?' bloeddiodd Cara, cyn cythru am y garreg loyw a'i throi uwchben y map.

'Cara. Does 'na'm diben gneud,' ceisiodd Rhiannon.

Parhaodd Cara i drio troi'r gadwyn, ond buan y sylwodd nad oedd momentwm ynddi. 'Ma' raid inni ddeud y swyn eto!'

'Yli, Cara . . .'

'Rŵan!'

'Does 'na'm . . .'

'Neu ma' raid fod 'na rwbath arall!'

Oedodd Rhiannon, cyn mentro estyn am law Cara. 'Ma' raid fod 'na.'

'Nag oes, Cara.'

'Oes!'

Trodd Cara oddi wrth Rhiannon ac at Jackie, a gweld yr un ystum ar ei hwyneb hithau.

'Ma' raid fod 'na rwbath!'

'Nag o's, del.'

'Be am alwad ysbrydol?'

Caledodd wyneb Rhiannon, 'Na; fedran ni'm gneud hynna.'

'Pam?'

'Ma'n rhy beryg – a hitha 'mond newydd . . .'

'Plis, Rhiannon! . . . Plis!'

Bu saib. Mentrodd Jackie rwbio'i llaw ar fraich Cara. Rhythodd Cara ar Rhiannon.

'Fedrwch chi neud o. Mi fedrwch chi!'

Saib arall.

'Yli, Cara. Mae o'n rhy beryg. Sori. Ond mae o'n rhy beryg. Ti'n gwbod hynna.'

Agorodd Cara'i llygaid a theimlo dŵr cynnes y gawod yn golchi dros ei hwyneb. Tynnodd ei bysedd ohoni'n araf bach. Rhwbiodd ei llygaid. Roedd yn amser iddi afael ynddi, meddyliodd.

Newidiodd i'w dillad tywyll, gwnaeth damaid o frecwast (er nad oedd ganddi fawr o awydd bwyd), ac eisteddodd wrth fwrdd y gegin yn disgwyl.

Cyrhaeddodd deg o'r gloch ac ar hynny, cyrhaeddodd Jackie, yn syndod o brydlon. O'r ennyd yr agorodd Cara'r drws, fu fawr o sgwrs rhwng y ddwy. Camodd Jackie, oedd â sgarff ddu am ei gwddw a sbectol haul ar ei thrwyn, i'r gegin, ar ôl Cara, oedd wedi'i gwisgo'n ddigon disylw. Roedd stumog Jackie'n troi. Doedd hi erioed wedi yfed diod trawsffurfio o'r blaen. Byddai'n brofiad rhyfedd, meddai Cara wrthi. Profiad fel gweld hen ffrind ysgol wedi britho math o beth. Heb sôn am y teimlad mewnol. Byddai'i dwylo a'i thraed yn binnau mân am rai munudau a byddai andros o gur pen yn dilyn, yn enwedig a hwnnw'n dro cyntaf iddi.

Yna sylwodd Cara fod Jackie'n cario bag-am-oes Asda. 'Be s'gen ti'n hwnna?'

'Dillad.'

'Dillad be?'

'Dillad cnebrwng, 'de.'

'Ond,' meddai Cara, 'ti'n gwisgo rhei.'

'Ma' nhw jyst rhag ofn fydda i'n troi'n ddynas dewach neu deneuach. Dwi'm isio edrach yn flêr.'

Nodiodd Cara. Roedd gan Jackie bwynt, meddyliodd. Wel, gobeithio i'r nefoedd y byddai ei dillad hi'n ei ffitio.

Agorodd Cara'r ffrij a thynnu'r sach goch ohoni, cyn estyn am y ddwy botel fach. Cynigiodd un i Jackie a, gyda thamaid go helaeth o nerfau, cymerodd yr un â gwallt du.

'Bottoms up,' meddai Jackie'n gloff cyn yfed y botel ar ei phen. Llowciodd Cara ei diod hithau.

Ddigwyddodd ddim byd am sbel. Safai'r ddwy yn y gegin yn edrych ar ei gilydd a'r poteli'n wag yn eu dwylo. Dim. Dim ond sŵn y gwylanod oddi allan yn gymysg â cheir yn gyrru heibio. Dim byd nes y teimlodd Jackie gyfog yn codi. Gollyngodd y botel a chythru am ei gwddw. Teimlai fel petai'n tagu. Brwydrodd am ei gwynt wrth i'w llygaid droi. Gosododd Cara'i photel ar y bwrdd a chamu'n nes at Jackie. Syrthiodd hithau ar ei phengliniau wrth deimlo'i chorff yn ymestyn. Ei bysedd yn mynd yn hirach. Bochau ei hwyneb yn mynd yn dynnach. Ei gwallt yn diosg yr hen liw am ddu-adain-brân. A'i gwisg yn byrhau fesul eiliad. Crafodd Jackie'i hewinedd ar hyd leino'r gegin gan riddfan yn uchel. Wyddai Cara ddim beth i'w wneud. Doedd hi erioed wedi gweld trawsffurfiad mor boenus o'r blaen.

Sgrechiodd Jackie wrth godi'i phen ac edrych i wyneb Cara. Roedd ei llygaid wedi tywyllu a'i hwyneb yn ddiarth. Griddfanodd eto, plygu ei phen, a mynd i'w chwman. Arhosodd felly am ychydig. Yn llonydd. Berffaith lonydd. Nes mentrodd Cara ofyn, 'Jackie?'

Yn raddol bach, cododd Jackie'i phen. Edrychodd ar ei dwylo. Cododd ar ei thraed, yn simsan braidd, a chamodd i ganol y stafell i edrych yn y drych. Yno, fe welai ddynes dal, tua chwe throedfedd, â gwallt tywyll, wyneb main, a gwefusau tyn. Cododd ei dwylo at ei hwyneb a theimlo'r nodweddion newydd. Wedi craffu'n fanwl arni'i hun, sylwodd ar adlewyrchiad Cara, a hithau heb newid dim. Trodd ati.

'Ti'm 'di . . . '

'Ma' raid o'ddan ni 'mond yn ddigon cry' i neud i un

ddiod weithio,' atebodd Cara.

'Ond . . . ' baglodd Jackie, ei llais yn ddyfnach, 'ond be 'dan ni am neud rŵan?'

'Wel, fydd raid iti fynd yna . . . '

Torrodd Jackie ar ei thraws, 'No way dwi'n mynd 'ben 'yn hun!'

'Wel, be arall fedran ni . . . ?'

Ar hynny, cododd Jackie'r sbectol haul a'r sgarff oddi ar y llawr, ac aeth at Cara. Gwisgodd Jackie'r sgarff o gwmpas pen ei chwaer wrach a gosododd y sbectol ar ei thrwyn.

'O, fedra i ddim,' dechreuodd Cara.

'Blydi hel, mi fedri di,' gorchmynnodd Jackie. 'Bach o Thelma and Louise ella, ond mi wnei di'n champion.'

Edrychodd Cara ar ei hadlewyrchiad yn y drych eto.

'Reit, give me two minutes i newid i ddillad sy' *actually* yn ffitio fi.'

☽○☾

Roedd buarth yr eglwys yn brysur. Edrychodd Cara'r tu ôl iddi, ei sbectol haul yn dal ar ei thrwyn er gwaetha'r glaw oedd yn bygwth, a gwelodd hyd yn oed fwy o bobl yn ymuno â'r rhes o alarwyr. Trodd i edrych o'i blaen eto wrth i'r bobl araf symud at ddrws yr eglwys. Sŵn traed yn llusgo ar hyd y llawr. Su undonog parchus y galarwyr. Pobl yn edrych ar ei gilydd, yn craffu ar wynebau, yn sganio gwisgoedd; yn rhythu o gorun i sawdl pob enaid byw yn eu plith. Rhwbiodd Cara'i thrwyn. Roedd ei chalon yn crynu braidd ac roedd hi'n siŵr ei bod hi'n cochi. Ceisiodd ei ffrwyno'i hun. Roedd Jackie wrth ei hochr, ar y llaw arall, yn ymddangos yn llawer mwy pwyllog. Ar ôl ychydig funudau chwithig, cymerodd Jackie at ei chorff newydd i'r dim: daliai ei hun yn gefnsyth a cherddai'n fwriadus wrth ochr y wrach ifanc. Ond mewn difri, roedd hithau'n nerfau byw.

Cipedrychodd Cara o'i hamgylch eto. Doedd hi'n nabod neb yno. Llwythi o wynebau'n gydnaws â'r tywydd, a neb yn amlwg yn ymddwyn yn amheus. Daeth y ddwy i stop wrth i'r ymgymerwr, a safai wrth y drws, gyfeirio'r ddau oedd o flaen y gwrachod i'w seddi.

'Ti 'di darllen hanas rhywun eto?' sibrydodd Jackie.

'Mi 'na i pan fyddan ni tu fewn,' atebodd Cara. 'Mi fydd hi'n haws fel'na.'

Arweiniwyd y ddwy i mewn i'r eglwys dywyll ac aethant i eistedd yng nghanol y seti ar yr ochr chwith. Yr hyn a'u trawodd oedd bod yna gerddoriaeth yn canu'n dawel drwy'r adeilad yn barod.

Edrychodd Cara ar daflen y gwasanaeth. Roedd croes seml ar y dudalen o dan enw Rhiannon ac uwchben manylion lleoliad yr angladd. Teimlai Cara'n rhyfedd, fel petai'n mynychu cynhebrwng rhywun diarth. Darllenodd enw Rhiannon S. Griffiths ar y daflen eto ond gan fethu ei brosesu. Cododd ei phen ac edrych ar Jackie, yn barod i'w holi, ond sylwodd fod y wrach hŷn yn syllu yn ei blaen. Dilynodd Cara'i hedrychiad a gweld yr arch ym mhen yr adeilad, wedi'i osod yno'n barod. Ai dyna drefn y Catholigion? 'Ta doedd yna neb ar gael i rowlio'r arch i mewn? Wedyn, meddyliodd Cara, tybed ai dyna ddymuniad Rhiannon? A oedd y wrach wedi gwneud trefniadau o flaen llaw ac wedi eu nodi yn ei hewyllys? Os oedd hi wedi llunio ewyllys o gwbl?

Mentrodd Cara gipolwg o'i hamgylch. Roedd yr eglwys yn fôr tywyll o le. Ond yng nghanol yr wynebau diarth, gwelodd ambell un cyfarwydd – y sawl a welodd yn y diwrnod agored. Trodd ei phen yn o handi i edrych yn syth o'i blaen eto. Gorau'n byd po leiaf o gyswllt a wnâi ag eraill. Er, roedd Cara'n teimlo'n wirion yn dal i fod â'r sgarff am ei phen a'r sbectol haul ar ei thrwyn y tu fewn i'r eglwys.

Tawelodd y gerddoriaeth yn raddol a daeth yr offeiriad i'r golwg a sefyll o flaen yr arch. Gwnaeth ystum croes â'i law cyn codi'i ben i gyfeiriad y ffenest liw. Arhosodd felly am ennyd fer, yn edrych i fyny a'i gefn at y gynulleidfa. Yn y man, cododd y llestr oedd ganddo yn ei law chwith a sgeintio'r arch â dŵr sanctaidd. Roedd y ddefod yn un hynod. Daliai'r offeiriad ati i drochi'r arch â gweddillion y dŵr cyfrin am sbel fach. Ei symudiadau'n araf, fwriadus, a'r gynulleidfa'n dyst i'r offrwm.

Caeodd Cara'i llygaid a chwifio'i llaw o'i blaen er mwyn synhwyro hanesion y sawl oedd o'i chwmpas. Roedd yna ŵr a gwraig wrth ei hymyl wedi ffraeo'r bore hwnnw oherwydd bod y mab yn godro'r fam am bres a'r tad yn gwarafun hynny iddi. Roedd yna ddyn a ddaethai ar ei ben ei hun i'r angladd, ac wedi bod yn Marstons cyn y gwasanaeth, yn prynu bag o greision a phastai. Aeth i'w gar i lowcio cynnwys y bag-am-oes cyn chwydu'r cyfan yn y fan a'r lle. Roedd yna ddwy ddynes yn eistedd drws nesaf i'w gilydd, y ddwy'n sicr iawn eu gwedd ond, y bore hwnnw, wedi deffro yn yr un gwely a'r noson gynt yn gwmwl o gyffuriau rhyngddyn nhw.

Agorodd Cara'i llygaid. Teimlodd bang. Bu bron iddi feichio crio yn y fan a'r lle, ond gwnaeth ei gorau glas i liniaru'r don o deimlad. Gwthiodd y sbectol haul yn ôl ar ei thrwyn a chododd ei phen. Erbyn hyn, roedd yr offeiriad wedi symud i'r pulpud ac wrthi'n darllen o'r ysgrythur: 'Fel y dywedir ym mhedwaredd bennod ar ddeg Efengyl Sant Ioan, "Peidiwch â gadael i ddim gynhyrfu'ch calon. Credwch yn Nuw, a chredwch ynof finnau. Yn nhŷ fy Nhad y mae llawer o drigfannau" . . . '

Edrychodd Cara ar gefnau'r bobl o'i blaen cyn cau ei llygaid drachefn ac ymestyn ei dwylo. Gallai synhwyro ambell hanesyn, ond gwan iawn oedd y darluniau yn ei phen. Gwasgodd ei llygaid a cheisio'n daerach. Gwelai bobl yn siarad heb ddeall yr hyn a ddywedent. Gwelai ddynes wrth gyfrifiadur. Gwelai ddyn yn golchi llestri. Gwelai rywun arall yn mynd â'u ci am dro. Mewn fflach, gwelodd rywun yn edrych ar dŷ. Tŷ gwyn â phatrwm diemwnt du ar ei dalcen. Tŷ Rhiannon. Fedrai hi ddim gweld yr unigolyn yn glir: nid oedd yn dal, roedd yn denau, ac roedd yn gwisgo côt â chwfl dros ei ben. Yna, neidiodd llygaid Cara'n agored a brwydrodd am ei gwynt. Trodd un neu ddau o'i hamgylch i edrych arni. Cododd ei hun yn ei sedd. Tynnodd ei sbectol haul, dim ond am ennyd fach, a sychu'r chwys oddi ar ei thalcen.

'Welist ti rwbath?' sibrydodd Jackie.

Anadlodd Cara'n drwm cyn nodio'i phen yn dawel a gosod y sbectol yn ôl ar ei thrwyn.

Am weddill y gwasanaeth, roedd llygaid Cara'n crwydro'r gynulleidfa, yn ceisio cymharu'r ffigwr tywyll a welodd â'r galarwyr o'i chwmpas. Ond doedd dim yn tycio. Ceisiodd weld y ffigwr yn ei meddwl eto, ond y cyfan a welai oedd cysgod pŵl o beth. Gwasgodd ei llygaid drachefn, ond roedd ei gafael am yr olygfa'n gwanio. Agorodd ei llygaid ac roedd y gynulleidfa wedi dechrau stwyrian o'i chwmpas.

☽○☾

Gallai weld pawb a oedd yn yr eglwys yn well erbyn hyn, felly craffodd yn gynnil ar eu hwynebau. Ond daliai i deimlo'r hen chwithdod yna, teimlad fel gair coll ar flaen tafod. Roedd y sawl a safai y tu allan i'r tŷ ym Mhenrhosgarnedd yno, rywle yn y fynwent yr ennyd honno. Roedd Cara'n siŵr. Ceisiodd Jackie edrych o'i chwmpas hefyd, ond doedd dim byd neilltuol yn taro'r un o'r ddwy.

Aeth y ddefod yn ei blaen. Camodd yr offeiriad yn nes at y bedd ac adrodd ychydig eiriau. Symudodd y ddwy wrach gam yn nes hefyd. Doedd dim sôn am deulu yno o gwbl. Deon y coleg a draddododd y deyrnged, ond doedd dim cyfeiriad at deulu Rhiannon, ar wahân i'r ffaith ei bod hi'n unig ferch y diweddar Gwilym a Sarah Griffiths.

Roedd y teimlad yn cosi Cara, yn cynyddu fesul eiliad, fel petai rhywun yn chwifio pluen o dan ei thrwyn. Edrychodd o'i chwmpas.

'A dyma ddychwelyd ein chwaer . . . '

Daliodd lygaid ambell un wrth iddyn nhwythau wenu'n gam. Trodd at Jackie. Plygodd hithau'i phen. Yna syrthiodd Cara ar lawr. Stopiodd yr offeiriad ar ganol ei druth a phlygodd Jackie yn ei chwrcwd. Plygodd un neu ddau arall hefyd i helpu'r ddynes oedd newydd lithro i'w chwman. Roedd pen Cara fel top yn troi.

'Cara?'

Yna sadiodd Cara. Edrychodd o'i blaen, ar ddim byd yn benodol, ac fe'i trawodd. Roedd y teimlad wedi tewi. Fel diffodd cannwyll. Cododd ei phen ac edrych i wyneb Jackie. Roedd hithau'n gwestiwn i gyd.

'Mae 'di mynd . . . '

'Be?'

'Mae 'di mynd o 'ma.'

Cododd Jackie ei phen ac edrych yn sydyn o'i hamgylch. Dim byd eto. Dim byd neilltuol ar wahân i'r bobl yn sefyll ar yr allt, cerrig beddi bob lliw a llun yn britho'r lle, a dyna ni. Dim. Aeth y ddau alarwr, oedd wedi plygu yn eu cwrcwd, ati i helpu i godi'r wrach ar ei thraed.

'D-diolch.'

'Iawn siŵr,' atebodd un o'r dynion.

Camodd Jackie'n nes at Cara.

PENNOD 11

Cerddodd y ddwy o'r siop dan chwerthin – bagiau llawn ym mhob llaw a'r ddwy'n ogleuo o sent amrywiol.

'Onest, o'dd hi'n bownsio!'

A chwarddodd y ddwy eto. Roedd hynny'n help i Lowri symud ei meddwl. Ond, ar ei gwaethaf, byddai'n dal i edrych ar ei ffôn ambell dro'r bore hwnnw er mwyn gwirio faint o'r gloch oedd hi. Roedd yna lawer o bobl yn ciwio tu allan i'r eglwys pan basiodd y ddwy ar y bws i ganol y ddinas yn gynharach, ond welodd Lowri ddim golwg o Cara na Jackie. Er, fe wyddai Lowri y byddai'r ddwy, neu un ohonyn nhw o leiaf, yn siŵr o fod yn edrych yn eithaf gwahanol i'r arfer.

'Reit, coffi rŵan!' datganodd Gwen cyn cythru am fraich Lowri. 'A gawn ni weld os dwi 'di ca'l mwy o matches!'

'Ti dal ar Tinder?'

'Aye!'

Chwarddodd Gwen a throdd y ddwy am Nero.

Roedd y caffi'n weddol dawel y bore hwnnw, yn chwithig o wag a chysidro ei bod yn fore Sadwrn; arwydd o wirionedd anffodus canol y ddinas yma.

Aeth y ddwy at y til a disgwyl eu tro. Roedd golwg-glaw-taranau ar yr hogan oedd yn gwneud y paneidiau, ei haeliau wedi eu paentio'n finiog o gam, a'r fodrwy arian oedd yn hongian o'i thrwyn yn pefrio.

Archebodd Gwen gapuccino a latte, ac aeth Lowri heibio iddi i fachu bwrdd wrth y ffenest. Gosododd ei stondin gan roi'r bagiau llawn ar y sêt drws nesaf iddi.

Roedd hi wedi gwario fel peth gwirion. Byddai'n rhaid iddi drio gwneud i'w thad deimlo drosti i roi mwy o bres poced iddi am weddill y mis. Fyddai ddim gobaith ganddi efo'i mam. Na, ei thad amdani.

Pingiodd ei ffôn. Estynnodd amdano. Llun ar Snapchat. Caeodd y snap ac edrych ar sgrin gartref ei ffôn. Doedd dim neges gan neb arall. Roedd hi'n 11:48. Oedd Lowri wedi disgwyl go iawn y câi neges y bore hwnnw? Ar ôl beth ddywedodd hi? Ar ôl sut yr ymatebodd y ddwy? Oedd, mewn difri. Roedd hi wedi hanner, chwarter gobeithio clywed rhywbeth. Unrhyw beth.

''Ma ni!' Torrwyd ar draws meddwl Lowri gan Gwen â'r paneidiau.

'Hei, ti 'di gweld pwy sy'n ista fan'cw?' gofynnodd Gwen gan gipedrych dros ei hysgwydd chwith a gosod y paneidiau rhwng y ddwy.

Dilynodd Lowri'r amnaid efo'i llygaid ac wrth weld pwy oedd yno, pwysodd yn ôl yn ei sêt.

'Ha! Be am inni ddeud helô w'tha fo?'

'Paid ti â dareio!'

'T'laen. Jyst bod yn glên!'

Eisteddodd Gwen o flaen ei ffrind, gan edrych bob hyn a hyn i gyfeiriad Gwyn Gillmore. Roedd yntau'n rhy brysur â'i ben yn ei liniadur i sylwi ar neb o'i gwmpas.

''Sgwn i be mae o'n sgwennu,' sylwodd Gwen cyn troi at ei ffrind ac awgrymu, 'Ella love letter i rywun!'

'Cau dy geg!' Roedd Lowri'n esgus dwrdio.

Estynnodd Gwen am ei ffôn a'i astudio'n fanwl. Daliai Lowri i edrych-heb-edrych i gyfeiriad Gwyn. Roedd ganddi bilipalod penwan yn ei stumog.

'Pedwar match newydd!' cyhoeddodd Gwen, cyn troi ei ffôn at ei ffrind. 'Be ti'n feddwl o 'hein 'ta?'

Cymerodd Lowri'r ffôn o law Gwen. Craffodd ar y

gwahanol broffiliau, cyn codi'i phen a gofyn, 'Be ti am ddeu'thyn nhw?'

'Dim byd,' atebodd yn ddiniwed i gyd. 'Os 'na'n nhw ddeud helô, 'na i ddeud helô yn ôl!'

'A be os 'na'n nhw ddangos llynia?'

'Ma'n nhw'n gneud hynna'n barod!'

'Ti'n gwbod be dwi'n feddwl.'

'God, Lows. Ti mor serious 'di mynd. No way dwi am yrru llynia doji. Dwi'm yn thick 'sti. A ti'im yn gallu gneud ar Tinder eniwe.'

'O, na, dim dyna o'n i'n trio ddeud,' baglodd Lowri dros ei geiriau.

'Jyst bach o harmless fun, 'de,' gwenodd Gwen cyn i'w ffôn grynu. 'O, 'ma ni. Mae Jake 'di anfon negas.'

Cymerodd Lowri lymaid arall o'i phaned wrth i eiriau ei ffrind droi yn ei phen. 'Ti mor serious 'di mynd.' Oedd. Fedrai Lowri ddim gwadu ei bod hi wedi difrifoli cryn dipyn. Arferai fod mor ffwrdd-â-hi. Mewn hwyliau ysgafn gan amlaf. Yn jocian ac yn chwerthin, yn chwerthin hyd at grio efo Gwen, fel arfer. A'r ddwy wedi bod yn ffrindiau ers ysgol feithrin ac yn nabod ei gilydd i'r dim. Ond yn ddiweddar yma, roedd pethau wedi newid. Roedd byd Lowri wedi newid, a fedrai hi ddim dweud hynny wrth ei ffrind gorau hyd yn oed. Doedd fiw iddi mewn difri. Ac roedd hynny'n boen gyson, fel hen glais oedd heb fendio.

Ceisiodd Lowri symud o'r chwithdod oedd yn dew ar hyd y bwrdd gan ofyn, 'A be 'di hanas y Jake 'ma 'ta?'

'Student yn uni 'di o. Law.'

'Clyfar 'lly?'

'A del . . . '

'Too good to be true, d'wa?'

'Dyna pam dwi 'di gofyn am fwy o lynia ar Snapchat.'

'Ti ddim?!'

'Do! Isio gwbod os 'di o'n legit, 'de!'

Gwenodd Lowri. Yna edrychodd ar ei ffôn. Dim neges na galwad na dim. Mae'n debyg y buasai'r gwasanaeth wedi gorffen erbyn hyn, meddyliodd. Cododd ei phen yn y man, a chymryd llymaid o'i phaned. Roedd Gwyn yn dal i fod yn rhythu ar ei liniadur, yn teipio'n ddi-stop. Ei lygaid yn crwydro ar hyd y sgrin. Y llygaid-hawdd-ymgolli-ynddyn-nhw. Roedd ganddo wyneb cadarn hefyd, esgyrn ei fochau'n fframio'i ben. A fedrai hi ddim peidio ag edrych i'w gyfeiriad.

Yn y diwedd, daliodd Gwen lygad ei ffrind. Gwridodd hithau braidd o gael copsan, ac yn gwbl ddirybudd, dechreuodd Gwen besychu'n hegar.

'O, ti'n iawn?' gofynnodd Lowri.

Daliodd Gwen i dagu nes iddi gael cip ar Gwyn yn codi'i ben ac yn edrych i gyfeiriad y ddwy. Ar hynny, tawelodd y tagu mwyaf sydyn, ac ymddiheurodd Gwen yn llaes am wneud y fath dwrw.

Gwenodd Gwyn a chodi'i law ar y ddwy.

Chwifiodd Gwen yn ôl a gwenodd Lowri'n gam. Trodd Gwen at ei ffrind.

'Ti'n awful 'sti!' meddai Lowri'n daer.

Gwenodd Gwen, 'And that's why you love me, Lows!'

Cymerodd Lowri gegaid fawr o'i phaned oedd bellach yn llugoer.

'Ac anyway, ma'n hen bryd iti *actually* symud ymlaen o'rwth Tom, y two-timing prick!'

Nodiodd Lowri.

'Www,' sylwodd Gwen, 'ma' Jake 'di gyrru mwy o lynia!'

PENNOD 12

Teimlai'r lôn yn ddiderfyn. Dim enaid byw i'w weld yn unman. Defaid yn brefu yr unig sŵn. A'r dydd yn prysur dynnu'i gynffon ato, arafodd ei chamau ac oedodd wrth giât cae. Roedd yna gafn dŵr i'w weld tu ôl i'r giât, felly neidiodd y gath ar ben y wal a cherdded yn ofalus ar hyd y polyn metel a redai ar ben y cafn. Neidiodd eto a glaniodd wrth erchwyn y dŵr. Yfodd yn awchus. Roedd y dŵr mor ffresh, mor iachusol o ffresh, felly daliodd ati nes iddi dagu ar ei diod. Cododd ei phen a meinio'i chlustiau yn y man. Gyrrodd car heibio ar dipyn o gyflymder. Trodd hithau yn ei hunfan. Roedd hi'n siŵr ei bod yn mynd i'r cyfeiriad cywir. Er nad oedd hi wedi crwydro Môn cymaint ag y dymunai yr eiliad honno, roedd hi'n sicr mai hon oedd y ffordd gywir i Faenaddwyn. Wel, i gyrion Maenaddwyn. At Elfair. Gan obeithio'n wir ei bod hi'n dal i fyw yno.

Caeodd ei llygaid a cheisiodd feddwl. Roedd ei phen yn llawn cymylau a dim argoel o heulwen o gwbl. Gallai gofio ambell beth. Tamaid o wythnos, ballu, cyn y digwyddiad. Ond roedd hyd yn oed hynny'n niwlog. Amlinelliad wynebau. Synau wedi pylu. Lleisiau'n llwydaidd. Bendith y nef, pe bai ganddi ddwylo yr ennyd honno, byddai wedi gwasgu'i phen yn slwj.

Agorodd ei llygaid. Bu bron iddi neidio a syrthio i mewn i'r dŵr o weld buwch yn sefyll reit wrth ei hymyl. Hisiodd. Ond symudodd y fuwch yr un fodfedd; yn hytrach, camodd yn ei blaen yn ddigon hamddenol ac yfed ei gwala.

Symudodd y gath a neidio ar ben y wal. Roedd ei chyhyrau'n gwynio. Dylai orffwys am ryw hyd, fe wyddai, ond roedd yr hen gythraul penderfynol ynddi'n mynnu mai ymlaen y dylai hi fynd.

Gyrrodd car arall heibio – hen sŵn-carthu-gwddw o beth – a bu bron iddi syrthio oddi ar y wal gan i'r sŵn dynnu atgof gerfydd ei glustiau i'w phen.

Fan. Hen beth. Tywyll. Glas? Yn oedi gerllaw. Hithau'n edrych drwy'r ffenest. Y bleinds heb eu tynnu. A rhywun yn y fan. Rhyw ddau? Un yn sedd y gyrrwr a'r llall yn y pasenjer? Yna'r fan yn deffro ac yn sgrialu o'r golwg. Hithau'n aros yn ei hunfan am ennyd. Rhwng dau feddwl. Yna . . . yna . . . yna'r ffôn – y ffôn yn canu . . .

Agorodd ei llygaid. Roedd ei meddwl fel lobsgóws wedi mwydo gormod. Caeodd ei llygaid eto a thrio. Trio'i gorau glas i gofio. Beth wedyn? Ar ôl i'r ffôn ganu. Pwy ffoniodd?

Dim.

Llepiodd y fuwch wrth orffen yfed. Trodd y gath ei phen ati a chwythu'n filain eto nes diflasodd y fuwch, troi ar ei charnau, a mynd yn ôl i bori.

Trodd y gath hefyd, yn y man, i'r cyfeiriad arall, ac ailgydio yn ei thaith.

PENNOD 13

Roedd y diwrnod yn llusgo yn araf drybeilig wrth i Cara eistedd o flaen sgrin y cyfrifiadur yn swyddfa'r siop. Bu wrthi ers bron i ddwy awr yn trefnu'r rotas ac yn delio efo sawl cwyn. Pe na wyddai'n well, fe daerai fod yna griw o bobl wedi trefnu gyda'i gilydd dros y Sul y bydden nhw'n cyflwyno toreth o gwynion am bethau pitw er mwyn suro dydd Llun Cara. Bu'r sgwrs efo'r brif swyddfa hefyd yn straenllyd, â'r rheolwraig gyffredinol yn hen beth nawddoglyd o'i phump ar hugain oed. Doedd Cara fawr hŷn na hi, ond fe deimlai fel plentyn mewn dosbarth derbyn yng ngŵydd 'Tamara-call-me-Tammy!'

Agorodd ddogfen Excel newydd a dechrau teipio. Meddyliai am bwynt a dechreuai sgwennu ond buan y profai bwl o wacter meddwl. Roedd y brawddegau fel sliwod yn llithro o'i gafael er iddi geisio bob sut eu dal. Caeodd ei llygaid a'u hagor led y pen. Roedd y sgrin yn dal i fod yn wag, a'r hen linell ddu honno'n fflachio'n feirniadol arni, yn disgwyl iddi afael ynddi a rhoi ei meddwl ar waith.

Ar ddydd Sadwrn roedd y bai. Roedd Jackie a hithau wedi cael pyliau ciami mewn ffyrdd gwahanol a'r un o'r ddwy cweit yn nhw eu hunain ers hynny. A hithau wedi teimlo'r llofrudd mor agos yn y fynwent, roedd ei thu mewn fel deilen grin mewn awel groes. Roedd yna ryw oerni yn enaid y dieithryn a sarnodd ysbryd Cara. Fel pe bai rhywun wedi tynnu pob llewyrch o lawenydd ohoni a'i gadael â gwacter amhosib ei lenwi. Fedrodd hi ddim cysgu'n iawn chwaith. Cwsg toredig a gawsai nos Sadwrn a bore Sul, a phob awr yn ei tharo'n afiach o lachar. Ond neithiwr, fe gysgodd 'chydig yn well. Dim ond dwywaith ddeffrodd hi, ond bu'n breuddwydio nes ei bod yn socian o chwys. Gwelodd ddyn go dal, tua chwe throedfedd a mwy, ag ysgwyddau llydan a sach dros ei ben. Sach frown fel sach datws ers talwm, ac wedi'i baentio ar y defnydd brown, lle dylai'r wyneb fod, roedd croes ddu. Rhedeg oddi wrtho roedd Cara, gan guddio lle y medrai, ond clywai'r traed yn crensian, fel sodlau ar wydr, a chynyddai'r sŵn fesul anadliad, fesul chwarter eiliad, nes ei gorfodi i'w heglu hi eto. Drachefn a thrachefn, daliai i geisio dengid rhag y ffigwr tywyll. Nes yn y diwedd, estynnodd ei law am Cara. Bagiodd hithau'n ôl, a reit cyn i'r ffigwr gythru yn ei blows, fe ddeffrodd, â'r cwilt ar y llawr, pwll o chwys o'i chwmpas, a'i gwallt yn gynffonnau llygod mawr ar hyd ei hwyneb.

Estynnodd Cara am botel o ddŵr a throi ei llygaid oddi wrth sgrin y cyfrifiadur. Byddai fflachiadau yn ei tharo o dro i dro'r bore hwnnw hefyd. Ambell olygfa fel mellten ddu cyn i'r taranau tawel grynu drwyddi.

Doedd effaith dydd Sadwrn ddim cynddrwg i Jackie. Y cyfan oedd wedi digwydd iddi hi oedd i'w gwallt aros yn ddu bitsh ar ôl yr angladd fel y bu'n rhaid iddi ddweud wrth Simon a'r plant iddi fod mewn salon yn ystod y bore: 'Fancied a change!'

Ond roedd hithau hefyd wedi'i haflonyddu. Er na welodd y ffigwr, na'i deimlo fel y gwnaeth Cara, roedd hithau wedi'i hysgwyd gan seremoni'r bore. Roedd popeth mor derfynol efo'r claddu. Roedd Rhiannon wedi mynd. Roedd ei llofrudd yn ei chynhebrwng. Ac o bosib, roedd y Cylch, neu hynny oedd yn weddill ohono, mewn peryg.

Dirgrynodd ffôn Cara ac estynnodd amdano'n syth. Neges arall gan Jackie. Roedd hi wedi anfon sawl tecst yn ystod y Sul. Negeseuon yn gofyn sut oedd Cara; a oedd hi eisiau unrhyw beth; a oedd hi'n cofio rhywbeth; a hoffai gwmni? Neges debyg oedd yr un anfonwyd yr eiliad honno, ac ateb digon tebyg i'r gweddill roddodd Cara:

> Iawn diolch. Dal ddim byd newydd.
> Jyst teimlo di blino de.

Ac oedodd cyn anfon y neges. Ystyriodd. Roedd ei meddyliau'n troi'n wenyn meirch yn ei phen. Ond ymhen ychydig eiliadau, llyncodd ei phoer, ac ychwanegu ar derfyn y neges:

> Gawn ni gwrdd yn fuan plis?
> Pnawn ma ella? x

Anfonwyd. Doedd Cara ddim yn disgwyl ateb ond ymhen ychydig funudau, roedd Jackie wedi tecstio yn cadarnhau y byddai cyfarfod yn beth doeth, ond y byddai'n rhaid i Cara alw yn nhŷ Jackie gan fod Simon yn gweithio'n hwyr, ac na fedrai adael y plant ar eu pen eu hunain.

Cadwodd Cara'r ffôn yn ei phoced a throdd yn ôl at y sgrin.

Daeth cnoc ar y drws.

'Helô?'

Daeth dyn gwallt piws i'r golwg. Mike. Yn dweud fod yna broblem efo'r tiliau hunanwasanaeth i gyd – 'They've all like just crashed.'

Llyncodd ei phoer a chododd o'i sedd.

☽○☾

Teimlodd wres y baned yn dyner dan ei dwylo. Roedd Jackie'n dal i droi'r llwy yn ei chwpan hithau er bod y siwgr wedi hen doddi. Arhosodd y ddwy felly am sbelan fach, y saib yn swnllyd, a'r ddwy'n ddigon gwamal. Cododd Cara'r baned at ei cheg ac yfed mymryn er mwyn gwneud rhywbeth.

'Yli . . . ' mentrodd Jackie, ond ar yr un pryd, daeth sŵn cerddoriaeth o stafell uwch eu pennau i darfu arni. 'Sori,' gan godi a mynd o'r gegin.

Gwrandawodd Cara ar Jackie'n gweiddi o waelod y grisiau wrth i'r gerddoriaeth gynyddu. Gwaeddodd y fam eto a chynyddodd y curiadau bas a'r lleisiau aflafar. Chwythodd Cara ar ei phaned wrth iddi glywed sŵn camau breision Jackie'n dringo'r grisiau. Synau gweiddi – sgwrs gyffredin rhwng y fam a'r ferch. Ac yna, dim. Gwrandawodd Cara. Dim smic. Yna, 'I hate you!' yn sgrech o gyfeiliant i Jackie'n camu yn ei hôl i'r gegin.

'The joys of parenting!'

Allai Cara ddim cuddio'r wên oedd yn chwarae ar ei gwefus.

'Charming, Cara! Remeindia fi eto i ffonio chdi pan ma' Miss really on one!' dwrdiodd Jackie'n ysgafn, wrth i wên gynnil ddod i'r golwg.

Tawelodd y ddwy eto am ennyd fach.

''Di o'm yn teimlo'n iawn, na?' gofynnodd Cara.

'Be?'

'Hyn. Ni. Yn gwenu a . . . ti'n gwbod. Jyst yn . . . '

Nodiodd Jackie. Roedd hithau wedi teimlo rhyw chwithdod eu bod yn dal i fynd, yn dal i fyw, a dweud y gwir.

'Ti 'di teimlo neu 'di gweld rhwbath o gwbl?'

Ysgydwodd Cara'i phen. 'Dim byd gwahanol.'

Ysgydwodd Jackie ei phen fymryn hefyd. Teimlai'n wan. Bu'n meddwl a meddwl y dyddiau diwethaf yma.

Yn trio'i gorau i ganfod y geiniog aur o syniad, ond doedd dim opsiynau fel petaen nhw'n eu cynnig eu hunain. A'r eiliad yna, roedd hi'n amau'n gryf mai siwrne seithug a gawsai Cara.

Ond, fel pe bai Cara wedi clywed meddyliau Jackie, edrychodd yn fanwl ar y wrach hŷn a lledodd ei llygaid.

'Be?'

Trawodd Cara flaen ei bysedd ar y bwrdd wrth i'w llygaid wibio o'r naill beth i'r llall, cyn neidio'n ôl at wyneb Jackie.

'Be?!' gofynnodd Jackie eilwaith.

'Be tasan ni'n trio galw arni.'

'Galw pwy?'

'Wel, galw ar Rhiannon, 'de?'

'A sut ti'n meddwl gneud hynna?'

'Drw' alw ar 'i chorff hi.'

Oedodd Jackie am ennyd, yn amau a glywodd hi'r geiriau'n gywir.

'Ti'm yn serious?'

'Wel, pam lai? Ma'i 'di ca'l 'i chladdu. Tydi'r fynwant 'im yn brysur so 'sa neb yn gweld ni. Ac ma'r swyn yn ddigon syml.'

'Hold on 'ŵan!' Anadlodd Jackie'n drwm, cyn dechrau tynnu syniad Cara'n gareiau. 'Tasan ni'n gneud hyn, no way 'san ni'n medru digio six foot ac agor y coffin. 'Sa 'na rwun yn siŵr o gweld ni!'

Roedd Cara ar fin protestio ond daliodd Jackie efo'i llith.

'A tasan ni even yn medru gneud hynna, sut 'san ni'n gneud o 'mond efo chdi a fi? 'To'n ni'm even yn medru gneud i'r spell makover 'na weithio i ni . . . A ma' siŵr fod y cops yn gwatshiad y fynwant fath â hawks rŵan! 'Tydyn?'

Ar hynny, cododd Jackie ar ei thraed, gwneud

bi-lein am y bin bara a thynnu paced o 20 Mayfair ohono. Plannodd smôc rhwng ei gwefusau a'i thanio mewn un symudiad chwim. Gollyngodd gegaid o fwg a rhwbiodd ei hwyneb.

'Bai chdi 'di hyn,' meddai, wrth gyfeirio at y sigarét.

Bu saib am sbel cyn i Cara fentro, ei llais wedi meddalu, 'Be tasan ni'n ca'l Lowri on board?'

Edrychodd Jackie i gyfeiriad y wrach iau cyn rhowlio'i llygaid, 'Dwi'm yn meddwl bo ni actually'n flavour of the month efo hi.'

'Wel, tasan ni'n gneud hi'n un o'r Cylch, ella 'sa hi'n fodlon helpu?'

Ffliciodd Jackie flaen ei smôc yn y sinc cyn troi'n ôl i wynebu Cara, 'Ok . . . Ok . . . jyst imaginio bod hi'n deud "iawn" a bod hi'n joinio'r Cylch. A bod ni'n medru gneud be o'dd Rhiannon 'di methu –'

'Hold on, rŵan –'

'Na, chdi hold on am funud. Deud bod hi hefo ni . . . 'San ni dal ddim yn gallu "galw corff" Rhiannon! Yn na 'san? T'laen, be practical 'ŵan . . . 'San ni angan lot mwy o wrachod.'

Nodiodd Cara'n ysgafn, ei meddwl yn bell.

'Ti'n agreeio 'lly?'

Oedodd Cara am ennyd. Gosododd y baned yn fwriadus o'i blaen cyn gofyn, 'Be am inni drio ca'l mwy i helpu ni?'

'Fath â pwy?'

'Be am inni ofyn i Gylch Gnarfon?'

'O, t'laen, Cara! Grŵp o geriatrics yn medru fixio bingo numbers 'dyn nhw!'

'Wel, be am inni ofyn i sawl Cylch?'

Ysgydwodd Jackie ei phen yn simsan cyn sadio rhyw fymryn. 'Dim dyna'n ffor' ni na dim un Cylch arall. 'Rioed 'di bod. Ti'n gwbod hynna.'

'Wel, ella bod hi'n bryd newid hynna! Formio . . . formio cymuned efo Cylchoedd erill? Helpu'n gilydd.'

Edrychodd Cara i fyw llygaid Jackie, yn amlwg yn gobeithio y byddai'r sôn am chwaeroliaeth yn apelio. Ond ysgwyd ei phen wnaeth y wrach hŷn.

''Blaw am rogue witch yn rwla ella, 'sgynnon ni'm hopes o ga'l help neb, siŵr.'

Plygodd Cara'i phen a llyncu ei phoer yn drwm. Gallai glywed y gwaed yn curo'n swnllyd yn ei chlust.

Stwmpiodd Jackie ei sigarét yn y sinc ac estynnodd am y cwpanau i'w gwagio.

'Plis,' roedd llais Cara'n fach. 'Dwi ofn, Jackie . . . Dwi wir yn shitio'n hun!'

'Dw inna 'fyd,' cyfaddefodd Jackie, â'i chefn at Cara.

Bu saib. Roedd tician gwag y cloc fel petai'n cynyddu efo pob trawiad. Yn gnul o sŵn rhwng dwy wrach.

'Ok . . . ' meddai Jackie ar ôl ychydig.

Cododd Cara'i phen, ac edrych arni, 'Ok?'

Trodd Jackie i wynebu'r gegin, 'Ok . . . Be am inni drio linkio efo hi 'ta? Dim byd arall.'

'Yn y fynwant?'

Nodiodd Jackie ei phen, braidd yn wan.

Gollyngodd Cara ochenaid dawel a gwenodd. Gwên-er-gwaetha'r-cyfan.

'Ond 'dan ni ddim yn mynd i digio hi fyny, iawn.' Dweud, nid gofyn roedd Jackie. Nodiodd Cara. 'Jyst linkio.'

'Pryd?'

PENNOD 14

Roedd Lowri'n rhynnu yn disgwyl wrth ddrws cartref Gwen. Roedd ei mam wedi edliw iddi am wisgo'r siaced ddenim â llewys byr, ond roedd Lowri'n bengaled. Roedd yn rhaid iddi wisgo honno – ei hoff siaced, a'i siaced lwcus. Honno oedd yr un roedd hi'n ei gwisgo pan enillodd hi ugain punt ar *scratch card*. Honno oedd yr un roedd hi'n ei gwisgo pan gafodd ei chanlyniadau TGAU. A honno oedd yr un roedd hi'n ei gwisgo pan ofynnodd Tom iddi fynd allan efo fo. Ysgydwodd Lowri ei phen wrth feddwl am hynny. Roedd Tom yn hen hanes iddi bellach, ond roedd hi'n dal i'w weld o gwmpas, ac yn dal i ragweld ambell olygfa amdano. Dim byd mawr. Dim ond ei weld yn tynnu llun yn ei lyfr ar gyfer ei waith cwrs Celf, neu'n chwarae ei gitâr efo'i grŵp cachu, Y Llechi, ac yn chwerthin dros ei beint o Coke efo honna, Natalie. Rhyw hogan o Abertawe oedd wedi symud i'r gogledd am fod ei thad wedi cael swydd yn yr ysbyty. Cannwyll llygad ei mam a ffefryn-dros-nos athrawon Ysgol Bryn Celyn. Roedd hi'r math o berson oedd yn astudio pum Lefel A ac yn gwirfoddoli bob nos Fawrth mewn cartref henoed ac yn chwarae i dîm hoci'r ysgol ac yn medru cynnal perthynas ac yn figan ac yn gallu brolio nad oedd ganddi 'pores that are prone to fill' ac roedd hi'n . . .

'Ti'n iawn?' gofynnodd Gwen, wrth gau'r drws ar ei hôl.

''Nes di gymyd amsar chdi.'

'Hei, be sy' 'di pissio chdi off?'

Ysgydwodd Lowri ei phen, 'O, dim byd.'

'Yli, dwi'm isio chdi'n ista 'na heno efo gwynab tin yn mowpio am Tom. Serious, 'ŵan, Lows. Bach o self-respect, ia?'

Cythruddodd y sylw Lowri ond, wedi ennyd, gwthiodd wên i'w hwyneb. Plethodd Gwen ei braich am fraich ei ffrind, 'That's more like it!'

Cerddodd y ddwy i lawr y stad ac at y safle bws. Roedd Gwen yn paldaruo fel pwll y môr a Lowri'n gwenu – gwên-go-iawn, rhywbeth na phrofai lawer ers ychydig wythnosau, a dweud y gwir.

'Hei, ma' 'di tecstio. "See you in a min." Lyfli 'de!'

'Ia dwa'?'

'Keen, 'de!'

'Bach yn rhy keen?'

'God, na. Gwbod 'i le, yli!'

Chwarddodd Lowri'n ysgafn. Oedd, mi roedd Jake yn gwybod yn lle roedd o'n sefyll efo Gwen. Roedd hi wedi rhoi sylwebaeth fesul neges WhatsApp i Lowri yn ystod y dyddiau diwethaf. Fe wyddai Lowri am bob jôc a ddywedodd, pob sylw 'diddorol, 'de!' a wnaeth, ac am bob manylyn 'difyr iawn!' amdano. Roedd o'n chwarae'r tiwba. Roedd o'n un o dri o blant, y mab ieuengaf. Yn hanu o Efrog. Roedd ganddo gi o'r enw Buster. Roedd o'n arfer marchogaeth ond doedd fawr o gyfle i wneud hynny ym Mangor. Ac roedd o'n astudio'r Gyfraith, yn gobeithio mynd yn dwrnai. A doedd o ddim wedi anfon dick pic chwaith. Teimlai Lowri fymryn yn annifyr. Roedd y creadur yn gobeithio mynd i fyd y gyfraith ac am gyfarfod hogan un ar bymtheg oedd yn cogio bod yn ddeunaw y noson honno.

'Ond mae o dal yn legal!' oedd datganiad sicr Gwen.

Nodio'i phen a wnaeth Lowri a cheisio newid y sgwrs. Ond er chwithdod y busnes oedran yna, roedd Lowri wir yn gobeithio'r gorau i Gwen. Roedd hi'n haeddu bach o lwc. Doedd ei thrac record ddim y mwyaf llewyrchus. Bu'n potshian efo hwn a llall, ond roedd gan hwn ryw *fetish* od am fenig wedi eu trochi mewn tiwna a llall yn cuddio'r ffaith ei fod yn hoyw. Dyna pam y mentrodd i feysydd newydd a cheisio cael bach o lwc gan y ciwpid appiedig. Ac yn ystod y dyddiau diwethaf, roedd Lowri wedi ceisio synhwyro rhywbeth – mentro gweld rhywbeth, ond ddaeth dim byd iddi. A dweud y gwir, er iddi ddal i gael pyliau 'dyfodolaidd' bob hyn a hyn, fedrodd hi ddim galw golygfeydd o gwbl, er mawr rwystredigaeth iddi. Yn ystod y misoedd diwethaf, roedd hi wedi medru denu rhagweledиadau. Ambell fflach. Hanner golygfa. Rhyw synau. Rhywbeth bach, bach. Ond ddim bellach. Ddim hyd yn oed wrth feddwl am ei thad.

Roedd yn tynnu am bum mlynedd ers i'w mam a'i thad wahanu ac i'w thad ymfudo efo'i wraig newydd i Ffrainc. Ffrances oedd hi ac roedd hi eisiau bod yn nes at ei rhieni. Doedd Ffrainc ddim yn bell, fel y sicrhaodd ei thad Lowri, ond fuasai waeth iddo fod yn Hong Kong ddim, gan mor anaml y gwelai'r ddau ei gilydd. Wrth gwrs, roedd ganddyn nhw Skype i gadw mewn cysylltiad, ond doedd hynny ddim yr un fath. Weithiau, roedd arni angen siarad efo fo, yn onest, am bob dim. Yn enwedig gan mai fo oedd un o'r ychydig rai a wyddai am alluoedd Lowri. Sylwi ar bethau bach a wnaeth: Lowri'n oedi am yn hir yng nghanol brawddeg, Lowri'n pendwmpian wrth 'synfyfyrio', Lowri'n deffro yng nghanol y nos yn sgrechian a chanhwyllau ei llygaid yn gryndod i gyd. Roedd gan ei fam yntau'r un gallu. 'Gweld heb weld' fyddai hi'n ei alw o – y gallu a oedd yn fendith ac yn felltith iddi, meddai tad Lowri.

Gallai'i nain weld pan fyddai pethau dymunol am ddigwydd i'w hunig fab, ond gallai weld y pethau annymunol hefyd. Ei mab yn torri'i fraich neu'n teimlo'n isel. A gwelodd hyd yn oed ei chynhebrwng ei hun. Hi sylwodd ar allu Lowri mewn difri. Dywedodd wrth ei mab mai'r rheswm pam roedd Lowri 'â'i phen yn y cymylau', pam roedd 'yn hawdd i'w meddwl grwydro', a pham doedd hi'n 'gwrando dim weithiau', chwedl ei hathrawon, oedd am fod ganddi hithau'r gallu i weld heb weld. Yr hyn sy'n rhyfedd iawn yw y byddid wedi disgwyl y buasai perthynas Lowri a'i nain, pan oedd hi'n fyw, yr agosaf bosib – dwy oedd yn medru cydymdeimlo a deall ei gilydd i'r dim. Dwy o'r un anian. Ond nid felly roedd pethau. Roedd y ddwy'n rhy debyg os rhywbeth ac, am hynny, yn methu cyd-dynnu. Ond roedd Lowri a'i thad yn fater hollol wahanol. Roedd y ddau'n fêts, yn fwy na thad a merch yn unig. A'r ddau'n mwynhau bod yng nghwmni'i gilydd yn arw iawn. Bryd hynny, cyn yr ysgaru, cyn yr ymfudo, cyn i'w byd newid, roedd Lowri'n hapus, yn medru teimlo'n gyfforddus ynddi hi'i hun, ac am hynny, yn medru rhyw reoli ei gallu. Gallai synhwyro ambell beth. Gallai ddwyn i'w meddwl olygfa bosib, ac er na fyddai honno'n glir, roedd ynddi ddigon o awgrym.

Dyna pam roedd Lowri mor ddiolchgar i Rhiannon. Doedd neb wedi talu sylw iddi oherwydd ei gallu. Bu farw ei nain flwyddyn cyn i'w thad ymfudo. Wyddai ei mam ddim am ei phŵer. A doedd fiw iddi ddweud wrth Gwen neu mi fyddai honno'n siŵr o agor ei cheg a byddai hanner yr ysgol yn dod i wybod fod y Lowri-bach-yn-od 'na yn *weirdo* go iawn. Ond dyna oedd yn rhyfedd. Cwta fis roedd Lowri'n nabod Rhiannon – rhyw bedair wythnos a siarad ryw bum gwaith yn unig. Ond fe daerech iddyn nhw fod wedi treulio pob diwrnod o'i hoes yng nghwmni'i gilydd o sut yr ymatebodd Lowri i'r golled, ond na. Pum gwaith. Pum cyfarfyddiad agos iawn. Ac am y cyfnod byr hwnnw, llwyddodd Lowri i reoli ei gallu fymryn yn fwy. Nid felly bellach. Câi ambell weledigaeth yng nghanol y dydd, profai freuddwydion digon od, gwyllt, diflas, rhyfedd, a theimlai byliau o emosiynau digynsail. Roedd hi wedi dechrau crio yng nghanol gwers Ddrama yr wythnos ddiwethaf, ac roedd Mrs Owen wedi canmol ei gallu i dwrio'n ddwfn i 'enaid' ei chymeriad a rhoi 'perfformiad clodwiw!' Bu bron iddi ag ateb Mrs Prima Donna yn ôl, a dweud nad oedd ganddi uffar o ots am y blydi perfformiad o gwbl, ond brathodd ei thafod.

Crynodd ffôn Lowri. Tynnodd hynny hi'n ôl i'r safle bws ac at Gwen, nad oedd wedi sylwi bod meddwl Lowri wedi crwydro. Teipiodd ei chyfrin-rif ac agorodd y sgrin. A bu bron iddi ollwng y ffôn. Mae'n rhaid bod ei hwyneb wedi gwelwi neu fod ei llygaid wedi lledu gan iddi beri i Gwen ofyn, 'Ti'n ok?'

Cododd Lowri'i ffôn at ei ffrind a chliciodd ar y neges i'w chwyddo.

> Haia Lowri. Ti'n iawn? Jyst meddwl swn
> i'n deud haia a meddwl ella sa ti'n licio
> mynd am dro rwbryd?

Sgrechiodd Gwen a chythru am ei ffrind. Cogiodd Lowri fod â chywilydd o'i hymateb, ond roedd hithau'n wên i gyd. Gwyn Gillmore?

''Dan ni'n mynd i double dateio – o, defo!'

Arafodd y bws a daeth i stop wrth y safle. Cododd y ddwy ar eu traed – Gwen yn dal i fod wedi'i chyffroi a Lowri'n dal i edrych ar ei ffôn – a chamu ar y bws.

PENNOD 15

Arafodd. Roedd hi'n chwythu fel megin, wedi brysio'r filltir, ddwy ddiwethaf. Mor agos, a'i thraed bach wedi gorfod gweithio'n galetach nag erioed o'r blaen. Ond, o'r diwedd, roedd hi yno. Ym Maenaddwyn. Tu allan i'r tyddyn: Bryn Bwgan. Siglai arwydd y fferm yn ysgafn yn y gwynt wrth i'r gath sefyll gerllaw. Unwaith yn unig o'r blaen y bu hi yma, ac roedd blynyddoedd ers hynny. Galw am gyfarwyddyd a wnaeth bryd hynny hefyd. Ar gyfer beth yn union, ni chofiai, ond fe gawsai gymorth gan Elfair. Hen ferch a ymfalchïai yn ei hannibyniaeth oedd Elfair. Gweithiai oriau hirion ar y tyddyn, ei dwy fraich fel casgenni a'i gên yn gadarn. Ac roedd llwythi o anifeiliaid yn gwmni iddi – yn gathod, cŵn, defaid, gwartheg, ieir a cheiliog neu ddau.

'Cwmni gwell na phobol,' mynnai Elfair bob tro, â chetyn wedi'i sodro yn ei cheg. Yn wir, roedd Bryn Bwgan yn enwog ymysg gwrachod pell ac agos am fod yn seintwar i anifeiliaid.

Cododd y gath ei phen ac edrych ar yr arwydd eto. Roedd yna gyfaredd i'r enw. Bryn Bwgan. Nid yw'n syndod fod yna rai wedi mentro cnocio ar ddrws y tŷ, yn chwilfrydig eisiau gwybod tarddiad enw'r tyddyn. Drws yn cau'n glep yn eu hwynebau fyddai'r ateb a gâi'r mwyafrif, ond os oeddech chi'n digwydd bod yn wrach, ac yn wrach nad oedd yn tynnu'n groes i Elfair, neu'n feirniadol o'i ffordd o fyw, yna ella, a hwnnw'n ella go fawr, y caech ryw lun o esboniad ganddi.

Fel pob enw, roedd yna sawl stori, a'r rheiny'n amrywio

o'r diflas i'r anhygoel. Ond, yn ôl Elfair, enwyd y fferm fechan hon ar ôl stori benodol. Wrth borth y tyddyn, eisteddai craig â hafn yn ei chanol, un a ymdebygai'n fawr i gadair. Yr enw ar y graig honno, ar lafar, oedd Cadair Bwgan, a'r hen gred – neu'r ofergoeliaeth, yn ôl y rhai anwybodus – oedd y byddai dyn neu ddynes neu blentyn yn sicr o ymddangos yn y gadair, a'u llygaid yn dynn ar gau, pan fyddai tro ar fyd yn y fro; marwolaeth, yn amlach na pheidio. Yn ôl un hanesyn, gwelwyd dynes ifanc yn eistedd yn y gadair, ei gwallt melyn yn llifo dros ei hysgwydd, ei llygaid yn dynn ar gau, a'i hwyneb yn smotiau byw. Ymhen tridiau, bu farw merch fferm gyfagos: dynes ifanc, a arferai wisgo'i gwallt melyn mewn plethen, ac a brofodd eryr ofnadwy a'i bwytodd hi'n fyw.

Llyncodd y gath ei phoer a mentrodd gamu drwy'r porth.

Roedd y buarth yn wag, ar wahân i hen landrofyr oedd â bag plastig wedi'i selotepio dros y ffenest wag ar ochr y gyrrwr, ambell iâr yn gori o gwmpas, a dwy gath drilliw yn cysgu'n dawel ar ben y stand lefrith. Camodd Rhiannon heibio iddyn nhw a mentro am y tŷ. Bwthyn oedd o, mewn difri, a llenni pob ffenest yn dynn ar gau. Oedodd am ennyd. Cododd ei phen ac edrych ar y drws oedd â'i baent gwyrdd yn plicio'n fân. Ystyriodd. Sut allai dynnu sylw Elfair at y ffaith fod 'na rywun wrth y drws? Cododd ei phawen a miniogi ei hewinedd. Roedd hynny'n deimlad od a dweud y gwir. Fel pinnau bach yn trywanu blaenau'r pawennau. Mentrodd grafu'r drws. Roedd y teimlad yn annifyr, fel rhoi bysedd oer mewn dŵr berwedig. Cododd ei phawen a chrafu eto. Disgwyl. Dim ateb. Edrychodd o'i chwmpas. Roedd un iâr yn edrych i'w chyfeiriad, a'i phen ar fymryn o ogwydd. Nodiodd Rhiannon at y drws a throi'n ôl at yr iâr. Daliodd honno i edrych yn gam ar y gath. Yna collodd Rhiannon ei hamynedd a throdd at y drws. Gallai fewian, neu fentro mewian o leiaf. Llyncodd ei phoer eto a chodi'i phen, ac agorodd ei cheg. Hen sŵn chwythu ddaeth o'i genau. Ceisiodd eto. Roedd y sŵn hyd yn oed yn fwy cras. Rhoddodd gynnig arall ac, ymhen ychydig, daeth rhyw fewian cryg i'r fei. Mewiodd eto. Cododd y ddwy gath drilliw eu pennau a rhythu ar y gath ddu. Roedd yr iâr yn clwcian ei chŵyn am y twrw. Yn y diwedd, agorodd y drws ac yno, safai Elfair, ei gwallt brith yn fop anystywallt o boptu'i llygaid, ei siwmper frown a'i throwsus llaes yn dyllog, a chlytiau bob lliw wedi eu gwnïo yma ac acw ar eu hyd. Gostyngodd ei phen ac edrych ar y gath. Edrychodd hithau i wyneb y wrach.

'Ia?' gofynnodd Elfair.

Ceisiodd Rhiannon fewian.

'Asu mawr, 's dim isio iti weiddi'r jolpan!'

Ceisiodd Rhiannon eto. Gwrandawodd y wrach ac, o dipyn i beth, dechreuodd nodio.

'O, reit . . .' cyn troi ar ei sawdl a galw dros ei hysgwydd, 'Well 'ti ddod i fewn 'lly, 'dydi!'

☽○☾

Tolltodd Elfair y llefrith cynnes o'r sosban i'r bowlen a'i gosod dan drwyn y gath. Neidiodd hithau at y ddiod gan lepian yn swnllyd.

'Ara' deg, 'ŵan, ia?' meddai'r wrach, cyn tywallt gweddill cynnwys y sosban i gwpan oedd wedi colli'i chlust. Camodd at y stôl deircoes oedd yng nghornel y stafell, eistedd arni ac yfed. Bu felly am sbel, yn gwylio'r gath ac yn mwynhau ei diod ei hun.

Doedd llwybrau'r ddwy heb groesi ei gilydd rhyw

lawer gan fod y naill a'r llall yn unigolion tra gwahanol, ond yr ennyd honno, teimlai'r naill ryw fodlonrwydd yng nghwmni'r llall. Er, fedrai Elfair ddim peidio ag amau'r gath ryw 'chydig.

Wedi rhai munudau, gorffennodd y ddwy eu diod.

'Reit 'ta, Rhiannon. Ti am ddeu'tha i pam yn y byd ti 'di rhoi dy enaid di yn dy gath?' mewiodd Elfair.

Oedodd y gath am ennyd. Ceisiodd gasglu ei meddyliau ynghyd, eu didoli'n dwt, ond lwyddodd hi ddim, a daeth y cyfan yn un llifeiriant gwyllt: 'Dwi'm yn cofio'n iawn be ddigwyddodd. O'dd 'na rywun, neu ddau neu dri neu fwy hyd yn oed, dwi'm yn siŵr, yn sefyll tu allan i'r tŷ. Welish i nhw dipyn o weithia. Os ma'r un rhei o'ddan nhw. O'ddan nhw jyst yn sbio. Pan 'swn i'n edrach drwy'r bleinds, mi fysan nhw'n diflannu o'r golwg a ... ' Cloffodd y gath am ennyd, ei llygaid yn gwibio o'i chwmpas heb edrych ar ddim yn benodol.

'Ond pam 'nest ti roid dy hun yn dy gath di?'

Ysgydwodd Rhiannon ei phen. 'Dwi'm yn siŵr . . . Ma' rhaid . . . Wel, ma' rhaid fod 'na rwbath drwg 'di digwydd . . . Dwi'n gwbod bod 'y nghorff i 'di cael 'i ladd. Fedra i'm teimlo dim cysylltiad efo fo rŵan. Ond pwy 'nath . . . a pam . . . dwi jyst . . . dwi . . . '

Carthodd y wrach ei gwddw a chrafu'r blewiach mân ar ei gên cyn pwyso yn ei blaen, ei llaw dde yn gorffwys ar ei chlun, a'i llaw chwith yn pwyso ar ei hochr.

'Iown 'ta . . . Ma' 'na rwbath 'di digwydd. Reit, 'dan ni'n dallt hynna. Ti 'di ca'l dy ladd – wel, ma' dy gorff 'di ca'l 'i ladd. A ti tu fewn i dy gath ers . . . faint?'

Ysgydwodd Rhiannon ei phen, 'Dwi'm . . . dwi'm yn siŵr . . . Sbel . . . '

Cymerodd Elfair lond ei ffroenau o wynt cyn gollwng ochenaid, 'Asu, ti'n chwara gêm beryg 'di gneud hyn 'sti! Ti'n dallt hynna?'

'Wrth gwrs 'mod i'n dallt!' brathodd.

'Hei 'ŵan, 'mond deud. Asu!'

'Dwi'n gwbod 'sgen i'm lot o amsar ar ôl. Dwi'n ca'l pylia lle ma' Gerty'n cymryd rheolaeth, yn gneud be bynnag, a dwi 'tha 'mod i'n gorfod gweiddi i . . . i ryw drio rheoli'r corff 'ma a . . . '

Nodiodd yr hen wraig ei phen. 'Reit . . . wel, ti mewn coblyn o bicil. 'Sdim rhaid i fi ddeud hynna 'tha chdi.'

Wel, pam deud 'ta, meddyliodd y gath yn chwerw.

'Y million dollar question ydi, be ti'n ddisgwl i fi neud?'

'Chdi ydi'r unig un sy'n medru 'nallt i tra dwi fel hyn. A dwi angan siarad efo fy Nghylch.'

''Nest ti'm meddwl siarad efo nhw dy hun cyn dŵad yr holl ffor' yma?'

Brathodd Rhiannon ei thafod am chwarter eiliad neu byddai wedi brathu'r wrach, oedd naill ai'n ddidwyll o dwp neu'n cael modd i fyw yn herian cath wyllt. Anadlodd. Un. Dau. Tri.

''San nhw ddim yn medru 'nallt i, na 'san?'

'O, ia; na 'san.'

Bu saib wrth i'r wrach grafu ei gên eto: 'A be ti'n ddisgwl?'

'Wel, bach o help.'

'Sud?'

'Wel, fedri di siarad efo nhw – deud wrthyn nhw bob dim fedra i gofio. Plis?'

'Lle ma' nhw 'lly?'

'Ym Mangor, 'de.'

'Hei, 'ŵan, 'sdim isio bod yn cheeklyd. 'Mond gofyn!'

'Sori,' atebodd Rhiannon, fymryn yn fwy pwyllog. 'Plis. Dwi'n ofni bod nhw mewn peryg. Peryg mawr hefyd.'

Daeth sŵn o gyfeiriad y ffenest. Cododd Elfair a

Rhiannon eu pennau a gweld pioden yn rhythu ar y ddwy.

Curodd y bioden ei phig ar y gwydr. Unwaith, ddwywaith, sawl gwaith, ac roedd pob trawiad yn mynd yn drymach a thrymach, nes daeth crac yn y ffenest. Cododd Elfair ar ei thraed a chwifio'i llaw, ond daliodd y bioden ati. Ei phig fel dur yn erbyn y gwydr.

'Gw on! 'S o 'ma!'

Curo. Curo. Curo. Ei phig yn cochi fesul trawiad. Cythrodd Elfair yn y ffon-grasu-bara o'r lle tân ac aeth allan drwy'r drws. Gwyliodd Rhiannon Elfair drwy'r ffenest, wrth iddi fynd at y bioden. Gwthiodd Elfair yr aderyn, ond daliodd ati i waldio nes, yn y diwedd, bu'n rhaid i Elfair gydio yn y bioden. Llefarodd ychydig eiriau a syrthiodd yr aderyn yn llipa yn ei llaw.

Gollyngodd Elfair y bioden ar y bwrdd ar ôl dod nôl i'r gegin ac eisteddodd yn drwm ar ei stôl deircoes. Rhwbiodd y perlau chwys oedd ar ei thalcen efo cefn ei llaw, cyn pwyso ymlaen ac edrych i fyw llygaid y gath.

'Wel, ti 'di gwylltio rhywun go iawn.'

'Be 'dach chi'n feddwl?'

'Wel, dim 'di dŵad yma o'n hachos i ma' hon,' atebodd Elfair gan edrych ar y bioden ar y bwrdd, ei phig yn sbrencs gwaed tywyll. Bu distawrwydd am ennyd. Elfair yn astudio'r aderyn efo'r ffon efydd a Rhiannon yn eistedd yn chwithig. Yn y man, trodd Rhiannon at Elfair, a mentro, 'Plis, Elfair . . . 'Nei di'n helpu fi?'

Edrychodd y wrach ar y gath.

PENNOD 16

'Ta-ra 'ŵan!' gwaeddodd Jackie wrth gau drws tŷ Mrs Roberts-Hughes a chamu i'r nos. Sodrodd ei chap pom-pom ar ei phen cyn gwisgo'i menig. Cerddodd drwy'r ardd a throi i'r chwith ar y lôn. Roedd yna geir yn gyrru fel pethau gwirion, a dau lanc yn mentro'n daer i groesi'r ffordd rhwng y traffig. Ffyliaid, meddyliodd Jackie.

Bu'n ddiwrnod chwerwfelys iddi a dweud y gwir. Chysgodd hi fawr ddim y noson gynt oherwydd bod y diwrnod yma o'i blaen. Roedd hi wedi bod wrthi'n gweithio'n galed yn paratoi *treat* pen-blwydd ar gyfer Mrs Roberts-Hughes. Creodd gerdyn efo 'Musus R-H' yn ddatganiad amryliw ar waelod enfys. Roedd hi wedi pwytho gorchudd newydd i botel ddŵr poeth. Ac roedd hi wedi bod wrthi am oriau yn pobi, yn gwneud ei gorau glas i greu cacen a fuasai'n ennyn edmygedd hyd yn oed Paul Hollywood a Prue Leith. Yn bendifaddau, roedd Jackie am ofalu bod heddiw'n ddiwrnod arbennig i Musus Âr-Aitsh.

Doedd hi'n ddim syndod gweld mai tri cherdyn yn unig oedd ar y silff ben tân pan gyrhaeddodd y tŷ'r pnawn hwnnw. Un gan Suzie, cyfnither i Musus Âr-Aitsh oedd yn byw mewn cartref gofal yn ochrau'r Amwythig, un gan genod grŵp gweu cylch Bangor, 'Deiniol's Darlings', ac un gan Dawn drws nesaf. Y tri wedi dod drwy'r post erbyn deall.

Pan gyrhaeddodd Jackie, roedd gan yr hen wraig wên sgi-wiff ar ei hwyneb a bu bron i Jackie â lapio'i breichiau am gorff eiddil Mrs Roberts-Hughes a'i chodi yn y fan a'r lle; gwneud rhywbeth i sicrhau'r hen wraig fod ganddi bobl oedd wir yn malio amdani. Ac ar yr un gwynt, rhegodd Jackie blant yr hen wraig.

Fuck's sake, os oedd 'na hen ferch efo dementia yn medru cofio pen-blwydd ei ch'nithar a hitha'n byw yn ganol Shrewsbury, toedd gan y blydi plant 'na ddim excuse, meddyliodd Jackie, wrth gyfarch Mrs Roberts-Hughes ac estyn cwpanau i wneud paned.

Ond roedd yr hen wraig yn hapus. Roedd hi wedi cael slipars newydd gan Deiniol's Darlings – rhai efo sawdl oedd yn cynhesu po fwyaf oeddech chi'n pwyso arni. Roedd hi wedi'i rhyfeddu gan y fath 'gontraption'!

Ar ôl gwneud paned, rhoddodd Jackie'r cerdyn a'r anrheg i'r hen wraig, cyn estyn am damaid o gacen.

'Tydi'm yn dri eto,' oedd sylw swil Mrs Roberts-Hughes.

'Dow, ma' hi'n dri yn rwla. Ac anyway, ma' birthday girl yn deservio ca'l treat.'

Gwridodd hithau gan fynnu'n ysgafn, 'O, tamad bach 'ta.'

A dyma Jackie'n llwytho darn bron chwarter maint y gacen i'r byrthde gyrl.

'Red velvet,' sylwebodd Jackie.

Gwenodd yr hen wraig yn lletach.

Fe wyddai Jackie ers tro mai dyma'r gacen y byddai'n ei phobi i'r hen wraig – wel, yn prynu'r paced powdwr er mwyn gwneud y gacen. Byth ers i Mrs Roberts-Hughes rannu'r stori amdani hi ac Alff yn Llundain un noson, fe wyddai Jackie'r union gacen y byddai'n ei pharatoi. Roedd y ddau wedi mynd i'r ddinas fawr i ddathlu eu pen-blwydd priodas un flwyddyn. Hithau mewn ffrog goch, lliw ceirios, ac yntau yn ei siwt smart. Y ddau'n parablu fel pethau hanner eu hoed, yn yfed o'i hochr hi, yn gloddesta, ac yn mwynhau cwmni'i gilydd drwy'r gyda'r nos. A llwyddodd i hyd yn oed berswadio Alff i fentro i'r llawr dawnsio, a nhwythau'n gwpl gwantan oedd yn cogio bach eu bod yn gwybod beth roedden nhw'n ei wneud. Yn troelli o gylch y llawr, yn chwerthin, hithau'n gorffwys ei phen ar ei ysgwydd, ac yntau mor ofalus ohoni.

Roedd y ddau am ei throi hi'n ôl am eu seti pan chwaraewyd 'Lady in Red', a chydiodd Alff yn llaw Elinor a'i thynnu'n ôl i ganol y stafell yng ngolwg pawb, yn destun balchder, yn destun hyfrydwch iddo. A dawnsiodd y ddau. Y gŵr mewn siwt lwyd a'i lady in red.

Byth ers i Jackie glywed y stori yna, fe wyddai mai cacen red velvet fyddai hi'n ei phobi i Musus Âr-Aitsh.

A bu'r ddwy wrthi drwy'r pnawn yn siarad. Jackie'n sôn am y plant, am y teli ac am ei barn am hyn, llall, ac arall – unrhyw beth i dynnu ei meddwl oddi ar yr hyn oedd o'i blaen y noson honno. Mrs Roberts-Hughes yn chwerthin ar straeon Jackie, yn mwynhau'n ddistaw bach glywed clecs amrywiol, gyda'i 'Taw ditha!' a'i 'Wannwl dad!', yn esgus nad oedd hi wir yn gosipio. Ac yng nghanol y rhialtwch, ceisiai Jackie gyfeirio'r sgwrs at deulu Musus Âr-Aitsh. Fe daflodd ei gwialen bysgota'n eang, ond fachodd yr hen wraig mo'r abwyd. Gwenodd yn dawel, gan droi'r sgwrs yn ôl i'w byd bach yn lolfa 74, Ffordd Penchwintan. Llwyddodd Jackie i hyd yn oed berswadio'r hen wraig i agor y botel sieri roedd Jackie wedi'i rhoi'n anrheg ychwanegol. Syrpréis-wedi'r-gacen!

Bedair awr yn ddiweddarach a hithau heb gyffwrdd yn y dystar, yr hwfyr na'r mop, gadawodd Jackie Musus Âr-Aitsh yn fodlon ei byd, efo gwydryn arall o sieri wrth law, a noson efo'r soaps yn gwmni iddi.

Cerddodd i lawr y lôn ac wrth oedi ger y rowndabowt, teimlodd hen ias yn gwthio'i dwylo main i lawr ei chefn. Doedd y fynwent ddim yn bell o'r man lle safai. Y fynwent oedd reit wrth ymyl un o lonydd prysuraf Bangor. Byddai pobl yn gyrru ar hyd Ffordd Caernarfon tan berfeddion. Meddyliodd Jackie'n ddwys. Allai'r ddwy ddim mynd i'r fynwent heno. Yn na fedran? Caeodd ei llygaid yn dynn ac anadlu'n drwm. Na, roedd yn rhaid iddyn nhw drio. Rhoi cynnig arni heno a gweld beth ddigwyddai.

Arhosodd am ennyd – gwylio'r ceir a disgwyl cael croesi'r lôn. Roedd traffig gwaith yn tagu drwy'r ddinas, a hithau fel ynys ar goll yng nghanol y môr concrid. Rhwbiodd ei dwylo. Roedd y nos yn gafael ac yn raddol bach, teimlai ias arall yn cropian drosti. Nid ias oerni. Nid ias-meddwl-am-y-fynwent. Ond ias arall. Ias fel petai rhywun yn ei gwylio. Yn ei hastudio. Edrychodd o'i chwmpas yn ofalus. Tybed a oedd hi wedi cael gormod i'w yfed? Dim ond dau wydryn a gawsai. Iawn, doedd hi ddim yn arfer yfed sieri, ond go brin y buasai hynny wedi effeithio arni i'r fath raddau. Edrychodd tu ôl iddi. Roedd yna griw o dri yn cerdded i'w chyfeiriad. Aethant heibio Jackie ac i mewn i'r têc-awê Tsieinïaidd ar y gornel.

Camodd yn ei blaen a chanodd car ei gorn wrth basio.

Teimlai ei stumog yn gnotiau byw. Caeodd ei llygaid yn dynn a'u hagor eto. Na, roedd yn rhaid iddyn nhw drio rhywbeth. Unrhyw beth. Heno.

☽O☾

Edrychodd o'i hamgylch. Roedd y lle fel, wel, roedd y lle'n union fel y bedd. Am wirion! Roedd meddwl Cara'n wyfynod yn chwilio am oleuni yr eiliad yna. Cyrcydodd a rhwbio'i llaw ar hyd y pridd. Doedd y ddaear heb orffwys yn iawn. Dim syndod a dweud y gwir, gan mor ddiweddar oedd y claddu. Edrychodd Cara ar y groesdros-dro a osodwyd ym mhen y petryal. Fedrai hi ddim darllen yr ysgrifen ar y darn efydd, ond fe wyddai'n iawn beth ddywedai. Edrychodd ar ei watsh. Fedrai hi ddim gweld, felly estynnodd am ei ffôn: 23:07. Roedd hi saith munud yn hwyr. Oedd hi wedi nogio? Wedi penderfynu peidio â dod yno? Wedi peryglu eu bywydau? Wedi bod yn rhy styfnig, yn rhy ofnus, yn rhy wirion i . . . ? Roedd y gwyfynod yn dechrau gwylltio.

Sgroliodd Cara drwy'r rhifau yn ei ffôn ac roedd hi ar fin pwyso enw Jackie pan ddaeth y llais i darfu ar ddistawrwydd y fynwent, 'Tisio switsho hwnna off 'cofn i rwun weld?'

Cododd Cara'i phen. Safai Jackie yr ochr draw i'r bedd.

'Ti yma?'

Nodiodd Jackie. Gallai Cara weld ei hamlinelliad, ond fedrai'r un o'r ddwy weld wynebau ei gilydd.

Roedd sŵn y traffig yn su byw yn y pellter ond, rhywsut neu'i gilydd, teimlai'r ddwy fel petaent mewn swigen, ar wahân i ruthr y nos, ar wahân i galon y ddinas oedd yn curo'n gyson.

'Ti'n barod?' gofynnodd Cara.

'As I'll ever be, 'de,' atebodd Jackie'n gloff.

Roedd y ddwy wedi penderfynu'n barod na fydden nhw'n palu'r bedd. Byddai gormod o risg o wneud hynny. Beth petasai rhywun yn dod yno efo blodau i fynd ar fedd ffrind, anwyliad, neu elyn? Yr adeg hynny o'r nos, cwestiynodd Cara, ond mynnodd Jackie fod yna bob math o bobl yn yr hen fyd 'ma, ac ella y buasai 'na ryw foi anthroffobaidd yn dewis mynd i'r fynwent gyda'r nos yr un pryd ag y buasen nhw yno.

Ta waeth; roedd y ddwy yno'r funud honno.

Estynnodd Cara'r *athame* o'i bag, y dŵr o'r afon wedi'i fendithio mewn potel, asgwrn cefn robin goch, a rhaff.

Camodd Cara at y groes. Edrychodd ar Jackie. Camodd hithau yn ei blaen, yn anfoddog braidd.

'Iawn?' gofynnodd Cara.

'Iawn.'

Rhedodd Cara'r *athame* ar hyd cledr ei llaw a glawiodd y gwaed ar y pridd llaith. Pasiodd y gyllell i Jackie. Gwnaeth hithau'r un modd, ond gan ollwng gwich fach wrth deimlo'r boen.

Arllwysodd Cara'r dŵr ar ddwylo'r ddwy wrach, gan ddistyllu'r gwaed rhyw 'chydig. Estynnodd Cara'r asgwrn a'r rhaff at ei chwaer wrach. Roedd bysedd Jackie'n llithrig, nid yn unig o achos y dŵr, ond o achos y chwys hefyd; roedd y gwaed yn curo'n galed yn ei chlustiau.

'Barod?'

Nodiodd Jackie. Camodd i sefyll yng nghanol y bedd. Yr asgwrn robin goch yn y naill law a'r rhaff yn y llall.

Dechreuodd Cara hymian wrth sgeintio'r dŵr o gylch y petryal. 'Ein chwaer, Rhiannon. Ein chwaer, Rhiannon. Ein chwaer, Rhiannon.'

Caeodd Jackie ei llygaid a chanolbwyntio ar anadlu.

'Gwrach y nos, gwrach y dydd,
Ffynhonnell nerth, a tharddiad ffydd,
Deffra, chwaer, i oleuni'r awr,
Deffra, chwaer, deffra nawr.'

Arhosodd Cara am ennyd. Arhosodd Jackie yn ei hunfan. Oedodd y wrach ieuengaf. Yna, gofynnodd, 'Be sy'?'

''M byd.'

'Wel, pam ti'm 'di . . . ?'

'Dwi'n stressed, ok!'

'O, t'laen, Jackie! Ma' rhaid inni neud hyn.'

'Ni? 'Ucking 'ell, ma'n iawn i chdi! Fi sy'n goro twtshiad hi.'

Anadlodd Cara'n drwm: llyncu'i rhwystredigaeth. 'Dwi'n dallt hynna, a dwi'n sori bo chdi'n gorfod gneud hyn, ond dim ond chdi fedrith neud o.'

Bu saib am ychydig eiliadau.

'Iawn?'

'O, fucking hell, iawn,' brathodd Jackie.

Anadlodd yn dawel. Sefyll yn gadarn a chau ei llygaid.

Dywedodd Cara'r swyn eto ac ar ôl gorffen, agorodd ei llygaid a gweld Jackie'n suddo'n araf bach i mewn i'r pridd. Cymerodd Jackie lond ei hysgyfaint o wynt cyn plygu ei phen o dan y tir. Dilynodd y rhaff hi. Ceisiodd y wrach chwilio am yr arch ac, yn raddol, fe gafodd hyd iddi. Treiddiodd ei llaw drwy'r pren a chyffwrdd mewn darn o Rhiannon. Edrychodd hi ddim ar beth yn union roedd hi'n ei gyffwrdd neu beryg y buasai'n chwydu ei pherfedd yn yr arch. Ond arhosodd am ennyd. Gafaelodd Cara yng ngweddill y rhaff oedd ar wyneb y pridd. Tynnodd arni dair gwaith a thynnodd Jackie arni unwaith.

Ailadroddodd Cara'r swyn. Dim. Dywedodd y geiriau eto. Dal ddim byd. Aeth ar ei phennau gliniau, rhwbio'i dwylo yn y pridd a dweud y swyn eto gan afael yn dynn, dynn yn y rhaff. Ac roedd y rhaff yn tynnu erbyn hyn. Arwydd bod Jackie eisiau codi, eisiau awyr iach. Canolbwyntiodd Cara'n drylwyr ar y geiriau a lefarai.

Yna, ar ôl dweud, 'Deffra, chwaer, deffra nawr,' taflwyd Cara yn ei hôl gan ryw rym. Treiddiodd Jackie'n ôl i'r wyneb a chythru am ei gwynt. Tagodd. Poerodd. Yna edrychodd ar Cara ar wastad ei chefn, yn gwingo.

Gwelodd Cara ffigwr. Na, dau. Tri? Dau dal ac un llai. Y tri'n sefyll wrth y bedd. Fedrai hi ddim gweld eu hwynebau, ond gallai eu teimlo. Roedd un yn llawn tywyllwch. Ei gasineb yn eirias. Gwelodd hi Rhiannon yn ddarnau yn yr arch. Ei hwyneb yn madru. Plygodd un o'r tri yn ei gwrcwd, codi llond ei law o'r pridd a'i arogli. Gwelodd Cara aderyn ar ei ysgwydd: pioden? Cododd ar ei draed a throdd ar ei sawdl. Arhosodd y ddau arall i edrych ar y bedd am ennyd, cyn troi a dilyn y person gwallt cwta efo'r bioden ar eu hysgwydd. Trodd y lleiaf o'r tri i edrych o'i ôl, ac roedd fel petai'n edrych i fyw llygaid Cara yr eiliad honno. Ei lygaid yn wag a'i wyneb fel marmor. Saethodd llygaid Cara'n agored a brwydrodd am ei gwynt. Roedd hi'n binnau mân i gyd, a rhyw ergyd o deimlad yn brifo'i hymysgaroedd.

Aeth Jackie at Cara ac ar yr union eiliad y cyffyrddodd hi'r wrach iau, beichiodd Cara, fel hogan fach yn torri'i chalon. Plannodd ei hwyneb ym mynwes y wrach hŷn, a chrio. Crio. Crio.

'Jackie ... J ...' mwmiodd Cara drwy'i dagrau. Roedd ofn wedi'i llenwi nes ei bod yn llanast ar y llawr.

Gafaelodd Jackie am ysgwyddau Cara a sibrwd yn famol, 'Yli, ty'd rŵan . . . Well inni fynd.'

Cododd Cara, ei thraed yn gryndod, ac edrychodd Jackie ar y bedd. Doedd Rhiannon ddim yna, roedd hi'n sicr o hynny. Ei gweddillion, oedd, ella. Ond doedd y wrach ddim.

PENNOD 17

Cysgod yn symud. Yn tyfu fesul eiliad. Teimlai Lowri fel petai wedi cael ei hoelio yn ei hunfan. Edrychodd o'i chwmpas. Roedd hi mewn stad o dai. Ceisiodd symud. Edrychodd ar ei thraed. Roedden nhw'n sownd. Cododd ei phen. Yn araf bach, roedd yna gysgod yn ymbellhau o'i blaen. Cysgod tenau. Mentrodd weiddi, ond ddaeth yr un smic o'i cheg. Triodd eto. Ac eto. Teimlodd rywbeth yn gwasgu amdani, rhywbeth yn sugno'r egni ohoni. Ac yna rhywbeth yn ei tharo.

Agorodd ei llygaid. Safai Lowri yng nghanol iard yr ysgol. Edrychodd o'i blaen, yn ansad braidd, a gwelodd wynebau'n edrych i'w chyfeiriad. Blinciodd yn araf. Roedd yna hogyn yn pwyntio at ei hochr. Edrychodd. Roedd y bêl-droed wedi rhowlio heibio iddi ar ôl ei tharo

'Ti'n ok?' gofynnodd Gwen.

'Ym . . . yndw . . . '

'Ti'n siŵr? Ti'm yn edrach yn grêt.'

Cerddodd yr hogyn heibio i Lowri a Gwen a chodi'r bêl, ac wrth basio'r ddwy, dyma fo'n dweud, 'Freak.'

'Oi!' gwaeddodd Gwen ond wrandawodd yr hogyn ddim.

'Gad o,' meddai Lowri, ond roedd Gwen fel ast wedi clywed ogla cig.

Trodd yr hogyn i edrych ar y ddwy gan gerdded wysg ei gefn, y bêl yn un llaw, ei law arall o flaen ei wyneb. Cododd ddau fys a thynnu ei dafod rhyngddyn nhw i gyfeiriad Lowri a Gwen.

Dim ond ychydig wythnosau oed oedd y tymor newydd ac roedd pethau wedi suro'n barod, teimlai Lowri. Roedd Gwen hefyd yn dipyn o lond llaw mewn difri. Roedd ganddi ryw hyder newydd a hynny'n crafu ar amynedd Lowri. Wrth gwrs, fe wyddai Lowri y dylai fod yn hapus dros ei ffrind, ond roedd pethau – gormod o bethau – yn pwyso'n drwm arni.

Cymerodd Gwen gam yn ei blaen i gyfeiriad yr hogyn â'r bêl-droed, ei llygaid yn fflamio, ond cythrodd Lowri yn ei llaw.

'Be ti'n neud?' gofynnodd Gwen.

''Di o'm werth o,' meddai Lowri.

Edrychodd Gwen yn ôl i gyfeiriad yr hogyn a gweiddi, 'You better stay out of my way, you little prick!'

Cododd Lowri ei bag a'i ffolder oddi ar y llawr a'i throi hi am yr ysgol. Dilynodd Gwen hi.

'Ti'n ok?'

Nodiodd Lowri a chamu i mewn i'r adeilad.

'Ti'n siŵr?'

'O, Gwen, dwi'n iawn!'

Stopiodd Gwen yn ei hunfan, 'O, so-ri! 'Mond dangos bach o gonsýrn!'

'Ia, dwi'n gwbod . . . Sori . . . ' meddai Lowri'n gloff.

'Na, ma'n fine. I know when I'm not wanted, 'de! Ti 'di bod fel'ma ers ages rŵan so I'll take the hint!'

'O, Gwen.'

Ond wrandawodd Gwen ddim ar ei ffrind. Cerddodd i lawr y coridor yn fân ac yn fuan ac aeth o'r golwg. Safodd Lowri'n simsan. Yr ergyd, a'r hyn a welodd, yn dal i droi yn ei phen. Caeodd ei llygaid. Gwelodd fflach sydyn o'r cysgod. Teimlodd wasgu o'i chwmpas. Gwelodd y cysgod yn ymbellhau a hithau, am ryw reswm, yn deisyfu iddo ddod yn nes ati. Yn ôl ati? Trodd yn ei hunfan a tharo i mewn i rywun, ac am yr eildro'r bore hwnnw, gollyngodd ei bag a ballu ar y llawr. Cododd ei dwylo at ei hwyneb a rhegi'n dawel.

Agorodd ei llygaid, yn y man, a gweld rhywun wedi plygu ar lawr yn hel ei phethau ynghyd.

'Diolch. Sori.'

Cododd Gwyn ei ben.

'O, God, sori, 'nes i'm gweld chdi a . . . ' ychwanegodd, ei llais fel trên stêm yn clecian.

Cododd Gwyn ar ei draed a chynnig y bag a'r ffeil yn ôl iddi.

'Ti'n iawn?'

Nodiodd hithau gan daflu ei bag dros ei hysgwydd, cydio yn ei ffolder yn dynn, a rhwbio cudyn strae o'i llygad.

Estynnodd Gwyn ei law a phwyntio at y dolenni aur oedd yn rhedeg ar hyd top ei chlust, 'Licio rhein.'

Cododd Lowri ei llaw at ei chlust, 'O, shit, dwi'm 'di tynnu nhw.'

Canodd y gloch.

'O, shit.'

'Hei, dos i dynnu nhw rŵan. 'Na i ddeud wrth Syr bo chdi ar y ffor', ia?' gwenodd Gwyn.

Nodiodd Lowri yn ffwndrus braidd cyn troi ar ei sawdl i gyfeiriad y tai bach.

Gwyliodd Gwyn hi'n mynd o'r golwg rownd y gornel. Trodd yntau ar ei sawdl a dechrau cerdded ar hyd y coridor, ond wrth wneud, gwelodd lyfr bach coch ar lawr. Gafaelodd ynddo. Un Lowri, tybed? Edrychodd tu ôl iddo. Doedd dim golwg ohoni. Dechreuodd gerdded gan agor y llyfr ar hap a chraffu ar y cynnwys yn sydyn. Roedd yna ddyddiadau wedi eu nodi ac oddi tanynt ryw gofnodion braidd yn gryptig:

Hogan efo sbectols yn Marstons. Cuddio tu ôl i silffoedd. Yn edrych ar Cara. Cara ddim yn ei gweld hi. Yr hogan yn mynd yn nes at Cara.

Ac o dan y sylw yna, mewn ffont las, roedd:

Stalker? Weirdo? Gwrach? Wbath arall?

Oedodd Gwyn a sefyll tu allan i'r stafell ddosbarth. Trodd y dalennau'n sydyn a gweld yr un fformat ar eu hyd. Y dyddiad a rhyw frawddegau disgrifiadol mewn du ac yna rhes o gwestiynau mewn glas oddi tanynt. Bu felly am ennyd go faith, yn pori'n dawel. Yn y diwedd, daeth Mr Edwards at y drws.

''Ych chi am ddod i fewn heddi, Mistar Gillmore?'

Gwenodd yntau ac, ar y gair, daeth Lowri i'r golwg, yn cerdded yn sydyn i gyfeiriad y dosbarth.

'A hyfryd cael eich cwmni chithe, Miss Davies,' meddai'r athro – Selwyn Sowth fel y galwai'r disgyblion o.

'Iawn?' gofynnodd Gwyn.

Nodiodd Lowri. Camodd heibio i'r llanc ac i mewn i'r stafell ddosbarth. Gwyliodd yntau hi'n cerdded i'w sedd ac wedi oedi am chwarter eiliad, penderfynodd wthio'r llyfr bach coch i mewn i'w boced.

Caewyd y drws a throdd Selwyn Sowth at y dosbarth, 'Nawr 'te, bobol. Pwy sy'n gwybod beth ddigwyddodd yn America ym mis Ionawr 1863?'

Aeth y wers rhagddi'n ddigon hamddenol. Roedd y gwaith yn gyfarwydd i'r mwyafrif gan eu bod wedi astudio'r agwedd hon ar hanes yr Unol Daleithiau ar gyfer eu harholiadau TGAU. Ond roedd Selwyn Sowth yn newydd i'r ysgol ac yn hoff, yn amlwg, o dramwyo llwybrau cyfarwydd. Trafodwyd arwyddocâd Datganiad

Rhyddfreinio Lincoln. Aseswyd goblygiadau rhyddhau'r caethion i wleidyddiaeth a chymdeithas y Taleithiau. A gosodwyd tasgau trafod rif y gwlith.

Teg fyddai dweud nad oedd meddwl Lowri yn y stafell heb sôn am fod yn yr ysgol yn ystod y wers honno. Roedd fflachiadau ei rhagwelediad yn dal i droi yn ei meddwl, er, nid mor llachar ag yr oedden nhw gynnau. Roedd hi'n teimlo'n flin am droi ar Gwen. Petai hi yno'r eiliad yna, mi fyddai Lowri wedi ymddiheuro heb oedi. Ond roedd Gwen, mae'n siŵr, yn stafell gyffredin y Chweched yn WhatsAppio neu'n ffês-teimio Jake. Ers i'r ddau gyfarfod y pnawn Sadwrn yna yn KFC, roedden nhw fel magned a darn o fetel. Ac roedd hynny'n dipyn o dân ar groen Lowri. Oedd, doedd waeth iddi gyfaddef ddim, mi roedd hi'n genfigennus. Caeodd ei llygaid yn y man. Pam roedd hi'n stwna am Gwen? Roedd ganddi ddigon ar ei phlât. Trodd ei phen i'r ochr ac agor ei llygaid. Edrychodd ar Gwyn yn siarad efo'i grŵp, ei lygaid dyfnion yn parablu er bod ei sgwrs yn ddigon cynnil. O dipyn i beth, crwydrodd ei lygaid a dal sylw Lowri. Nodiodd hithau'n simsan. Gwenodd yntau a throdd hi'n ôl at ei grŵp.

'Lowri?' gofynnodd Nia, disgybl mwyaf cydwybodol Chweched dosbarth Ysgol Bryn Celyn, os nad gogledd Cymru gyfan. 'Be 'di dy farn di am hyn?'

'Ymm . . . ' baglodd Lowri cyn meddwl am yr ateb mwyaf amwys y gallai ei gynnig, 'Ma'n gymhleth iawn, 'dydi?'

Edrychodd Nia dros ei sbectol ar Lowri, fel petai honno newydd ddweud wrth Nia ei bod hi'n cefnogi hil-laddiad i'r eithaf.

'Re-eit,' atebodd cyn troi at weddill ei grŵp.

Teimlodd Lowri'i ffôn yn crynu. Gwen ella, meddyliodd, a heb feddwl ddwywaith, estynnodd amdano.

Neges gan Jackie oedd yn fflachio ar y sgrin:

> Haia cyw. Gown ni meetio asap plis?
> Heno? Xxxx

'Miss Davies?' meddai'r athro dros ei hysgwydd. Cododd Lowri ei phen ac estynnodd yr athro ei law. Rhoddodd ei ffôn iddo'n anfoddog a dywedodd yntau, 'Gewch chi fe'n ôl ar ddiwedd y wers ac wy'n credu 'nele sgwrs fach les 'efyd.'

Cerddodd Selwyn at ei ddesg a suddodd Lowri yn ei sedd fymryn – ei hwyneb yn goch a'i chalon yn curo yn ei chlustiau. Edrychodd i'r ochr a gwelodd Gwyn yn edrych i'w chyfeiriad. Siapiodd y geiriau, 'Ti'n iawn?'

Nodiodd Lowri gan sythu yn ei sedd a dychwelyd at drafodaeth ei grŵp.

PENNOD 18

Er ei bod yn ganol pnawn ym mherfeddion mis Tachwedd, a'r awel yn gusan finiog ar groen, teimlai Lowri'n weddol bwyllog ei byd. Oedd, roedd ganddi sawl peth yn troi'n ddiddiwedd yn ei phen, a sawl syniad a chwestiwn heb ateb, ond yr ennyd honno, a hithau'n anadlu awyr y môr, teimlai'n weddol. Roedd 'na rywbeth am fod wrth y tonnau a'i tawelai.

Pwysodd yn erbyn y rheilin glas ac edrych ar y dŵr islaw. Roedd yr haul yn wincio ynddo, fel petai cannoedd o geiniogau yn gorwedd yn y môr, yn creu llwybr arian rhwng Bangor a Borth. Caeodd ei llygaid. A gwrando. Clywai wylanod yn clegar gerllaw. Sŵn ceir yn gyrru yn y pellter. Lleisiau rhai'n hofran yn donnog.

Meddyliodd. Ceisiodd ddwyn y cysgod i'w chof, ond methodd. Roedd o'n hen beth tenau, fel bwgan brain heb y gwellt, yn symud yn llechwraidd. Petasai ganddo wyneb, fe daerai Lowri y buasai ganddo wên hyll yn lledu, fel hollt a grëwyd gan gyllell. Agorodd ei llygaid. Fe'i trawodd. Yr ofn. Y caethiwed. Y chwithdod eithriadol a'i meddiannodd yn gyfan. Anadlodd yn drwm. Roedd ei choesau'n crynu dipyn ond allai hi ddim symud. Gwasgodd ei dwylo am y rheilin. Teimlai'n sownd. Teimlai fel petai'r dydd yn ei gwasgu.

Glaniodd llaw ar ei hysgwydd a throdd Lowri yn ei hunfan yn sydyn gan wthio'r sawl oedd wedi'i chyffwrdd.

Baglodd Jackie am yn ôl ond daliodd Cara hi rhag glanio ar y llawr.

Edrychodd y wrach ifanc ar y ddwy wrth iddyn nhw

adfer eu safiad a mentro cam yn nes. Bu saib. Ceisiodd Jackie wenu. Nodiodd Cara. Dechreuodd Lowri chwarae efo llewys ei chôt eto.

'Iawn?' mentrodd Jackie yn y man.

Nodiodd Lowri.

'Diolch . . . diolch 'ti am agreeio i meetio ni . . . 'N de, Cara?'

'Ia,' atebodd hithau, ei llais yn gryg.

Mentrodd Lowri sadio'i hun. Stopiodd chwarae efo'i llewys a gofyn, 'Ia?'

'Be?' gofynnodd Jackie, yn ansicr.

'Be 'dach chi isio?'

Brathodd Cara'i thafod; roedd hi'n amau mai fel hyn fyddai pethau. Felly Jackie fentrodd.

'Isio checkio bo chdi'n iawn a . . .'

'A?' gofynnodd Lowri. Gallai deimlo cryndod yn ei llwnc. Pam na fedrai reoli'i hun yn well?

'A . . . wel, ma' 'na, wel . . .' cloffodd Jackie a thorrodd Cara ar ei thraws.

''Dan ni'm yn saff.'

Edrychodd Lowri ar Cara. Roedd golwg lwydaidd arni, cylchoedd coch o gylch ei llygaid, fel petai wedi bod yn crio. Roedd golwg ddigon ciami ar Jackie hefyd, erbyn gweld, er bod honno wedi paentio trwch o golur i drio cuddio'r gwir.

Cymerodd Lowri chwarter cam yn ei hôl a tharo'n erbyn y ffens fetel.

''Nathon ni, wel, 'nath Cara weld rhwbath.'

'Be?'

'Wel, dyna . . . dyna'r peth . . . 'dan ni'm yn siŵr iawn be.'

Aeth Jackie yn ei blaen i geisio disgrifio'r hyn a wnaeth y ddwy yn y fynwent yn ddiweddar. Roedd llygaid Lowri'n culhau fesul brawddeg, a hithau'n cael trafferth dilyn truth geiriol Jackie. Yn y diwedd, collodd Cara'i hamynedd, camodd at Lowri a chydio yn ei dwylo.

''Na i ddangos iti.'

Tynnodd Lowri'i dwylo'n rhydd o afael Cara.

'Stopia fod mor styfnig!'

Edrychodd Lowri ar wyneb y wrach; roedd ei llygaid yn gadarn. Edrychodd i'r chwith ar Jackie, hithau â golwg gam ar ei hwyneb. Trodd yn ôl at Cara. Nodiodd y mymryn lleiaf.

Gafaelodd Cara'n dynn yn nwylo Lowri a chaeodd ei llygaid. Anadlodd. Sadiodd.

'Cau dy llgada,' meddai Cara, ac ufuddhaodd y wrach ifanc ar ôl dipyn.

Roedd ei meddwl yn wag. Ei golwg yn dywyll. Am rai eiliadau, dyna'r cyfan a welai. Yna, gwelodd amlinelliad. Dau. Tri. Yn sefyll yng nghanol iard. Naci. Mynwent? Ia. Cerrig beddi fel dannedd cam o'u cwmpas. Y tri yn sefyll â'u cefnau at y gwrachod. Dau dal ac un byrrach. Roedd yna aderyn ar ysgwydd un o'r rhai tal. Ond fedrai Lowri ddim dweud pa aderyn. Yn y man, trodd y ffigwr tal arall ei ben. Du. Y cyfan a lenwai ei wyneb oedd düwch. Trodd y ffigwr efo'r aderyn ar ei ysgwydd rownd ac yna'r byrraf o'r tri. Roedd eu hwynebau nhwythau'n ddu, ond roedd llygaid y lleiaf yn llachar. A daeth fflach.

Syrthiodd Lowri yn ei hôl a glanio'n frwnt ar lawr. Roedd ei llygaid yn troi yn ei phen. Camodd Cara a Jackie ati, ond roedd llygaid Lowri'n wyn i gyd. Roedd hi'n gwingo. Roedd hi'n griddfan. Roedd hi'n ymgodymu â rhywbeth oedd yn rhedeg drwyddi, yn aflonyddu pob rhan o'i chorff.

Welai Lowri ddim byd. Diflannodd y tri. Diflannodd y fynwent. Du. Roedd popeth yn ddu, ac roedd hi'n llawn poen. Treiddiai gwefrau cas ar hyd ei chorff a dechreuodd rincian ei dannedd.

'Lowri! . . . Lowri!' gwaeddodd Jackie.

Gwingodd y ferch ar y llawr.

'Lowri?' gofynnodd Cara.

Saethodd llygaid Lowri'n agored. Syllodd i fyw llygaid Cara. Teimlai hithau'n wan mwyaf sydyn, fel petai'r llygaid cymylog yn ei mygu. Syrthiodd ar ei gliniau. Edrychodd Jackie o'r naill wrach i'r llall heb fath o syniad beth y dylai ei wneud.

Roedd Cara bellach ar ei phedwar yn brwydro am ei gwynt, wrth i Lowri, neu bwy bynnag oedd wedi cymryd drosti, rythu i fyw llygaid y wrach ganol.

Ar amrantiad, dychwelodd Lowri a syrthiodd Cara ar ei bol ar lawr, yn cythru am ei gwynt. Roedd 'na bobl ym mhen arall y pier yn edrych yn syn ar y ddynes a'r ferch oedd wedi taflu eu hunain ar y styllod pren.

Aeth Jackie'n syth at Cara gan ddal i edrych ar Lowri. Cododd Cara'i phen wedi eiliad neu ddwy. Roedd dagrau'n llifo'n hidl ar hyd gruddiau'r wrach ieuengaf.

'Wel?' meddai Cara yn y diwedd, wedi canfod ei llais.

Cododd Lowri ar ei thraed, ond wrth wneud, teimlodd hen gyfog afiach yn hyrddio drwyddi. Trodd ar ei hunion a gollwng cynnwys ei stumog dros ochr y pier. Anadlodd yn drwm. Sychodd ei cheg a'i dagrau efo cefn ei llaw. Arhosodd felly am ennyd nes iddi deimlo llaw Jackie am ei braich. Trodd ati. Tynnodd ei braich yn rhydd.

'Na . . .' meddai Lowri, cyn dechrau cerdded oddi wrth y ddwy.

'Lowri?' mentrodd Jackie.

Cyflymodd Lowri ei chamau, 'Jyst na . . . Gadwch fi fod . . .'

'Ond 'dan ni'm yn saff!' gwaeddodd Jackie. 'Ti'm yn saff!' meddai wedyn, ei llais yn fain.

Trodd Jackie i edrych ar Cara. Ysgydwodd honno'i

phen gan godi'i hysgwyddau.

'Ond . . . ond fedran ni'm jyst gadal hi . . .'

Bu saib. Gwyliodd y ddwy Lowri'n cerdded drwy'r giatiau i'r maes parcio, ac yna'n cerdded heibio'r dafarn.

''Dan ni'n fucked, Jackie . . .' meddai Cara cyn camu yn ei hôl.

'Be 'nath ddigwydd?'

Daliodd Lowri i gerdded a'i gwynt yn ei dwrn. Ei chamau'n curo'r llawr, a'i chalon yn pwnio'n hegar yn ei phen. Roedd ei llygaid yn dal i deimlo'n od – ei golwg yn smotiau brith o'i blaen. Brysiodd. I ble, ni wyddai. Aeth heibio'r dafarn, ac yna fe drawodd yn erbyn rhywun. Cododd ei phen.

Gwenodd yntau.

Be oedd o'n da 'ma, meddyliodd Lowri.

'Ti'n iawn?' gofynnodd Gwyn.

''Nest ti ddilyn fi?' gofynnodd hi'n syth.

Oedodd yntau.

Edrychodd hithau.

Gyrrodd car heibio, ac roedd pob eiliad fel dwrn.

O dipyn i beth, gwenodd Gwyn yn wantan. 'Sori . . . o'dd jyst . . . O'dda chdi'n upset yn ysgol gynna, ac o'n i isio . . . isio checkio bo chdi'n ok.'

Roedd Lowri ar fin cyfarth arno ei bod hi'n berffaith iawn, ac nad oedd hi'n gwerthfawrogi cael pobl yn hofran o'i chwmpas, yn cogio bach eu bod nhw'n malio amdani, ond wnaeth hi ddim. Edrychodd arno. Roedd ei lygaid yn gonsýrn i gyd.

Edrychodd Gwyn o'i gwmpas, cyn mentro, 'Yli, ti isio diod? Ma' 'na gaffi rownd gornal, dwi'n meddwl.'

Oedodd Lowri am 'chydig.

Jackie. Cara. Ei mam. Roedden nhw i gyd yn ei mygu hi. Ond nid felly Gwyn. Oedd o'n dryst? Fedrai hi wir ymddiried ynddo fo?

Trodd yn ei hôl ato.
'Chdi sy'n talu.'
Gwenodd yntau.
Wel . . . pam lai, meddyliodd Lowri.

☽○☾

Gosododd y gweinydd y baned a'r sudd oren ar y bwrdd rhwng y ddau. Estynnodd Lowri am y pacedi siwgr ac agor tri'n syth. Gwyliodd Gwyn hi'n arllwys y cynnwys i'r baned tramp cyn troi'r llwy. Daliodd ati am rai eiliadau, ei meddwl reit yng ngwaelod y gwpan.

Roedd y caffi'n wag, ar wahân iddyn nhw ill dau a gŵr dros ei bedwar ugain – y math o ŵr unig â phapur newydd wedi'i sodro dan ei gesail sy'n nodweddiadol o gaffis – a thri gweithiwr hefyd. Safai dau weinydd y tu ôl i'r cownter yn cicio'u sodlau. A'r unig sŵn yn gyfeiliant i'r caffi oedd radio o'r oes o'r blaen yn y gornel, a sŵn ffrio wyau yn dod o'i grombil bob hyn a hyn.

Edrychodd Gwyn drwy'r ffenest. Roedd 'na sbrencs yn poeri ar ei hyd, yn ddagrau gaeaf. Trodd yn ôl at Lowri. Roedd hithau bellach wedi gosod y llwy drws nesaf i'r baned ac yn edrych drwy'r ffenest.

'Ti isio deud be sy'?'

Anwybyddodd Lowri'r cwestiwn gan rwbio'i thrwyn a rhythu ar yr iard gychod gerllaw.

'Lowri?'

O dipyn i beth, trodd Lowri ei golwg yn ôl i'r caffi. Cododd ei phaned a chymryd llymaid ohoni. Roedd ei chalon yn curo, yn ddrwm gwallgof ym mlaen ei phen. Faint yn union allai hi ei ddweud?

Yfodd lymaid arall. Cymerodd Gwyn lowciad o'i sudd oren hefyd.

Edrychodd Lowri drwy'r ffenest eto. Dilynodd Gwyn ei golygon. Yna sylwodd fod y ffenest wedi stemio. Ystyriodd Gwyn am ennyd cyn estyn ei law, ac â blaen ei fys, gwnaeth gylch yn yr ager cyn gwneud dau ddot, un llinell am i lawr, ac un llinell wenog.

Gwenodd Lowri ar ei gwaethaf. Gwenodd Gwyn hefyd. Doedd y distawrwydd ddim mor anghynnes ag y bu 'chydig eiliadau'n ôl. Ond roedd y glaw'n arllwys yn fwy ffyrnig erbyn hyn, a dagrau'r dydd yn llifo o lygaid y wyneb ar y ffenest.

'Wyt ti . . . ?' dechreuodd Lowri, cyn gadael i gynffon y frawddeg raflo.

'Ia?' prociodd Gwyn yn ysgafn.

Llyncodd Lowri'i phoer. Anadlodd, 'Ti byth yn teimlo fath â ti, fath â ti fod i neud rwbath, ond ti'm yn gwbo ydi o'r peth iawn . . . a . . . ac achos hynna ti'n . . . wel, ti'n teimlo 'th â bo chdi'n . . . bo chdi 'ben dy hun?' Oedodd. 'Sori, dwi'm yn gneud sens!'

'Na, dwi'n meddwl dwi'n dallt . . . Ac ydw, dwi yn teimlo'n . . . w'sti, yn unig weithia.'

Yfodd Lowri'r baned eto.

'Ydi hyn rwbath i neud efo'r ddwy ddynas 'na?'

Edrychodd Lowri ar Gwyn. Faint roedd o wedi'i weld? Cwta bum munud oedd ei sgwrs efo Jackie a Cara ar y pier ond roedd Lowri'n siŵr iddi fod wedi cerdded oddi wrthyn nhw, wedi ffrae arall, cyn i Gwyn ei chyfarfod ar ochr y lôn. Dechreuodd ei chalon ddyrnu.

Gwenodd Gwyn.

'Sori, 'di o'm yn fusnas i fi . . . '

Yfodd ei phaned eto cyn tynnu wyneb – roedd y bag te yn dal yn y gwpan, a'r baned yr un lliw â mwd. Estynnodd am y llwy a thynnu'r bag, a'i osod ar y soser. Llwyddodd i ennill ychydig amser efo hynny, ond roedd ei meddwl yn wag.

Trodd Gwyn ei olwg at y ffenest a gwylio'r glaw'n ffrydio.

Roedd y radio'n chwarae rhyw hen gân ddisgo o'r saithdegau yr eiliad honno, a'r hen ŵr yn cwyno ar goedd wrtho'i hun am hen sothach yn creu twrw. Camodd un o'r gweithwyr at y radio a distewi'r sain ryw fymryn.

''Na welliant!'

Gwenodd Lowri. Gwelodd Gwyn hyn a phenderfynodd roi tro arni: dadorchuddio mymryn ohono'i hun, gan obeithio y lleddfai hynny hi.

'Yndw, dwi yn gwbod sut ma'n teimlo bod 'ben 'yn hun. A jyst, wel, jyst ddim yn gwbod be i neud, 'de.'

Edrychodd Lowri arno.

''Nathon nhw lot i fi. Ma' nhw'n dal i neud. W'sti, 'th â trio rhoi bob dim o'n i isio. Rhoi treats. Ca'l y presanta pen-blwydd a Dolig o'n i wir isio. Bod yn . . . w'sti . . . yn ffeind. Dod â panad i fi ar fora Sadwrn yn gwely. Talu am lessons gitâr, a finna jyst yn . . . shit, yn methu chwara . . .'

Gwenodd Lowri fymryn. Hwn hefyd yn potshian efo gitâr, meddyliodd. Roedd ganddi deip!

'Ond dwi dal yn teimlo 'th â bo fi'm yn ffitio 'na'n iawn. Ti'n gwbo, fath â, wel, dim fath â, jyst achos bo ni'm yn . . . achos bo nhw ddim yn fam a dad gwaed . . .'

Gosododd Lowri'r gwpan ar y bwrdd ac edrychodd yn fanylach arno. Daliodd Gwyn i edrych drwy'r ffenest.

'Ges i . . . ges i'n adoptio gynnon nhw pan o'n i'n saith . . . Lwcus ma' siŵr, 'de. Fel arfar, 'di pobol ddim really isio plant dros tua dwy, dair oed. Licio ca'l nhw'n fabis. Haws ma' siŵr . . . Ond o'n i'n lwcus. 'Di bod efo dipyn o foster parents gwahanol . . . Wedyn, 'nathon nhw ddod un dwrnod. Do'n i'm yn disgwl o, 'sti . . . Ond ma' nhw'n deud bo nhw, bo nhw isio fi . . . A . . . ac o'n i methu coelio fo . . . A ges i ddod o'r home 'na . . . Hynna'n swnio'n od.

"Home". Home 'di lle hen bobol, 'de. Ha! ... Ond ges i fynd adra 'fo nhw . . . '

Tawodd, a chymerodd lymaid o'i sudd oren.

'O'n i'm yn gwbo . . . '

''Sneb yn . . . Ma' rei o'r athrawon yn gwbo, 'de, ond dwi'm 'di deu'tha neb . . . 'Di o jyst ddim yn rwbath dwi'n deud wrth bobol.' Llyncodd ei boer. 'Wel, 'mond wrth rei dwi, w'sti . . . '

Nodiodd Lowri'n ysgafn, ei llygaid wedi llwydo fymryn. Roedd arni eisiau dweud rhywbeth neu wneud rhywbeth, ond doedd ganddi ddim clem beth. A ddylai ddweud rhyw jôc i ysgafnu pethau? Ond beryg y buasai hynny'n ymddangos yn ansensitif? A ddylai estyn a chyffwrdd ei law? Oedden nhw yn y 'lle' yna 'ta fuasai hynny'n croesi rhyw ffiniau-prin-wedi-eu-gosod-eto?

Yn y man, Gwyn dorrodd ar y distawrwydd wrth droi'n ôl i edrych ar Lowri, ''Swn i'n licio 'sa chdi'm yn deud wrth neb 'fyd. Plis?'

Nodiodd hithau'n daer, 'O, ia, ym, na, 'na i'm deud wrth neb.'

Gorffennodd Gwyn y sudd oren.

Roedd o wedi agor ei hun iddi. Wedi datgloi ei gyfrinach a dangos cynnwys y cwpwrdd sbesial iddi. Ystyriodd. A ddylai hithau rannu rhywbeth?

Yr eiliad honno, teimlai'n wahanol yng nghwmni Gwyn. Teimlai'n wahanol iawn i gymharu â phan fyddai efo Gwen. Pan fyddai efo'i mam hyd yn oed. Roedd 'na ryw dawelwch. Rhyw sicrwydd saff efo Gwyn.

Roedd o'n edrych drwy'r ffenest. Y gawod wedi peidio a mymryn o haul yn chwarae mig rhwng y cymylau.

Anadlodd Lowri. Oedd hi? Oedd hi am ddweud? Oedd, roedd hi am ddweud.

'Dwi . . . dwinna efo . . . '

Bloeddiodd y radio yn gwbl ddirybudd a daeth llais

tebyg i ryw Bavarotti anhyglyw i darfu ar y caffi.

'Asu mowr! Tro hwnna off!' gwaeddodd yr hen ŵr yn y gornel, â'i ddwylo dros ei glustiau.

Diffoddwyd y radio – am y tro olaf, beryg.

Edrychodd Lowri ar Gwyn eto – roedd yntau'n sbio ar y gŵr yn y gornel, a gwên ar ei wyneb. Gwên ddidwyll, meddyliodd Lowri. Yn y man, trodd yn ôl ati.

'Sori, be o'dda chdi'n ddeud?'

Gwenodd Lowri, ''Di o'm otsh.'

Gwenodd yntau cyn mentro estyn ei law am ei llaw hithau a'i gorffwys ar y bwrdd. Gyda'i fawd, mwythodd y fodrwy arian oedd am fys bach Lowri, cyn sibrwd, 'Neis.'

Nodiodd Lowri cyn dweud, 'Un nain fi . . . Ges i o gynni hi pan o'n i'n fach.'

''Dach chi'n agos?'

'Ma'i 'di marw.'

'O, sori.'

'Na, ma'n iawn . . . Toeddan ni'm yn agos, o gwbl, ia ... Ond, dw'm 'bo . . . Mae o jyst yn . . . jyst yn neis bo hi dal efo fi kinda thing . . . ' Cloffodd Lowri gan ychwanegu ar frys, 'Ok, 'di hynna'm yn gneud dim sens!'

'Na, yndi. Mae o, 'sti.' Edrychodd i fyw ei llygaid, plygodd ymlaen a dweud, 'Mae o . . . Lows.'

PENNOD 19

Cododd ar ei thraed yn sydyn a theimlodd fymryn o bendro wrth wneud. Sadiodd ei hun. Roedd y siop yn dawel, diolch byth. Bu'r bore'n ddigon heriol rhwng y *delivery* hwyr, yr arwyddion am hen gynigion yr wythnos flaenorol yn dal yn bla ar hyd y siop (a hynny'n sbarduno tri chwsmer i fynnu y dylai Marstons gadw'n driw at eu hysbysebu hyd yn oed os oedd o'n gamgymeriad ar eu rhan nhw), a negeseuon Jackie. Ers chwech o'r gloch y noson gynt, roedd Jackie wedi anfon degau o negeseuon at Cara. Atebodd hithau bob un yn sifil, gan ymateb i'w syniadau – rhai synhwyrol a rhai cwbl hurt – yn bwyllog. Ymysg yr hyn awgrymwyd oedd twyllo Lowri i ddod i'w cyfarfod eto, neu fynd i'r ysgol fel merched y gegin a gofyn am ei help wrth lwytho stwnsh rwdan ar ei phlât, neu anfon llythyr ati gan 'Gyngor Gwrachod Gwynedd' a chogio bod yna'r fath beth yn bod. Ond y mwyaf rhyfeddol o'r awgrymiadau oll oedd y buasai'r ddwy'n mynd i dŷ Lowri a rhoi swyn cwsg arni cyn mynd â hi i fflat Cara (fyddai fiw mynd â hi i dŷ Jackie oherwydd y plant a Simon), a'i gorfodi i ymuno â'r Cylch – hyd yn oed pe bai angen iddyn nhw ei chlymu wrth gadair a'i tharo efo cadach gwlyb. Heb os, roedd Jackie wedi bod yn gwylio gormod o raglenni a ffilmiau am gangsters Americanaidd. Nid Breaking Bangor mo hyn, meddyliodd Cara.

Cerddodd y rheolwraig i gyfeiriad y stondin bysgod, a gofyn i Fred a fuasai'n fodlon gwneud shifft ddwbl y diwrnod hwnnw am fod Giles yn sâl ac nad oedd neb arall ar gael i ddod i mewn. Cytunodd Fred yn frwdfrydig iawn. Roedd ganddo fan gwan at Cara, fe wyddai hi, er ei fod yntau'n gwybod nad oedd ganddo obaith, a'r pennaf rheswm oedd am mai Fred ac nid Ffion oedd o, yn ei dyb o. Ond y gwir reswm pam na fuasai ganddo unrhyw lwc efo'r rheolwraig oedd am na fuasai Cara'n medru bod yng nghwmni rhywun a dreuliai'i ddyddiau'n drewi o'r môr ac yn chwarae efo ymysgaroedd pysgod.

'No probs, bòs!' meddai Fred Fish, yn awyddus i blesio.

Aeth Cara draw am ei swyddfa gyda'r nod o agor y post a mwynhau paned haeddiannol. Agorodd ddrws y warws, ac wrth wneud, fe'i trawyd gan olygfa. Daeth fel fflach, a honno'n dangos Lisa a Craig yn cerdded o gefn y warws ar ôl mwynhau rhyw bum munud fach gyda'i gilydd. Agorodd Cara'i llygaid, cau'r drws ar ei hôl, ac aeth am y tŷ bach i olchi'i dwylo ar unwaith.

Dirgrynodd ei ffôn. Fe wyddai heb edrych pwy oedd 'na. Sychodd ei dwylo a'i throi hi am ei swyddfa. Doedd hi ddim am edrych ar y neges. Roedd ei hamynedd wedi hen ddechrau breuo a doedd hi ddim am ateb Jackie yn ei myll.

Roedd Lowri wedi penderfynu troi ei chefn ar y Cylch. Dyna'r gwir. A go brin y gallai'r un o'r ddwy ei pherswadio fel arall. Petai Rhiannon yno . . . wel, petai Rhiannon yn dal yn fyw, fyddai hanner y llanast yma ddim yn bod. Ac, mewn difri calon, petai Rhiannon yno, fyddai 'na ddim problem efo Lowri gan mai hi gafodd hyd i'r ferch. Roedd gan Rhiannon feddwl mawr o'r wrach ifanc – soniodd amdani sawl gwaith wrth Cara, ac wrth Jackie, mae'n debyg, cyn iddyn nhw ei chyfarfod. Yn canmol ei chymeriad, ac yn mynnu fod gan y wrach ifanc awra cryf iawn. Gwrach â chryn allu ond bod angen ei feithrin yn gywir neu beryg y byddai'n mynd yn ormod iddi.

Eisteddodd Cara wrth ei desg. Yfodd lymaid o'i choffi ac agorodd baced o Bourbons. Dowciodd y 'sgedan yn y baned a'i bwyta. Estynnodd am y post wedyn, a oedd yn bentwr bach ar ei desg. Sawl llythyr swyddogol, ambell daflen gan gwmni ffenestri lleol, ac amlen wen ag ysgrifen flodeuog wedi'i chyfeirio at 'Manager of Marstons, Bangor, Gwynedd'. Fe'i hagorodd. Tynnodd y ddalen ohoni a'i smwddio efo'i llaw. Ar y daflen, roedd 'na neges gryno mewn llythrennau breision o bapur newydd:

I KNOW WHO YOU ARE

A dyna'r cyfan. Edrychodd ar gefn y ddalen. Dim. Trodd y daflen ac edrych ar y geiriau eto. Teimlai hen gryd yn dringo ar ei hyd. Darllenodd y geiriau'n ofalus. Y llythrennau lliwgar yn gwneud y geiriau hyd yn oed yn fwy hyll. Sylwodd hi ddim fod yr inc wedi duo'i bawd gan mor ddiweddar oedd y neges. Estynnodd am yr amlen ac edrych ynddi i weld a oedd 'na rywbeth arall. Dim byd.

Oedd rhywun yn chwarae tric arni? Un o'r staff? Lowri? Y tri a welodd hi yn ei gweledigaeth yn y fynwent? A fuasai'r tri yn mynd i'r fath drafferth ag anfon llythyr fel hyn? Berwai'i phen â chwestiynau. A ddylai ffonio'r heddlu? Buasen nhw'n medru helpu i ffeindio pwy anfonodd hwn, doedd bosib?

Crynodd ei ffôn. Heb feddwl ddwywaith, estynnodd Cara amdano: neges arall gan Jackie:

Ti'n ok??? Xxxx

Dechreuodd Cara sgwennu neges, ond fedrai hi ddim yn ei byw â chael hyd i'r geiriau.

> Nac'dw.
> Champion diolch. Ti?
> Yli, ma na rwbath weird d digwydd.
> Gawn ni gwrdd?

Meddyliodd am ei ffonio ond nogiodd. Cadwodd y ffôn yn ei phoced ac estynnodd am yr amlen eto. Caeodd ei llygaid yn dynn a cheisiodd weld rhywbeth, unrhyw beth. Mae'n rhaid mai yn ddiweddar y crëwyd y llythyr – y torrwyd y llythrennau o bapur newydd a'u gludo'n ddethol ar y daflen. Anadlodd yn ofalus – ceisio'i gorau i ganolbwyntio. Meddwl yn fanwl. Trio canfod yr hanes. Pwy? Pwy wnaeth hyn?

Gwelodd law yn gludo'r 'I', a honno'n llaw gymharol fawr. Llaw lwyd. Llaw rhywun mewn oed? Naci, ifanc. Yn eu hugeiniau, tridegau, pedwardegau, pumdegau? Ni allai ddweud. Pam ddiawl doedd ei phŵer ddim yn gweithio'n iawn? Canolbwyntiodd ar y llaw. Roedd yna fymryn bach o flew mân ar y bysedd. Blew mân, mân hefyd. Roedd ôl cnoi ar ambell ewin. Mymryn o ddu ar ochr bys. Yr inc wedi rhedeg, mae'n debyg. Yn ei meddwl, craffodd yn ofalus. Gwelodd y llaw yn estyn am y 'K' a'i gosod ar y dudalen yn ddestlus. Clywodd sŵn. Sŵn fel gwynt yn rhuo. Tywydd garw? Peiriant golchi'n troi? Gwres canolog yn cynnau? Gwrandawodd. Meiniodd ei chlyw orau y gallai, ond daethai synau'r siop i darfu arni. Ceisiodd eu hanwybyddu – meddwl am yr unigolyn yn gludo'r geiriau. Clywodd rywun yn gweiddi. Ceisiodd gau ei chlyw; symud ei meddwl. Ceisiodd gythru am edau mân yr olygfa, ond breuodd mewn dim. Craffodd. Rhythodd ar y düwch a lenwai ei meddwl. Dim.

Agorodd ei llygaid. Gwelodd y geiriau'n foel o'i blaen.

Geiriau diarth ond â neges ddigwestiwn. Roedd rhywun yn gwybod ei bod yn wrach. Mae'n rhaid mai dyna ystyr y neges. Rhywun yn sicr o'u ffeithiau ac roedd hynny'n ei hanniddigo. Yna meddyliodd, tybed a oedd Jackie wedi derbyn neges gyffelyb? Cythrodd am ei ffôn a rhoi caniad i'w chwaer wrach.

'Haia, ti'n iawn?' gofynnodd y llais llawn consýrn ar ben arall y lein.

'Ydw, ish. Yli, ti 'di ca'l rhwbath 'di postio acw heddiw 'ma?'

'Na, ddim eto, 'de. Tydi'r postman byth yn dod 'ma tan tua dau o' gloch. Pam?'

'Yli, fedri di fynd i checkio os o's 'na rwbath 'di cyrradd?'

'Be?'

'Plis, fedri di jyst sbio?'

'Ok, hold on 'ta.'

Aeth Jackie am ddrws blaen y tŷ a rhoi'r golau ymlaen. Bu distawrwydd am ennyd.

'Ti 'na?' gofynnodd Cara.

'Na, dim byd 'sti. Pam?'

Bu saib wrth i Cara drio meddwl. Roedd yna rywun wedi'i thargedu hi am ryw reswm.

'Cara?'

Ond pwy? Ai sôn amdani'n wrach roedd y neges? 'Ta rhywbeth arall? Pwy fuasai wedi . . . ?

'Cara?'

'Siarada i efo chdi wedyn.'

PENNOD 20

Gosododd y llun yn ôl ar y wal gan gwblhau'r *montage* lliwgar. Cara. O sawl ongl wahanol. Cara'n gwenu. Cara'n canolbwyntio. Cara a'i meddwl ar grwydr. Cara'n siarad efo gwahanol gwsmeriaid, ac yn addasu'i ffordd o sgwrsio â phob un. Meddylgar. Oedd, mi oedd hi. Doedd dim syndod ei bod wedi dringo'r ysgol yn ei gwaith a hithau heb eto droi'n ddeg ar hugain. Roedd hi'n gweithio'n galed. Yn uchelgeisiol, neu'n dawel uchelgeisiol. Yn feistres ar ei phethau.

Cododd ei llaw a rhedeg ei bys ar hyd amlinell un llun. Mwythodd wyneb gwenog Cara, a gwenodd hithau. Edrychodd ar y llygaid. Roedden nhw'n llawn, yn llygaid-sylwi-ar-bethau. Llygaid fel pethau-da-glas-o-focs-Quality-Streets. Gwenodd y ferch wrth feddwl am hynny.

Camodd yn ei hôl, yn y man, ac at y bwrdd. Arno, roedd yna daleb wedi'i gosod mewn waled blastig. Buasai unrhyw un arall wedi taflu'r daleb heb feddwl ddwywaith. Doedd dim byd gwerthfawr wedi'i brynu: llefrith, torth o fara, 'sgedi Bourbons, pecyn o bapur plaen, a dau bapur newydd. Eisteddodd wrth y bwrdd a chodi'r waled blastig. Yno, ar waelod y daleb, roedd y geiriau cyfrin: 'Your server today was Cara. Thanks for shopping in Marstons. Diolch am siopa yn Marstons.'

Gwenodd y ferch. Cofiodd yn ôl i'r sgwrs a gafodd y ddwy. Gofynnodd Cara sut oedd y ferch – fel gweithiwr siop da, yn malio am y cwsmer. Gwenodd hithau'n ôl gan ddweud ei bod hi'n berffeth, diolch. Gofynnodd hi sut oedd Cara. Go lew, atebodd hithau; edrych ymlaen at fynd adref! Gwenodd y ferch. Gwenodd Cara wrth sganio'r bisgedi. Dywedodd mai ei phleser euog oedd y rheiny. Croeso i Cara ddod draw am baned unrhyw dro, meddai'r ferch yn ysgafn. Chwarddodd Cara. Sganiodd y pecyn papur a'r ddau bapur newydd. Gofyn a oedd gan y ferch gerdyn aelodaeth Marstons. Nodio'n gadarnhaol. Sganio'r cerdyn. Gofyn am bres. Chwifio'r cerdyn banc uwch y peiriant. Codi'r daleb a dymuno diwrnod da iddi. Gwenodd y ferch a dymuno diwrnod hyfryd iawn i Cara.

Cododd y daleb yn y waled blastig. Fe wnâi unrhyw beth am gael teimlo'r darn o bapur tenau eto. Cael ei hogleuo. Ond doedd fiw iddi wneud, siŵr. Rhag ofn iddi ei sarnu. Roedd yn rhaid ei chadw'n berffaith. Mor berffaith ag oedd bosib.

Estynnodd am y bocs esgidiau oedd hefyd ar y bwrdd a thynnodd y caead. Tyrchodd yng nghynnwys y bocs gan edrych heibio rhai o'r lluniau nad oedden nhw'n glir. Lluniau o rannau o Cara – chwarter wyneb, hanner ei chorff. Yna, cafodd hyd i'r botel. Y greal sanctaidd o beth. Y sent. Canlyniad oriau, wel, dyddiau o sefyllian yn Boots a Superdrug y ddinas yn chwilio am yr union botel sent. Yr un ag ogla melys a adawai ei hôl.

Yr ail dro iddi gael ei syrfio gan Cara, ymddiheurodd am yr ogla – roedd hi wedi gollwng y botel drosti. Gwenodd y ferch. Doedd dim angen iddi ymddiheuro, siŵr. Roedd hi'n arogli'n neis. Gwenodd Cara. Roedd y ferch ar fin gofyn beth oedd y sent. Ar fin mentro heibio ffin cwsmer-clên-dynes-siop-gleniach, ond methodd. Roedd y geiriau ar flaen ei thafod, yn synau bach oedd yn berwi, ond roedd yr hen deimlad 'na wedi'i llethu. Wedi llyncu'r geiriau i'w chrombil, a'i gorfodi i nodio, gwenu, a symud yn ei blaen. Symud oddi wrth Cara. Symud o'r siop.

Ond fe lwyddodd i ffeindio'r union sent. Yves Saint Laurent Black Opium. Melys. Sawrus. Arhosol. Fel coflaid dyner. Coflaid gyhoeddus heb gyffwrdd rhwng dwy oedd yn deall ei gilydd i'r dim. Agorodd y botel a'i harogli. Caeodd ei llygaid. Fe'i gwelai eto, yn cerdded heibio iddi drwy'r siop – yn mynd heibio'r pacedi pasta a sbageti – yn dweud 'Haia' siriol. Haia-ffwrdd-â-hi. Haia-cogio-bach-bod-yn-gyffredin gan, wrth gwrs, na ddylai hi ddangos unrhyw ffafriaeth. Doedd Cara ddim yn gallu trin ambell gwsmer yn well na'r rhelyw, er i'r ferch ei dal yn rhoi gwên gynhesach iddi na'r un fyddai Cara'n ei rhoi i'r cwsmeriaid eraill. Fe'i gwelai'n cerdded yn sionc. Ei gwallt bòb yn fframio'i phen. Y lliw tywyll yn gwrthgyferbynnu'n llachar â lliw ei chroen. Fel y botel Black Opium: y galon binc mewn cragen ddu. Fel y gwres tu fewn i ddarn o lo. Y gwres a gyneuai bob tro y byddai'r ddwy yng nghwmni'i gilydd. Y gwres a guddiai dan gyffredinoldeb gwneud.

Gwenodd y ferch. Dododd ychydig o'r sent ar ei harddyrnau. Ei gwddw. O gylch ei chlustiau. Caeodd ei llygaid. Dychmygai fwytho'r gwddw 'na. Bod yn ddigon agos i arogli'r sent yn gymysg â'i sawr naturiol. Blasu min gwefusau Cara.

Dododd y ferch y botel sent yn ôl yn y bocs a gosod y lluniau'n ddestlus ar ei phen. Anadlodd yr arogl oedd ar ei chroen. Daeth dagrau i'w llygaid wrth iddi wenu. Hyfryd. Hyfrydwch pur.

Yna, cododd y ferch ar ei thraed ac aeth drwodd i'r bathrwm. Safodd o flaen y drych a gwenu. Edrychodd ar ei hwyneb. Astudiodd ei hadlewyrchiad yn fanwl. Esgyrn main ei gruddiau yn fframio'i gwedd. Ar ôl ychydig, cydiodd yn ei gwallt hir, y gwallt y bu'n ei dyfu ers misoedd, a'i godi. Rhwbiodd y cudynnau cyn eu gollwng ar hyd ei 'sgwyddau. Rhwbiodd y dagrau o'i llygaid.

Estynnodd am y siswrn oedd wrth y tapiau.

Cododd ei llaw.

Cydiodd yn dynn mewn llond llaw o gudynnau a chydag un symudiad llyfn, fe'u torrodd. Glawiodd y blew o'i chwmpas a daliodd ati, ei meddwl yn gadarn, ei gwên yn gyfyng. Fe welai Cara yn fuan.

PENNOD 21

Daeth y landrofyr i stop. Cododd Elfair y brêc llaw a phesychodd yn hegar.

'Wel, mi 'dan ni 'ma!' datganodd yn falch i gyd.

Cododd y gath ei phen i wirio fod y siarabáng wedi stopio go iawn. Oedd, jyst abowt. Cododd ei phen ymhellach i edrych drwy'r ffenest, er mwyn gwneud yn siŵr ei bod hi'n dal ar dir y byw. Oedd, jyst abowt eto. Gwelai'r wyneb du a'r llygaid melyn yn edrych yn ôl arni, a sigodd.

'Reit 'ta. Be 'di'r plan of action rŵan?' Trodd Elfair yn ei sedd i edrych ar Rhiannon.

'Wel, mae isio trio ffendio Cara a –'

'Lla ma' hi?' torrodd Elfair ar draws y wrach-gath.

'Wel, yn y siop yn rwla.'

'Ideal!' cyhoeddodd y wrach, gan afael yn y bioden lipa oedd ar sedd y pasenjyr, agor y drws, a neidio i lawr o'r landrofyr.

'Be 'dach chi'n neud?' mewiodd Rhiannon o'r sedd gefn.

'O, mynd i chwilio amdani, 'de!'

'O, na, fedrwch chi'm jyst cerddad i mewn –'

Torrodd Elfair ar ei thraws am yr ail dro, 'A sud arall 'dan ni fod i ffendio hi? E?'

Trawyd Rhiannon yn fud gan y cwestiwn. Bu hynny'n ddigon o sêl bendith i'r bwten droi ar ei sawdl a chau drws y gyrrwr. Agorodd ddrws y sedd gefn a chydio yn y gath.

'Na, peidiwch . . .' protestiodd Rhiannon, ond roedd

y wrach yn benderfynol. Caeodd y drws cefn efo'i phen-ôl, a cherddodd oddi wrth y landrofyr oedd wedi'i barcio ar ganol lle i ddau gar. Cerddodd i fyny'r grisiau ac i mewn â hi i'r siop.

Edrychai sawl un ar y ddynes yn camu'n dalog o'i phedair troedfedd, naw modfedd, â chath ddu dan y naill gesail a phioden yn y llaw arall.

'Hola i hon, 'li,' meddai Elfair wrth Rhiannon, wrth gerdded at y ciosg gyferbyn â'r stand papurau newydd.

'Haia, dol, ti'n gwbo lle ma' Cara?'

Edrychodd y ferch tu ôl i'r til yn ansicr ar y wrach.

'I'm sorry,' mentrodd yn y man, 'I don't speak . . . '

A chyn i'r ferch ifanc – un o'r petha sdiwdants 'ma, meddyliodd Elfair – gael cyfle, fe dorrodd ar ei thraws yn ei Saesneg gloywaf, 'Cara? You see me here rŵan with these two? Need to see Cara, 'de.'

Ar y gair, daeth y dyn diogelwch at Elfair, wedi i'r ferch tu ôl i'r til bwyso'r botwm cudd.

'Hello, madam,' dechreuodd y swyddog.

'Madam?! Pwy ti'n galw'n fadam?'

'Haia. Sori, ond 'dan ni'm yn allowio pobol i ddod â pets nhw fewn i'r siop.'

Ac fel petai rhywun wedi chwifio'i hudlath, mi gerddodd dyn heibio efo ci ar dennyn.

'A be am hwnna?' gofynnodd Elfair.

Ymatebodd y swyddog yn bwyllog drwy gyfeirio'r bwten at y gôt felen a wisgai'r ci ac at y ddynes oedd yn cerdded yn ofalus efo'r dyn.

'So, ia . . . ' meddai'r swyddog, gan fentro rhoi ei fraich y tu ôl i'r bwten a'i chyfeirio at yr allanfa.

'Ond dwi'n gorfod gweld Cara!'

'Sori, miss, ond 'dan ni'm yn –'

Cyfarthodd Elfair, 'Madam un funud. Miss wedyn. Pwy uffar ti'n feddwl w't ti, washi?!'

'Look, call for someone,' meddai'r swyddog wrth y ferch tu ôl i'r til. Cododd hithau'r ffôn a deialu.

Trodd Elfair ei phen o'r naill i'r llall, ''Dach chi'n ffonio amdani hi rŵan 'lly?'

Cerddodd sawl siopwr heibio gan edrych yn gam ar y ddynes a hanner Sw Gaer yn gwmni iddi. Ond pan glywodd y geiriau, 'Yeah, police please,' cynhyrfodd drwyddi.

'No police. Cara, yes please!'

Mae'n rhaid fod yr hogyn oedd yn llwytho'r tatws wedi mynd i'r swyddfa yn y cefn i nôl Cara, oherwydd daeth y rheolwraig i'r golwg ymhen ychydig, i ymateb i'r sefyllfa ym mlaen ei siop.

Mewiodd Rhiannon, ond wrandawodd Elfair ddim arni.

Daeth Cara at y swyddog diogelwch a bwriodd yntau i esbonio cais y bwten gyferbyn.

Collodd Rhiannon ei limpin a chrafodd law'r wrach. Gollyngodd Elfair y gath ar hynny, 'Oi'r bitsh!'

'Hi! Hi!' mewiodd Rhiannon yn wyllt. 'Cara! Ma'i fanna!'

Cododd y bwten o wrach ei phen oddi wrth y gath i gyfeiriad y ddynes gwallt du o'i blaen.

'Fedra i'ch helpu chi?'

'Chi!' meddai Elfair wrth Cara, cyn codi Rhiannon. 'Dwi isio gair – 'dan ni isio gair efo chi! Wel, efo chdi, 'de.'

Llyncodd Cara'i phoer gan hanner edrych ar y bobl o'i chwmpas.

'O? . . . Am be felly?'

'Wel, mae o bach yn ddelicet, 'sti.'

'Reit . . . ' dywedodd Cara, yn meddwl yn daer beth fedrai ddweud nes y cyrhaeddai'r heddlu. 'Wel, ma'n wir ddrwg gen i ond dwi'n brysur – ofnadwy o brysur rŵan, 'chi.'

‘Paid ti â siarad efo fi ’th â ’mod i’n rhyw . . . invalid!’

Ceisiodd Cara sadio’i hun, ond allai hi ddim peidio â meddwl, tybed ai hon anfonodd y llythyr? Roedd hi’n ddigon rhyfedd i fod wedi gwneud rhywbeth o’r fath. A damiodd ei hun am beidio â mynd at yr heddlu efo’r neges yn y lle cyntaf. Ond eto, beth wyddai hon?

Chwifiodd Elfair y bioden yn ei llaw i gyfeiriad Cara. ‘Yli,’ meddai, fel petai hynny’n esbonio’r cyfan. Yna pwyntiodd at y gath o’i blaen, ac meddai, ‘Rhiannon.’ Nodiodd yn ffrantig: ‘Hon – Rhiannon ’di!’

Edrychodd Cara ar y gath ddu o’i blaen wrth i honno fewian. Cododd ei phen ac edrych ar Mark, y swyddog diogelwch. Mentrodd yntau estyn braich am gefn Elfair.

‘Oi!’ gwaeddodd hithau, cyn pwnio’i asennau.

Camodd rhyw ddau neu dri siopwr at yr hen wraig a gwneud yr un peth â Mark, sef meiddio gosod eu breichiau amdani.

‘Hei!’ gwaeddodd hithau eilwaith, gan ollwng y bioden o’i gafael.

Rhedodd y gath at Cara a sefyll ar ei choesau ôl. Edrychodd Cara’n syn cyn camu yn ei hôl fymryn. Nesaodd y gath ati, yn mewian, bron yn filain. Roedd y rheolwraig eisiau cicio’r awyr o’i blaen i geisio cadw’r gath draw, ond fyddai fiw iddi wneud hynny yng ngŵydd y byd a’i nain, neu beryg y buasai pennawd yn y *Daily Post* fory nesaf yn dweud bod gweithwyr Marstons Bangor yn cam-drin anifeiliaid.

‘Get your hands off me you . . . you . . . ’

Trodd Rhiannon i edrych i gyfeiriad Elfair, ond roedd honno’n rhy brysur mewn sgarmes efo dyn a dynes, a’r swyddog diogelwch fel petai’n trio corlannu haid o glagwydd gwyllt. Erbyn gweld, roedd y bioden yn gwingo ar y llawr. Ei hadenydd yn symud. Mewiodd Rhiannon, ond chlywodd Elfair mohoni. Ceisiodd y gath gamu yn ei blaen, ond teimlodd rywun yn gafael amdani a'i chodi oddi ar y llawr. Roedd y bioden yn deffro drwyddi. Ei symudiadau'n herciog i ddechrau, ond yna, neidiodd ar ei thraed. Trodd Rhiannon ei phen a gweld rhyw ddynes yn gafael ynddi. Heb feddwl ddwywaith, plannodd ei chrafangau yn nwylo'r ddynes ac fe'i gollyngwyd ar lawr. Trodd ei sylw i gyfeiriad yr aderyn ond roedd hwnnw'n rhedeg yn ei flaen. Ceisiodd Rhiannon fynd ar ei ôl, ond fe'i codwyd hi eto gan rywun arall. Mewiodd hen sŵn eithriadol a llwyddodd hynny i dynnu sylw Elfair. Edrychodd y wrach ar y gath, ac yna ar y llawr, a sylwi nad oedd golwg o'r bioden.

'O, shit!' gwaeddodd, ond daliodd y bobl o'i chwmpas i geisio'i ffrwyno.

Ceisiodd y gath grafu'r sawl a'i daliai ond, wrth stryglo, gwelodd yr aderyn yn llwyddo i godi, ei adenydd yn gweithio ffwl pelt, ac yn hedfan drwy'r drysau. Aeth Rhiannon yn wan i gyd wedyn a gwasgodd y sawl a'i daliai eu dwylo'n dynnach amdani. Teimlai fel petai munudau lu yn mynd heibio yn ystod yr ychydig eiliadau wrth iddi wylio'r bioden yn diflannu. Ac mae'n rhaid fod y bwten a'i chath wedi bod yn cadw reiat ym mlaen y siop am beth amser, oherwydd ymddangosodd dau blismon a chamu at yr hen wraig a'r ddau ddyn ac un ddynes oedd bellach yn y miri. Aeth yr heddwas at Elfair a cheisio siarad â hi tra aeth yr heddferch at Cara, wedi gweld mai dim ond hen ddynes yn cadw twrw oedd wrth wraidd y sefyllfa.

Codwyd Rhiannon eto ac aethpwyd â hi a'r wraig ffwndrus o'r siop.

'We'll come back later for a statement,' meddai'r heddferch wrth Cara. Nodiodd hithau, yn methu canfod y geiriau i'w hateb. Teimlai hen gryd yn cropian drosti. Mae'n rhaid mai honno oedd wedi anfon y llythyr.

Mae'n rhaid. Ond beth yn union a wyddai hi am Cara? A wyddai unrhyw beth mewn difri ynteu ai mwydro roedd hi? Ond eto, fe ddywedodd yr enw, 'Rhiannon'.

'Ti'n iawn?' gofynnodd Mark i Cara.

Ysgydwodd hithau ei phen.

''Dan ni'n deservio panad 'rôl hynna!'

Bu'n rhaid i'r plismyn wthio'r hen wraig i mewn i gefn y car wrth iddi ymdrechu'n daer i ddal ei thir, ei breichiau fel melin wynt. Fe'i gwthiwyd a chaewyd y drws arni. Curodd hithau ar y ffenest gan weiddi eto, ond wrandawodd yr un o'r ddau arni; yn hytrach, roedden nhw'n ystyried beth i'w wneud â'r gath oedd efo'r ddynes. Roedden nhw wedi clywed y bwten yn cyfeirio at y mogyn sawl tro fel Rhiannon. Fyddai fiw iddyn nhw adael ei chath neu beryg y buasai hynny'n cythruddo'r hen wraig ymhellach. Felly, agorwyd y drws yn sydyn a thaflu'r gath i gefn y car efo'r bwten.

'Be 'dan ni am neud rŵan?' gofynnodd Rhiannon.

'Uffar o ots am hynna! Be am 'yn landrofyr i?' meddai Elfair cyn mentro siarad drwy'r bariau metel, ''Xcuse me. I'm parked here.'

'No problem. You'll be ok now,' atebodd yr heddferch hi.

'No problam?!' Llyncodd ei phoer, 'Yes, there is a problam. I need to get my, my things – they're in the landrofyr!'

Cychwynnwyd y car.

'We'll have you safe and sound in no time.'

A throdd trwyn y car heddlu o faes parcio Marstons, heibio'r landrofyr, a heibio'r gynulleidfa oedd wedi ymgynnull.

'Where are we goin' to?'

Atebwyd mohoni. Edrychodd ar Rhiannon; roedd hi'n troedio yn ei hunfan yn wyllt.

‘Be ’nawn ni rŵan?’ gofynnodd y bwten, ond nid atebodd Rhiannon. Rhedai’r gath ar hyd y seti. Mentrodd Elfair estyn amdani, ond neidiodd y gath o’i gafael. ‘Hei, ’nei di aros yn llonydd?’

Ceisiodd Elfair gyffwrdd yn Rhiannon eto, ond trodd y gath arni, chwythu, a chwifio pawen finiog.

‘Be uffar ti’n neud?’

Neidiodd y gath ar lawr y car a mynd cyn belled oddi wrth y ddynes ag oedd bosib.

‘Be ti’n neud?’ gofynnodd Elfair eto, ond o weld nad oedd y gath yn ei hateb, mentrodd, ‘Rhiannon?’

Dim ymateb.

‘Rhiannon?’

Dechreuodd y gath grafu’r llawr.

Roedd Elfair bellach ar ei phen ei hun.

PENNOD 22

'Ma' raid iti glirio dy stwff imi allu mynd â bob dim i'r charity shop,' meddai mam Lowri wrthi, wrth i'r ferch chwarae efo'i brecwast, yn troi'r llwy yn y llefrith a'i meddwl yn bell.

'Lowri!'

'Be?'

'Ti'm 'di gwrando ar air dwi 'di ddeud, naddo?'

'Be?'

''Nei di orffan clirio dy stwff yn y llofft sbâr?'

'O, iawyn,' atebodd y ferch, wrth i'w mam godi'r bowlen o dan ei thrwyn.

'A ti 'di bod yn chwarae ddigon efo hwn.'

Gollyngodd Lowri'r llwy ar y bwrdd a chododd mewn un symudiad. Estynnodd am ei ffôn, oedd hefyd ar y bwrdd, a'i throi hi i gyfeiriad y grisiau.

'Ma'r bin-bags ar ben y cwpwr'!' gwaeddodd ei mam ar ei hôl, ond wrandawodd Lowri ddim. Y cyfan a glywai oedd ei mam yn hefru arni eto fyth. Ar adegau fel hyn, byddai'n edliw i'w thad am eu gadael. O leiaf pan oedd Stephen o gwmpas, roedd gan Lowri rywun i ochri efo hi, neu i liniaru ei mam ryw fymryn, i gadw'r ddysgl ddyddiol yn wastad.

Aeth i mewn i'r stafell ac fe'i trawyd yn syth gan oglau lemon ffug. Bu ei mam yn brysur yn chwistrellu hen *spray*-oglau-cogio drwy'r llofft. Tagodd Lowri cyn mynd at y ffenestri ac agor un. Dyna welliant. Câi'r stafell gyfle i anadlu rŵan. Trodd ac edrych ar y 'nialwch o'i blaen: pentwr o hen ddillad wedi'u taflu ar y gwely; bocsys o betheuach – yn hen luniau, adroddiadau ysgol, llyfrau, teganau, a bagiau-am-oes yn llawn geriach o bob math. Arhosodd yn ei hunfan am ennyd, yn trio penderfynu lle i ddechrau. Yn y diwedd, bwriodd iddi ac edrych mewn un bocs ar hap. Roedd yna hen ddoliau roedd hi wedi lliwio'u gwalltiau'n las, gwyrdd a phiws flynyddoedd yn ôl. Hyd yn oed o oed ifanc, roedd Lowri'n nabod ei meddwl ei hun ac yn fodlon herio confensiynau. Doedd hi ddim yn ferch Barbie mewn difri, ond dyna'r disgwyl, wrth gwrs. Neu felly y gwelai ei mam bethau. Roedd hi'n ferch, felly, yn naturiol, byddai'n mopio'i phen efo pob dim pinc, yn chwarae tŷ bach twt efo'i phopty-cogio-bach, yn cadw ei doliau mewn cyflwr dilychwin, ac yn ymserchu mewn colur o bob lliw. Ond aeth Lowri'n groes i'r graen: roedd yn gas ganddi binc, hyd yn oed goch ac oren – roedden nhw'n rhy llachar, yn cogio-bod-pethau'n-hynci-dori-dando o liwiau. Ar wahân i fore Dolig, pan gafodd hi'r anrheg honno, doedd Lowri ddim wedi potshian unwaith â'i phopty plastig. Roedd ei doliau, fel y nodwyd uchod, wedi'u trawsnewid i fod yn ferched oedd wedi profi bywyd. Ond, chwarae teg, roedd hi wedi cymryd at y colur. Pan aeth hi drwy'r *phase* goth, y lliwiau du, llwyd a glas tywyll oedd popeth iddi. Yna, meiriolodd fymryn a chynhesu at y lliw piws – piws lliw clais. Ac yn fwy diweddar, fe wisgai golur mwy 'naturiol', y math a fframiai nodweddion ei hwyneb. Gosododd y bocs o'r neilltu – fe gâi'r cyfan fynd i'r siop neu i'r sgip.

Symudodd ychydig focsys a dod ar draws un oedd â 'Stwff Stephen' wedi'i sgwennu ar y caead. Agorodd hi'r bocs ac ynddo, gwelai geir bach amrywiol yn eu pacedi gwreiddiol. Dyna ddiléit ei thad: casglu ceir. Ers pan oedd yn blentyn, roedd ei thad wrth ei fodd efo ceir: treuliai oriau'n gwylio rhai yn gyrru heibio; gwariai ei bres poced ar gylchgronau modurol; âi i'r garej leol yn weddol reolaidd i weld sut oedd Matt MOT; a dechreuodd gasglu'r teganau bach hyn. 'Modelau' oedden nhw, dyna a fynnai wrth unrhyw un a fentrai gyfeirio at ei ddiddordeb fel 'hel teganau'. Roedd Lowri wedi gwneud hynny unwaith. Gofynnodd, 'Why do you have so many toys, Dad?'

A bu'n edifar ganddi'n syth oherwydd taniodd hynny ei thad i roi gwers am rinweddau'r ceir bychain hynny – y modelau amrywiol. Roedd pob un yn adlewyrchu gwahanol fathau o geir, gwahanol oedrannau, gwahanol wneuthuriad, a phob un yn fwy gwerthfawr o'u cadw yn eu bocsys gwreiddiol ac mewn cyflwr glân. Roedd Lowri wedi tynnu arno, wedi dweud mai plentyn mawr oedd o. Chwerthin a wnâi yntau. Chwerthin llond ei fol a chyfaddef efallai'n wir ei fod yn blentyn bach mewn corff mawr, ond fyddai o ddim yn rhoi heibio'r diddordeb hwnnw am y byd.

Cofiai Lowri ei mam yn gwarafun i'w thad am wario cymaint ar un model – model y bu'n ei lygadu'n hir iawn cyn ei brynu.

'All that for a little dinky toy?!'

'It's my money,' atebodd ei thad.

Sylweddolodd hi ddim ar y pryd mai dechrau'r diwedd oedd y ddadl honno. Roedd defnydd y briodas yn breuo a thwll yn araf ymffurfio yn ei odre.

Edrychodd ar un model. Darllenodd: '1929 Ruxton Model C Roadster'. Roedd yna sglein yn dal i fod ar y car. A hwnnw'n ddu. Apeliai'r lliw at y goth oedd yn dal i lechu rywle yn Lowri. Byddai'i thad yn hapus iawn o'u cael nhw. Ond ai dyna fwriad ei mam? Gosododd y car yn ôl yn y bocs a'i roi wrth y cwpwrdd.

Mentrodd droi at un bag-am-oes oedd yn llawn lluniau heb unrhyw fath o drefn. Plannodd ei dwylo yn y bag fel petai'n chwilio am grancod mewn pwll ar lan y môr a'r lluniau fel gwymon o gwmpas ei bysedd. Cododd lond llaw yn y man ac eisteddodd ar y gwely. Lluniau gwyliau: y tri ohonyn nhw ar draeth. Lluniau ysgol: hithau efo'r *fringe* doji fel llenni uwchben ei llygaid. Lluniau bob dydd: ei thad yn gweithio dan foned car; ei mam a'i nain yn mwynhau te bach; hithau'n eistedd ar lin rhyw ddynes – hen fodryb? Ffrind i'w mam? Neu i'w thad? Doedd hi ddim yn nabod y stafell chwaith. Lluniau penblwyddi: hi'n eistedd efo côn ar ei phen ac anifail a wnaed o falŵn yn ei llaw, gwên lond ei hwyneb, a'i braich rydd o gwmpas gwddw Gwen. Y ddwy ag olion cacen siocled ar eu hwynebau, a'r ddwy'n hapus. Y Ddwy Ddrwg. Dyna sut fyddai mam Lowri a rhieni Gwen yn cyfeirio atyn nhw: 'Lle ma'r Ddwy Ddrwg 'na 'di mynd rŵan?'

Anadlodd Lowri. Gwen. Doedd y ddwy heb siarad ers ychydig. Ers y pnawn yna yn yr ysgol, roedd Gwen wedi colli pob amynedd efo'i ffrind. Ei ffrind anwadal. Yr un a fu'n siort yn aml yn ddiweddar. Yr un oedd yn amlwg yn celu rhywbeth rhag ei ffrind gorau. 'Tasai Gwen ond yn gwybod, meddyliodd Lowri, pa mor agos y bu hi at rannu'i chyfrinach. Yn wir, roedd Lowri wedi meddwl sawl tro sut y dywedai wrth ei ffrind, 'Yli, dwi'n . . . wel, dwi'm yn normal.'

A dychmygu Gwen yn ateb, 'Ia, dwi'n gwbod hynna!'

Neu'n ceisio'i ddweud mewn ffordd arall, 'Dwi'n wrach.'

'Hei, nag w't ddim; ti'm yn bad i gyd!'

Gwen yn gwamalu. Dyna a ddychmygai Lowri bob tro. Pe bai'n meiddio dweud wrthi, tybed a fuasai Gwen – ar ôl ei chredu ymhen hir a hwyr – yn gallu cadw ei blwch post o geg rhag clepian?

Canodd ffôn Lowri. Estynnodd amdano. Neges gan Gwyn.

Haia, ti'n ok? Ti ffansi mynd am dro pnawn ma? X

Edrychodd ar bob gair yn ofalus cyn i'w llygaid gael eu hatynnu at enw'r sawl a'i hanfonodd. Doedd hi ond yn nabod Gwyn ers 'chydig wythnosau ac roedd hi wedi meddwl rhannu'i chyfrinach ag o'n barod. Roedd yna rywbeth amdano. Gallai deimlo'n hi'i hun yn ei gwmni. Gallai ddweud unrhyw beth wrtho. Neu felly y teimlai. Ond ai'r Lowri wirion oedd yn meddwl hynny? Y Lowri oedd yn medru cael ei sgubo fel deilen mewn gwynt?

Penderfynodd ateb y neges:

Ia, ok. Tua 3? X

Daeth ei mam i mewn i'r stafell a'i gweld hi'n eistedd yno efo lluniau ar ei glin ac yn chwarae efo'i ffôn.

'Wel, 'dan ni 'di gneud joban iawn ohoni'n do?' yn goegni i gyd.

Cadwodd Lowri ei ffôn yn ei phoced a chododd ar ei thraed, gan gadw'r lluniau yn y bag.

'Reit, dwi'n mynd allan efo Jan rŵan.'

Atebodd Lowri mohoni wrth iddi bori drwy fag-am-oes arall.

''Lly 'nei di gadw dy glustia'n 'gorad ar gyfar y *delivery*?'

Trodd Lowri at ei mam, 'Be?'

''Nei di wrando am y *delivery*?'

'Pryd?'

'Wel, pnawn 'ma rywbryd!'

'Ond, fydda i'm yma.'

'Pam?'

Oedodd Lowri, gan deimlo'i thafod yn dew. Bu'r saib yn ddigon i'w mam ddweud yn benderfynol, 'Mi 'nes i sôn wrtha chdi ddoe. Presant ar gyfar dy daid ar 'i ffor'. A dwi'n mynd allan efo Jan pnawn 'ma.'

Damia. Roedd Lowri'n cofio'n iawn. Sut fedrai *anghofio* a'i mam wedi sôn am yr anrheg orau fedrai unrhyw un ei rhoi i rywun sy'n cyrraedd wyth deg oed? A'i bod hi a Jan, ei ffrind gorau, am fynd i siopa efo'i gilydd – 'dechra ar y siopa Dolig. Ac mi fydd hynna'n neis i Jan; bach o retail therapy.'

Duw a ŵyr be oedd yn bod ar Jan y tro 'ma. Roedd ganddi gymaint o *issues* fel y gallai lenwi *problem pages* sawl cylchgrawn am flwyddyn gron.

Llyncodd Lowri'i rhwystredigaeth cyn rhoi rhyw hanner nòd. Roedd hynny'n ddigon i'w mam, ac aeth o'r stafell.

'Cofia fynd â Seren am dro wedyn,' gwaeddodd ei mam o lawr y grisiau.

Estynnodd Lowri am ei ffôn ag ymddiheuriad yn ffurfio'n barod.

☽○☾

Dynes. Yn cerdded yn weddol araf. Dow-dow. Côt law amdani. Ei gwallt wedi'i godi mewn hanner cocyn, hanner cynffon. Gwallt brown o botel â chudynnau brith yn brigo yma ac acw. Tusw yn ei dwylo. Tusw gwyn, gwyrddwyn, melynwyn. Lilis. Eu cario fel petai'n cario plentyn. Plentyn bregus. Golwg sicr o ansicr ar ei hwyneb. Ei llygaid wedi lleithio. Mymryn o golur yn fwgwd o ffug-hyder. Y rhychau-traed-brain o gylch ei llygaid yn cracio'r lliw. Ei llygaid gwyrdd. Yn cerdded dow-dow. Ar ei phen ei hun. A'r diemwnt du uwch ei phen.

Agorodd Lowri ei llygaid. Roedd y stafell yn ddu-bitsh. Estynnodd am ei ffôn i wirio faint o'r gloch oedd hi: 02:54. A gweld neges arall gan Gwyn:

> Gobs bo chdi di gorffen clirio'r stafall
> ac yn cal cwsg braf. Wela i d fory x

Gosododd ei ffôn yn ôl ar y bwrdd wrth y gwely. Gorweddodd yn ei hôl, ei llygaid yn llydan agored. Ai breuddwyd roedd hi newydd ei chael? 'Ta rhagwelediad? Oedd hi'n dechrau rhagweld pethau yn ei chwsg rŵan? Pwy oedd y ddynes yna? Sut roedd hi'n gallu ei gweld mor glir? Pam fedrai ei theimlo hi mor sicr?

Roedd un peth yn bendant, fe wyddai tŷ pwy a welodd.

☽○☾

> Haia. Ti'n ocê? Gawn ni siarad? x

Cadwodd Gwen ei ffôn ar ôl darllen y neges a chamu i mewn i'r bws.

PENNOD 23

Roedd Jackie'n barod am ei gwely: ei chyhyrau'n gwynio, hen gur yn dyrnu ym mlaen ei phen, a llond berfa o bethau angen eu gwneud eto. Torrodd ddwy dabled *ibuprofen* o'r ffoil a'u llyncu'n syth gan lowcio cegaid o'r botel Coke. Adam oedd yn sâl, i fod, nid hi. Feiddiai hi ddim bod yn ddim byd ond siort ora. Drwy lwc, doedd Jackie ddim yn un i fod yn sâl yn aml. Y tro diwethaf iddi fod yn eithaf ciami oedd rhyw flwyddyn yn ôl. Wel, ar wahân i'r pnawn Sadwrn hwnnw pan drodd hi'n ôl yn hi'i hun ar ôl yr angladd. Ond doedd hynny ddim yn cyfri. Y tro cyn hynny y bu hi'n sâl – efo ffliw drwg – buodd yn ei gwely am un bore cyfan! Fedrai hi ddim aros yno ddim mwy. Roedd y plant yn rhedeg reiat, Simon yn sbanar dda i ddim, a'r ast ddefaid yn gwynfanllyd, eisiau mynd am dro, a neb arall yn gweld y gwaith oedd yn pentyrru yn nhŷ'r Buckleyaid.

Ond y diwrnod hwn, Adam oedd yn cwyno. Cur pen. Dolur gwddw. A phoen bol. *Triple whammy*, meddyliodd Jackie. A rhoddodd y bychan sioe werth ei gweld yn y syrjeri. Yn well nag unrhyw berfformiad a welwyd erioed ar *Corrie*. Daliodd y doctor lygaid Jackie fwy nag unwaith a rhyw olwg tost-wedi-llosgi arno, gan wneud i Jackie deimlo fel hogan fach yn stafell y prifathro eto, ond rhoddwyd presgripsiwn – Calpol – i'r bychan. Diod felys yn well nag unrhyw swyn y medrai Jackie ei gweu, gan fod macnabs bellach yn eistedd ar ei wely'n brysur yn lladd rhyw sombis ar ei Xbox.

Gosododd y caead ar ben y *slow cooker*. Gallai unrhyw

un ddweud unrhyw beth am Jackie, ond fedrai neb ei chyhuddo o beidio â gofalu am ei theulu – hyd yn oed y cnafon bach oedd ffansi diwrnod adref o'r ysgol. Roedd y cyrri'n ffrwtian yn braf a hithau wedi estyn y reis yn barod i Simon ei baratoi. Siawns y medrai'r creadur wneud hynny o leiaf, meddyliodd Jackie, cyn meddwl eilwaith, ac estyn am damaid o bapur i sgwennu cyfarwyddiadau arno. Roedd Simon yn deall ei bethau ei hun i'r dim: medrai ailweirio tŷ cyfan mewn teirawr, ond o ran pethau o gwmpas y gegin, wel, mi fedrai'r creadur losgi jeli coch.

'Reit, I'm off now,' gwaeddodd o waelod y grisiau gan aros am ennyd am ateb. Ddaeth yr un. Gwaeddodd eto. A disgwyl. A dim. Yn y diwedd, camodd i fyny'r grisiau a tharo'i phen drwy'r drws.

'I'm off.'

'Yeah, I know,' atebodd ei mab naw oed.

'You're feeling better.'

'Still not hundred percent no,' atebodd, heb dynnu'i lygaid oddi ar sgrin y teledu.

'Reit, wel, food will be ready in about an hour. I'll be back around seven. Iawn?'

Roedd yna sombi efo llif drydan yn llenwi'r sgrin ac Adam yn brysur yn ei saethu.

'Iawn?' gofynnodd Jackie eto.

'O, god, iaw-yn. Ok!' cyfarthodd mab annwyl ei fam, ac felly, fe'i gadawodd.

Roedd hen smwclaw yn llenwi'r pnawn – 'glaw gwlychu', fel y byddai'i nain yn arfer ddweud. Tynnodd ei chap yn dynnach am ei chlustiau a chyflymodd ei chamau. Roedd hi'n hwyr yn barod. Pedwar o'r gloch gytunodd hi a Musus Âr-Aitsh. Roedd hi'n ddeng munud i bump erbyn hyn. Wel, byddai ganddi stori i'w hadrodd wrth yr hen wraig o leiaf. Câi sôn am ddramatics ei mab a fuasai'n ddigon i godi cywilydd ar hyd oed rywun fel David Tennant. Dychmygodd yr Albanwr yr eiliad honno. Roedd hi wrth ei bodd efo fo a phob dim y bu'n actio ynddyn nhw, ar wahân i'r gyfres 'na lle roedd o'n actio rhyw hen lofrudd oedd yn cuddio cyrff dynion dan y llawr. Gwenodd iddi'i hun. Bosib iawn na wyddai Musus Âr-Aitsh pwy oedd David Tennant. Go brin ei bod hi'n ffan o *Dr Who*!

Oedodd am ennyd a disgwyl i gael croesi'r lôn. Roedd yna lifeiriant o geir wedi dod o nunlle, fel petai rhywun wedi troi tap traffig a gadael iddo lifo'n ffri drwy'r ddinas. Rhwbiodd ei dwylo. Roedd yr egin nos yn brathu'n barod. Edrychodd ar ei ffôn: 17:01. Shit.

Wrth sefyll ar ochr y lôn, gwelodd ferch yn cerdded tu draw. Gwallt brown golau ganddi, yn gwrando ar gerddoriaeth. Lowri. Ystyriodd Jackie weiddi arni. Galw arni i weld sut oedd hi. Roedd Jackie wedi bod yn meddwl amdani cryn dipyn. Ers y llanast o gyfarfyddiad ar y pier yr wythnos ddiwethaf, roedd 'na hen anniddigrwydd wedi meddiannu Jackie. Hen dyndra. Hen deimlad fel mynd â dau gi penderfynol am dro a'r naill eisiau mynd y ffordd groes i'r llall. Fe roddodd gynnig ar ffonio'r wrach ifanc bedair gwaith, er na wyddai Cara. Ac aeth pob galwad i'r peiriant ateb. Oedd, roedd y ddwy'n hunanol, ar un olwg, ymresymodd Jackie am y canfed tro. Ond roedd ganddyn nhw le i boeni – i wirioneddol bryderu. Ac roedd ganddyn nhw le i boeni am Lowri. Buasai cael cymodi â hi'n fendith o'r mwyaf. Ella y buasen nhw'n gallu cydweithio i ganfod y gwir. Dal yn dynn. Gwrthsefyll unrhyw fygythiad a'u hwynebai fel Cylch. Cylch cam, ella, ond Cylch yr un fath.

Ond yr eiliad honno fe'i trawyd gan yr hen deimlad 'na. Hen 'ysictod'. O le ddaeth y gair yna, meddyliodd Jackie. Swnio fel gair o'r Beibl. Doedd hi'n fawr o Gristion. Mae'n rhaid fod 'na ryw wers o'r ysgol Sul flynyddoedd maith yn ôl wedi mynnu gwreiddio rywle yn ei chof. Ond ia, fe'i trawyd gan deimlad arall. Teimlad tebyg i'r hyn a brofodd ar ôl colli'i thad. Teimlo ar goll. Yn amddifad. Bu farw ei mam pan oedd Jackie yn ei harddegau, ond collodd ei thad ryw chwe blynedd yn ôl. Cofiai grio'r bore hwnnw. Yn oriau mân y bore y bu farw yn Ysbyty Gwynedd, mynnodd hi fynd allan o'r adeilad am ryw hyd ar ei phen ei hun. Roedd hi'n bwrw bryd hynny hefyd. Hen smwclaw'n gymysg â'i dagrau. Ac fe'i trawodd yn hegar. Doedd ganddi ddim rhieni bellach. Roedd hi ar ei phen ei hun. Fyddai ganddi neb i droi atyn nhw i ofyn am gyngor a chael Y Cyngor y medr ond rhiant ei roi. Doedd gofyn i Simon neu i ffrind am gyngor ddim yr un peth rywsut. Roedd yna ddoethineb hynod gan riant. Rhywbeth tebyg i hynny a deimlai Jackie pan fu farw Rhiannon. Er mai dim ond tair blynedd yn hŷn na Jackie oedd Rhiannon, roedd 'na rywbeth amdani. Rhywbeth mamol er na fuodd hi erioed yn fam. Rhyw sicrwydd a wnâi bob dim yn saff. Gallai ddibynnu ar Rhiannon. Gallai droi ati am gyngor ac am gymorth. Gallai alw ar brif wrach eu Cylch am, wel, am bob dim.

Ac roedd y digwyddiad yna yn Marstons y diwrnod o'r blaen yn rhyfedd, a dweud y lleiaf. Pwy oedd y ddynes yna? Ni wyddai neb. Ond a wyddai hi rywbeth am y cysylltiad rhwng Cara a Rhiannon? Fe fyddai Rhiannon yn siŵr o wybod sut y dylai hi a Cara ymateb. Yn byddai? Dyn a ŵyr beth oedd hanes y ddynes a'i hanifeiliaid erbyn hyn. Ond ysgydwodd Jackie ei meddwl – fel y dywedodd hi wrth Cara, 'Ma' 'na bob math o chwincs yn Fangor 'ma, cofia!'

Canodd corn car a thynnodd hynny Jackie'n ôl i waelod Bangor. Edrychodd i'r ddau gyfeiriad cyn mentro rhedeg rhwng y ceir i'r ochr draw.

Edrychodd ar ei ffôn eto: 17:07. Shit!

☽○☾

'Helô!' gwaeddodd Jackie, wrth dynnu'i goriadau o'r drws ffrynt a'i gau ar ei hôl. 'Musus Âr-Aitsh?'

Tynnodd ei het, ei menig, a'i chôt oddi amdani, a'u rhoi'n dwt ar fachyn yn y pasej.

'O, 'nowch chi'm coelio'r dwrnod dwi 'di ca'l, 'de!'

Cerddodd Jackie i mewn i'r lolfa a gweld yr hen wraig yn eistedd yn ei sedd, llyfr yn do bach ar ei glin, a'i phen ar ogwydd, ei llygaid ynghau.

'Musus Âr-Aitsh?' gofynnodd, cyn mentro estyn llaw i gyffwrdd ym mraich yr hen wraig.

Ar ôl ennyd fach a deimlai fel munudau i Jackie, agorodd Mrs Âr-Aitsh ei llygaid a chodi'i phen yn araf deg.

'Hei, 'dach chi'n iawn?'

'O, Jackie . . . ' anadlodd, yn herciog braidd. 'Chlwish i mo'na ti'n dod i fewn.'

''Dach chi'n iawn, 'dwch?'

Nodiodd Musus Âr-Aitsh, 'O'n i'n cysgu'n drwm.' Gwenodd.

Edrychodd Jackie arni. Roedd croen ei hwyneb yn wyn, yn wynnach nag arfer, a'i llygaid yn crynu.

''Dach chi'n siŵr 'dach chi'n ok?'

Rhwbiodd yr hen wraig ei llygaid cyn tynnu ei chardigan yn dynnach amdani, cau'r llyfr a'i osod yn ofalus ar y bwrdd bach wrth ymyl ei chadair. Bu saib am sbel fach: Jackie'n gwylio pob symudiad â llygaid barcud a'r hen wraig yn tyfu'n fwyfwy ymwybodol o'i hamgylchfyd eto.

'Dwi'm . . . ' meddai yn y man, ei lleferydd yn llafurus, 'dwi'm 'di bod yn teimlo'n dda iawn hiddiw.'

'Be sy'?'

'O, ryw hen . . . bendro a . . . ' Llyncodd Musus Âr-Aitsh. 'Duwcs, mi eith o fel ag y doth.'

''Dach chi isio imi ffonio doctor?'

Ysgydwodd ei phen yn sicr. 'Dwi'n iawn 'sti.'

'O, nac 'dach!' atebodd Jackie'n daer.

Bu saib arall wrth i dician gwag y cloc lenwi'r stafell.

'Fydd raid imi ddechra codi arna chdi,' meddai'r hen wraig yn y man.

Edrychodd Jackie arni â chwestiwn yn ei hwyneb.

''Dach chi'n gorfod talu dipyn i ga'l sefyll ac edrach ar anifail mewn sw!'

Gwenodd Jackie ar ei gwaethaf. Tynnodd Musus Âr-Aitsh ei sbectols oddi ar ei thrwyn a'u gosod ar y bwrdd bach gerllaw.

'Reit, wel, dwi'n meddwl ma'r peth cynta fedri di neud ydi panad fach i ni'n dwy.'

''Dach chi 'di byta heddiw?'

'O, rhyw cup-a-soup i ginio ballu.'

'O, 'di hynna'm yn ddigon ichi.'

'Dwi'n iawn, Jackie. Ond mi fasa panad yn hyfryd rŵan.'

Nodiodd Jackie cyn troi ar ei sawdl. Fe wnâi'r baned, a rhyw daten drwy'i chroen yn swper i Musus Âr-Aitsh. Aeth i'r gegin. Agorodd y ffrij. Roedd ei llond o fwyd. Estynnodd am daten a'i tharo yn y popty cyn estyn am y letan a'r domato. Câi'r daten, â digon o fenyn arni, ryw salad fach yn gwmni iddi. Daria fod 'na ddim *baked beans* yno!

Gwnaeth baned o de i'r ddwy wrth i'r daten bobi ac anfonodd decst at Simon:

> Won't be home til late. R-H not too good.
> Hope the food is ok xxxx

PENNOD 24

Yr oglau a drawodd hi. Hen oglau clòs yn ei mygu, fel petai'n gorwedd mewn gwely â charthen drom am ei phen. Hen wres hefyd. Agorodd ei llygaid. Roedd popeth o'i blaen yn niwlog. Caeodd ei llygaid a'u gwasgu. Roedd yr oglau'n dechrau troi arni rŵan. Agorodd ei llygaid yn llydan a cheisiodd anadlu. Roedd ei phen at y wal a hithau'n gorwedd ar ei hochr. Mentrodd wthio'i hun ar ei heistedd a chododd ei phen. Roedd 'na sgwariau metel o'i blaen. Degau ohonyn nhw. Trodd ei chorff yn y man. Dringai'r sgwariau metel i fyny'n bell oddi wrthi gan blygu a rhedeg uwch ei phen. Roedd hi mewn cawell. Neidiodd ar ei thraed. Fe'i trawyd gan bendro, ond cerddodd â chamau simsan at y bariau metel. Roedd hi'n uchel, y llawr i'w weld yn bell oddi tani. Yna, cofiodd. Edrychodd arni ei hun orau y gallai. Roedd hi yng nghorff Gerty o hyd. Diolch byth, mewn ffordd, meddyliodd. Cododd bawen a'i gwthio drwy un sgwâr metel. Sut fedrai hi ddengid oddi yno? Ers faint fuodd hi'n gaeth yno? Lle roedd hi hyd yn oed?

Roedd ei meddwl yn wyllt a'i llygaid yn gwibio o'r naill beth i'r llall yn y stafell. Roedd 'na ddrws yn agored yn yr ochr dde a ffenest reit o'i blaen yn gilagored. Gallai wthio'r ffenest am i fyny dipyn a'i g'leuo hi'r ffordd 'na. Gallai. Ond sut fedrai adael y gawell?

Clywodd ryw sŵn o'r tu ôl iddi. Sŵn fel grŵn bocs ar ben peiriant golchi. Edrychodd dros ei hysgwydd a gweld cath ddu a gwyn yn sbio'n gyfeillgar arni. Gwrcath, erbyn deall. Dyna'n union beth fuasai wedi digwydd iddi hi, wrth gwrs. Erbyn gweld, roedd 'na ddwy gath arall yn y gawell efo nhw: un goch oedd yn prysur 'molchi – yn barod ar gyfer fisitors – ac un ddu oedd wedi colli rhan o'i chlust chwith gan wneud iddi edrych fel petai'i phen ar ogwydd yn barhaol. A hwn, y peiriant pyrian du a gwyn wrth ei chwt – yn llythrennol felly. A fawr ddim lle i droi.

Eisteddodd Rhiannon yn sidêt i gyd gan lapio chynffon Gerty o gylch ei choesau – yn ffin derfyn na ddylid ei chroesi. Roedd y gwrcath du a gwyn bellach wedi mynd i orwedd wrth ei hymyl, ei wyneb yn dal i sbio arni.

Ei anwybyddu fo. Ella y gwneith o 'laru wedyn, meddyliodd Rhiannon. Jyst ista'n llonydd, sbio i gyfeiriad y ffenest, a gobeithio i'r nefoedd y gwneith o droi ei sylw at y gochan neu'r un oedd yn 'molchi heb ddiwedd –

– Ond dal i ganu'i rwndi a wnâi.

Dymunai hi'n fwy na dim allu troi ato a dweud wrtho'n blwmp ac yn blaen am adael iddi hi fod. Ond doedd meddiannu corff ei chath ddim wedi caniatáu iddi gyfathrebu â chathod eraill, nac unrhyw anifail arall o ran hynny. Fe ddysgodd y wers honno'n berffaith ym Mryn Bwgan.

Elfair! meddyliodd. Lle roedd hi?!

Gwnaeth Rhiannon ei gorau i drio cofio beth ddigwyddodd. Cofiai fod yn y siop, o flaen Cara. Cofiai synau o'i chwmpas. Cofiai Elfair yn cwffio efo rhyw ddau neu dri neu fwy. Yna, dim. Sut gyrhaeddodd hi yma? Ers faint fuodd hi yma?

Cododd o'i heistedd. Safodd ar ei thraed ôl a phwyso'i phawennau blaen drwy'r sgwariau metel. Ar yr union eiliad, bron, cododd y Casanova du a gwyn a chamu at ochr Rhiannon. Anwybyddodd hi'r gwrcath a dechrau mewian. Sŵn chwythu ddaeth o'i cheg. Ceisiodd eto, gan swnio'n union fel strimar yn mygu. Cododd y grwndi o du'r peiriant pyrian, a nesaodd ati. Roedd tymer Rhiannon yn codi. 'Ta ai ochr Gerty oedd hynny? Oedd y gath go iawn yn trio gwthio'r wrach ohoni?

Camodd y gwrcath o dan goesau blaen Rhiannon ac ar hynny, collodd arni: anelodd bawen finiog am ei ben a chrafu'i glust. Neidiodd yntau yn ei ôl wrth i fymryn o waed gochi'i glust wen. Rhwbiodd ei bawen yn ei herbyn, ond edrychodd Rhiannon ddim arno. Roedd hi'n rhy brysur yn rhythu ar ei dihangfa bosib. Bu felly am sbel. Ychydig eiliadau. Munudau hyd yn oed. Ond ar ôl 'chydig bach mwy o amser, clywodd gân rwndi'n dechrau wrth ei hochr eto. Gwasgodd ei phawennau ewinog i mewn i'r mat oddi tani. Anadlodd yn ddwfn. Un crafiad arall. Un ar ei drwyn. Ac mi ddylai hynny fod yn ddigon i daflu dŵr oer dros y gwrcath corniog. Ceisiodd ei ffrwyno'i hun. Doedd hi ddim yn ddynes dreisgar ar y gorau, ond dyna'r peth, meddyliodd; doedd hi ddim bellach *yn* ddynes. Pwyodd ei phawennau yn y mat a chadwai lygad barcud ar bellter – neu agosrwydd – y bali gwrcath yma.

Yn y man, daeth dynes i'r golwg wedi'i gwisgo mewn dillad gwyrdd a llyfr nodiadau yn ei llaw. Mewiodd Rhiannon, yn meddwl y gallai ddal ei sylw. Ond yr eiliad y dechreuodd ar ei hunawd, ymunodd gweddill y cathod yn y stafell yn gôr blewog i ganu cantata gan grafu'r bariau metel. Daeth y gwrcath du a gwyn, a'r ddwy gath arall, i flaen y gawell ac ymuno yn y gân. Cerddodd y ddynes yn ofalus heibio'r cewyll gan godi'i phen o'i llyfr nodiadau bob hyn a hyn.

Mewiodd Rhiannon mewn cyfyng-gyngor, ond sylwodd y ddynes ddim; yn hytrach, trodd ar ei sawdl a gadael y stafell. Setlodd rhai o'r cathod o weld hynny, tra daliai eraill i fewian eu hunawdau lleddf ar draws ei gilydd.

Dychwelodd y gath ddu â'r glust giami i gefn y gawell, ond closiodd y gwrcath at Rhiannon. Heb feddwl ddwywaith, trodd hi ato a'i grafu'n frwnt ar draws ei wyneb. Neidiodd yntau'n ôl, gan ysgwyd ei ben a blincio'n wyllt. Oedd hi wedi dal ei lygaid? Teimlodd Rhiannon bang o euogrwydd yr eiliad honno a chiliodd y natur anifeilaidd ar amrantiad. Trodd y gwrcath, yn y diwedd, ac aeth i sefyll ym mlaen y gawell, rhyw led dwy gath oddi wrth Rhiannon.

Anadlodd hithau. Sut allai ddianc? Oedd modd agor yr hatsh rywsut?

Gwelodd y bar oedd yn dal y gawell ynghau. Culhaodd ei llygaid a thaflu ei phen i'r ochr. Dim. Ceisiodd eto. Syllodd ar y bar, ei sylw wedi'i hoelio arno, a thaflodd ei phen i'r dde eto. Dal ddim byd. Doedd ei phŵer ddim yn gweithio o'r blaen yn y corff hwn, felly pam roedd hi'n meddwl y byddai'n gweithio rŵan, dwrdiodd ei hun.

Cododd ei phen ac edrych ar y ffenest ar draws y stafell. Fe wnâi unrhyw beth am fymryn o awyr iach yr ennyd honno, yn lle bod yn gaeth yn y gawell yn clywed oglau piso cath yn gymysg ag oglau-gwneud-pethau'n-well o'r mat dan draed.

Daeth y ddynes yn y wisg werdd yn ôl i'r golwg â dyn, dynes a hogan fach i'w chanlyn. Fel o'r blaen, neidiodd y cathod i flaen eu cewyll a bloeddio'u horatorios *a capella*, a straeon lleddf rif y gwlith yn llifo drwy eu lleisiau. Cerddodd y pedwar at y cewyll ac aeth y ferch efo'i thad at ambell gath. Gosododd ei bysedd ar y bariau metel. Edrych ar y cathod wrth iddyn nhw sbio'n ôl ag wynebau eithriadol drist. Ac yn gyfeiliant i'r cyfan, clywai Rhiannon 'Oooow' y ferch.

Yna, trowyd eu sylw at y gawell roedd Rhiannon ynddi. Fe'i trawyd. Petai'n llwyddo i berswadio'r ferch i gymryd ati, gallai fod yn rhydd o'r gawell ac wedyn, fe allai fentro cymryd y goes. Felly, ymunodd y gath ddu â'r llygaid melyn-lliw-cannwyll yn yr hwyl. Mewiodd yn drist a gwnaeth lygaid lleithion llydan. Estynnodd y ferch ei bys yn barod i roi bach i Rhiannon, ond gwthiodd y gwrcath y wrach-gath o'r ffordd a dechreuodd ganu grwndi'n fodlonach fyth.

Y diawl bach, meddyliodd Rhiannon. A gallai glywed Jackie yn ei phen yr eiliad honno, 'Rêl dyn! Isio dynas am un peth a pan geith o offer gwell, neith o'm meddwl ddwywaith cyn bachu amdano fo!'

Gwenodd Rhiannon ar ei gwaethaf a bu bron iddi neidio yn y fan a'r lle. Roedd ei gwddw'n dirgrynu. Synau cyntefig yn codi ohoni. Ond nid synau cras, cyntefig, fel o'r blaen. Ond rhai cynnes; bodlon-ei-byd-o-synau. A throdd y ferch ei hwyneb i'w chyfeiriad. Symudodd ei bys a rhoi bach i Rhiannon. Ildiodd hithau. A dweud y gwir, roedd cael crafu o dan ei gên yn nefoedd, a chynyddodd y grwndi o'i chrombil.

O dipyn i beth, camodd y ferch a'i thad yn eu hôl a dyma nhw'n pwyntio i gyfeiriad cawell Rhiannon. Tybed? Ai dyma'i lwc?

Dywedodd y ferch rywbeth wrth ei mam a gwenodd hithau. Nodiodd y tad. Symudodd y ddynes mewn gwyrdd at y gawell a thynnu'r barryn. Agorodd yr hatsh. Estynnodd ei dwylo ac, yn araf bach ac yn dra gofalus, cydiodd am y bali gwrcath. Cynyddodd y peiriant pyrian ei sŵn a rhoddodd fflic i'w gynffon, cystal â dweud 'Ta-ta, genod!' wrth y tair oedd yn weddill yn y gawell.

Trodd y ddynes mewn gwyrdd at y teulu bach a chyflwyno'r gwrcath iddyn nhw.

Bu siarad am ychydig. Hel syniadau am enwau, o

bosib. Ond trawodd yr olygfa Rhiannon. Fel teisen yn wyneb clown. Golygfa felys – y tri'n dotio at aelod newydd y teulu dedwydd – a hithau'n tagu ar ei chenfigen.

Sylwodd wedyn fod y gawell yn dal yn agored. Roedd y twll yn eithaf uchel. Ond a fedrai? A fedrai neidio? Wel, doedd waeth iddi drio ddim.

Camodd yn ei hôl. Un, dau, tri, a rhedodd nerth ei thraed i geisio neidio. Methodd, a hynny o gryn bellter. Ac yn ei methiant, trodd y ddynes mewn gwyrdd a'r teulu at y twrw ac estynnodd y ddynes werdd am y barryn a chloi'r gawell yn saff drachefn.

Be gebyst roedd hi am ei wneud rŵan?

Bu felly am funudau lu yn berwi, ond yn raddol bach, teimlai'n rhyfedd, fel petai'n pendwmpian heb deimlo'n gysglyd. Safodd ar ei phedair coes a simsanodd gan syrthio'n glewt yn erbyn y gawell. Blinciodd. Roedd ei llygaid yn niwlio. Doedd y synau o'i hamgylch ddim yn glir. Mentrodd droi ei phen, edrych ar y ddwy gath arall yn y gawell, ond prin y medrai eu gweld. Ceisiodd godi ar ei thraed, ond fe'i trawyd gan ryw ergyd fewnol a'i lloriodd. Roedd hi fel petai wedi meddwi. Ai Gerty oedd hyn? Oedd y gath yn dychwelyd? Caeodd ei llygaid a bu'n frwydr i'w hagor eto. Yna, gollyngodd ei phen ar lawr y gawell.

PENNOD 25

Roedd yna ddau beth a oedd yn gas gan Lowri: nadroedd a disgwyl. Drwy lwc, yr unig neidr a welodd erioed, ar wahân i'r rhai ar y teledu, oedd ym Mhili Palas, ac roedd hi'n dal i fethu deall pwy gafodd y syniad o osod neidr afiach mewn gwarchodfa gloÿnnod byw. Ond yr ail beth, disgwyl, wel, roedd hi wedi cael mwy na'i siâr o hynny'n ddiweddar. Yn disgwyl am ei mam, yn disgwyl am ei thad ar Skype ac yntau wedi anghofio am y sgwrs, yn disgwyl am y ddwy wrth y pier. Roedd disgwyl am bobl yn boendod, ond roedd disgwyl am bethau'n waeth rywsut. Digwyl i bethau wella. Disgwyl am i bethau fynd yn ôl i sut oedden nhw cynt. Disgwyl am gael teimlo fel hi'i hun eto. Dyna'r union beth oedd wedi bod yn troi yn ei meddwl. Pryd yn union allai hi fod yn hi'i hun eto?

'Ti 'di newid 'sti.' Gwen, y bore Sadwrn hwnnw yng nghaffi Nero.

'Nefi wen, ti 'th â tincar 'di mynd.' Ei mam, mewn ymateb i un o'i sylwadau pigog.

'You're not smiling as much nowadays.' Ei thad ar y sgrin, ei wyneb yn gonsýrn-o-bell.

Oedd, roedd hi wedi newid, ac nid ei bai hi oedd hynny. Wel, ddim yn hollol, meddyliodd. Ond doedd pethau ddim i weld yn gwella o gwbl fel y gallai fod yn hi'i hun, y hi'i hun chwe mis yn ôl.

Agorodd ei photel ac yfed cegaid ohoni, gan geisio symud ei meddwl.

Oedd, roedd hi'n disgwyl am sawl peth, a'r amser cinio hwnnw, roedd hi'n disgwyl am Gwen.

Neidiodd ei chalon pan dderbyniodd decst yn ôl gan ei hen ffrind, a chytunodd y ddwy y byddai'n syniad da cael sgwrs. Gwych o syniad, meddyliodd Lowri. Roedd angen i'r ddwy drafod y chwithdod oedd wedi tyfu'n rhagfur rhyngddyn nhw'n ddiweddar. Ond fe wyddai Lowri na allai esbonio'n llawn. Neu a fedrai? Bu'r syniad o rannu'r gwir efo Gwen yn chwarae ym mlaen ei meddwl gryn dipyn yn ddiweddar. Hen syniad oedd o mewn difri, ond roedd yr hen syniad yn canfod ffyrdd newydd o hyd o frigo i'r wyneb. Pan welai rywbeth ar y teledu; pan fyddai'n gwneud ei gwaith cartref; pan wrandawai ar su rhyw athro mewn gwers, hedfanai'r syniad o'i blaen, yn löyn byw o beth. Po fwyaf yr edrychai arno, mwyaf y sylwai ar batrymau brith ei adenydd, a'r rheiny'n siapiau dyrys dros ben. Roedd ganddi'r rhwyd yn ei llaw, mater bach fyddai ei chodi'n ofalus a'i thaflu dros y pilipala. Ond beryg, pe gwnâi hynny, y byddai neidr Pili Palas yn llithro rhwng y ddwy. Yn brathu eu cyfeillgarwch neu beth bynnag oedd y berthynas rhyngddynt bellach.

Cymerodd lymaid arall o'i diod.

Lle roedd Gwen?

Chwarter i un gytunwyd – yn y stafell gyffredin. Bu Lowri yno ers chwarter wedi hanner, yn *keen* eithriadol, ond ar bigau'r drain. Roedd yn rhaid iddi gael siarad efo Gwen. A dweud beth yn union? Wel, fe welai beth ddywedai pan ddeuai ei ffrind ati.

Arhosodd.

O weld y cloc ar y wal yn agosáu at ddeng munud wedi un, mentrodd Lowri ofyn i ambell un yn y stafell a oedden nhw wedi gweld Gwen heddiw.

'Naddo 'sti.'

'Gwen pwy?'

'Chdi 'sa'n gwbo lle ma'i – 'dach chi'n inseparable!'

Roedd hyn, a'r ffaith ei bod wedi colli ei llyfr bach coch, yn stwmp ar ei stumog.

Cododd ar ei thraed, taflu ei bag dros ei hysgwydd a cherdded am y drws, cyn taro i mewn i Gwyn wrth groesi'r rhiniog.

'Haia!' meddai yntau, cyn ychwanegu'n gloff, ''Dan ni'n gneud hyn drw'r amsar, 'dan? Ha!'

Gwenodd Lowri fymryn.

'Hei, ti'n ocê?'

Nodiodd hithau: 'Yli, ti 'di gweld Gwen heddiw?'

'Ym, do, gynna.'

'Ocê. Yn lle?'

'Tu allan.'

'Pryd?'

'Ymm,' edrychodd ar ei watsh, 'ryw hannar awr yn dôl?'

Nodiodd Lowri.

'O'dd hi'n cer'ad o 'ma.'

Edrychodd Lowri i fyw llygaid Gwyn wrth iddo ddweud hyn. Pe na fyddai'n gwneud hynny, fe fyddai ei llygaid wedi cronni'n byllau byw. Nodiodd, ei chalon yn curo yn ei chlustiau.

''Na i ffonio hi, dwi'n me'l,' hanner sibrydodd ac estynnodd am ei ffôn.

Bu saib cyn i Gwyn ynganu'r geiriau nesaf, 'O'dd hi efo Catrin a Louise.'

Cododd Lowri'i phen o'i ffôn.

'Yli, ti isio panad?'

Llyncodd Lowri'i phoer, ysgwyd ei phen, a chamu heibio Gwyn.

'Ti'n iawn?'

'Jyst isio bach o awyr iach.'

'Ti isio –?' ond cyn iddo orffen ei gynnig, dyma hi'n ateb:

'Jyst ben 'yn hun. Sori.'

Trodd Gwyn am y stafell gyffredin yn y man ac aeth i wneud paned. Siaradodd yn ysgafn efo ambell un, rhannu jôc efo dau ffŵl, a dweud rhywbeth sifil wrth ambell un nad oedd o'n eu nabod yn iawn ond a oedd yn yr un dosbarth Ffiseg ag o.

Estynnodd am ei ffôn wrth i'r tegell ferwi a theipio neges at Lowri. Petai wedi edrych drwy'r ffenest yr eiliad honno, byddai wedi ei gweld hi'n cerdded ar draws yr iard ac am y giatiau. Petai o wedi anfon y neges, efallai y byddai hynny wedi'i stopio yn ei chamau, wedi peri iddi droi ar ei sawdl a dod yn ôl i'r stafell gyffredin am baned a sgwrs braf. Ond edrychodd o ddim drwy'r ffenest, ac nid anfonodd y neges. Trodd at y tegell a thollti'r dŵr ar ben y coffi.

☽○☾

Safodd yn y safle bws. Doedd hi ddim yn bell. Rhyw ddau funud rownd y gornel oedd o. Mi fedrai gerdded heibio dipyn o weithiau cyn dod yn ôl i sefyll yn y safle bws. Roedd y lôn yn eithaf prysur, felly fyddai hi ddim yn denu fawr o sylw wrth gerdded heibio dipyn o weithiau. Dim ond rhoi rhywbeth i ryw gymydog busneslyd ei wylio ella, dim byd mwy.

Roedd curiad ei chalon bellach wedi sadio, ond teimlai fel petai yna lwmp tew o wacter ym mhwll ei stumog. Teimlai'n ddideimlad erbyn hyn. Yn ddi-ots o bethau bron. Ar wahân i hyn. Hyn oedd wedi meddiannu'i bywyd hi. Hyn oedd wedi'i newid hi. Felly onid er mwyn hyn y dylai hi ymdrechu?

Fe gysylltai efo Jackie rywbryd; pan gâi hyd i rywbeth newydd. Roedd hi wedi bod yn ei ffonio droeon a hen euogrwydd newydd wedi egino yng ngardd cydwybod

Lowri yn ystod y pnawn. Fe gysylltai â Jackie cyn bo hir.

A phenderfynodd ar hyn: rŵan amdani.

Cerddodd o'r safle bws ar hyd y lôn a'i dilyn o gwmpas y tro. Roedd y stad yn dawel. Neb oddi allan – wel, fyddai neb yn debygol o fod yn torheulo yng ngogledd Gwynedd ar bnawn dydd Llun yn niwedd mis Tachwedd. Edrychodd ar ambell dŷ wrth iddi gerdded. Roedd 'na un neu ddau wedi gosod eu coed Dolig yn barod. Un tŷ wedi'i wisgo â goleuadau, ond doedden nhw ddim ynghyn. Roedd 'na rywbeth trist am dŷ efo goleuadau Dolig nad oedden nhw wedi'u goleuo, meddyliodd Lowri. Ysgydwodd ei phen.

Dyma hi'n agosáu at y tŷ. Arafodd ei chamau. Gwelodd, wrth y drws, arwydd uwch y '25' a'r gair, 'Trigfan', mewn ffont italig arno. Roedd y tŷ'n cysgu. Dim golau yn unman. Y llenni yn agored. Ddylai hi fynd yn nes? Edrych drwy ffenest? Cerdded i'r cefn? Ond beth petai rhywun yn ei gweld?

Cerddodd yn agosach at y giât. Roedd 'na dafod las a gwyn o dâp ar y llawr wrth y drws. Yr heddlu yn eu brys heb fynd â phob un tamaid efo nhw. Edrychodd ar dalcen y tŷ; roedd y diemwnt du mor llachar ag yr oedd o yn ei rhagweledigaeth. Trodd ei phen. Doedd dim golwg o neb y naill ffordd na'r llall. Yn y diwedd, mentrodd osod ei llaw ar y giât a chau ei llygaid. Bu felly am sbelan. A gwelodd Gwen. Gwelodd Gwyn. Gwelodd Catrin a Louise a Musus Owen a Mistar Edwards a'i mam a phob un wan jac ond am . . . Agorodd ei llygaid. Doedd hyn yn dda i ddim. Oedodd. Ystyriodd. Heb feddwl ddwywaith, aeth drwy'r giât a chamodd at y tŷ. Roedd 'na bost wedi'i stwffio yn y blwch llythyrau. Doedd y ddynes ddim wedi bod yno felly, meddyliodd Lowri. Petai hi wedi galw heibio, fe fyddai wedi cymryd y post, siawns? Safodd yng nghanol yr ardd. Aeth hi'n chwys oer i gyd. Roedd hi 'chydig gamau o'r lle bu Rhiannon yn gorwedd yn ddarnau, a theimlodd yn sâl. Trodd ar ei sawdl a'i heglu hi am y pafin. Pwysodd yn erbyn y giât i gael ei gwynt ati. Wrth wneud hynny, fe'i trawyd gan olygfa: gwelai ddynes. Yr un ddynes ag a welodd yn ei breuddwyd. Yn yr un gôt. Gyda'r un ystum ar ei hwyneb, yn sefyll wrth y giât.

Trodd Lowri yn ei hunfan a gweld y ddynes yn cerdded drwy'r ardd. Cariai fag dros ei hysgwydd. Bag llaw piws tywyll. Yn camu at y stepan wrth y drws, a'r mat 'Croeso' wedi pylu ar lawr. Ei ffôn hi'n pingio a hithau'n edrych arno.

Cododd Lowri ar flaenau'i thraed, ei dwylo'n pwyso ar ben y giât. Neges yn llenwi sgrin ffôn y ddynes – gan ryw Siôn. Hithau'n cau'r neges ar ôl ei darllen. Yn edrych ar y sgrin.

A gallodd Lowri weld. Y dyddiad. Yr amser. 1 Rhagfyr. 15:43.

Agorodd ei llygaid. Fe'i trawodd hi braidd yn od fod yr ardd yn wag, a hithau newydd weld rhywun ynddi yn ei phen. O leiaf fe wyddai pryd fyddai'r ddynes yno. Ond beth ddylai ei wneud rŵan?

Cymerodd gam yn ei hôl ac ar draws llwybr dyn oedd yn mynd â'i gi am dro.

'O, sorry,' meddai Lowri, ei hacen yn gref.

'O, dim problem, siŵr. Ti'n iawn, 'mechan i?' gofynnodd y dyn.

Nodiodd Lowri, yn rhy sionc ella, cyn cymryd cip sydyn ar y tŷ, ac yna troi'n ôl at y dyn.

'A! Ti 'di clwad am fa'ma, siŵr o fod,' sylwodd, wrth edrych ar y tŷ. 'Dynas neis iawn, 'sti. Wel, hynny o'n i'n nabod ohoni, 'de. Cadw'i hun ati hi'i hun lot. Ond clên 'run fath.'

Cododd Lowri'i phen i edrych ar y tŷ eto.

'Dal heb ffendio neb, o be dwi 'di clwad, 'de. 'Nôl y sôn, 'sgin y cops ddim clue. 'Di rhoi give up 'ma!'

Trodd Lowri yn ei hôl i wynebu'r dyn a'i gi rhech. Roedd o'n amlwg yn mwynhau, os dyna'r gair cywir, trafod yr hyn oedd wedi digwydd.

'Ofnadwy 'fyd! Ma' fa'ma'n ardal mor dawal 'sti. Neb yn . . . '

Torrodd Lowri ar ei draws, 'Sori, dwi'n gorfod mynd adra. Swpar.'

'O, ia, siŵr! Mi fydd 'nacw 'di gneud ryw sgram fach i ninna 'fyd!'

Nodiodd Lowri'n drwsgl cyn cerdded oddi wrth y dyn a'i gi a'r tŷ felltith yna. Roedd ei chalon yng ngwaelodion ei stumog eto a'i phen bron â byrstio.

☽◯☾

Gwyliodd Lowri'n cerdded oddi wrth y tŷ. Ei bag yn dynn dan ei chesail a'i chamau'n cyflymu'n raddol. Gwelodd ei llygaid yn lleithio. Gwelodd y dyn y bu Lowri'n siarad ag o yn edrych dros ei ysgwydd arni hi'n ymbellhau. Daliodd hi i rythu o'i blaen. Estynnodd am ei ffôn. Goleuodd gwawl y sgrin ei hwyneb.

Fe'i gwyliodd hi bob cam.

PENNOD 26

Gwisgodd Cara'i chôt a gollwng ochenaid. Bu'n ddiwrnod prysur arall a diwedd y dydd yn teimlo'n hir yn cyrraedd, yn enwedig gan iddi ddechrau am wyth y bore ac mai rŵan, wedi wyth o'r gloch y nos, yr oedd hi'n darfod.

Trawodd ei phen heibio i'r swyddfa eto i ddweud gair wrth Derek oedd yn cymryd yr awenau am weddill y nos. Sicrhaodd yntau hi fod pob dim dan reolaeth ac fe'i siarsiodd hi'n ysgafn i droi am adref ac anghofio am y siop: 'Home James, G&T, and pop a soppy film on, love!'

Cerddodd drwy'r siop, heibio ambell gwsmer roedd hi'n eu nabod o ran eu gweld, a chyrhaeddodd y ciosg blaen. Yno, roedd Tomi'n gweithio'n galed yn addurno'r goeden. Sylwodd arni a gofynnodd, 'Ti'n licio'r trimins, bòs?'

Gwenodd Cara cyn ateb, 'Wrth 'y modd.'

Cochodd y creadur cyn dychwelyd at osod y golau ar y goeden, ei feddwl yn llwyr ar y dasg.

Dywedodd hwyl fawr wrth y llanc newydd oedd yn gweithio yn y ciosg ac wrth Mike oedd yn gweithio shifft hwyr.

'Gobeithio chown ni'm crazy cat ladies eto, ia!'

Yr un jôc gan y swyddog diogelwch ers y digwyddiad dair wythnos yn ôl. Prin fod rhaid dweud fod hynny wedi colli ei hwyl yn gyfan gwbl, ond gwisgai Cara'i gwên smâl a chwerthin yn ysgafn yr un fath.

Cerddodd allan o'r siop a diflannodd y wên. Dim mwy o ffalsio am 'chydig oriau o leiaf. Croesodd y maes parcio ac aeth i sefyll yn y safle bws. Doedd hi ddim am gerdded heno – roedd ei thraed yn cwyno a doedd hi ddim am fentro crwydro yn y nos ar ei phen ei hun. Rhag ofn. Fyddai hi ddim yn cyfaddef wrth neb arall, ond teimlai braidd yn ansicr ynghylch mynd i lefydd heb neb arall, byth ers iddi dderbyn y neges. A doedd cerdded am ryw ugain munud a'r nos yn dew ddim yn opsiwn ganddi.

Camodd i mewn i gysgodfa'r safle bws a gweld rhywun arall yno. Bu am yn hir cyn gweld mai dyn oedd 'na. Roedd fel petai'n cuddio yn y cysgod. Ond pan yrrodd car heibio a goleuo'r safle, gwelodd Cara'r farf drwchus, y cap efo dwy gynffon blethedig o boptu'i wyneb, ac ôl smocio yn lliwio'i ddannedd.

'Iown?' gofynnodd y dyn yn y man.

'Iawn diolch,' atebodd Cara cyn gofyn, 'Chditha?'

'Aye, 'im bad, 'de.'

A darfu'r sgwrs gan adael i synau Bangor Uchaf lenwi'r safle bws: ceir yn gyrru heibio; *boy racers* yn dangos eu hunain i'r genod oedd yn baglu o dafarn i dafarn; pobl yn cerdded efo'u têc-awês yn bryd bendithiol o seimllyd; rhai'n canu efo'i gilydd, eraill yn gweiddi ar draws y ffordd. Camodd Cara yn ei blaen ac edrych i fyny ac i lawr y lôn. Doedd dim golwg o'r bws. Yr hyn a welai, yn hytrach, oedd criw o hogiau ifanc yn tynnu hunlun efo'r boi digartref a eisteddai'r tu allan i'r Late Stop. Caledodd ei hwyneb wrth weld hynny. Roedd Kevin yn ddigon diniwed. Dyn oedd wedi gwneud camgymeriadau oedd o ac oedd bellach yn byw ar gardod. Byddai'n dod i'r siop bob bore a byddai Cara'n gofalu rhoi paned o de (gwyn â thri siwgr) a brechdan bacwn iddo. Âi i eistedd ar y grisiau wedyn i fwynhau ei frecwast cyn mynd am dro, a'i gi'n gwmni iddo, o gwmpas Bangor.

'Dolig ar y ffor', ia,' daeth llais o'r tu ôl i Cara.

Blinciodd yn araf: doedd ganddi wir ddim 'mynedd efo mân siarad. Ond gwisgodd ei gwên siop ac atebodd y creadur:

'Ddim yn bell!'

'Barod amdano fo?'

'Nac'dw deu' gwir,' chwarddodd yn dawel gan ychwanegu, 'Ella fydda i erbyn y diwrnod 'i hun, 'de!'

Dyna'r un ateb a roddai i bawb. Pan fyddai pobl yn y gwaith, neu'r siopwyr eu hunain, neu ddieithriaid fel y dyn gwalltog yma, yn gofyn yr un hen gwestiwn ystrydebol, fe roddai hi'r ateb saff, cyfarwydd hwnnw. Ond byddai'r gwir yn llenwi'i phen. A rhywsut, po fwyaf y rhoddai'r un hen ateb, mwya'n byd roedd y gwir yn meddiannu'i meddwl. Doedd Dolig ddim yn Ddolig heb Rachel. Dyna hoff adeg y flwyddyn y ddwy. Treulion nhw'r wythnosau cyn y Dolig yn siopa efo'i gilydd, yn mwynhau gwylio ffilmiau siwgwrllyd, yn yfed galwyni o siocled poeth, ac yn bwyta llond eu hafflau o fins peis, er nad oedd yr un o'r ddwy wir yn eu hoffi. A bu'r ddwy'n brysur yn tecstio'i gilydd ar ddiwrnod Dolig. Er bod y ddwy efo'u teuluoedd eu hunain, fuasai waeth iddyn nhw fod yn y fflat efo'i gilydd ddim gan gymaint oedd y sylw a rodden nhw i'w gilydd. Roedd y ddwy wedi hyd yn oed drafod eu Dolig delfrydol – pan fydden nhw efo'i gilydd – yn coginio *spiced baklava* am fod Rachel yn llysieuwraig, ac yn gwagio twb o Celebrations wrth wylio ffilmiau lu. Neb ond y nhw ill dwy.

'Mae o i gyd 'di mynd yn rhy commercial rŵan, ia,' datganodd y dyn gan darfu ar feddwl Cara.

Nodiodd hithau gan wneud sŵn cytuno, 'Mhm,' a'i meddwl yn dal i fod gyda'r ddelfryd o ddiwrnod Dolig.

''Di 'mond yn ganol November ac ma' siops 'ma'n rhoi trimings fyny. Ac ma' mince pies a ballu 'di bod on sale ers cyn Halloween.'

A chysidro nad oedd y bonwr hwn yn hoff o Nadolig-siop, roedd o wedi rhoi cryn sylw i hynny, meddyliodd Cara.

Trawodd ei phen allan o'r gysgodfa ac edrych i fyny'r lôn; dim golwg o'r bws. Edrychodd ymhellach a gwelai Kevin ar ei ben ei hun efo Rocky tu allan i'r siop – wedi cael llonydd gan y criw 'na.

'A ma' kids yn ca'l 'u sbwylio, ia!'

Caeodd Cara'i llygaid. Pam? Pam Dduw roedd hi'n gorfod gwrando ar hen ruo dyn ar ei focs sebon? Onid oedd hi wedi cael diwrnod digon heriol fel ag yr oedd hi? Ond na, roedd 'na rywun yn rhywle yn chwerthin llond ei fol yn gweld Cara'n gorfod bod yn glust i'r dyn blewog a'i ragfarnau.

''Tasa gyn fi kids,' meddai cyn dechrau mwydro am deganau a chostau a chomiwnyddiaeth.

Doedd athronyddu efo dyn gwyllt ym Mangor Uchaf ddim yn freuddwyd o fath yn y byd ganddi, felly estynnodd am ei ffôn. Bu yno am dros ugain munud, a doedd dal ddim golwg o'r bws. Penderfynodd geisio troi sgwrs y dyn wrth ei hymyl, ''Di'r bỳs dwi'n disgwl amdano fo ddim ar amsar.'

'O, be ti'n ddisgwl, ia? Blydi bysus 'ma'n useless. A ma' nhw'n costio arm an' y leg, ia. Lle tisio mynd 'lly?'

Oedodd Cara am ennyd, yn meddwl ddwywaith cyn siarad, yna penderfynodd roi ateb amwys, ''Mond lawr i'r dre.'

'O, reit. I Rachub dwi isio mynd, ia.'

A daliodd y gŵr gwalltog i refru, a phaldaruo, a rhegi, ac athronyddu a rhagfarnu tra daliai Cara i edrych ar ei ffôn. Yna, fel petai rhywun wedi teimlo piti drosti, dyma fws coch yn cyrraedd, a ffarweliodd hi â'r Rwdlyn o Rachub.

Ond er gwaetha'i fwydro, roedd amser yn mynd

heibio yn ei gwmni. Bellach, a hithau ar ei phen ei hun yno, roedd pob eiliad yn llusgo. Camodd yn ôl i mewn i'r safle bws a meddwl eistedd, cyn meddwl eto. Defnyddiodd olau ei ffôn a sganiodd y sêt. Roedd hi'n iawn i amau wrth weld y peth llipa gwyn a gwlyb a edrychai'n debyg i falŵn tenau, tenau yn hongian ar ochr y sedd. Sefyll amdani felly.

Crwydrodd ei meddwl yn ôl i'r siop (dim syndod a hithau fel petai'n byw ac yn bod yno), ac at Tomi, y creadur. Roedd o mor browd. Nid 'balch'. Doedd 'balch' ddim yn cyfleu'r un peth â 'phrowd'. Roedd y boi di-niw yn browd eithriadol o'i waith ar y goeden ac ar addurno blaen y siop gyfan. Fe ddylai ddod i'w fflat gan mor foel roedd hi. Doedd Cara ddim yn un i addurno rhyw lawer ers ychydig flynyddoedd. Fe roddai goeden-fach-bob-lliw yn ffenest y gegin a dyna ni. Roedd ganddi fwy o addurniadau, ond ddim y galon i'w gosod yn ddestlus o gylch ei stafelloedd. Job i ddau neu fwy ydi gosod trimins Dolig, ac roedd hynny mor wir pan oedd Rachel yn ei bywyd. Aeth y ddwy i hwyl garw. Roedd caneuon Dolig ar lŵp, o'r cawslyd, 'Rocking Around the Christmas Tree', i'r syber 'Fairy Tale of New York', i'r hen Aled Jones ifanc yn peri i ddwy, oedd wedi rhannu potel win, ei adleisio'n groch a mynnu eu bod nhwythau'n 'Walking in the Air'. Erbyn y diwedd, roedd pob stafell fel groto ac ysbryd yr ŵyl yn fyw ac yn iach yn Fflat 3A, Lôn y Traeth, Bangor, y flwyddyn honno.

Tynnwyd Cara o'r gorffennol wrth i fws Arriva gyrraedd a stopio. Cerddodd dau ohono, yna gofynnodd i'r gyrrwr a oedd y bws i Landygai ar y ffordd.

'It's broke down like.' Sgowsar ym Mangor.

Shit.

'I'm goin' to town if that helps.'

Mylliodd Cara, 'No, it's fine.'

Ac wrth i'r bws ymbellhau, newidiodd ei meddwl cyn damio'i hun am fod mor anwadal. Edrychodd ar y cloc gyferbyn. Roedd hi'n tynnu am naw. A dyna pryd y trawyd hi. Doedd hi heb feddwl o gwbl tra bu'n sefyll yno am yr eglwys ar draws y ffordd. Lle y cynhaliwyd angladd Rhiannon. Wrth gwrs, bu'n meddwl cryn dipyn am y cynhebrwng yn ystod yr wythnosau cyntaf ar ei ôl, a hithau'n gweithio'n union gyferbyn â'r eglwys. Ond gydag amser, daethai'r eglwys yn llai 'arwyddocaol' ac yn fwy cyffredin. Nid nad oedd hi'n meddwl am Rhiannon, y farwolaeth, y cawlach roedd y Cylch ynddo. Meddyliai am hynny'n aml; rhy aml os rhywbeth. Ond roedd gan amser y gallu i bylu pethau. Rhai pethau.

Ystyriodd. Edrychodd i fyny'r lôn; dim sôn am yr un bws. Meddyliodd. Ailystyriodd. Yna, mewn ystum penderfynol, trodd ar ei sawdl a cherdded i gyfeiriad Marstons eto. Pe cerddai'n sionc i lawr 'Bitch Hill', heibio Pontio, ac ar hyd y brif lôn, fe gyrhaeddai ei fflat mewn rhyw chwarter awr, ugain munud. Gorfododd ei hun i beidio â gadael i'r meddyliau ei hanniddigo. Cysgodion o syniadau. Taro'r swits olau ymlaen yn ei phen, fel yr arferai ei wneud pan oedd yn blentyn, a cherdded. Meddwl am y siocled poeth a'r slipars meddal, ac am y teimlad hyfryd hwnnw o orwedd ar y soffa. A byddai'n tsiampion.

Aeth heibio Pontio – roedd 'na sioe neu'i gilydd newydd ddarfod gan fod 'na dipyn o bobl yn llifo o'r adeilad. Camodd Cara'n sionc heibio, ond wrth fod yn ymyl cymaint, daeth y neges honno i'w meddwl eto: 'I know who you are'. O leiaf nid oedd yn dweud, 'I know *what* you are'. Siawns nad oedd y sawl a'i hanfonodd yn gwybod fod Cara'n wrach. Sut fedren nhw? A hithau mor ofalus o'i chyfrinach. A doedd Jackie heb gael neges debyg, felly, yn sicr doedden nhw'n gwybod dim am y Cylch. 'Ta oedden nhw?

Mae'n rhaid mai'r ddynes 'na efo'r gath a'r 'deryn oedd hi. Ond roedd hi wedi dweud enw Rhiannon. Ella mai cyd-ddigwyddiad llwyr oedd hynny? Roedd y pethau yma'n digwydd, ac weithiau mae cyd-ddigwyddiadau go iawn yn fwy anghredadwy na chyd-ddigwyddiadau mewn ffilm neu stori neu . . . Na, fel y dywedodd Jackie, 'Bosib na customer blin oedd 'di sgwennu'r llythyr 'na. Doedd o'm byd i neud efo'r ddynas deranged 'na 'fo'r anifeiliaid.'

Wel, roedd y ddynes yna'n cael ei chadw'n ddigon saff oddi wrth Cara, a hithau bellach yn yr ysbyty fyny'r lôn ac yn derbyn triniaeth ofalus, yn ôl yr heddlu.

Chwalodd ei meddwl yn gonffeti byw. Meddwl am rywbeth arall, siarsiodd ei hun.

Teimlai ei chalon yn cyflymu gyda'i chamau.

Croesodd y lôn wrth Marks.

Oedodd, yn y man. Edrychodd tu ôl iddi. Doedd dim golwg o neb. Ailgychwynnodd. Cerddodd am ryw hyd, yna clywodd ryw dagiad. Edrychodd o'i hôl. Dim golwg o neb eto. Oedd 'na rywun yn ei dilyn hi?

Cyflymodd ei chamau rhyw fymryn a meddyliodd am rywun i'w ffonio. Mae'n saffach i bobl gerdded ar eu pen eu hunain os ydyn nhw'n siarad efo rhywun ar y ffôn. Dyna gyngor a glywodd gan rywun ryw dro. Ond pwy fedrai ei ffonio? Y gwir oedd nad oedd ganddi lawer o ffrindiau. Fedrai hi ddim ffonio'i rhieni – doedd hi ddim am iddyn nhw boeni. Fedrai hi ddim ffonio'i brawd bach neu mi fuasai hwnnw'n siŵr o sôn wrth eu mam a'u tad.

Sgroliodd am enw Jackie. Ceisiodd. Canodd. Dim ateb.

Trodd o'i hamgylch. Aros. Gwrando. Trodd yn ôl a tharo i mewn i ŵr a gwraig oedd yn cerdded heibio.

'Sori.'

Cerddodd yn ei blaen, a chlywodd sŵn tagu tawel. Roedd 'na rywun yn ei dilyn.

Penderfynodd redeg. Cymryd y goes a gobeithio i'r nefoedd y cyrhaeddai ei fflat. Teimlai'r nos yn chwipio'n fain ar draws ei hwyneb, ond roedd hi'n benderfynol. Daliodd ati nes iddi gyrraedd y bloc o fflatiau. Dringodd y grisiau – dwy stepen ar y tro, plannu'i goriad yn y twll clo, mynd i mewn, a chau'r drws efo clep, cyn pwyso ei chefn yn ei erbyn i gael ei gwynt ati.

Roedd ei chalon yn dyrnu.

Yn y man, goleuodd pasej y fflat.

Roedd 'na sŵn yno. Yn y fflat.

Oedd 'na rywun yna?

Teimlodd gryndod yn ei brest, ond brathodd ei thafod: ceisio rheoli'i hanadl. Camodd o dow i dow yn dawel i'r gegin. Estynnodd am ei ffôn a chynnau'r dortsh arno. Cododd y ffôn o'i blaen. Roedd y stand cyllyll wrth law. Ystyriodd. Oedodd. Yna, newidiodd ei meddwl. Agorodd ddrôr. Gwelodd y rholbren a chydiodd ynddi.

Cerddodd yn araf deg at y bathrwm a gwthiodd y drws yn agored. Doedd neb yno. Ond roedd y sŵn yn dod o gyfeiriad ei llofft. Camodd yn ysgafn droed ac yn araf deg bach. Gwasgodd ei gafael am y rholbren yn barod i guro petai rhaid. Safodd wrth y drws. Clywai'r sŵn eto – rhyw siffrwd a chlepian ysgafn am yn ail. Yn y diwedd, taflodd y drws yn agored, taro'r swits ymlaen a dal y rholbren yn uchel. A gwelodd. Y ffenest yn agored a'r llenni'n ffrwtian efo'r awel ysgafn. Safodd am sbelan fach, yn edrych o amgylch y stafell, ei chalon yn dyrnu'n wyllt. Mentrodd gam ac edrych yn ei wardrob. Neb yn cuddio ynddo. Tybed a oedd hi wedi gadael ei ffenest yn agored y bore hwnnw? Yn ei brys? Ond doedd hynny ddim fel hi, nag oedd?

Anadlodd. Ceisiodd leddfu'r cryndod yn ei brest.

Aeth at y ffenest ac oedi cyn ei chau. Edrychodd ar y stryd islaw. Doedd dim golwg o neb. Caeodd y ffenest a thynnodd y llenni, ac aros am eiliad neu ddwy cyn teimlo'r cythraul yn cydio ynddi. Aeth drwy bob stafell yn y fflat ar ras wyllt, yn gwneud yn siŵr nad oedd neb yno. A dyma hi'n cael syniad. Trodd ar ei sawdl ac aeth yn ôl i'w llofft.

Agorodd ei wardrob ac aeth ar ei chwrcwd. Tyrchodd drwy'r 'nialwch ac estyn am y bocs bach efydd. Cerddodd yn ôl at ddrws y fflat, aeth yn ei chwrcwd eto a chododd gaead y bocs i estyn tri chrisial ohono – dau wyn ac un porffor – a'u gosod o flaen y drws. Tynnodd becyn bach o'r bocs hefyd a chwilio am sbrigyn o lafant. Fe'i sgeintiodd yn fân dros y crisialau.

Cododd ar ei thraed. Safodd yno. A'r rholbren yn dal yn ei llaw.

PENNOD 27

Doedd y gair 'cynnil' ddim yn cyfleu'r sgwrs rhwng y ddau. Eisteddai Jackie yn ei chadair wrth y lle tân trydan a Simon ar y soffa, y ddau â'u pennau yn eu ffonau, a'r teledu'n gyfeiliant yng nghornel y stafell. Chwilio drwy Facebook roedd Jackie, a hithau'n *serial liker*, yn rhoi bawd i bawb, sawl un yn bobl oedd yn yr ysgol â hi ond nad oedd hi wedi'u gweld ers blynyddoedd. Ond dyna ni, bawd i bawb o bobl y byd, mwn. Dadlau ar fforwm rasio ceffylau yr oedd Simon. Roedd o'n ddyn â barn a sicrwydd-can-cwrw yn gyrru'i fysedd i deipio bob math o sylwadau. Yn eu stafelloedd gwely roedd y plant. Y pedwar ohonyn nhw wedi ymddangos adeg swper, wedi llowcio'u bwyd wrth y bwrdd (chwarae teg, roedd honno'n rheol gadarn gan Jackie), ac wedi'i g'leuo hi'n ôl i'w swigod ar wahân. Deuai ambell un i lawr y grisiau yn achlysurol i nôl diod, neu 'sgedan, neu baced o greision, ac ella y bydden nhw'n taro'u pennau heibio'r lolfa. Ella.

Cododd Jackie ei phen ac edrych ar y teledu. Roedd 'na ryw raglen gwis yn mwmian a dau chwaraewr yn trio'u gorau glas i ennill gwyliau gan osgoi cael eu trochi mewn sleim. Trodd hi i edrych ar Simon ymhen ychydig a'i weld o'n rhythu ar ei ffôn ac yn llowcio'i gan o Fosters am yn ail.

Ai dyma eu byd? Roedd y ddau, a'r plant o ran hynny, wedi llithro i rigolau penodol. Rhigol-slipars-meddal oedd un Simon. Rhigol-rhwystredigaeth-dawel oedd un Jackie. Roedd hi wedi sylwi ar yr ymbellhau a ddigwyddodd rhwng y ddau yn ystod y misoedd diwethaf. Llai o sgwrs. Llai o decstio. Llai o holi sut oedd y naill a'r llall. Llai o falio mewn difri. Llai o ryw hefyd. Byddai'r ddau wrthi ryw dair gwaith yr wythnos, fel arfer. Ond yn ddiweddar, lwc fyddai cael un noson o gnychu mewn pythefnos. Ac nid caru oedden nhw. Ffwcio. Mynd drwy'r mosiwns a ffinito.

Edrychodd arno: ei wallt yn teneuo o gylch ei gorun; ei wyneb wedi twchu tipyn, a'r blewiach mân yn cuddio'i ên.

Oedd, roedd rhyw yn bwysig, ond roedd ganddi bethau eraill, pwysicach o lawer yr hoffai eu rhannu ag o. Rhiannon. Y llofruddiaeth. Y peryg roedd hi a Cara a Lowri yn ei wynebu. Er bod pethau'n ymddangos yn eithaf 'normal', ar wahân i ambell ddigwyddiad 'od', roedd ofn yn fwgan amlwg yng nghartref Jackie, a wyddai neb arall oedd yn byw dan yr un to â hi am ei fodolaeth.

Wedyn, dechreuodd hi feddwl. Cofio'n ôl i ddyddiau'r canlyn. Roedd y ddau wedi mopio'n lân efo'i gilydd yn fuan iawn. Gweithio mewn siop bapur roedd Jackie ac yntau'n gweithio mewn hen blasty oedd wedi'i droi'n fflatiau. Naci, yn apartments iff iw plis. Cofiai'r hen siswrn o ddynes yn cywiro Jackie gan edrych ar hyd ei thrwyn y bore hwnnw. Ond dyna pryd y cyfarfu'r ddau, ac ar ôl ychydig ymweliadau â'r siop, gofynnodd Simon a hoffai Jackie fynd am beint rywbryd. Wel, doedd y geiriad ddim wedi'i phlesio'n llwyr. Mynd am beint, ia! Fel bod o'n siarad efo un o'r hogia, 'tasa fo'n medru Cymraeg, ond fe wyddai hi beth roedd o'n ei olygu. Ac aethon nhw am sawl diod yn y Bull. Treuliodd y ddau oriau yng nghwmni'i gilydd yn malu awyr ac yn dweud pethau mawr. Buan y daeth y cyfarfodydd hynny'n rhai cyffredin, a chydag amser, dechreuodd y ddau ganlyn o ddifri. A charu. Rownd ril. Caru nwydus. Cydio'n dynn a chusanu pob modfedd o gyrff ei gilydd.

Yn ystod y dyddiau hynny hefyd, roedd y syniad wedi'i phlagio. Yr hen syniad y bu'n rhaid iddi weithio'n galed i'w gadw rhag dengid o'i cheg. Roedd hi wedi meddwl rhannu'r gwir hwnnw efo'i rhieni, efo'i ffrindiau, efo hyd yn oed ryw hen lanc oedd yn dod i nôl ei bapur newydd o'r siop bob bore am chwarter i wyth. 'Diolch yn fowr ichi – mi gafoch chi'ch syrfio heddiw gan wrach! Croeso 'ma eto!'

Mi fuasai ei mam a'i thad wedi cael ffit petai hi wedi dweud wrthyn nhw. Mi fuasai ei ffrindiau wedi meddwl mai jocian oedd hi, waeth pa mor daer y byddai'n mynnu mai gwir pob gair. A beth am Simon? Roedd o i'w weld yn hoff iawn ohoni. Mor hoff nes iddo orffen un sgwrs ffôn yng ngwanwyn eu perthynas efo 'love you'. Rŵan, doedd Simon ddim y math o foi i ddweud y ddau air yna'n ysgafn. Mi fuasai'n haws cael ffeifar gan gybydd mewn difri. Ond fe ddywedodd y geiriau – a fo oedd y cyntaf o'r ddau ohonyn nhw i ddweud hynny. Roedd hynny'n ddigon o arwydd i Jackie fod yna rywbeth sylweddol rhyngddyn nhw. Rhywbeth gwirioneddol sbesial.

A bu canlyn, a bu dyweddïad, a bu cyd-fyw, a bu priodi, a bu planta. Ac fe gadwodd hi'n dawel amdani ei hun. Roedd hi wedi meddwl dweud wrtho droeon, wedi meddwl am yr union eiriau, wedi meddwl am yr union le y byddai'n datgelu'r gwir, wedi hyd yn oed feddwl ynglŷn â sut y buasai'n bac-tracio 'tasai pethau ddim yn mynd fel y gobeithiai. Ond nogiai bob gafael. Y bwgan yna – yr ofn yna – yn ei phlagio. Beth petai'n troi yn ei herbyn? Beth petai'n ei thaflu ar ei phen o flaen seiciatryddion? Beth petai'n dweud wrth y byd a'i frawd bod ei wraig o'n medru cerdded drwy waliau a hithau ddim yn farw?

Roedd hi'n unig, a dweud y gwir. Pan oedd yn blentyn, a hithau'n 'wahanol', roedd hi wastad fel brechdan ham mewn picnic figan. Yn ei harddegau, a hithau efo cylch go eang o ffrindiau, roedd hi wastad 'bach yn od; but we love you all the same, 'de!' A hyd yn oed efo Simon. Pan fyddai'r ddau ym mreichiau'i gilydd ar ôl y caru cyffrous – caru cynnar yn eu hanes – teimlai fel petai wedi'i llyffetheirio. Yn methu cweit cyrraedd y man gwyn man draw. Yr union fan lle na fyddai cyfrinachau rhyngddyn nhw.

Dyna'r union reswm pam y cymerodd hi at Rhiannon mor ofnadwy. Nid mewn ffordd garwriaethol. Er, fe wnaeth hi amau am chwarter eiliad beth yn union oedd y teimlad cynnes 'ma oedd ganddi tuag at y wrach. Ond buan y deallodd mai gwir gyfeillgarwch oedd y teimlad – chwaeroliaeth arbennig.

Gweithio yn y siop bapur roedd Jackie a Rhiannon wedi galw heibio am bapur newydd a bar o siocled: Dairy Milk. Ei ffefryn a hoff un Jackie hefyd. A dechreuwyd sgwrs am ragoriaethau lu Dairy Milk o'i gymharu â Galaxy. Sgwrs ysgafn rhwng dwy a fuasai'n dod i nabod ei gilydd yn well na phâr o ffrindiau cyffredin. Ffarweliodd y ddwy a dyna fuodd. Ychydig ddyddiau'n ddiweddarach, daeth Rhiannon i'r siop eto, roedd hi'n gweithio yn yr ardal, meddai hi. A dyma'r ddwy'n siarad – siarad am ryw chwarter awr, cyn i Rhiannon ofyn a hoffai Jackie fynd am baned rywbryd. Heb oedi dim, cytunodd Jackie.

Cwrddodd y ddwy mewn caffi yng nghanol Bangor (y lle wedi cau bellach, fel mwyafrif caffis a siopau'r stryd fawr). Trafododd y ddwy'r tywydd, gwaith ei gilydd; soniodd Jackie am y plant (dau ohonyn nhw ar y pryd) a soniodd Rhiannon am ei swydd newydd yn y brifysgol.

'Brains 'lly!' poerodd Jackie dros ei phaned. 'Be ti da'n siarad efo fi?!'

A chwerthin llond eu boliau. Aeth y sgwrs o'r naill bwnc i'r llall yn gwbl rwydd, a dyma Rhiannon yn dweud rhywbeth a wnaeth i Jackie deimlo'r bwgan yn bytheirio yn ei chlust.

'Mi dwi'n lwcus fod gen i'r gallu 'ma i synhwyro pobol . . . ac ati.'

Oedodd Jackie a chododd y gwpan wag at ei cheg er mwyn gwneud rhywbeth.

'Ti'n gweld dy allu di'n handi o gwbl?'

Roedd ei chalon yn nhop ei llwnc a blinciodd yn wyllt. Ond doedd Rhiannon ddim i'w gweld yn poeni. Daliai i eistedd gyferbyn â Jackie, ei dwylo wedi'u plethu, a'r wên ddidwyll ar ei hwyneb.

Meddyliodd Jackie droi'r sgwrs neu daflu jôc yn ateb, ''Sgen i'm uffar o allu, dyna pam dwi'n gweithio mewn siop, boi!'

Ond roedd y teimlad a gâi yng nghwmni Rhiannon yr eiliad honno, y gosteg yna, wedi effeithio arni. Wedi tawelu'r bwgan tu fewn ac, wedi pwyso ati, gofynnodd Jackie, 'Sut ti'n gwbo?'

Gwenu a wnaeth Rhiannon, llond ceg o ddannedd gwyn, 'Ma' gen i fwy nag un gallu. A dwi'n medru deud os 'di rywun yn . . . wel, yn sbesial.'

Nodiodd Jackie.

'Dwi'n rhyw fath o metal detector efo gwrachod!' chwarddodd Rhiannon.

'Gwrachod? As in witches 'lly?!' Gwenodd Rhiannon eto gan beri i Jackie ofyn, 'Dyna dwi 'lly?'

Nodiodd Rhiannon fymryn.

'O, grêt!' yn ebwch coeglyd. 'Dwi'n witch.'

'Sy' ddim yn beth drwg, Jackie. O gwbl rŵan.'

Tynnodd Jackie wyneb.

‘’Dan ni’n iawn . . . Ocê? . . . ’Dan ni’m yn od, neu’n weird, neu’n, neu’n . . . ’

‘Boncyrs?’ cynigiodd Jackie.

Chwarddodd Rhiannon.

Ac o’r pnawn hwnnw, theimlodd Jackie ddim yn unig. Roedd ganddi ffrind newydd. Roedd ganddi chwaer wrach. Roedd ganddi rywun y medrai lwyr ymddiried ynddi hi. Wedi rhyw chwe blynedd, ymunodd Cara â’r Cylch, ac roedd y tair fel tair chwaer. Wrth gwrs, doedd Rhiannon a Cara ddim bob tro yn cyd-weld nac yn gynnes iawn, iawn yng nghwmni’i gilydd, ond dyna chwiorydd ichi. Tyndra rhwng tair a wnâi unrhyw beth i’w gilydd.

Wedyn ar ôl i Rhiannon . . . farw, daeth yr hen deimlad yn ôl i fyd Jackie. Roedd y bwgan wedi codi’i ben eto ac yn chwerthin arni. Roedd hi’n dal â meddwl y byd o Cara, ond doedd eu perthynas ddim yr un fath â’i hun hi a Rhiannon. A mwya’n byd y teimlai’r hen fwgan yn cyhwfan o’i chwmpas, mwya’n byd yr ystyriai rannu’r gwir efo Simon. Er mwyn iddi gael rhywun i fedru siarad am bethau ag o. Er mwyn iddi allu rhannu’i phryderon fod ’na ryw lofrudd yn dal â’i draed yn rhydd. Er mwyn iddi, wel, er mwyn iddi gael teimlo rhyw sicrwydd eto.

Daliodd i edrych ar wyneb Simon, ac o dipyn i beth, cododd ei ben.

‘You ok?’

Nodiodd hithau.

Yfodd weddill y can.

Bu saib am ennyd.

‘Fancy a cuppa?’ gofynnodd Simon.

Agorodd llygaid Jackie gryn dipyn cyn iddi ateb, ‘Yeah . . . yeah, go on then.’

‘Great! Bring us back a can with ye’?’

PENNOD 28

Hon oedd ei hoff adeg o'r flwyddyn. Esgus i wario, addurno fel peth gwirion, a gloddesta fel petai fory ddim yn bod. Roedd hi wedi tynnu'r trimins i'r fei y noson gynt (handi eu bod nhw wedi eu cadw o dan y gwely), a fu hi'n ddim o dro yn eu gosod yn ddestlus ar y llawr yn gyntaf er mwyn gwirio fod popeth yno cyn dechrau ar yr addurno o ddifri. Gosododd dinsel ar hyd y silffoedd ac o gwmpas gwaelod y lamp. Piniodd y rhuban goch a gwyrdd o un pen i'r stafell i'r pen arall. Blw-taciodd seren blastig uwchben y ffenest. Yna, gosododd y goeden. Prynodd un iawn eleni – y tro cyntaf erioed. Dododd y bôbyls coch ac aur o Fron Goch yn ofalus ar y brigau. Taenodd ddau linyn tinsel yn sgarffiau am y goeden – yn goch ac yn aur eto. Crogodd res o fîds coch yn daclus cyn gosod y goleuadau aur yn fwclis cynnes am y binwydden. Perffaith. Byddai'n destun edmygedd ac eiddigedd y sawl a basiai heibio'r fflat.

Coeden-fach-bob-lliw yn eistedd yn y ffenest yn unig oedd gan Cara. Roedd hi wedi synnu o weld cyn lleied o ymdrech a wnaeth Cara, yn enwedig â'i gweithle wedi mynd i hwyl go iawn: coeden reit wrth y fynedfa, arwyddion calonogol o gwmpas y siop, a sawl un ar y tils yn gwisgo hetiau Siôn Corn. Ond doedd Cara ddim yn Grinch o bell ffordd, casglodd. Fedrai hi ddim bod.

Y Dolig oedd ei hoff adeg. Heb os. A byddai'n mynd am dro fin nos yn aml yn ddiweddar hefyd er mwyn gweld y goleuadau bob lliw wedi'u lapio am dai, y ceirw trydan a'r Siôn-Corn-bochau-cochion yn chwifio mewn gerddi, a'r coed yn goleuo stafelloedd sawl tŷ. Hyfryd. Oedd, roedd hi'n euog o ffoli ar fateroldeb yr ŵyl fodern. Person trist drybeilig fuasai ddim, mynnai.

Cerddodd ymlaen â chamau sionc. Cerddoriaeth yn llenwi'i chlust a hymian caneuon yn dilyn pob cam. Roedd yna sawl albwm Dolig ar ei ffôn, *Now That's What I Call Xmas!*, *Christmas Tunes*, *Merry Crimbo*, a *Carols of the Season*, er mwyn cael mymryn o'r diwylliannol-deimladol yng nghanol yr hwyl. Gwenodd hithau wên lydan a nodiodd ar ambell un a gerddai heibio, a dywedai 'Helô' neu 'Meri Crismas' wrth eraill.

Doedd y Dolig ddim yn bwysig pan oedd hi'n iau, a nhwythau heb fawr o incwm, a'i rhieni'n ddigon anwadal. Treuliai'i thad ei ddyddiau yn labro efo cwmni y bu'n llafurio iddyn nhw ers bron i ugain mlynedd, ac yntau'n dal i dderbyn yr un cyflog pitw, ac fe wariai dipyn go lew o hwnnw yn siop Bob's Bookies. Gwraig tŷ oedd ei wejen. Nid hi oedd mam iawn y ferch. Menyw Arall oedd hi. Y Fenyw Arall a gadwai'r tŷ fel pìn mewn papur. Yn wir, roedd y cartref yn debycach i ryw dŷ sioe mewn catalog. Tŷ twt a menyw dwtiach – â'r un blewyn o'i gwallt brown (a gâi ei liwio unwaith bob mis am ei bod hi wedi gwynnu ers pan oedd yn wyth ar hugain oed) o'i le. Felly fuasai fiw meddwl cael coeden go iawn, ddim efo hen nodwyddau'n sarnu'r llawr. Na, coeden fach blastig a gafwyd. Nad oedd yn goleuo. Ond a oedd ag angel cam ar ei phen. Cofiai fel yr oedd yn ferch ifanc ac iddi feddwl mai fersiwn fach o'r Fenyw Arall oedd yr angel oedd yn chwifio'i adenydd ar frig y goeden. A byddai'n damio wrthi'i hun, gan mai seren aur oedd i fod ar ben coeden. Nid angel. A gwnaeth addewid iddi'i hun y byddai'n cael coeden go iawn ac yn ei choroni efo seren aur pan fyddai'n hŷn. A dyna a wnaeth eleni.

Sylwodd ar y goleuadau uwchlaw, fel rhesi o bethau da'n tywynnu. Er ei bod yn ganol dydd, daliai'r goleuadau i wincio'n gyfeillgar wrth iddyn nhw igam-ogamu i lawr y stryd fawr. A dilynai hithau'r goleuadau heibio'r cloc yn y canol oedd â rhwyd o oleuni'n gorchuddio tair ochr ohono. Dyna ryfedd, meddyliodd; bod y Cyngor wedi gofalu addurno tair ochr o'r cloc ac wedi gadael un yn wag. Ella eu bod nhw wedi rhedeg allan o bres? Ella fod y bedwaredd rwyd wedi'i rhwygo yng nghefn y fan? Neu ella fod 'na rywun yn y Cyngor oedd yn ffansïo'i hun fel rhyw ddecoretyr ac yn meddwl y byddai gadael un ochr yn wag yn drawiadol? Neu'n symbolaidd?

Camodd hithau heibio'r cloc a cherdded am y caffi, ei sodlau'n clecian â phob cam. Daeth hogyn a hogan yn eu harddegau o'r Costa a daliodd yr hogyn y drws yn agored.

'Diolch, cyw,' meddai wrtho.

Chymerodd hi ddim sylw o'r ffaith fod y ddau wedi edrych yn hir i'w chyfeiriad wrth iddi eu pasio a chamu'n dalog i mewn i wres y caffi.

Roedd ambell un arall yn edrych i'w chyfeiriad. Gwenodd hithau ac aros ei thro. Roedd y ddau oedd y tu ôl i'r cownter yn symud ffwl-sbid i wneud paneidiau, estyn mins peis, teisen siocled, myffin llus. Gwenodd hithau eto. Dyna air nad oedd hi wedi meddwl amdano ers blynyddoedd – 'llus'. Aethai i hel llus efo'i mam-gu ryw dair, bedair gwaith pan oedd hi'n iau. Cyn i'r dementia gydio ynddi, a'i throi'n ddieithryn o ddynes dros nos. Dechreuodd y dagrau gronni, ond gwenodd hithau hyd yn oed yn lletach, a chwarddodd wrth weld y ddynes o'i blaen yn derbyn sleisen nobl o deisen siocled.

'A second on the lips,' meddai'n gryg o lawen.

Edrychodd y ddynes i fyny arni ac ysgydwodd hithau'i phen, cribo cudyn y tu ôl i'w chlust (gan wneud sioe o'r coed Dolig oedd yn crogi o'i chlustiau), a chwerthin yn ysgafn eto.

Ei thro hi nawr. Coffi. Nage. Ie. Www, na. Mae hi am fod yn ddrwg. Wel, on'd yw hi'n Ddolig?!

'If a girl can't treat herself now, when can she?!' datganodd, gan dynnu sylw'r sawl oedd yn eistedd nid nepell oddi wrthi. A bodlonodd. Siocled poeth efo joch o sinamon a mins pei gynnes yn gwmni i fynd, os gwelwch yn dda.

Nodiodd y boi tu ôl i'r til. Yna gofynnodd, 'What's your name?'

Ymsythodd ryw fymryn – gwneud ei hosgo'n gadarn. Cipedrychodd ar y ddynes wrth ei hochr. Edrychodd ar y boi tu ôl i'r cownter, yna, ar y gwpan yn llaw'r hogan oedd am baratoi'r ddiod, yna'n ôl at y boi. Cliriodd ei gwddw, ac mewn llais sicr o dawel, atebodd, 'Cara'.

Nodwyd yr enw ar y gwpan bapur.

PENNOD 29

Bu Lowri'n sefyllian am sbel. Yn cicio'i sodlau ac yn edrych i gyfeiriad rhif 25. Trigfan. Doedd hi ddim yn un dda am ysbïo. Pe bai rhywun arall yn ei gwylio, fe allen nhw fod wedi ffonio'r heddlu'n hawdd a dweud fod 'na hogan ysgol yn hofran ger y tŷ lle bu trasiedi. Ond doedd dim angen iddi boeni. Gan mai fo oedd yn ei gwylio. Yn edrych arni'n edrych yn ansicr. Yn chwarae efo llewys ei chôt, yn rhwbio'i thrwyn efo'i llaw dde yn weddol aml, cyn cofio'n sydyn ei bod yng ngolwg y byd a'i fam, ac yn mentro symud. Cerdded ar hyd y pafin. Ond roedd hi'n lwcus mai fo oedd yn ei gwylio 'tasai hi ond yn gwybod.

☽○☾

Edrychodd ar ei ffôn: 15:32. Rhyw ddeng munud eto. Deng munud ac yna . . . beth? Ni wyddai. Ond deng munud nes iddi weld rhywbeth. A phwy a ŵyr beth ddeuai o'r rhywbeth yna? Cadwodd ei ffôn ac wrth wneud, fe ddirgrynodd. Agorodd y neges. Gwyn. Eto. Roedd o fel y ddannodd efo hi'n ddiweddar. Byth ers i honna, Gwen, beidio â chadw at ei gair a mynd efo'r ddwy ast yna o'r ysgol, ac wedyn anwybyddu Lowri yn y gwersi Saesneg ac yn y stafell gyffredin, roedd Gwyn wedi bod yn cysylltu efo Lowri'n amlach. Bob dydd, deuai neges ganddo ben bore: 'Wela i d'n ysgol x'. Yn ystod y dydd: 'Mor bord. Tisio neud rwbath wedyn? x' A chyda'r nos: 'Nos da Lows xx.' Roedd hi'n lwcus o'i gael, meddyliodd. Roedd ei galon yn y lle iawn ac roedd o'n hollol wahanol i Tom. 'Self-centered' oedd y gair a ddeuai i'w meddwl pan feddyliai am Tom. Lowri oedd yr un a fuasai'n cysylltu ag o gyntaf, bob tro. Lowri oedd yr un a fuasai'n awgrymu gwneud rhywbeth yn ystod y penwythnos. Lowri oedd yr un wirion a fuasai'n rhoi alibi iddo ar gyfer ei rieni pan fyddai'n mynd efo'r grŵp i gigio mewn llefydd doji – os mai gigio roedd o. Na, roedd Gwyn yn wahanol, ac fe ddywedodd rywbeth ddydd Sadwrn diwethaf a drawodd Lowri fel ton gaseg.

Yn Costa roedden nhw, ar ganol eu paneidiau. Hi'n brysur yn bwyta'i theisen foron ac yntau eisoes wedi llowcio'i frowni. Roedd 'na gerddoriaeth Nadoligaidd yn dôn gynnes yn y cefndir. A dyma Gwyn yn estyn ei law a chyffwrdd yn ei llaw hi. Roedd hi newydd wthio darn go fawr o'r deisen i'w cheg, felly na, doedd y foment honno ddim yr un fwyaf rhamantus. Ond gwenodd arni a dweud, 'Dwi'n rili licio chdi 'sti.'

Nodio'n fud a wnaeth Lowri cyn gwneud sŵn i gydnabod ei sylw. Diolch iddo. Aeth ati wedyn i gnoi fel peth gwirion a llyncu cynnwys ei cheg.

'A 'na i'm gadal i neb neud dim byd drwg i chdi.'

Llyncodd Lowri'n drwm a daeth gwên denau i'w hwyneb. Roedd 'na ran ohoni na fedrai goelio'r hyn roedd hi newydd ei glywed. Ond fe ddywedodd hynny. Roedd o am edrych ar ei hôl hi. Roedd o am ddweud rhywbeth wrth Gwen. Roedd o am fod yno iddi. Tybed a oedd o'n disgwyl iddyn nhw gymryd pethau i'r cam nesaf? Roedd Lowri'n nerfau byw yn meddwl am hynny, ond roedd rhan ohoni, rhan a dyfodd yn ddiweddar, oedd yn chwilfrydig. Profi'r hyn fuodd sawl cyd-ddisgybl yn ei frolio wrth ei gilydd, er iddi amau lawer tro a fu'r profiadau, os digwyddon nhw o gwbl, mor berffaith ag y mynnid.

Trodd at ei ffôn ac ateb y neges yn sydyn.

Wrth iddi sefyll yno, ar gornel y stad, gwelodd gar du yn gyrru heibio. Fiesta. Cadwodd ei ffôn yn frysiog a gwyliodd y car yn arafu ac yn dod i stop tu allan i rif 25. Bu 'chydig eiliadau cyn i ddrws ochr y gyrrwr agor ac i ddynes ddringo o'r car. Dynes weddol dal yn gwisgo côt law. Ei gwallt wedi'i godi mewn hanner cocyn, hanner cynffon. Ond doedd dim tusw o lilis yn ei dwylo. Ai rhagweledigaeth ar gyfer adeg arall a gafodd Lowri? Fuo'r ddynes yno o'r blaen efo'r tusw? Ai gweld dau ragweledigaeth yn gymysg yn yr un freuddwyd a wnaeth Lowri?

Camodd y ddynes at y giât ac edrychodd ar y tŷ cyn cerdded i mewn i'r ardd. Penderfynodd Lowri gerdded yn araf bach yn nes at rif 25. Gallai weld y ddynes wrth y drws, wedi plannu goriad yn y clo, ac yn raddol, yn camu i mewn i'r tŷ cyn cau'r drws ar ei hôl.

Oedodd Lowri yr ochr arall i'r stryd.

Beth ddylai hi ei wneud rŵan? A ddylai gerdded heibio – yn ôl ac ymlaen eto? Ond i ba ddiben? A ddylai fynd at y tŷ? Cnocio? Fedrai hi ddim gwneud hynny a gofyn, 'Pwy 'dach chi a be 'dach chi'n dda yma?', yn na fedrai?

Arhosodd yn ei hunfan am sbelan fach nes i ddiferyn o law lanio ar ei phen a'i deffro.

Beth petai'n mynd at y giât? Cyffwrdd lle roedd y ddynes wedi'i gyffwrdd? Ella y gwelai rywbeth?

Croesodd y lôn. Sefyll wrth y tŷ. Roedd yn dywyll. Bellach yn gragen o gartref.

Dechreuodd y glaw drymhau.

Estynnodd Lowri'i dwylo at y giât a'u dal uwch ei phen am ychydig. Sganiodd y giât. Dim. Ceisiodd eto cyn cau ei llygaid a gwagio'i meddwl. Unrhyw beth. Unrhyw beth o gwbl. Deisyfai'n dawel weld rhywbeth.

Bu yno am ryw hyd, gan deimlo'i chôt yn gwlychu a'i gwallt yn caglu.

Yna clywodd glo'r drws yn troi. Saethodd ei llygaid yn agored, camodd i'r ochr a chuddio tu ôl i'r llwyn rhosod oedd yn yr ardd drws nesaf. Clywodd glep. Mentrodd edrych, ond gan gadw'n isel, a gweld bag bin wedi'i daflu i ganol yr ardd. Gwelodd dri arall yn cael eu taflu'n ddiseremoni ar ei ôl. Roedd ei chalon yn ei cheg yr ennyd honno; bron â'i thagu. Camodd yn ei hôl ac edrych drwy'r llwyn. Fedrai hi ddim gweld y ddynes yn iawn, ond fe allai weld 'chydig o'i hwyneb. Dim byd neilltuol fel y cyfryw.

Caewyd drws y tŷ.

Cododd Lowri a phenderfynu troi ar ei sawdl. Roedd hi'n socian. Ond dyma hi'n ailfeddwl: fedrai hi ddim mynd rŵan, ddim a hithau mor agos at rywbeth o bwys. O bosib. Roedd hi wedi cyrraedd y tro a arweiniai at y lôn bost cyn iddi droi yn ei hôl. Ar hynny, gwelodd y ddynes yn dod i'r stryd – bagiau bin ym mhob llaw – ac yn camu at ei char. Cyrcydodd Lowri wrth ymyl car cyfagos iddi ac edrychodd. Gwyliodd y ddynes yn llwytho'r bagiau yng nghist ei Fiesta. Dechreuodd y glaw ysgafnu. Aeth y ddynes o'r golwg am 'chydig eiliadau cyn dychwelyd efo dau fag bin arall. Caeodd y gist ac aeth i mewn i'r car. Daliodd Lowri i rythu ar y Fiesta. Gwyliodd y weipars ôl yn symud cyn i'r car gael ei danio, a gyrru o'r golwg.

Be rŵan? Ond fuodd Lowri fawr o dro'n meddwl gan ei bod yn wlyb domen. Cododd ar ei thraed a chymerodd anadl ddofn wrth gamu i ganol y lôn. Erbyn cyrraedd y pafin, roedd ei chalon yn curo. Teimlai fel petai'n cerdded ar hyd traeth gwyllt. Ond o dipyn i beth, camodd drwy'r giât a cherddodd at ddrws y tŷ. Roedd y post wedi'i adael yn y blwch. Dyna ryfedd, meddyliodd. Ond heb oedi, penderfynodd gyffwrdd pob dim wrth law – y drws, y post, y gloch, y ffenest gymylog – pob dim i geisio gweld rhywbeth. Ddaeth dim iddi. Mentrodd hyd yn oed wthio'r drws, ond fe wyddai mai gobaith ffŵl oedd hynny, a'i fod wedi'i gloi.

Camodd yn ei hôl oddi ar y stepen a chraffu'n sydyn ar y tŷ. Sylwodd fod yna giât maint person ar ochr chwith yr adeilad – un a arweiniai i'r ardd gefn, debyg. Fel gwyfyn wrth lygad cannwyll, camodd Lowri at y giât ac o weld nad oedd wedi'i chloi, aeth drwyddi. Be wyt ti'n neud, gwaeddai rhyw lais cwynfanllyd yng nghefn ei phen, ond fe'i hanwybyddodd. Canolbwyntiodd orau y gallai ar ei thasg.

Roedd yr ardd gefn yn dipyn o faint â chwt pren, baddon adar, a 'chydig botiau a fu unwaith yn gartrefi i flodau, ond a oedd bellach â chwyn a gwreiddiau marw yn y golwg, yn llenwi'r lle. Trodd at y tŷ ac aeth yn syth at y drws. Pwyso'i dwylo arno. Ceisio. Ond ddaeth dim. Trodd i'r chwith ac edrychodd drwy'r ffenest. Gwelai focsys wedi'u gosod ar fwrdd y gegin. Ond roedd gweddill y stafell i weld heb ei chyffwrdd, hyd y gwyddai Lowri. Roedd 'na fagiau bin wedi'u gosod wrth y bwrdd, ambell un yn llawn dop. Ond dim byd neilltuol.

Yna gwelodd ddrws blaen y tŷ, drwy'r coridor bach a arweiniai o'r gegin at weddill yr adeilad, yn agor, ac wyneb y ddynes yna'n dod i'r golwg eto. Symudodd Lowri mor sydyn ag y medrai. Ac fe'i trawodd: roedd yna ryw debygrwydd rhwng y ddynes a Rhiannon. Ai chwaer Rhiannon oedd hi? Rhyw berthyn arall? 'Ta ai dychmygu pethau roedd Lowri?

Mentrodd gipedrych drwy'r ffenest a gwelodd y ddynes yn codi'r bagiau bin ac yn ei throi hi am y drws ffrynt. Heb sylwi bron, sathrodd Lowri ar stepen rydd wrth y drws cefn. Cododd honno a glanio efo clep. Shit! Roedd y ddynes yn siŵr o fod wedi clywed. Trodd

Lowri yn ei hunfan, edrych o'i chwmpas, a, heb feddwl, rhedodd i gyfeiriad y cwt. Drwy ryw drugaredd, roedd y drws yn agored.

Pan fyddai'n edrych yn ôl ar ddigwyddiadau'r prynhawn hwnnw, byddai Lowri'n cwestiynu pam yn y byd yr aeth hi i mewn i'r cwt yn lle mentro cymryd y goes; rhedeg drwy'r giât ochr ac am adref. Ond nid dyna a wnaeth. Roedd ei meddwl yn botes berw oedd wedi ei gyrru i guddio yn y cwt yng nghanol y pryfaid cop a'r tŵls. Safodd yno'n ddistaw, yn ceisio'n daer reoli'i hanadl. Aeth pob math o bethau drwy'i meddwl: sut fyddai'n gwybod pryd fyddai'r ddynes wedi mynd? Beth os oedd y ddynes am aros yno'r noson honno? A fuasai'n rhaid i Lowri aros yn y cwt dros nos? Sut oedd y ddynes wedi cael mynediad i'r tŷ? Oedd yr heddlu wedi rhoi'r gorau i'w harchwiliad?

Ymhen rhyw bum munud, a deimlai'n llawer hirach, clywodd y ddynes yn siarad yn yr ardd, ar ei ffôn symudol, mae'n rhaid.

'Do, dwi 'di symud rhei petha ...' mwmiodd ei sgwrs. Ond roedd Lowri eisiau clywed mwy, felly mentrodd symud yn ei blaen a phlannu ei chlust ar ddrws y cwt. Syrthiodd y rhaw y bu'n pwyso arni'n glep yn erbyn y tŵls.

O, shit, shit, ffycin shit!

Camodd yn ei hôl i ganol y 'nialwch, cyn troi i wynebu'r drws. Unrhyw funud a byddai'r ddynes yn siŵr o'i agor, gweld Lowri, ac ella galw'r heddlu.

Plis, na, na, na. Plis. Plis. Caeodd Lowri'i llygaid yn dynn, dynn a gweddïodd ar unrhyw dduw i nadu'r ddynes rhag mynd am y cwt. Ond ofer fu ei hymbiliadau ac agorwyd y drws.

Yno, yn llond y ffrâm, a'i llygaid yn llydan, safai'r ddynes. Edrychodd tu fewn i'r cwt a gweld dim ond blerwch. Edrychodd o'i blaen, i'r ddwy ochr ac uwch ei phen. Mentrodd Lowri agor ei llygaid yn raddol bach. Gwelai'r ddynes, nad oedd yn debyg i Rhiannon erbyn gweld, yn sefyll yn sbio, ac yn gweld neb yno. Edrychodd Lowri i fyw llygaid y ddynes, ond welai hi mo'r wrach ifanc. Sut?

Craffodd y ddynes o gwmpas y cwt eto. Yn y man, caeodd y drws a thywyllodd y cwt drachefn. Be uffar, meddyliodd Lowri. Sut yn y byd nad oedd y ddynes wedi'i gweld?

A bu yno am sbelan go hir yn hel meddyliau, yn cwestiynu popeth. A oedd y ddynes wedi'i gweld ond wedi cymryd piti at yr hogan ac wedi cogio peidio â'i gweld? A oedd y ddynes yn ddall? A oedd y ddynes wedi meddwi ac yn dychmygu ei bod yn gweld rhywun yno? Neu a oedd Lowri wedi llwyddo i wneud rhywbeth? A oedd ganddi allu arall? Ynghyd â rhagweld y dyfodol, a fedrai guddio rhag y presennol? Trodd y cwestiynau fel reid *waltzer* yn ei phen ac yno y bu nes i'r nos dywyllu'n dew. Bryd hynny, meiddiodd agor y drws ac edrych draw i gyfeiriad y tŷ. Nid oedd golau yn yr un stafell, felly daeth o'r cwt a'i heglu hi o'r ardd.

☽O☾

Sgwennodd Lowri'r neges eto a'i dileu. Gwnaeth hynny ryw chwe, saith gwaith. Am ryw reswm, roedd hi'n methu'n lân â ffeindio'r union eiriau. Roedd popeth a ddywedai'n swnio mor annigonol rywsut. Ac yn swnio fel drysfa lwyr. Ond dyna'n union lle roedd hi; ar goll mewn drysfa a dim syniad o'r ffordd i ddod ohoni.

'Nos dawch,' galwodd ei mam o'r ochr draw i'r drws.

''Sdawch,' atebodd hithau.

Wedi rhai munudau'n syllu ar y sgrin, llyncodd ei phoer a theipio'r neges gwta:

Haia. Gawn ni gyfarfod plis? x

A phwysodd *Send*.

PENNOD 30

Caeodd y nyrs y drws ar ei ôl. Edrychodd ar y doctor ac ysgydwodd yntau ei ben, yn chwilio am y geiriau gweddus a oedd fel sioncod y gwair o'i gwmpas. Edrychodd ar y ffolder oedd yn ei law eto, craffu ar y sgwennu traed brain, a chodi'i ben i gyfeiriad y nyrs.

'Mae'n weddol . . . Wel, mae'n eitha difrifol, 'swn i'n deud.'

'Smo ddi wedi bwyta'n iawn ers dyddie nawr,' meddai'r nyrs.

'Y cyfan ma'i'n neud 'di sbio drw'r ffenast. A tydi'm yn cysgu llawar,' meddai'r nyrs hŷn.

'Ia, wel . . . Ac ma'r ffaith fod hi . . . ' Cloffodd y doctor gan graffu ar y nodiadau. 'Dydd Mawrth ddaru hi ddechra efo'r persona newydd 'ma?'

'Ie, 'na fe. Wedodd hi bod ni'n lwcus nad o's anifeiliaid fan 'yn neu fydden ni ddim yn diogel,' meddai'r nyrs iau.

''Di'm 'di sôn dim byd am fflio ar broom na'm byd fel'a. Wel, eto, anyway.'

'Ond ma' ddi wedi thretno ddigon. Gweud y bydd 'na . . . y bydd 'na bethe yn digwdd i ni.'

Nodiodd y doctor ei ben yn ddwys ac wedi ennyd fer, trodd ar ei sawdl, a dilynodd y ddau nyrs.

Arhosodd Elfair yn y gadair feddal oedd yn wynebu'r ffenest. Roedd yr ardd yr un fath ag yr oedd hi'r diwrnod cynt, a'r diwrnod cyn hynny, a phob diwrnod arall y bu hi'n gaeth yno. Ond fe allai weld pennau'r mynyddoedd a'r rheiny'n newid o ddydd i ddydd. Yn las ifanc un diwrnod ac yna wedi heneiddio dros nos. Roedd y mynyddoedd i weld wedi'u hysgeintio gan eira'n aml y dyddiau diwethaf, a hynny'n ddim syndod – y gaeaf wedi hen ymgartrefu yng ngogledd Cymru.

Fe fyddai, fel arfer, yn gofalu rhoi diod i'r adar a alwai heibio. Yn robinod, jac-y-do oedd heb glwydo, a phob math o adar mân, brown a brith. Byddai'n rhoi bwyd iddyn nhw hefyd. Mater bach fyddai piciad i Fenllech neu i Langefni, mynd i'r siop anifeiliaid anwes neu'r siop fferm, a phrynu llond bag o hadau yn frecwast i'w gwesteion. Byddai'r buarth yn brysur, rhwng ymweliadau'r adar hynny, y cathod a'r ieir yn cerdded yn sionc i gadw'n gynnes, a'r cŵn yn cysgu'n fodlon yn y sgubor.

Roedd hi wedi bod yno ers diwrnodau. Bron i fis, roedd hi'n sicr. Mis o fod ymhell o adref. Ymhell oddi wrth ei byd. Ymhell oddi wrth ei hanifeiliaid. Duw a ŵyr sut olwg fyddai ar Fryn Bwgan: doedd yr ieir heb eu cadw yn eu cytiau; gobeithio i'r nefoedd nad oedd yna lwynog wedi taro heibio. Fe fyddai'r cathod yn iawn – yn ddigon abl i ganfod bwyd ar eu cyfer eu hunain. Ond y cŵn a chwaraeai'n bennaf ar ei meddwl. Roedd y ddau wedi'u cau yn y sgubor. Roedd ganddyn nhw gafn llawn dŵr – un a gâi ei lenwi gan y glaw oddi allan ac a lifai i mewn i'r sgubor – felly diolch i'r drefn fod Ifan y Glaw wedi mynd i hwyl yn ddiweddar 'ma. Ond byddai'r ddau'n siŵr o fod ar lwgu.

Soniodd am hynny. Bob awr am ddyddiau nes ei bod hi'n gryg. Nes bod ei dagrau'n hollti'n sych ar ei grudd. Ond doedd waeth iddi heb: doedd neb yn gwrando arni. Roedd y nyrsys a'r doctoriaid, a oedd yn newid fesul diwrnod bron, yn siarad efo hi fel petai'n hogan fach oedd wedi gwlychu ei hun. Esgus gwrando fydden nhw – ei hiwmro er mwyn trio cadw'r claf rhag gwylltio'n waeth.

'Ie, wy'n deall.'

'Ia, ia, wn i.'

'Mhm, dwi'n dallt.'

Bu hynny'n ddigon i Elfair. Cyrhaeddodd ben ei thennyn un pnawn a gwaeddodd arnyn nhw, 'Dwi'n wrach, 'dach chi'n dallt hynna?!'

A nodio'n fyfyrgar a wnaeth y nyrs pengoch.

Aeth Elfair ati wedyn i ddweud wrth bob nyrs, doctor, seicolegydd, a phob un wan jacson a feiddiai ddod ar ei thraws, ei bod hi'n wrach. Dywedodd wrth rai o'r cleifion hefyd ac roedden nhw'n ymateb mewn un o ddwy ffordd fel arfer: un ai'n nodio ac yna'n symud rhyw droedfedd neu ddwy oddi wrthi, neu'n ei chefnogi'n frwd – yn awgrymu ella eu bod nhwythau'n wrachod – ac yn galw arni i ddefnyddio ei galluoedd i'w rhyddhau nhw i gyd o'r carchar yma a elwid yn ysbyty.

Fe gafodd sesiwn ddwys efo seicolegydd echdoe. Dyn ifanc â sbectol drwchus ar flaen ei drwyn.

'A pha fath o *wrach* ydach chi'n ystyried eich hun i fod?'

Craffodd Elfair o'i gorun i'w sawdl gan feddwl mai prin allan o'i glytiau roedd y ceiliog dandi yma.

'Un sy'n medru siarad 'fo anifeiliaid.'

'Mhm, dwi'n gweld.'

Ac aeth y sgwrs yn ei blaen, wel, y cyfweliad, er na chymerai o ddim byd a ddywedai hi o ddifri.

Gadawodd y seicolegydd a'r nyrs y stafell, a'i gadael hi yno'n mwydo yn ei 'ffantasïau'. Creu rhyw realiti 'amgen' roedd hi wedi'i wneud, meddai'r nodiadau yn ei ffeil. Creu sefyllfa lle roedd ar rywrai ei hangen hi. Roedd hynny'n weddol gyffredin ymysg pobl unig. Nid eu bod yn tueddu i'w hystyried eu hunain yn wrachod, ond eu bod yn canfod rhywun neu rywrai a oedd wir eu 'hangen' mewn ffordd benodol.

Craffodd Elfair ar yr ardd. Roedd 'na frân wedi hedfan i ganol y gro, yn chwilio am fwyd, mae'n debyg. Yna, gwelodd ddynes ifanc, gwallt cwta, mor denau fel y gellid gweld ei hasennau drwy'i chrys-T, yn camu'n araf deg bach at y 'deryn, ond sylwodd y frân, a neidiodd oddi wrth y ddynes. Cyflymodd hithau'i chamau ac, ar hynny, esgynnodd y frân a hedfan oddi yno.

Fe wnâi Elfair unrhyw beth am allu magu adenydd a chodi i'r entrychion – yn yr un modd. Nofio yn yr awyr dros y Fenai, uwchben caeau gwastad yr Ynys, a glanio'n ofalus ym muarth Bryn Bwgan. Gweld yr anifeiliaid i gyd wrth iddyn nhw ddod i'w chyfarch. Agor drws y sgubor a rhoi mwythau mawr i'r ddau gi. Mynd am y tŷ wedyn, gwneud paned o de a thafell o dost efo menyn yn drwch arno. Fe wnâi unrhyw beth am hynny rŵan.

Agorodd y drws o'r tu ôl iddi ond throdd hi ddim i'w gyfeiriad. Clywai ddau yn sisial efo'i gilydd er na fedrai ddeall gair o'r hyn ddywedon nhw. Arhosodd yn ei chadair a chaeodd ei llygaid. Fe âi yn ei hôl i'r tyddyn rŵan. Anwybyddu'r cnoi garw ym mhwll ei stumog. Anwybyddu'r synau a ddeuai o'r stafelloedd o'i chwmpas. Anwybyddu'r ddau – y nyrsys neu'r nyrs a'r doctor neu bwy bynnag ddiawl oedd yno. Fe âi adra y tu ôl i'w llygaid. Am ryw hyd eto.

PENNOD 31

Roedd Jackie i fod yn glanhau y pnawn hwnnw. Roedd Mrs Roberts-Hughes wedi gofyn iddi newid o ddydd Mawrth i ddydd Mercher am fod ganddi gyfarfod efo Deiniol's Darlings. Diolch i'r drefn, roedd hi wedi fflonsio. Aeth Jackie ati i gysylltu efo Mrs Roberts-Hughes bob dydd ar ôl y gyda'r nos hwnnw pan oedd yr hen wraig yn giami. A throdd yr alwad ddyddiol yn ddisgwyliad gan Musus Âr-Aitsh. Ond doedd Jackie ddim yn meindio mewn difri. A dweud y gwir, teimlai'n eithaf hapus fod 'na rywun yn ddiolchgar iddi am ei chonsýrn.

'Is she paying you for these calls? Phone's not free like,' oedd sylw Simon pan gododd Jackie oddi wrth y bwrdd un bore, wedi gwneud brecwast llawn i'w gŵr. Fyddai hi ddim yn gwneud fel arfer – nid oedd yn forwyn fach ufudd iddo – ond roedd y diwrnod hwnnw'n wahanol â Simon yn byrthde boi. Ei anwybyddu a wnaeth Jackie, wrth gerdded o'r gegin efo'i ffôn symudol yn ei llaw.

'I pay for my own phone anyway,' mwmiodd dan ei gwynt.

A bu ar y ffôn efo'r hen wraig am ryw chwarter awr yn ychwanegol y diwrnod hwnnw er mwyn tynnu blewyn o drwyn ei gŵr. Ac fe lwyddodd. Roedd Simon fel petai'n dathlu'i ben-blwydd yn bump oed ac nid yn bum deg, gan iddo ddechrau gwneud sŵn yn y gegin – agor a chau cypyrddau efo clep, gwneud i'r llestri glindarddach, a throi sain y radio i'r entrychion gan orfodi Jackie i ddarfod y sgwrs.

Roedd Mrs Roberts-Hughes wedi prynu presant ar ei gyfer hefyd. Cyfflincs arian efo patrwm rhaw-dec-o-gardiau. Arian go iawn hefyd – nid cyfflincs cogio – a'r rheiny'n wincio.

Fe'i trawyd yn fud ar ôl iddo agor y bocs. Gwenodd Jackie'n gynnes oddi mewn, ond surodd ei hwyneb pan welodd Simon yn nodio, yn gwneud rhyw sŵn gyddfol, ac yna'n gollwng y bocs i ganol ei blât hanner gwag.

Bu'n dynnu dant o ddiwrnod. Fyntau'n disgwyl cael diwrnod i'r brenin a hithau i fod ar alw iddo. Roedd o'n hoffi hynny. Yn wir, roedd ganddo ffetish am wisgo i fyny, yn yr hen ddyddiau beth bynnag, a'r hyn fyddai wedi'i fodloni go iawn fuasai gweld Jackie wedi ymbincio fel *French maid*. Wel, *mother superior* o ddynes gafodd o'r diwrnod hwnnw, a honno'n un ddidrugaredd tan y gyda'r nos, pan fu'n rhaid iddi roi heibio'i haddewid am ddiweirdeb, gorwedd ar ei chefn a meddwl yn gynnes am Gymru, ac anrhegu'r byrthde boi. Ymbalfalodd Simon, ac yntau wedi bod allan efo'r hogiau ac yn drewi o lagyr, gan ddringo ar ben ei wraig, hyrddio, a methu'r darged yn llwyr. Bu'n rhaid iddi fod ag amynedd Job y noson honno, a'r cyfan a aeth drwy'i meddwl oedd sut roedd o wedi gollwng y bocs cyfflincs mor ddi-ots i ganol y melynwy oedd wedi dechrau crachu ar y plât. Ochneidiodd Jackie ar ôl iddo gyrraedd ei nod a syrthio'n glewt ar ei ochr mewn cwsg meddw.

O gofio rhyw bethau felly, byddai cydwybod Jackie yn pigo, ac felly roedd pethau'r pnawn hwnnw. Ymddiheurodd yn llaes na fedrai fynd draw i lanhau gan fod 'na rywbeth pwysig wedi codi. Fyddai fiw iddi ddweud wrth yr hen wraig yn union beth oedd 'y peth pwysig' hwnnw, ond addawodd y byddai'n galw heibio drannoeth.

Roedd hi ar bigau mewn difri. Cledrau'i dwylo'n chwysu a'i thalcen yn berlau sgleiniog. Roedd y dydd yn gafael ond roedd Jackie fel ffwrnais yn sefyll tu allan i'r ysgol. Allai hi ddim peidio â meddwl ei bod wedi gwneud camgymeriad. Ar ôl iddi dderbyn y neges gwbl annisgwyl gan Lowri, cysylltodd Jackie'n syth efo Cara. Gwrandawodd hithau'n astud, yn cael trafferth credu'r peth. Buon nhw wrthi am bron ugain munud yn trafod beth y dylent ei wneud a sut y dylent ymateb. Yna, gofynnodd Cara yn lle roedden nhw am gyfarfod Lowri. Bu saib. Cymaint o saib nes i Cara orfod gofyn, 'Helô?'

'Ia, dwi dal 'ma . . . Jyst meddwl o'n i . . . '

'Ia?'

'Wel, w'sti, efo sud ma' petha 'di . . . w'sti . . . '

''Sgen i'm syniad am be ti'n sôn, Jackie.'

'Wel, jyst meddwl ella y basa'n well . . . ella i fi fynd 'yn hun?'

Bu saib arall a hynny'n gorfodi Jackie i ofyn, 'Helô?'

Roedd mymryn o fin yn y geiriau nesaf, 'Ia, iawn 'ta. Ond gwna dy ora i'w pherswadio hi. Iawn?'

Felly y buodd. Ac roedd ei brest yn loÿnnod-byw-wedi-gwylltio yr ennyd honno. Ella y dylai fod wedi gadael i Cara ddod hefyd; wedi'r cyfan, yn naturiol, hi oedd prif wrach nesaf y Cylch. Feiddiai Jackie ddim meddwl amdani hi'i hun yn y rôl honno. Doedd ganddi ddim yr hyn roedd ei angen i fod yn arweinydd. Er mai hi oedd yr hynaf o'r gwrachod oedd yn weddill, doedd hynny'n golygu dim.

'Yr hen a ŵyr,' cofiai ei thaid yn dweud wrthi ryw dro, a hithau'n gofyn:

'Wel, be 'di capital Awstralia 'ta?'

A wyneb ei thaid yn syrthio fel deilen o goeden.

Ond yr eiliad honno, roedd hi'n sicr. Cara oedd yr arweinydd naturiol. Fe allai wneud penderfyniadau mewn chwinciad, yn wahanol i Jackie, a dreuliodd – heb air o gelwydd – ryw ddeng munud go dda yn Asda yn methu'n lân â phenderfynu pa rawnfwyd i'w brynu echdoe. Corn Flakes, Shreddies, Cheerios, Frosties, All Bran . . .? Na, Cara oedd yr un. Hi fyddai'n gallu arwain y Cylch, ac fe gefnogai Jackie'n dawel.

Bu bron iddi neidio o'i chroen pan glywodd 'Haia?' tu ôl iddi.

Safai Lowri wrth ei hymyl, ei phen wedi plygu fymryn a'i dwylo'n chwarae efo llewys ei chôt.

Roedd pob modfedd o Jackie'n dweud wrthi am gydio yn y ferch a rhoi andros o hyg-ers-tro iddi, ond gwnaeth ei gorau glas i'w ffrwyno'i hun.

'Haia, ti'n ok?' gofynnodd.

Nodiodd y ferch, cyn ychwanegu, 'Ish, 'de.'

Nodiodd Jackie ei phen gan ddamio'i hun yn dawel – blydi hel, roedd y ddwy fel y ddau *nodding dog* ar y *dashboard* yn fan Simon. Ond sylwodd ar Lowri'n edrych heibio iddi ac yn gwylio hogan yn cerdded heibio – gwallt melyn yn llenni dros ei hysgwyddau. Sylwodd hefyd ar lygaid Lowri. Llygaid-gweld-eisiau-rhywbeth. Neu rywun. Bu hynny'n ddigon o sbardun i Jackie. Ac mewn llais harti, dyma hi'n gofyn, 'Ti 'di dod â dy sgidia cer'ad?!'

Edrychodd Lowri ar Jackie, ei llygaid yn wag wrth iddi brosesu'r geiriau. Plygodd ei phen yn syth wedyn i edrych ar ei thraed. Roedd hi'n gwisgo esgidiau â sawdl-garreg-lefn.

'Duwcs, fy' di'n champion!'

Cerddodd y ddwy ar hyd y lôn am ryw hyd, yn trafod y pethau saff y mae pobl yn eu trafod – ysgol, gwaith, rhaglenni teledu; hyd yn oed y tywydd. Roedd hynny'n chwithig ar y naw. Doedd Jackie ddim y math o ddynes i ddechrau sgwrs efo 'Tydi'n dywydd?!' A doedd Lowri yn sicr ddim yn un i wneud sylw fel, 'Mae hi wedi bod yn oer iawn ers dipyn o ddiwrnodau. Ella fydd 'na eira cyn bo hir.' Ond dyna'n union a wnaeth y ddwy. Siarad gwag wrth ddawnsio o gwmpas y Broblem neu'r Sefyllfa neu'r Union Beth Roedd Lowri Eisiau Ei Drafod.

Aeth y ddwy drwy'r goedwig a dyma nhw'n camu i lain lle gallent weld y Fenai yn agos, a hithau'n gorwedd mewn cwsg bodlon dan y bont. Safodd y ddwy am foment yn edrych ar yr olygfa. Ella bod a wnelo gweld y Fenai'n wincio ar haul prin y gaeaf rywbeth â'r hyn wnaeth Jackie nesaf, neu ei bod hi'n sianelu Cara, yn teimlo'r awydd i wybod yn pwyso ar ei stumog.

'Yli . . . '

'O'n i isio . . .'

Siaradodd y ddwy ar draws ei gilydd cyn stopio a chwerthin yn gynnil.

'Dos di,' meddai Jackie.

'Na, ewch chi,' atebodd Lowri.

'Yli, mi 'dan ni wir yn sori efo . . . wel, efo sud 'nath petha droi allan. Fi a Cara. Mi fysa hi, Cara, 'di dod 'fyd ond o'dd hi'n gweithio heddiw.' Oedodd Jackie'r mymryn lleiaf, yn bradychu'r celwydd roedd Lowri wedi'i synhwyro.

'Na, ma'n iawn . . . onest rŵan . . . '

'Mae o jyst . . . wel, efo bob dim ddaru ddigwydd i Rhiannon. 'Dan ni'm 'di bod yn . . . efo . . . w'sti, yn meddwl yn glir.'

Nodiodd Lowri. Nodiodd Jackie hefyd, yn efelychu'r wrach ifanc oherwydd ei nerfau.

'Ia a . . . '

'Ma' 'na rwbath 'di digwydd . . . '

'O?' Neidiodd y sŵn o geg Jackie heb iddi sylwi bron.

'Dipyn o betha weird a deud y gwir.'

Ac aeth Lowri ati i sôn am y rhagwelediad a gafodd. Yr un pan oedd hi'n effro a'r un a welodd yn ei chwsg. Y ddynes. Gweld y ddynes yn y cnawd wedyn a hithau'n cario pethau o gartref Rhiannon. Lowri'n mynd yno i sbio – i drio cael hyd i atebion, cyn gorfod mynd i guddio'n sydyn wrth i'r ddynes ddod yn ôl, agor drws y cwt o glywed y sŵn roedd Lowri wedi'i wneud, ond wedi dweud dim a heb edrych i wyneb y wrach ifanc.

'Ti'n meddwl fod 'na rwbath am y cwt 'na?'

Oedodd Lowri am ychydig eiliadau cyn awgrymu, 'Neu 'mod i'n medru . . . dw'm 'bo. Mynd yn invisible?'

Edrychodd Jackie i fyw llygaid Lowri a chysgod gwên yn tyfu.

Gwenodd Lowri fymryn yn wantan wrth weld ymateb y wrach hŷn.

'Mi ddudodd hi . . . ' Gollyngodd Jackie chwerthiniad bach, 'Do, mi ddudodd hi!'

Roedd wyneb Lowri'n gwestiwn.

'Rhiannon. Mi ddudodd hi bo chdi'n sbesial. Sbesial iawn!'

Heb feddwl ddwywaith, cythrodd Jackie am Lowri a rhoi andros o hyg iddi. Ildiodd y wrach i'r goflaid, yn teimlo'n anghysurus o gyfforddus yr ennyd honno. Yna camodd Jackie yn ei hôl, cribo'r cudynnau tu ôl i'w chlustiau, 'Sori . . . Sori am hynna.'

Ysgydwodd Lowri'i phen.

'Ti'n meddwl y doi di? Aton ni eto? Mi 'sa Cara a finna wrth ein bodda 'tasa chdi'n gneud. Ond no pressure chwaith, 'de.'

Bu saib am sbelan wrth i Lowri edrych ar y Fenai yn y pellter a chwch ag injan swnllyd yn rhwygo'r tonnau. Ceisiodd Jackie beidio ag edrych ar Lowri, ond crwydrai'i llygaid.

'Dwi'm . . . dwi'm yn meddwl . . . '

Daliodd Jackie'i hanadl wrth i Lowri siarad.

'Dwi'm yn meddwl fedra i ddallt be sy'n ... sy' 'di ...

sy'n digwydd i fi 'ben 'yn hun.'

'So?' gofynnodd Jackie, wedi troi ei chorff i gyfeiriad y wrach iau.

Nodiodd Lowri, ei llygaid yn dal ar y cwch yn ymbellhau.

Gollyngodd Jackie chwerthiniad o ochenaid a bu bron iddi â lapio'i brechiau am Lowri'r eilwaith, ond fe'i ffrwynodd ei hun yn ddigon buan. Ond allai hi ddim ffrwyno'i thafod. Byrlymai, 'Champion 'lly! Mi ga i air efo Cara. Gawn ni neud y seremoni i chdi ymuno 'fo'r Cylch eto. Iawn?'

Nodiodd Lowri'n ysgafn – y cwch wedi mynd o'r golwg.

'Ia, iawn.'

☽○☾

Pam nad oedd Jackie wedi talu'r ddeg ceiniog 'na? Gwaed cybydd, fel y byddai'i thaid yn ei ddweud. Gallai fod wedi prynu bag bach digon del, rhoi'r neges ynddo, a gallu agor a chau drws y tŷ heb ddim problem. Ond na, roedd hi'n gwybod yn well, yn doedd? 'Toedd prosiect Amelia, ei merch ieuengaf, 'Helpu ein Hamgylchedd', yn dal i droi yn ei meddwl? Y ffaith fod 'na gymaint o fagiau plastig yn ymgasglu ac yn lladd anifeiliaid, a'u bod nhw'n para blynyddoedd maith cyn cael eu gwisgo'n ddim. Fe allai ddal i gofio'r llun o'r arth wen â'r llygaid mwyaf-druan-ohonof ganddi. Os rhywbeth, o leiaf roedd Jackie'n helpu'r blaned. Ond yr eiliad honno, a hithau'n trio agor y drws efo teisennau *cream horn* (hoff rai Musus Âr-Aitsh) yn y naill law, torth a llefrith yn y llaw arall, a llond pocedi'i chôt o duniau cwstard (roedd Musus Âr-Aitsh am bobi crymbl afalau ar ôl cael rhai gan un o griw Deiniol's Darlings), roedd hi'n strach i gyd.

Caeodd y drws efo'i choes a galwodd, 'Helô! Musus Âr-Aitsh? Ding-dong, Avon calling! Wel, ding-dong, Asda calling, 'de!'

Aeth Jackie'n syth i'r gegin a dadlwytho'r neges ar y wyrctop. Cadwodd y pethau yn eu priod lefydd a siaradai'n uchel am ba mor brysur oedd hi yn y siop. Trawodd y tegell ymlaen yn y man ac aeth drwodd i'r lolfa.

Doedd yr hen wraig ddim yno. Roedd ei slipars wedi'u gosod yn dwt wrth ei chadair feddal, y *TV Times* a'r teclyn-troi-sianeli yn eistedd ar y bwrdd bach gerllaw, ond dim golwg ohoni hi.

Galwodd Jackie eto, 'Helô!'

Aeth drwodd i'r pasej a galw i fyny'r grisiau. Dal ddim ateb.

Clywodd y tegell yn codi i'r berw.

'Fydd 'na banad yn barod ichi rŵan!'

Trodd Jackie am y gegin cyn cloffi ac edrych i fyny'r grisiau. Meddyliodd. Ailfeddwl. Trydydd feddwl. Yna, mentrodd am y grisiau. Teimlai'n chwithig eithriadol â phob cam, a hithau erioed wedi bod i fyny'r grisiau o'r blaen. Dim ond ar y llawr gwaelod roedd disgwyl iddi lanhau. Doedd dim angen iddi fentro'n uwch.

Gwelodd fod yna fathrwm ar y chwith: roedd o'n wag. Gwthiodd ddrws arall yn agored: llofft sbâr, mae'n debyg; y gwely heb ei gyffwrdd a phopeth fel pìn mewn papur. Gadawodd y stafell honno a'i throi hi am y stafell olaf. Mae'n rhaid mai hon oedd stafell wely'r hen wraig. Roedd calon Jackie yn ei llwnc, yn gwasgu ac yn chwyddo am yn ail.

Curodd ar y drws yn ysgafn, 'Haia . . . Musus Âr-Aitsh? 'Dach chi 'na?'

Roedd hi wedi marw, meddyliodd Jackie. Roedd hi am gerdded i mewn i'r llofft a gweld yr hen wraig yn llonydd mewn cwsg wedi darfod. Brathodd ei thafod ac yn araf deg, gwthiodd y drws yn agored. Camodd drwyddo. Ac yno, yng nghanol y llofft, gwelai'r gwely'n wag. Heb ei gyffwrdd. Camodd Jackie i mewn i'r stafell yn iawn. Roedd sawr yr hen wraig yn llenwi'r lle. Rhyw gymysgedd o wyddfid a rhywbeth arall. Doedd Jackie heb feddwl am y gair yna, 'gwyddfid', ers blynyddoedd. Roedd ei thaid yn un garw am arddio ac fe ddysgodd ei wyres enwau pob mathau o flodau, boed hi'n dymuno neu beidio. Oedd, roedd hi yno, yr hen wraig, ond eto doedd hi ddim.

Trawodd hynny Jackie o'r newydd. Craffodd ar y stafell. Roedd ei slipars-gyda'r-nos yn gorwedd wrth ochr y gwely, llun o'i gŵr yn eistedd nid nepell o'r ochr lle cysgai, mae'n debyg, a llenni'r stafell heb eu hagor.

Trodd Jackie ar ei sawdl a rhedeg i lawr y grisiau.

'Musus Âr-Aitsh?!'

Rhedodd drwy'r gegin i edrych yn yr hances boced o ardd gefn. Dim golwg ohoni yno. Aeth yn ôl i mewn i'r tŷ. Ei chalon yn dyrnu.

Safodd yn chwalu'i phen am ryw hyd, cyn mynd at y ffôn ac estyn llyfr cyfeiriadau'r hen wraig. Dylai ffonio un o'r plant neu ryw berthyn arall. Ella bod un ohonyn nhw wedi dod i weld yr hen wraig, yn gwbl annisgwyl, ac wedi penderfynu mynd â hi am sbin. Wedi mynd am dro i Borthaethwy ella, neu am baned a the bach ym Mrynsiencyn (roedd hi'n hoff iawn o fanno), neu jyst am dro o gylch Bangor.

Bu bron i Jackie â rhegi'r gnawes oedd ar ben arall y ffôn, oherwydd fe daerech mai newydd sôn am fyji ar goll roedd Jackie gan mor ddi-ots oedd ymateb merch yr hen wraig.

'Tydi o'm fath â hi,' meddai Jackie, yn gwneud ei gorau i gadw'r caead ar ben ei sosban o dymer.

'Wel, ella bo hi efo'r petha darlings 'na.'

Y 'petha darlings'. Llyncodd Jackie'r rhes o regfeydd oedd ar flaen ei thafod a darfu'r sgwrs efo'r gnawes yn siort wedi hynny. Yna, cysylltodd â'r mab. Roedd hwnnw'n waeth na'i chwaer. Llo. Dyna oedd o. Hen lo llywaeth o beth yn trio sgubo popeth o dan garped.

'Dwi'n siŵr na jyst 'di mynd am dro i rwla ma'i.'

'Ond 'di o'm fath â hi! Blydi hel, faint o weithia s' rhai' fi ddeud?'

'O, ia, wel . . . ym . . . '

A hithau'n gwasgu'r derbynnydd yn dynn, roedd y caead ar fin syrthio oddi ar ben y sosban.

'Iawn 'ta . . . Wel, dwi am ffonio'r police!'

'O, na, peidiwch â gorymatab . . . '

'Gorymatab?!' gwaeddodd Jackie. 'Ma'ch mam chi'n rwla heb ddim byd am 'i thraed hi,' meddai, wrth sylwi ar esgidiau'r hen wraig wrth y drws ffrynt, 'heb *tablets* hi a heb . . . heb . . . ' Roedd ar Jackie eisiau dweud 'heb 'r un o'i fucking plant yn meddwl sod all amdani', ond ddaru hi ddim. Ymdawelodd.

'O, ia . . . ocê . . . ella 'sa well 'sach chi'n neud hynna,' meddai'r mab.

''Dach chi am ddod yma?'

Bu saib am ychydig eiliadau, yna, dyma'r llo'n rhefru, ''Nowch chi roi gwbod inni be sy'n digwydd?'

Allai Jackie ddim coelio'r hyn roedd hi newydd ei glywed. Berwodd y sosban. Gwasgodd y derbynnydd.

'Helô?' meddai'r llais ar ben arall y lein.

A phwysodd hi'r botwm ar y ffôn i ddarfod yr alwad.

'Fucking waste of space!' gwaeddodd Jackie, yn troi yn ei hunfan dan obeithio clywed yr hen wraig yn gwarafun y fath 'araith'. Ond doedd dim golwg ohoni.

Felly fu hi fawr o dro yn troi'n ôl at y ffôn ac yn deialu am yr heddlu.

Pedair adeg oedd yn dod i'r meddwl. Roedd 'na bedair adeg erioed pan deimlodd Jackie amser yn baglu i mewn i gors. Pedair gwaith pan oedd hi'n sownd yn y tir gwlyb yna, wedi'i dal rhwng brwgaitsh ofn, yn suddo mewn anobaith, a'r bwgan yn cyhwfan yn wengar o'i chwmpas: pan oedd 'na broblemau wrth eni Adam; pan gafodd wybod gan y doctor nad lwmp cyffredin mo'r chwydd yn ei bron ac y byddai'n rhaid ei godi; pan glywodd hi am Rhiannon; a'r ennyd honno, yn disgwyl ugain munud am y glas. Ugain munud o boeni am ddiflaniad yr hen wraig, er bod popeth amdani yn dal i fod yn y tŷ. Ei sent. Ei phethau. Ei byd bach bodlon.

Diolch i'r drefn, roedd y ddau blismon yn rhai clên. Y naill yn brysur yn cofnodi sylwadau Jackie a'r llall yn astudio'r stafelloedd â chrib fân. Buont yno am awr gyfan. Gofynnwyd am oriadau'r tŷ – roedd gan Jackie un ac roedd 'na un sbâr yn hongian wrth y cotiau yn y pasej. Cymerodd y plismyn nhw rhag ofn. Ac roedd Jackie ryw fymryn yn fodlonach, nes i'r hynaf o'r ddau ddweud na fydden nhw'n mynd ati i chwilio am yr hen wraig gan nad oedd digon o amser wedi pasio ers ei diflaniad. Roedd llygaid Jackie fel dwy soser. Pam yn y byd doedd neb yn malio am Musus Âr-Aitsh? Ei phlant, yr heddlu . . . Beth am Deiniol's Darlings – fuasen nhw'n poeni am ei diflaniad 'ta'n rhy brysur yn trafod *cross-stitches* ciami?

Ceisiodd Jackie ddadlau'i hachos ond mwya'n byd y siaradai, lleia'n byd o obaith oedd ganddi.

'Dowch 'nôl 'ma fory a dydd Gwener, ac os fydd hi'm yma bryd hynny, mi fedrwn ni'i ffeilio hi fel missing person.'

A dyna a wnaeth Jackie. Aeth i dŷ Mrs Roberts-Hughes ben bore Iau. Arhosodd yno am ryw awran, yn disgwyl gweld y drws yn agor a Musus Âr-Aitsh yno'n chwerthin am ben Jackie yn poeni'n ddiangen amdani. Aeth Jackie'n ôl adref i sortio bwyd a ballu cyn mynd i edrych eto a oedd 'na olwg o'r hen wraig. Doedd dim. Daeth dydd Gwener, a Jackie heb gysgu llawer, a doedd dal ddim golwg o Musus Âr-Aitsh. Bu'n gyrru o gwmpas Bangor hefyd yn y gobaith y digwyddai ei gweld yn crwydro.

Ffoniodd Jackie'r heddlu y dydd Gwener hwnnw, fel y cafodd ei chynghori, a'u hateb oedd y bydden nhw'n 'sbio fewn i'r mater'.

Ond y noson honno, ceisiodd ffonio Cara a Lowri, ond ddaeth yr un ateb, felly penderfynodd roi cynnig arni ei hun. Estynnodd am bowlen, gosododd hances boced Musus Âr-Aitsh ynddi a channwyll lafant, ac adrodd y geiriau cyfrin wrth ollwng y crisial ar dennyn. Estynnodd am y map wedyn a bu yno am yn hir ar lawr y bathrwm yn disgwyl i'r crisial lanio, ond ni chafodd ei dynnu i unman. Daliodd hi ati am ryw hyd, nes i Amelia gnocio ar y drws a pheri i'w mam ollwng y crisial.

'I need to pee, Mam!'

'Two minutes.'

'Now, Mam!'

A darfu'r ddefod yn syth.

☽○☾

Hen brofiad annifyr yw bod yn effro tra bod y byd i gyd yn cysgu'n drwm o'ch cwmpas. Gorweddodd am hydion a'i llygaid yn agored yn edrych ar ddüwch y nenfwd uwchben. Roedd Simon yn cysgu'n sownd wrth ei hochr. Chwarae teg, o leiaf doedd o ddim yn un i chwyrnu.

Clywai sŵn ambell gar yn gyrru heibio, tician y cloc gerllaw yn cynyddu fesul trawiad, a phan glywodd adar yn dechrau pyncio, cododd Jackie – doedd waeth iddi fod â phaned yn ei llaw i groesawu'r bore bach nag yn y gwely.

Roedd hi'n hosan-efo-twll-yn-ei-phen o ddiwrnod. Waeth beth ddechreuai Jackie ei wneud, byddai'n siŵr o fynd o chwith. Gollyngodd bowlen adeg brecwast a malodd honno'n chwilfriw. Gadawodd yr haearn smwddio ar grys fymryn yn rhy hir gan greu rhych-am-byth. Aeth â'i chyfeilles am dro, ond roedd yr ast ddefaid wedi nogio erbyn iddyn nhw gyrraedd pen draw'r ardd heb sôn am ben y lôn.

Ond un peth y llwyddodd i'w wneud yn eithaf llwyddiannus oedd y swper. Eisteddai'r chwech o gylch y bwrdd yn bwyta sosej, mash a grefi. Y sgwrs yn gynnil, fel arfer. Synau'r cyllyll a'r ffyrc yn crafu ar blatiau. Ambell dagiad. Ambell un yn chwarae efo'i ffôn yn gyfrwys. Yna, canodd cloch y drws ffrynt.

'Mi a' i,' meddai Jackie o weld neb arall yn symud.

Agorodd y drws a gwelodd ddau blismon yn sefyll yno. 'Mrs Jacqueline Buckley?'

'Ia?'

''Dan ni angan gofyn dipyn o gwestiynau ichi ynglŷn ag Elinor Roberts-Hughes.'

'O, ia, iawn,' meddai gan gamu i'r ochr.

'Yn y stesion os 'di hynny'n iawn?'

Edrychodd Jackie'n syn ar yr heddlu. Ymddangosodd Simon y tu ôl i Jackie a gofyn, 'What's wrong, love?'

Nodiodd Jackie'n ysgafn cyn gwthio'r geiriau canlynol ohoni, 'Ia, iawn. Ond 'sgynnoch chi bobl allan yn *actually* chwilio amdani 'lly?'

Bu saib am ennyd fer cyn i'r plismon lleiaf ddweud, 'Mi 'dan ni wedi cael hyd i gorff.'

Teimlodd Jackie'i thraed yn troi'n blu a bu'n rhaid iddi gythru am fraich Simon am eiliad. Camodd y lleiaf o'r ddau blismon yn nes at drothwy'r tŷ a dweud, ''Sa'n well tasach chi'n dod o'ch gwirfodd.'

PENNOD 32

Caeodd Cara'r drws a'i gloi'n syth. Roedd Jackie eisoes wedi mynd i'r gegin ac wedi taro'r tegell ymlaen. Eisteddai Lowri'n barod wrth y bwrdd yn y canol efo paned o goffi cryf. Daeth Cara i'r golwg, ei breichiau wedi eu croesi fel petai'n oer, er bod y lle'n gynnes iawn.

'Ma' hi'n rhy fuan am ddim byd cryfach, s'pose,' meddai Jackie, mewn ymdrech bitw i swnio'n ysgafn, wrth iddi ollwng y bag i'r gwpan.

Arhosodd Cara yn y drws yn gwylio symudiadau'r hynaf o'r tair. Crwydrai llygaid Lowri rhwng Cara a Jackie. Ac felly y buon nhw, nes i'r baned gael ei pharatoi'n derfynol. Cymerodd Jackie lowc ohoni cyn tynnu wyneb sur a throi at y bwrdd. Eisteddodd yn y gadair wrth ymyl Lowri, gosod y baned ar y bwrdd a rhwbio'i dwylo ar hyd ei hwyneb.

Camodd Cara at gadair ond arhosodd ar ei thraed, a gofyn, 'Be'n union 'nath ddigwydd?'

Gollyngodd Jackie'i dwylo i orwedd ar ei cheg a syllodd yn syth o'i blaen am rai eiliadau. Cymerodd Lowri lymaid o'i phaned.

'Jackie?' mentrodd Cara eto.

'Wel, os 'nei di ista 'na i ddeud.' Ceisiodd swnio'n ysgafn eto, ond daeth y siars yn bigog o'i cheg.

Ildiodd Cara i'r gorchymyn, gan eistedd fel petai cefn y gadair ar dân.

'Mi dwi under suspicion . . . '

'O, sut fedri di fod?' mentrodd Cara.

'Achos bo gin i oriad i'r tŷ. Achos bo 'na'm golwg o

forced entry. Achos fi ffoniodd y cops. Achos fi o'dd yr un o'dd yn . . .' Cloffodd ei brawddeg.

'Dos o'r dechra. Plis?' gofynnodd Cara.

Yn y man, adroddodd Jackie am y tridiau afiach hynny o boeni a chwilio, a gwneud popeth yn ofer. Sut y cafodd ei hebrwng i'r stesion heddlu. Sut y cafodd ei chroesholi. Sut ddaru hi chwydu yn y stafell gyfweld wrth i'r heddlu ddisgrifio cyflwr toredig corff yr hen wraig.

'A dyma nhw'n sôn am Rhiannon . . . Y ddwy wedi ca'l eu ffeindio mewn stada tebyg . . . 'Blaw do'dd Musus Âr-Aisth ddim . . .' anadlodd lond ei ffroenau cyn gorffen y frawddeg, 'ddim mor decomposed.'

Plygodd Lowri ei phen. Edrychodd Cara ar y ddwy ar draws y bwrdd.

'A dyna ni . . . Fedran nhw ddod i nôl fi rywbryd. Ac ella ga i'n . . .'

'Ond siawns bo gen ti alibi? Be am Simon a'r plant?' gofynnodd Cara.

'Ia, wel, ma' nhw 'di deud 'neith hynna helpu. Ella. Ond os 'dyn nhw'n ffendio evidence arall –'

'Pa evidence?' torrodd Cara ar ei thraws. 'Dim chdi 'nath ladd hi!'

'Ol, ia, Cara!' brathodd Jackie. Fi 'nath ladd hi.'

Edrychodd Lowri'n syn ar y wrach. Crychodd aeliau Cara.

'Ma' pw' bynnag – ne' be bynnag – 'nath ladd Rhiannon 'di lladd Musus Âr-Aitsh. A taswn i'm yn blydi potshian efo'r Cylch, 'sa hi'n fyw!'

'Ti'n meddwl na'r un rhei 'nath?' gofynnodd Cara'n gloff.

'Too bloody right! Ma' bach o coincidence fel arall, 'dydi?'

Bu saib.

'Ella . . .' mentrodd Lowri, ond trodd Jackie i edrych i fyw llygaid y ferch, ac ymdawelodd.

'Wel, ma' raid inni afa'l yn'i, 'does?' atebodd Jackie'r cwestiwn ofynnodd neb.

'Efo be?' gofynnodd Cara.

Trodd Jackie i gyfeiriad Lowri, 'Efo'r seremoni. Ma' raid inni neud o'n o handi. 'Cofn imi fynd i'r clinc a . . .!'

Ysgydwodd Cara'i phen.

Edrychodd Lowri'n ddwys ar y wrach ganol cyn gofyn, ar ôl ychydig eiliadau, 'Pam ddim?'

Llyncodd Cara'i phoer a meddyliodd am yr ateb yn ofalus – ystyriodd yr union eiriau – ond yr hyn a ddaeth o'i cheg oedd, ''Sa Rhiannon ddim isio inni . . . rhoi chdi mewn peryg.'

'Ond dwi'n iawn.'

'Am rŵan. Ond be tasa rwbath yn digwydd iti? I dy fam? Dy ffrindia?'

Syrthiodd y geiriau'n dew yng nghanol y bwrdd.

'Ma'i'n saffach iti beidio bod yn rhan o'r Cylch.'

Trodd Lowri i edrych ar Jackie a ddywedodd hithau ddim am ennyd.

'Ond dwi isio helpu,' meddai Lowri, ei llais y cadarnaf o'r tair. 'O'dd Rhiannon 'di gweld rhwbath yn'a i. A dwi isio . . . wel, dwi isio helpu.'

Edrychodd Jackie draw at Cara a rhedodd hithau'i dwylo drwy'i gwallt, cyn oedi.

'Iawn . . . reit . . . Deud bod ni'n gneud –'

'Heddiw 'ma. Rŵan,' torrodd Lowri ar draws Cara. Edrychodd hithau o'r ferch at Jackie. Nodiodd Jackie yn y man.

Trodd Cara'n ôl i wynebu Lowri, 'Ti'n siŵr ti isio neud hyn? Go wir?'

'Ydw.'

Bwriodd y tair ati wedyn i baratoi ar gyfer y ddefod.

Aeth Lowri am gawod er mwyn ei glanhau'i hun. Estynnodd Cara'r canhwyllau a'r perlysiau. Gosododd Jackie'r bwrdd efo'r powlenni ac ati.

Caewyd y llenni a diffodd y golau.

Safodd y tair o gwmpas yr allor gwneud; defnyddio'r *athame* i dynnu gwaed a gadael iddo lawio'n goch i'r bowlen. Aethpwyd drwy'r camau'n ofalus: llafarganu brawddegau, estyn am y perlysiau, rhannu goleuni'r canhwyllau. Yna cyrhaeddwyd y cam olaf.

Estynnwyd gwahoddiad at Lowri. Arhosodd ei channwyll heb ei goleuo. Estynnwyd y gwahoddiad eilwaith, trydedd waith, sawl gwaith, ond dim. Cafodd Cara'r syniad o blethu breichiau'r tair ynghyd gan ddal i afael yn eu canhwyllau. Llafarganu'n fanwl. Y geiriau'n clecian. Y lleisiau'n cymysgu'n felodi gymhleth. Estynnwyd y gwahoddiad eto. Ac eto. Ac ar y trydydd tro, teimlodd y tair ryw wayw yn saethu drwyddyn nhw. Mentrodd y tair eto, a theimlwyd y wayw hegar am yr eildro, fel tân gwyllt yn sbarcio oddi mewn. Ailadroddwyd hyn drachefn a thrachefn a thrachefn ac yna llosgodd y teimlad yn wyllt drwy eu cymalau. Brathodd eu bysedd, rhwygo drwy'u breichiau a'u coesau, a pheri i'w llygaid losgi'n eirias. Estynnwyd y gwahoddiad eto ac, ar hynny, cyneuodd cannwyll Lowri a thaflwyd y ddwy wrach arall yn eu holau. Syrthiodd Jackie ar wastad ei chefn a glaniodd Cara'n galed yn erbyn y wyrctop. Daliai Lowri i sefyll yn ei hunfan, y wayw wedi diflannu ohoni, a'r gannwyll ynghyn.

Roedd gan y Cylch drydydd aelod eto.

☽○☾

Roedd Lowri a'i phen ymhell yn y cymylau, yn gweld patrymau hynod yn y siapiau cyffredin. Ei chalon wedi llonni. Ei meddwl wedi'i finiogi. Ei byd yn gymaint cliriach, mewn ffordd, ac eto'n ddu-o-wybodaeth. Phrofodd hi ddim un rhagweledediad ers 'chydig ddyddiau, ond doedd hynny'n mennu dim arni yr eiliad honno. Roedd ganddi allu arall. Roedd hi newydd gyflawni rhywbeth y bu'n amau na fyddai'n ei gyflawni. Ac roedd hi eisiau rhannu'r newydd – heb ei rannu'n gyfan. Estynnodd am ei ffôn:

Haia! T ffansi cwrdd? Mynd i'r Roman Camp? Xx

Ac anfonwyd.

☽○☾

Bu Cara'n gorwedd yn anniddig ers hanner awr a mwy. Yn y man, cododd ar ei heistedd a chynnau'r lamp gerllaw. Roedd hi'n ddeng munud wedi hanner nos. Y diwrnod ar drothwy. Estynnodd am ei ffôn a gweld fod 'na *voice mail* newydd. Chwaraeodd y neges:

'Haia, ti'n iawn? Fi sy' 'ma. Jackie. Ma' siŵr ti'n cysgu. Dw inna'n shattered ar ôl pnawn 'ma . . . 'Di hynna'm 'di digwydd o'r blaen, na? . . . 'Nathon ni'm ca'l dim sioc o gwbl pan 'nest ti joinio ni . . . O'dda chdi'n iawn . . . Dwi . . . o, dwi'm yn gwbo . . . jyst ma' 'na wbath bach yn od, ia . . . A dwi . . . Wel, ma' hi . . . O, shit, dwi'm yn neud sens . . . Dwi 'di bod yn meddwl hefyd . . . Ga i ofyn ffafr? . . . 'Sa chdi'n gedru mynd heibio tŷ Musus Âr-Aisth? Trio ca'l feel o'r lle? Gweld os 'nei di weld rwbath? . . . Ella 'san ni'n ca'l clue wedyn o be sy' . . . be uffar sy' 'di digwydd . . . Plis? . . . A rhwbath arall dwi 'di bod yn meddwl. W'sti'r ddynas 'na? Yn y siop? O'dd efo'r gath? Ti'n gwbo be 'di hanas hi? . . . Dw'm 'bo ond jyst wondero o'n i, 'sa fo'n . . . wel, 'sa fo'n idea i ni – neu i chdi – ga'l gair efo hi? Dwi'n meddwl fod o'n fwy na jyst coincidence bo gynni hi gath o'r enw Rhiannon. Ti'm yn me'l? . . . Anyway, sori am ramblo . . . Ffonia fi pan ti'n gallu . . . Dwi jyst . . . dwi jyst ddim yn gwbod, ia . . . 'Sdawch anyway.'

Tynnodd y ffôn o'i chlust ac edrych o'i blaen ar ddim byd yn benodol. Ystyriodd ffonio Jackie'n ôl yn syth – cael gair iawn a meddwl am gynllun – ond roedd ei meddwl hi'n 'nialwch ar hyn o bryd. Felly diffoddodd ei ffôn. Cododd o'i gwely a mynd am y gegin. Taro'r golau ymlaen. Estynnodd am y tabledi cwsg oedd ganddi ers diflaniad Rachel. Y doctor wedi'i chynghori i'w cymryd, ond nid yn rhy aml. Aeth at y sinc. Trodd y tap, llenwi'r gwydr a llyncu'r tabledi. Wrth iddi agor ei llygaid eto, fe welai rywun tu allan, ar ymyl y lôn. Ffigwr tywyll. Oedd o'n edrych i gyfeiriad y fflat? 'Ta'n sefyll â'i gefn ati? Roedd o fel delw. Yn sefyll. Yn syllu. Yna, clywodd ryw sŵn siffrwd o gyfeiriad y lolfa. Estynnodd am gyllell o'r stand heb feddwl ddwywaith ac aeth drwodd. Trawodd y golau ymlaen a chwifio'r gyllell yn barod. Roedd y stafell yn wag. Clywodd y sŵn eto – yn dod o'r cês gwydr, a'r geco'n rhwtio yn y siafins. Anadlodd yn drwm. Aeth yn ôl i'r gegin ac edrych drwy'r ffenest, ei llaw yn dal yn dynn am garn y gyllell. Roedd y ffigwr wedi mynd.

PENNOD 33

Tynhaodd y ferch ei gwefusau. Roedd y lliw yn ei siwtio'n llwyr. Lliw fel petai wedi bod yn bwyta mwyar duon. Cusan yr hydref ar ei gwefusau. Pwysodd yn ei blaen ac astudio'i chroen yn y drych. Roedd ei hwyneb yn lân. Mor llyfn o lân. Gwenodd yn gynnil. Bron yn berffaith. Cribodd gudyn y tu ôl i'w chlust chwith ac estynnodd am yr *eyeliner*. Gyda bys a bawd yn pwyso'n ofalus o gwmpas ei llygad dde, tynnodd y bensil ar hyd ei chroen. Yn bwyllog, llithrodd yr *eyeliner* yn llinell denau o dan y llygad. Lwcus fod ganddi amynedd a llaw lonydd. Rhaid oedd ffurfio'r patrymau duon yn gymesur â'i haeliau tenau, pigog. A daeth syniad iddi. Roedd hi wedi gweld Cara felly unwaith. Sbelan go lew yn ôl, roedd hi wedi creu'r patrwm ar ochr ei llygaid. Ond dim ond unwaith. Tybed nad oedd hi'n hoff ohono? Yn teimlo nad oedd yn ei siwtio? Er, mi roedd yn bendant yn ei siwtio.

Gwenodd yn lletach, a rhedodd yr *eyeliner* yn ofalus o dan ei llygad eto; tanlinellu'r gwyrddni. Wedyn rhedodd y llinell ddu ymhellach heibio'r llygad am ryw hanner modfedd. Yn Gleopatra-o-batrwm. Tynnodd y bensil ddu eto o gylch y llygad gan roi fflic i derfyn y llinell. Gollyngodd ei dwylo ac edrych ar y düwch. Oedd, roedd yn edrych yn dda, yn batrwm a'i gwnâi'n drwsiadus, yn destun edmygedd sawl un.

Aeth ati wedyn i ffurfio patrwm tebyg o gylch ei llygad chwith. Roedd hi bron â chwerthin gan gymaint roedd hi'n canolbwyntio. Byddai, fe fyddai'n tynnu sylw heno, a hithau wedi prynu top newydd – *shell blouse* glas tywyll, tywyll (a fyddai'n sicrhau soffistigeiddrwydd) – a throwsus llaes, du, ac esgidiau newydd, Kaylin Alba duon, â sawdl a fyddai'n clecian cusanau i gyfeiriad pawb a edrychai arni. Dyna sut fyddai Cara'n mynd allan, casglodd. Roedd Cara'n cyfleu soffistigeiddrwydd i'r dim; efo'i gwallt bòb, ei cholur, a'i gwisg drwsiadus – ymgorfforiad o'r gair 'urddas'.

Ac roedd hi'n sicr yn nabod Cara'n reit dda erbyn hyn. Roedd hi a Cara'n agosach at ei gilydd na neb arall. Ac roedd yr hyn ddigwyddodd yn Marstons y bore hwnnw yn dyst i'r agosatrwydd.

Aeth yno i nôl neges. Er bod y siop gryn bellter o'r lle roedd hi'n byw, roedd yn werth ymdrechu i gerdded y filltir gyfan, heibio'r ddwy archfarchnad arall. Roedd Cara'n werth hynny. Ond pan gamodd hi i mewn drwy'r drysau dwbl, gwelodd mai'r rheolwr arall oedd yn gweithio, nid Cara. Derek neu Dave neu ryw enw coman arall oedd yn sarnu'r swyddfa lle gweithiai Cara mor ddiwyd. Roedd o yno'n rhoi ordors i ryw foi tu ôl i'r ciosg. Ystyriodd y ferch droi ar ei sawdl, mynd oddi yno a dychwelyd pan fyddai Cara'n gweithio. Ond wnaeth hi ddim. Penderfynodd fynd ati i nôl ei neges – fe gâi ddychwelyd drennydd ar gyfer rhywbeth arall.

Aeth o gwmpas y siop yn weddol sydyn a phan oedd hi yn yr eil tuniau bwyd a ballu, digwyddodd rhywbeth a'i llanwodd â llawenydd tu hwnt i bob disgrifiad. Wrthi'n cymharu dau fag o basta roedd hi, yn nogio rhwng y ddau ac yn cymharu nifer y calorïau, y braster, y carbohydradau ac ati.

Yna, o'i hochr, clywodd y sylw, 'Even on your day off, you're still here!'

Trodd hithau ei phen i gyfeiriad y llais a gwridodd wyneb y ddynes yn syth.

'Oh! Sorry! I thought . . . ' baglodd dros ei geiriau. 'I thought you were someone . . . '

Gwenodd y ferch. Oedd, roedd hi wedi meddwl mai Cara oedd hi. Roedd hi wedi cymryd mai rheolwraig y siop oedd yn sefyll wrth ei hymyl. Ac roedd hi'n llygad ei lle.

Nodiodd y ddynes yn simsan, ei llygaid yn craffu'n sydyn ar hyd y ferch a safai o'i blaen. Rhoddodd chwerthiniad bach, cyn mentro, a'i llais wedi crygu, 'Sorry again.'

'Honestly, there's no need to be . . . I appreciate it.'

Gwenodd y wraig cyn gwthio'i throli i lawr yr eil.

Do, fe gafodd y digwyddiad hwnnw effaith anferthol ar y ferch. Teimlai fel petai'n hedfan yr holl ffordd yn ôl i'w stafell. Roedd pobl yn dechrau ei nabod hi go iawn. Yn cydnabod y wir hi.

Llifodd deigryn ar hyd ei boch. Damiodd ei hun yn dawel. Pam roedd angen iddi fod mor emosiynol?

Rhwbiodd ôl y deigryn ac, yn ofalus, dabiodd gil ei llygad efo papur tŷ bach. Gwenodd. Dim dagrau. Dim ond llygaid yn chwerthin. Gallai fynd allan heno â'i phen yn uchel. Gallai fynd i mewn i dafarn. I ddwy dafarn; tair; ella mwy, a phrynu diodydd. Jin rhiwbob a sinsir. Ei ffefryn. Fe gofiai i Cara ddweud hynny pan brynodd hithau botel o jin o'r siop. Ia, fe brynai ffefryn y ddwy'r noson honno. A phe na fyddai'r dafarn yn gwerthu'r ddiod honno, yna fe brynai jin â sudd oren. Rhywbeth efo cic ynddi.

Eisteddai wrth y bar wedyn neu yn y ffenest. Chwarae efo'i ffôn yn achlysurol. Astudio'r bobl o'i chwmpas. Dal llygaid ambell un tra bo'i wraig, ei wejen, neu ei ffrind wedi mynd i'r tŷ bach i bincio. Nefi, mi fyddai angen iddyn nhw fynd i'w twtio'u hunain, yn enwedig â hithau yno. Yn y wisg drwsiadus. A'r colur costus. Yn denu llygad. Yn hawlio sylw.

Safodd yn syth a rhwbiodd ei dwylo ar hyd ei blows. Roedd hi'n barod. Ei gwallt yn berffaith, ei hwyneb yn berffaith, ei gwisg yn berffaith. Roedd hi'n barod am noson allan.

'A be 'di enw chdi?' byddai un, hogyn o Fangor – rêl Bangor-Aye – yn siŵr o ofyn iddi mewn awr neu ddwy neu lai.

A byddai hithau'n blasu'r enw deusill am yn hir yn ei cheg, cyn datgelu, 'Cara.'

A byddai'r ddau'n gwenu, yn eu swigen eu hunain. Hithau wedi ei swyno fo'n llwyr.

PENNOD 34

Roedd 'na dâp glas a gwyn ar draws yr ardd a phlismon yn sefyll y tu allan i'r tŷ, eto. Dyna'r olygfa a welid yno ers tridiau. Ceisiodd Cara groesi'r lôn at y tŷ ond bob tro y meddyliai wneud, byddai'r plismon yn siŵr o edrych i'w chyfeiriad. Diolch i'r drefn nad yr un plismon oedd yn sefyll o flaen y drws bob dydd. Dyn ifanc oedd yno'r diwrnod cyntaf. Plismones oedd yna'r ail ddydd. A'r diwrnod hwn, roedd yna blismon mewn dipyn o oed, yn sefyll yn dalsyth.

Nid Cara oedd yr unig un i sefyllian y tu allan i'r tŷ, fodd bynnag. Roedd 'na dipyn o bobl wedi ymgasglu. Does dim byd fel trychineb i ddenu sylw, meddyliodd Cara. Pe bai rhywun yn gyrru heibio damwain car, mi fyddid yn arafu ac yn sbecian i weld maint y drasiedi. Pe bai rhywun yn cerdded ar hyd y stryd ac yn gweld hen wraig yn cael ei mygio, yr hyn a wnâi'r mwyafrif, ac eithrio ambell *have a go hero*, fyddai gwylio'r olygfa a gadael i'r mygiwr ei bachu hi o 'na efo bag dan ei gesail. A'r eiliad honno, roedd y lle y canfuwyd corff hen wraig ddiniwed yn ddarnau yn atig ei chartref yn destun chwilfrydedd gwyrdroëdig torf denau.

Na, roedd yn rhaid i Cara fynd yn nes at y tŷ. A dweud y gwir, roedd hi wedi dechrau syrffedu ar gael Jackie'n ei ffonio bob dydd yn holi a oedd ganddi newydd. Fe fyddai'n ffonio ben bore i atgoffa Cara fod angen iddi fynd at y tŷ ac yna gyda'r nos yn gofyn a welodd hi rywbeth. A phan ddywedai Cara nad oedd modd mynd yn agos, byddai Jackie'n dechrau ar ei thruth, yn pwysleisio pwysigrwydd ymdrechu, yn atgoffa arweinydd newydd y Cylch am y peryg oedd yn eu hwynebu (fel 'tai angen iddi gael ei hatgoffa er mwyn y nef!), ac yn datgan bod angen gweithredu ar fyrder oherwydd dyn a ŵyr pa mor hir fyddai hi, Jackie, yn dal o gwmpas.

Wrth gwrs, roedd Cara'n deall pryder Jackie, ond roedd gan hyd yn oed Job derfyn i'w amynedd.

Llyncodd Cara'i phoer.

Roedd y tŷ yn edrych yn oer, fel pe bai rhywun neu rywbeth wedi sugno'r bywyd ohono. Er bod yna heddlu'n gweithio tu fewn, yr hyn a drawodd hi'n od oedd bod y llenni i gyd wedi eu cau erbyn hyn. Beryg fod 'na bobl wedi bod yn crwydro at y tŷ ac yn sbecian drwy'r ffenestri. Neu fod y papurau wedi bod yno'n tynnu lluniau er mwyn cyhoeddi eu damcaniaethau lu.

Hyd yn oed yn y gwaith, fe gâi Cara'i hatgoffa am y llofruddiaeth gan mai hi oedd yng ngofal rhoi trefn ar y papurau newydd bob bore. Ac yno, fe welai benawdau amrywiol, nid yn rhy annhebyg i'r rhai a gyhoeddwyd pan fu farw Rhiannon.

'New death shocks local community,' meddai'r *Daily Post*; 'Octogenerian found dead under gruesome circumstances,' meddai'r *Holyhead, Bangor and Anglesey Mail*; a datganiad y *Western Mail* oedd, 'Another Murder in Rural North Wales'.

Daeth Cara at ei choed yn y man. Siarsiodd ei hun i afael ynddi; camu ar draws y lôn, cerdded i ganol y criw o bedwar oedd yn sefyll yno fel petaen nhw'n canu carolau, a synhwyro orau y medrai.

Gwthiodd un droed yn ei blaen a chroesodd y lôn.

Roedd y plismon yn dal i edrych i gyfeiriad y dorf denau er nad oedd o'n edrych arnyn nhw'n fanwl fel y cyfryw. Rhyw sbio heb weld. Diolchai Cara am hynny. Gobeithio na fyddai'n sylwi'n arbennig arni hi, felly.

Agosaodd at y criw o bobl a'u clywed yn siarad ymysg ei gilydd, yn rhannu theorïau, yn disgrifio cyflwr y corff, statws yr ymchwiliad, natur yr ofn a oedd yn tyfu ym Mangor. Rhyw dditectifs *Midsomer Murders* oedden nhw a theimlai Cara'i chalon yn curo. Roedd hi bron â marw eisiau dweud y drefn wrthyn nhw. Rhoi ram-dam iddyn nhw am fod mor blydi ansensitif. Gofyn sut fuasen nhw'n hoffi petai yna griw o bobl heb ddim byd gwell i'w wneud yn sefyllian y tu allan i'w cartrefi yn rhaffu bob math o straeon am rywbeth gwirioneddol erchyll oedd wedi digwydd yn eu tai. Ond wnaeth hi ddim. Dyna'i drwg hi – teimlai Cara bethau i'r byw nes eu bod nhw'n brifo, ond methai'n lân â rhoi llais i'r teimlad.

Yn y man, ceisiodd anwybyddu'r dorf a chanolbwyntio ar y tŷ. Edrychodd arno o'r bôn i'r brig yn araf deg. Roedd 'na rywbeth yn chwarae ar gyrion ei synhwyrau. Fel teimlo niwl ar groen. Rhyw emosiwn. Ofn. Mwy nag ofn. Pwll du oddi mewn o deimlad, a rhywun yn syrthio, syrthio, syrthio'n ddi-stop ynddo. Caeodd ei llygaid a phwysodd ei dwylo ar wal yr ardd. Clywai synau. Cri? Rhyw weiddi? Sŵn fel y sŵn a glywid o dan ddŵr. Miniogodd ei meddwl. Gwrandawodd ar y synau. Gallai flasu rhywbeth chwerw. Coffi a rhywbeth arall yn gymysg. Blas rhwd. Gwaed? Rhythodd y llygaid yn ei meddwl ar yr adeilad a ymffurfiai o'i blaen. Doedd neb arall yno. Roedd y plismon wedi diflannu, y criw wrth ei hymyl wedi mynd. Dim ond y hi, a'r tŷ, a'r sawl oedd tu fewn i'r tŷ.

Gwelodd ffigwr yn ymffurfio. Rhywun â gwallt cwta. Pigog? Gwallt draenog. Roedd 'na gysgodion o'i gwmpas. A phobl eraill? Y celfi? Yr hen wraig ei hun?

Clywai waedd fach. Sŵn dwrn yn erbyn asgwrn. Yr hen wraig yn crio. Llyncu crio. A'r ofn yn llenwi ei llais. Y teimlad hwnnw'n treiddio i feddwl Cara'n gwbl ddidrafferth.

Dechreuodd siglo yn ei hunfan. Ei chorff yn symud yn araf bach i ddechrau, cyn mynd yn gynt a chynt wrth i'r silwetau eu hamlygu eu hunain. Dau. Dau ffigwr yn dal rhywun. Yr hen wraig? Hen sgrech dawel yn rhwygo'r hyn a welai Cara. Cysgodion yn cuddio'r tri – y ddau a'r hen wraig. Ond y llall – yr un gwallt draenog – ar wahân. Yn datgan rhywbeth. Ei lais yn gadarn – yn feddal o gadarn. Roedd 'na rywbeth cyfarwydd am y llais, taerai Cara. Oedd 'na? 'Ta ai dychmygu roedd hi? Y llais yn gweiddi ar y tri. Yr hen wraig yn nadu yn ei dagrau. Y ddau arall yn gwasgu amdani. Teimlai Cara ddwylo'r ddau yn brathu am ei breichiau – eu hewinedd yn trywanu'r cnawd, yn tynnu gwaed. Teimlai'r ofn a deimlai'r hen wraig. Teimlai'r galon yn crynu. Teimlai'r boen. Y boen. Y boen yn cynyddu. Y ddau ffigwr a'r hen wraig yn diflannu. Y gwallt draenog yn diflannu. Ond y boen yn aros. Y boen yn cydio. Yn cynyddu. Yn brathu'n ddidrugaredd i'w breichiau.

Agorodd Cara'i llygaid a syrthiodd yn ei hôl gan lanio yn y lôn. Canodd corn car wrth iddo sgrialu i stop. Trodd ei phen i'r ochr a gweld y gyrrwr yn chwifio'i ddwylo. Trodd yn ôl ati'i hun a theimlo'i breichiau. Roedden nhw'n iawn. Dim olion bysedd. Dim gwaed. Dim byd a'r boen yn diflannu'n araf bach, fel atgof yn pylu.

Roedd y dorf denau wedi troi i edrych ar y ddynes a orweddai yn y lôn, ond doedd yr un ohonyn nhw wedi cynnig ei helpu. Cododd Cara ar ei thraed yn y diwedd ac wrth wneud, sylwodd ar y plismon wrth ddrws y tŷ'n ei gwylio.

Shit! Pam oedd rhaid iddi wneud sioe ohoni'i hun?!

Camodd yn ôl ar y pafin a gyrrodd y car heibio.

Llyncodd ei phoer a mentro edrych ar y tŷ eto. Roedd

hi'n oer. Ei thu mewn wedi rhewi, felly trodd oddi wrth y tŷ, y plismon, y criw o frain a safai wrth yr ardd, a chychwyn cerdded am adref.

☽○☾

Roedd y dydd yn cicio'i sodlau ger drws y nos a hithau wedi'i lapio mewn côt drwchus a sgarff. Edrychai Bangor o'i blaen fel golygfa ar gerdyn post, heblaw na fyddai fawr o neb yn dewis dod i Fangor ar wyliau, meddyliodd. Ond roedd hi'n hapus yno. Wel, a chysidro. Roedd Gwen wedi troi'n ddieithryn, ei mam yn, wel, fel ag yr oedd hi, ac ysgol yn ddigon anodd. Ond roedd Lowri mewn lle gwell hefyd. Gwell o lawer nag y buodd ers tro. Yn aelod cyflawn o'r Cylch, yn teimlo'n gyffrous o fod â gallu arall, yn teimlo'n nes at Gwyn. Bu'r ddau'n treulio oriau yng nghwmni'i gilydd y diwrnodau diwethaf – yn yr ysgol, wedi hynny, ac yna, ar ôl mynd adref, yn anfon negeseuon at ei gilydd. Negeseuon dwl oedd y mwyafrif mewn difri, ond roedd hi wrth ei bodd efo nhw.

Symudodd ei phwysau o un goes i'r llall a sgrytio'i 'sgwyddau. Roedd y nos yn dechrau gafael. Roedd hi rhwng dau feddwl a ddylai edrych faint o'r gloch oedd hi, ond golygai hynny dynnu ei dwylo o gynhesrwydd ei phocedi, a doedd hi ddim am wneud hynny ar chwarae bach. Ond yr eiliad y croesodd hynny'i meddwl, gwelodd Gwyn yn agosáu, â bag yn ei law.

'Ti'n hwyr,' meddai Lowri ar ôl iddo'i chyrraedd.

'Ti sy'n fuan,' atebodd yntau.

'O'n i methu aros!'

Gwenodd yntau cyn gofyn, ''Dan ni am ger'ad at y bench?'

'Na, i be, 'de?!' atebodd Lowri gan gymryd y bag o ddwylo Gwyn ac eistedd ar y llawr. 'Digon o le fa'ma.'

Ysgydwodd yntau'i ben, yn cogio dwrdio, 'A finna 'di gwisgo 'nhrowsus gora!'

Agorodd Lowri'r botel seidr a'i phasio hi at Gwyn. Derbyniodd yntau hi cyn eistedd drws nesaf. Agorodd hithau botel arall ac yfodd ohoni'n hael.

'Ti'n iawn?'

'Dwi'n grêt!' Llowciodd gegaid cyn datgan, 'Dwi'n ffycin grêt.'

Gwenodd Gwyn, rhyw fath o chwerthin diddeall yn codi ohono, a'i lygaid yn astudio'i hwyneb. Roedd ei llygaid yn llawn, ei gruddiau yn wrid iach, wedi'u cusanu gan y gaeaf, a'i gwefusau'n llyfn. Yn dwt.

Trodd hithau i edrych ar Fangor o'u blaenau eto. Roedd hi wedi bod yn dod i'r fan hon ers iddi gofio. Y Camp Rhufeinig ymhell o'r ddinas. Rhyw guddfan go iawn. Efo'i thad y daeth yno'r tro cyntaf, mae'n debyg. Fedrai hi ddim cofio'r union dro, ond gan mai efo fo y deuai yno gan amlaf, roedd yn gwneud synnwyr iddi gasglu mai fo ddaeth â hi yno am y tro cyntaf. Cerddai'r ddau ling-di-long drwy'r caeau, yn malu awyr ac yn chwerthin. Dyna a gofiai'n fwy na dim: chwerthin llond ei bol. Chwerthin di-stop. A'i chwarddiad yntau. Yn gyfoethog. Yn ddwfn ac yn gynnes.

Arhosodd y ddau'n dawel am ennyd, yn ddigon bodlon yn gwylio'r nos yn cropian yn droednoeth drwy'r ddinas. Llowciai'r ddau eu diodydd; roedd Lowri bron wedi gorffen ei photel hi, ac mae'n rhaid fod y ddiod yn dechrau effeithio arni, gan iddi ofyn, heb dynnu'i llygaid oddi ar yr olygfa o'u blaenau, 'Ti'n coelio mewn fate?'

Oedodd Gwyn, 'Ti 'di cymryd rwbath?!'

Chwarddodd Lowri, 'Na'dw!'

Nodiodd yntau'n dawel wrth gymryd llymaid arall.

'Wel? W't ti?'

'Dw'm 'bo.'

'Y lembo!'

'Be?' gofynnodd Gwyn, ei dalcen wedi crychu fymryn.

'Dyna o'dd Dad yn ddeud . . . To'm yn medru siarad lot o Gymraeg, ia, ond pan o'n i'n deud "w'm 'bo", 'sa fo'n deud "y lembo!" . . . 'Di pigo fo fyny yn gwaith.'

'Ti'n gweld isio fo, 'dw't?'

'Weithia . . . Ond dwi'n iawn . . .'

Yfodd Gwyn o'i botel eto.

'So, w't ti'n coelio mewn fate?!'

Gwenodd yntau'n chwithig braidd o weld pa mor daer oedd Lowri. 'Ym . . . ella. Pam?'

'Dwi meddwl dwi yn 'sti . . . Efo petha s'di digwydd wsnosa dwytha 'ma . . .'

'Fath â be?'

'Jyst shit gwahanol . . . Efo fi . . . a pobol . . .'

'Ti'n swnio'n cryptic iawn rŵan 'sti.'

Chwarddodd Lowri eto cyn troi i edrych i fyw ei lygaid.

'Dwi'n enigma,' â gwên yn llenwi'i hwyneb.

'Wow! Gair mowr i chdi!'

Slapiodd hithau Gwyn ar ei ysgwydd, 'Ti'm yn gwbod half of it, boi.'

'O? . . . Ti'n mysterious iawn heno 'ma, Lows.'

Edrychodd y ddau yn fanwl ar ei gilydd. Gwibiai eu llygaid ar hyd eu hwynebau, eu talcen, eu gruddiau, eu gwefusau, a phlygodd y ddau yn eu blaenau. Eu cusan gyntaf. Cusan oedd yn bluen ac yn ddwrn o deimlad yr un pryd. Cusan â blas mwy, a'r ddau wedi ymgolli yn y foment, yn mwytho gruddiau, gyddfau, gwalltiau, breichiau'i gilydd. Yn un yng nghanol y cae. Yna, tynnodd Lowri'i phen yn rhydd o'r gusan. Edrychodd Gwyn â chwestiwn yn llond ei wyneb. Rhoddodd hi sws glec iddo. A gwenodd y ddau.

'Ti'n un o'r petha da yn bywyd fi.'

Plygodd yntau'i ben yn swil cyn edrych arni eto.

'A dwi 'th â bo fi'n medru deu'tha chdi . . .'

'Deud be?' gofynnodd yntau ymhen rhai eiliadau.

'Am stwff . . . amdana i . . .'

'O?'

'Sut dwi'm fath â pobol erill.'

'Dwi'n gwbod hynna, siŵr! Dyna pam dwi'n licio chdi.'

'Ti'm yn dallt.'

'Be?'

Edrychodd o'i blaen eto, ar Fangor yn duo'n dawel. Gwelai ambell wylan yn y pellter yn nofio ar donnau'r dydd. Yn hofran heb gyfeiriad go iawn. Gwelai geir yn gyrru i fyny'r allt o'r ddinas. Gwelai oleuadau wedi chwydu dros yr adeiladau ar lôn y traeth. Meddyliodd am Cara. Yn y fflat. Yr hyn ddigwyddodd y diwrnod o'r blaen. Y tair. Y ddefod daer i'w chynnwys. Yr egni newydd oedd yn llifo drwyddi, fel tân gwyllt nad oedd byth yn diffodd. Pob cyffyrddiad yn sbarc. Pob teimlad yn sionc. Pob syniad yn *Catherine wheel* yn ei phen.

Y Cylch. Rhiannon. Yr hen wraig.

'Ti'n ok?'

Llyncodd Lowri'i phoer cyn troi ato a sibrwd gofyn, 'Os 'na i ddeud rhwbath, ti'n gaddo peidio troi cefn chdi arna i?'

Petai Lowri wedi edrych ar ei ffôn yr eiliad honno, neu ryw dair munud ynghynt a bod yn fanwl gywir, fe fyddai wedi gweld neges gan Jackie yn gofyn a oedd hi ar gael i gyfarfod y noson honno. Petai hi wedi ymateb, buasai wedi mynd i'r fflat yn lôn y traeth. Petai hi wedi sylwi, byddai'r Cylch gam yn nes at ddatrys y dirgelwch. Ond ddaru hi ddim. Trodd yn hytrach at Gwyn, a sibrwd, 'Fedra i weld petha . . .'

'Be ti'n feddwl?'

''Th â petha sy' mynd i ddigwydd . . . 'Th â premonitions.'

'Be?'

'Yn pen fi. Dwi'n gweld flashes o be sy' mynd i ddigwydd. Fath â clips bach. Weithia hir. Ond flashes sydyn 'dyn nhw fel arfar.'

Nodiodd yntau fymryn, ei lygaid wedi lledu ryw chydig.

'Dwi'n . . . wel, dwi'n wrach . . .'

Bu saib. Yn y foment feichus honno, dychmygai Lowri y buasai Gwyn, unrhyw funud, yn neidio ar ei draed ac yn ei g'leuo hi o'r cae. Dychmygai y buasai o'n mynd ati i ffonio'i mam, neu'r heddlu, neu ddoctor i ddweud fod 'na rywbeth yn bod ar Lowri. Dychmygai hyn a mwy, ond symudodd Gwyn ddim. Daliodd i eistedd yno.

Gwenodd yntau. Meddyliodd am y llyfr bach coch a ollyngodd hi y diwrnod hwnnw yn yr ysgol. Roedd o wedi pori drwyddo droeon, yn ystyried ai nodiadau ar gyfer nofel oedd cynnwys y llyfr. Neu rywbeth arall. A rŵan, fe wyddai i sicrwydd.

Roedd ei hwyneb yn wag.

'Ma'n iawn . . .'

'Be?' gofynnodd hithau.

'Ma'n iawn, Lows . . . O'n i . . . o'n i sort of yn gw . . . '

Canodd ffôn Gwyn ar ei draws. Fe daerai iddo fod wedi'i roi ar silent. Pan welodd yr enw, surodd ei wyneb a throdd oddi wrth Lowri er mwyn ateb.

'Ia? ... Be, rŵan? ... Ia, dwi'n dallt ... Ocê, ocê, medda fi!'

Trodd yn ôl ati, 'Sori, dwi'n goro mynd . . . Family emergency.'

Cododd Gwyn ar ei draed.

''Di pob dim yn iawn?'

''Na i ffonio chdi wedyn, ia?'

A rhedodd Gwyn ar draws y cae gan adael Lowri efo'r poteli, y bocs o siocledi oedd heb ei agor, a'i meddyliau'n wyfynod brith yn ei phen.

PENNOD 35

Roedd y glaw yn wythiennau ar hyd ffenest y car a bu'r ddwy'n eistedd yno mewn distawrwydd ers 'chydig funudau. Y ddwy â phryder gwirioneddol yn glymau yn eu stumogau: y naill yn meddwl am yr hyn y byddai'n ei ddweud, y cwestiynau y byddai'n eu gofyn, y ffordd y dylai ymddwyn efo'r ddynes; a'r llall yn chwalu'i phen efo pob senario bosib. Beth os mai gwastraff amser fyddai hyn? Tybed a oedd a wnelo'r ddynes yna rywbeth â marwolaeth Rhiannon a Mrs Roberts-Hughes? Beth os mai heliwr gwrachod oedd hi, fel yr ofnodd Cara unwaith? Roedd y distawrwydd yn swnllyd ac, ar hynny, trodd y ddwy at ei gilydd – yn barod i ddweud rhywbeth. Cloffodd Cara ond siaradodd Jackie, 'Cofia, cool head rŵan.'

Nodiodd Cara. Trodd yn ei hôl i edrych ar y dŵr yn diferu o'i blaen.

'Jyst siarad 'fo hi'n glên . . . peidio deu' dim byd rhy extreme . . . a . . . wel . . . '

Roedd calon Cara'n cyflymu po fwyaf y siaradai Jackie.

'A ca'l golwg ar ei room hi os ti'n gallu. Gweld os o's 'na rwbath . . . ti'n gwbo . . . A tria sôn am y gath. Ond paid –'

A chollodd Cara'i limpin, 'Blydi hel – 'sa'm yn well i chdi fynd ati, d'wad?!'

Cloffodd Jackie cyn troi ei phen yn ôl i edrych ar y glaw'n llifo o'i blaen.

Rhwbiodd Cara'i llygaid a gollwng ochenaid, 'Sori ... Dwi jyst . . . '

‘Na, ma’n iawn . . . Fi sy’ jyst yn panicio . . . ’ gwenodd Jackie’n wan. ‘Dwi jyst yn expectio gweld cop car yn landio unrhyw funud a mynd â fi ffwr’.’

Bu’r ddwy yno am sbelan arall wedyn. Pa ddrwg a wnâi munud neu ddwy yn ychwanegol mewn difri?

Roedd maes parcio’r ysbyty yn eithaf prysur, fel arfer, a phobl yn rhedeg am eu ceir neu at y safle bws, yn ceisio’n ofer osgoi cael eu gwlychu.

Ciliodd y glaw ryw ’chydig ymhen rhai eiliadau. Doedd dim heulwen ar y gorwel, ond o leiaf roedd y dydd wedi sychu’i ddagrau. Fu Cara fawr o dro wedyn nes iddi gydio yn ei bag, agor drws y car a dweud, ‘Fydda i’m yn hir.’

Caeodd y drws â chlep-atalnod-llawn. Arhosodd Jackie’n dawel a gwyliodd Cara’n cerdded at yr adeilad.

☽○☾

‘Smo ddi wedi siarad ’da llawer o neb a gweud y gwir,’ meddai’r nyrs ifanc, wrth iddi dywys Cara ar hyd y coridor.

Y lliw a drawodd Cara’n fwy na dim. Roedd waliau coridorau’r ysbyty’n lliw hufen wedi troi, yn lliw sâl a dweud y gwir. Ond yno, yn yr uned arbennig hon, roedd y waliau’n lanach. Y gwyn yn fwy gwyn na gweddill yr ysbyty. Roedd ’na ambell lun yma ac acw hefyd. Paentiadau oedd sawl un. O bosib gan gyn-gleifion? Eu teuluoedd? Neu’n rhai a gafodd eu dewis am eu bod yn edrych yn ffresh, yn lliwgar? Doedd Cara ddim am ofyn i’r nyrs. Doedd mentro mân sgwrs ddim yn opsiwn ganddi â’i phen yn drybowndian o gwestiynau.

Clywai leisiau yma ac acw. Cerddai ambell glaf heibio iddi, rhai efo nyrsys, rhai ar eu pen eu hunain.

Dyma nhw’n cyrraedd drws stafell ac enw wedi’i nodi

ar y bwrdd gwyn bach dan y ffenest: 'Elfair Evans'.

'Un peth bach 'efyd,' meddai'r nyrs mewn islais. 'Falle na fydd e'n digwdd, ond ma' ddi withie'n gweud bod hi'n . . . wel, bod hi'n wrach . . . '

Edrychodd Cara'n fanwl ar y nyrs.

'Ie, wel, 'na beth o'dd hi'n gweud drwy'r amser pan ddaeth hi 'ma gynta. Ond smo ddi wedi sôn llawer ymbiti fe e's 'ny. Ond jyst, rhag ofan iddi weud rywbeth, yfe.'

Gwenodd y nyrs ac agorodd y drws.

Roedd calon Cara yn ei llwnc.

'Elfair?' gofynnodd y nyrs, ond throdd y wraig ddim – arhosodd i edrych ar y cymylau'n carlamu uwch y mynyddoedd. 'Elfair, ma' 'da chi visitor.'

Camodd y nyrs i'r ochr a dal y drws yn agored i Cara gamu i mewn i'r stafell. Roedd y stafell yn las drwyddi: ar hyd y waliau, y cadeiriau, y lluniau – un o afon yn ffrydio ac un arall o awyr ag ambell gwmwl. Mae'n debyg fod y dewis o liw'n fwriadus – tybed ai er mwyn ceisio cadw'r cleifion yn gyffyrddus? Coch yn rhy ymfflamychol? Melyn yn rhy sâl o liw? Gwyrdd yn rhy gyntefig? Gwyllt?

Wrth i hynny redeg drwy'i meddwl, sylwodd Cara ddim fod y nyrs wedi ymadael â'r stafell. Safodd hithau yn ei hunfan, yn teimlo'n chwithig eithriadol mwyaf sydyn. Edrychodd draw at y ddwy gadair a wynebai'r ffenest. Roedd y wraig i'w gweld wedi crymu yn ei sedd. Ei gwallt brith yn gyrliau byw, a'i phen ar dipyn o ogwydd. Ystyriodd Cara. Camodd yn ei blaen y mymryn lleiaf ac agorodd ei cheg, ond ddaeth yr un smic ohoni. Fe'i caeodd ac edrychodd ar y wraig eto. Oedd hi'n cysgu? Na, mae'n rhaid ei bod hi'n effro neu fuasai'r nyrs ddim wedi gadael Cara yno. Yn na fuasai?

'Bwtshiar yn gweiddi ar ôl dau gi sydd wedi dwyn pork chops o'i siop,' meddai'r llais tenau o gyfeiriad y gadair.

Roedd Cara'n amau am eiliad iddi fethu rhan gyntaf y frawddeg, ond fedrai hi ddim gofyn i'r wraig ailadrodd. Doedd hi ddim am ei chynhyrfu. Safodd Cara am sbelan eto, yn meddwl camu'n nes at y ddwy gadair, ond yn teimlo rhyw lyffethair amdani.

'Dyn yn cerddad oddi wrth ddynas. 'I wraig o ella. Mynd i ryfal . . . Neu'n mynd 'nôl at 'i wraig o ar ôl bod efo'r fodan . . . '

Meddyliodd Cara y buasai'n well iddi nôl y nyrs ond wrth iddi ddechrau troi ar ei sawdl, gofynnodd y wraig o'r gadair, 'Be 'dach chi'n weld?'

Simsanodd Cara eto, ei llygaid yn gwibio.

Chwarddodd y wraig am ryw hyd. Chwerthin tenau. Chwerthin bodlon, brau.

Ystyriodd Cara eto, ond torrodd y wraig ar draws ei meddyliau, 'Ella 'mod i yn fa'ma, ond dwi'm 'di colli arna fi'n hun. Wel, ddim eto!'

Bu saib.

'Ai fel'ma fyddwch chi'n mynd i weld pobol fel arfar? Yn dod i mewn i'r un stafall â nhw ac yn cuddiad tu ôl i'w cefna?'

Llyncodd Cara'i phoer.

'Ma' 'na gadair ddigon o sioe yn fa'ma, 'chi.'

Tawelodd y wraig. Yn y man, penderfynodd Cara y buasai'n well iddi ildio – trio'i gorau i ennill ffafr y wraig. Camodd yn dawel a dyma hi'n eistedd yn y gadair. Mentrodd gip sydyn ar Elfair. Ar ei gwallt yn gyrliog o gylch ei chlustiau, ei llygaid yn llwydaidd, ei hwyneb, a arferai fod yn llawn, meddyliodd Cara, bellach wedi pantio, a mymryn o gryndod yn ei gwefus, fel petai'n cnoi rhywbeth.

''Deryn yn fflio oddi wrth ryw hannar llew, hannar ceffyl rŵan.'

Edrychodd Cara ar Elfair eto a dilynodd ei llygaid.

Roedden nhw'n rhythu ar yr olygfa oddi allan: y mynyddoedd wedi'u gorchuddio gan haen drwchus o gymylau.

'Be welwch chi?' gofynnodd Elfair.

Bu saib am ennyd. Gwylio'r cymylau roedd y wraig. Roedd yn rhaid i Cara wneud hynny hefyd a dweud rhywbeth difyr – rhywbeth a fyddai'n esgor ar sgwrs, ystyriodd.

'Wel?'

A heb feddwl bron, dyma Cara'n dweud, 'Cymyla.'

Chwarddodd Elfair yn floesg, ei hysgwyddau'n siglo cyn iddi ddechrau pesychu, estyn am hances, a phoeri'r fflem i'w chanol, a'i chadw yn ei phoced.

'A pa un 'dach chi?' gofynnodd Elfair yn y man, wrth wylio'r glaw'n treisio'r ffenest.

Edrychodd Cara'n fud ar y wraig. Doedd ganddi ddim syniad sut i ateb, heb sôn am beth oedd yr union gwestiwn roedd Elfair yn ei ofyn.

'Jackie, Cara, Lowri?' gofynnodd cyn ei chywiro'i hun, 'Na, ddim Lowri. 'Dach chi'n rhy hen i fod yn hogan ysgol.'

Plygodd Cara yn ei blaen fymryn ac edrych i wyneb y wraig, 'Sut 'dach chi –'

Ond torrodd Elfair ar ei thraws a dweud, 'Ma' 'na rwbath braf iawn am siarad efo rhywun heb sbio i'w gwyneba nhw . . . Fel dwy yn edrach ar y mynyddoedd – yn gweld yr un olygfa – ac yn sgwrsio'n braf . . . 'Dach chi'm yn meddwl?'

O dipyn i beth, trodd Cara ei phen ac edrych ar y cymylau uwch y mynyddoedd. Bu saib am ennyd cyn i Elfair ofyn: ''Lly pa un 'dach chi?'

Llyncodd ei phoer cyn ateb, 'Cara.'

''Rhogan siop,' sylwodd Elfair, â gwên ar ei hwyneb. 'Honna o'dd yn rhy brysur i ddŵad i siarad.'

Baglodd Cara dros y geiriau yn ei phen ond yr hyn a lithrodd o'i cheg yn y diwedd oedd, 'Pam 'nathoch chi ddod i'r siop a sôn am Rhiannon?'

A difarodd yr eiliad y syrthiodd y geiriau i'r pydew rhwng y ddwy. Ond gwenodd Elfair fymryn. Ei llygaid wedi lleithio, ond ei gên yn gadarn.

'Dwi 'di dysgu cymint amdanoch chi. Y tair ohonach chi. Mi ddoth hi ata i . . . Rhiannon. A gofyn am help, 'chi.' Oedodd Elfair cyn dweud, 'Clomennod yn ca'l eu gollwng yn rhydd ben bora.'

Welai Cara yr un golomen o'u blaenau – dim ond y cymylau'n drwchus.

'Pryd . . . pryd ddoth Rhiannon atoch chi?'

'Www, 'na gwestiwn! . . . Sbelan 'nôl rŵan . . . Dwi 'di bod yma ers dwn i'm faint, 'do?'

Trodd Cara'i phen i edrych ar y wraig.

'Siarad heb sbio ar ein gilydd.'

'Na, gwrandwch,' meddai Cara, ei llais yn denau. ''Dach chi'm yn dallt be sy'n digwydd inni . . . pwy sy'n...'

Daliodd Elfair i edrych yn ei blaen, 'Pwy sy' ar eich ôl chi . . . Pwy laddodd Rhiannon . . . Mi wn i dipyn, 'mechan i.'

Rhythodd Cara ar wyneb Elfair. Nodiodd hithau unwaith. Daliodd Cara i sbio. Ei llygaid wedi'u hoelio ar ystum diemosiwn y ddynes yma. Yn y diwedd, trodd Cara'i phen oddi wrth y wraig ac at y ffenest eto. Ar hynny, siaradodd Elfair, 'A hitha'n gwbod bod hi am farw, mi roddodd Rhiannon 'i hun – 'i henaid hi 'lly – yn 'i chath . . . ac mi ddoth acw . . . yng nghorff y gath . . . Deud fod 'na dri 'di neud o – 'di ymosod arni . . . Fedra hi'm cofio gwyneba nac enwa na fawr o'm byd. Ond ro'dd 'na un peth o'dd hi'n gofio . . . Fod 'na un tal iawn. Gwynab fath â bwlb gynno fo. Hwnnw'n gafa'l ynddi . . . Peth nesa, o'dd hi tu fewn i'w chath ar 'i ffor' acw.'

Rhwbiodd Elfair ei thrwyn efo cefn bys.

Gwnaeth Cara'i gorau glas i beidio â throi i edrych ar Elfair, ond roedd hi'n ferw byw o gwestiynau.

'Lle ma' Rhiannon?' gofynnodd Cara ar ôl trio'i ffrwyno'i hun.

Surodd wyneb Elfair ryw chydig ac ysgydwodd ei phen y mymryn lleiaf, 'Ma'i 'di mynd . . . '

'I lle?'

''Di mynd erbyn hyn . . . To'dd hi'm yno i gyd yn y gath . . . O'dd hi fath â tân heb goed. A hira'n byd o'dd petha'n mynd, lleia'n byd o dân o'dd 'na.'

Teimlodd Cara ryw gryndod yn crwydro drwyddi'r eiliad honno. 'Ond pam . . . ? Sut . . . ? Atoch chi . . . ?'

Esboniodd Elfair ei bod hithau'n wrach – un nad oedd ag ymlyniad ag unrhyw Gylch. Roedd hi o dras gwrachod annibynnol yn Ynys Môn, a phob un ohonyn nhw'n medru cyfathrebu ag anifeiliaid. Roedd hi a Rhiannon wedi dod i gysylltiad â'i gilydd rhyw unwaith, ddwywaith o'r blaen, ac felly ati hi, Elfair, y daeth Rhiannon i chwilio am help, gan na wyddai am neb a fedrai ddeall y wrach-gath yn siarad.

'Ond y cyfan 'nes i yn diwadd o'dd gneud smonach o bob dim. Ca'l 'y nghloi yn fa'ma a gadal 'n anifeiliaid 'ben 'u huna'n.'

Doedd dim rhaid i Cara edrych i wyneb y wrach i weld y dagrau. Oedodd am ennyd, cyn mentro, 'Ddudodd hi rwbath arall?'

Ysgydwodd Elfair ei phen, 'Jyst bod hi'n gwbod fod 'na rywrei 'di bod yn 'i gwatshiad hi . . . yn cadw golwg arni hi. Ac arnoch chitha, debyg.'

Bu distawrwydd am ryw hyd wrth i'r ddwy eistedd yno, yn edrych ar y cymylau'n crwydro a'r glaw wedi cilio.

Trodd Cara at Elfair ac edrych arni'n fanwl. Thynnodd

y wraig mo'i golwg o'r ffenest. 'Mi ga i chi allan o 'ma.'

Agorwyd drws y stafell a daeth doctor efo ffeil yn ei law a'r nyrs ifanc y tu ôl iddo i'r golwg.

'Sori styrbo.'

'Helô, Miss Evans. Sut 'dach chi heddiw 'ma?' gofynnodd y doctor yn harti. Gwnaeth ei lais nawddoglyd i Cara fod eisiau cyfarth arno, ond chafodd hi ddim cyfle gan i Elfair ateb:

'Ma' 'na fwtshiar, a cŵn, a clomennod 'di bod 'ma hiddiw.'

'Ew, ma'r mynyddoedd yn brysur felly!' atebodd y doctor.

Penderfynodd Cara estyn am ei bag a chodi ar ei thraed.

'O, 'sdim rhaid ichi,' meddai'r nyrs.

'Na, ma'n iawn. Dwi'n gorfod mynd. Apwyntiad.'

Mentrodd Cara edrych ar y wrach am y tro olaf, ond roedd hithau'n dal i rythu ar y mynyddoedd.

Camodd Cara yn ei blaen ac aeth y nyrs â hi i'r coridor. Caeodd hithau'r drws ar eu hôl.

'Faint o chance fydd 'na?' gofynnodd Cara. 'Iddi ddod o 'ma?'

'Wel, ma' ddi'n anodd gweud . . . Ddim am beth amser 'to, sa i'n credu.'

'Be os bydd 'na rywun i watshiad ar 'i hôl hi?'

'Wel, falle y bydde modd trefnu rhywbeth . . . Ond smo ddi'n agos at 'ny nawr ta beth.'

Daeth Cara â'r sgwrs gynnil i ben a cherddodd o'r uned.

PENNOD 36

'Reit, allan!' gwaeddodd Lowri ar ddau hogyn oedd wedi sleifio i mewn i'r ysgol. 'Go on!'

Roedd yn gas gan Lowri fod ar ddyletswydd. Dydd Mawrth oedd ei diwrnod hi i sefyll yn y coridor yma, yn trio cadw trefn efo Mr Robert Davies, Maths, yn gwmni. Neu Bob Bandit, fel y'i gelwid gan y disgyblion, ac yntau efo brwsh o fwstásh uwch ei weflau. Ond doedd Bob Bandit ddim yno'r amser egwyl hwnnw. Doedd hynny'n ddim syndod gan fod ganddo gof fel gogor, ac mi fyddai'n siŵr o fod yn mwynhau paned ac yn rhoi'r byd yn ei le yn y stafell athrawon yr eiliad honno. Oedd, roedd yn gas gan Lowri ddyletswydd. Ond dyna'r baich roedd yn rhaid i bob disgybl yn y Chweched ei ysgwyddo.

'Allan 'udish i!' gwaeddodd Lowri eto, wrth weld hogan efo'i gwallt mewn dwy blethen dros ei hysgwyddau'n dod i'r golwg.

'O, sori, dwi . . . dwi jyst isio . . . ' Roedd llais y ferch fel llais llygoden.

'Be?' arthiodd Lowri.

'Dwi isio mynd i 'toiled.'

Caniataodd i'r ferch fynd heibio.

Doedd ei meddwl ddim yno, yn yr ysgol, go iawn y bore hwnnw. Roedd o'n dal i fod yn ei llofft, o flaen sgrin ei chyfrifiadur y noson gynt efo'i thad yn wên i gyd a'r newyddion da o lawenydd mawr wedi cael ei gyhoeddi. Gŵyl y Geni, wir.

Crwydrodd y ferch heibio i Lowri gan roi gwên i'w chyfeiriad.

Roedd Lowri am fod yn chwaer yn y flwyddyn newydd. Mis Chwefror a bod yn fanwl gywir. Y mis bach a byddai hi'n chwaer fawr. Dim ond dau fis i ffwrdd. Doedd hi ddim yn flin am ddod yn chwaer, doedd hi ddim yn meddwl. Yr hyn oedd wedi'i gwylltio, naci, wedi'i brifo hi, oedd iddyn nhw ddewis peidio â dweud wrthi am gymaint o amser.

'We wanted it to be an early Christmas present,' meddai'i thad yn hapus, cyn dweud ei fod wedi WhatsAppio llun o'r sgan draw iddi gael ei weld.

Pwy arall sy'n gwybod? Ers faint maen nhw'n gwybod? Oeddech chi wedi trio am blentyn a chdithau yn dy bumdegau a hi, Charlotte, yn ei phedwardegau?

Chwyrlïai'r cwestiynau yn ei phen ond fedrai hi ddim gofyn yr un ohonyn nhw. Yn hytrach, fe'u gwthiodd nhw y tu ôl i wal ei chrebwyll a gwisgo gwên-tynnu-llun.

'We're really excited! Are you?'

Nodiodd Lowri'i phen a gwenodd ei thad hyd yn oed yn fwy llawen. Daeth Charlotte at y sgrin wedyn, y bwmp yn belen amlwg dan ei blows, a gwên ar ei hwyneb hithau.

'We don't know what it'll be. But we'll be happy with anything. Won't we?' meddai, yn edrych ar ei gŵr. Nodiodd yntau a throdd y ddau i edrych ar Lowri.

Nodiodd hithau a bu saib am sbelan fach. Wedyn, dywedodd ei thad na fyddai'n medru dod draw i Gymru i'w gweld dros y Dolig rhwng gwaith, Charlotte a'r babi, a ballu. Nodiodd Lowri eto. Pharhaodd y sgwrs ddim yn hir ar ôl hynny. Ond bu'n rhaid i Lowri ddweud wrth ei mam. Ymatebodd hithau'n wahanol i'r disgwyl. Y cyfan a wnaeth hi oedd ysgwyd ei phen, dweud, 'Wel, pob lwc iddyn nhw,' a throi'n ôl i godi'r sbageti.

Roedd ei thad yn amlwg yn poeni am ymateb Lowri i'r newydd gan ei fod wedi anfon negeseuon ati ryw bum gwaith yn gofyn sut oedd hi ers y sgwrs dros Skype.

Canodd y gloch ac mewn dim o dro, ffrydiodd y coridorau â phobl yn gwthio yn erbyn ei gilydd. Safai hithau yn eu canol, yn gwneud ei gorau glas i wrthsefyll y llif croes o'i chwmpas. Ac yno y bu am rai munudau nes i'r coridor wagio eto ac iddi fynd i'r stafell gyffredin i nôl ei bag ar gyfer ei gwers.

'Haia, ti'n iawn?' gofynnodd Gwyn o'r tu ôl iddi, wrth iddi gau ei locer. Neidiodd hithau fymryn, heb ei ddisgwyl, cyn troi ato. Bu'r newydd gan ei thad ac ymateb Gwyn i'w chyfrinach yn ei chorddi am yn ail. Edrychodd hi arno'n ofalus, yn dewis peidio â gwneud gormod o gyswllt llygaid.

'Ydw. Ti?' gofynnodd yn y man.

''Swn i'n well 'san ni'n ca'l siarad, 'de.'

Cododd ei llygaid arno.

'Ma'n iawn . . . be 'nest ti ddeu'tha fi. Onest rŵan.'

Cymerodd Lowri gip o boptu iddi: roedd 'na bedwar yn eistedd ar y soffas, ambell un yn gwneud paned yn y gegin, ac roedd Gwen a Louise yn eistedd wrth y cyfrifiaduron. Arhosodd llygaid Lowri ar Gwen am ryw hyd, digon i wneud i Gwen deimlo fymryn yn annifyr, ond yn lle troi at ei hen ffrind, sgrytiodd Gwen ei chefn, dweud rhywbeth wrth ei ffrind newydd a chwerthin dros bob man.

'A dwi meddwl mai chdi bia hwn.' Trodd Lowri'n ôl at Gwyn pan glywodd y geiriau a gweld llyfr bach coch yn ei law.

'Be . . . ?'

'Yn hwn ti 'di bod yn sgwennu . . . be ti'n weld, ia?' gofynnodd, gan blygu yn ei flaen y mymryn lleiaf. 'O'n i'n meddwl bod nhw'n . . . '

'Ti 'di ddarllen o?'

'Ddim rili. Jyst 'di edrach dipyn. Ond to'm yn gneud sens i fi . . . wel, ddim tan i chdi ddeud . . . '

Cymerodd Lowri'r llyfr o'i law a thaflodd ei bag dros ei hysgwydd, 'Dwi'n hwyr i Add Gref.'

'Wela i di amsar cinio?'

Nid atebodd Lowri. Cerddodd o'r stafell ac aeth i gyfeiriad ei gwers.

Ei thad. Rhiannon. Jackie. Cara. A rŵan, Gwyn. Dyna'r sawl a wyddai amdani hi a'i galluoedd. Roedd Gwyn wedi gweld ei gallu drwy ddarllen ei llyfr, ond doedd o ddim wedi cefnu arni, neu wedi ei galw hi'n *weirdo*, neu wedi . . . Doedd bosib nad oedd o wedi'i gynhyrfu rhyw gymaint? Wedi'i hofni hi? Wedi drysu? Yn llawn cwestiynau? Dylai gael gair iawn ag o rywbryd, meddyliodd. Ond nid heddiw. Ddim eto, beth bynnag.

Cnociodd ar ddrws y dosbarth yn ysgafn cyn camu i mewn.

☽○☾

'Ond fedra i'm controlio fo,' atebodd Lowri, gan wasgu'r ffôn at ei chlust.

'Wel, mi fedri di drio, yn medri?' gofynnodd Jackie'n daer.

Bu saib am 'chydig eiliadau.

'Helô?'

'Dwi dal 'ma,' atebodd Lowri, gan edrych o'i chwmpas. Doedd dim golwg o neb, diolch byth.

'Yli, be am inni gwarfod yn fuan? Heno ella? I chdi ga'l . . . wel, inni fedru . . . chdi fedru practisio fo?'

'Tydi o'm fath â chwara blydi piano!' brathodd Lowri.

'O, yndi mewn ffor'! A practice makes perfect!'

Ymdawelodd Lowri ac edrych o'i blaen. Gwelai griw o blant wedi ymgasglu ar y cae – ffeit siŵr o fod – ac ambell athro yn cerdded i'w cyfeiriad.

'Helô?' gofynnodd Jackie eto.

'Ond . . . '

'Dim "ond" amdani. Ti'n gallu gneud hyn. Iawn?'

Llyncodd Lowri'n drwm.

'Ia?' mentrodd Jackie.

Bu saib cyn i Lowri gyfaddawdu, 'Ia, iawn . . . Ond os dwi'm yn medru controlio fo, no way dwi am drio mynd i fewn i'r tŷ 'na.'

Nodiodd Jackie, fel petai Lowri'n medru'i gweld, a golwg syber ar ei hwyneb.

'Heno? Tua'r chwech 'ma? Yn fflat Cara?'

'Ocê.'

PENNOD 37

Cerddai Jackie'n araf deg gan wneud ei gorau i beidio â baglu dros ei thraed. Roedden nhw'n rhai chwithig ar y naw. Cribodd y blewyn oedd yn sownd yn ei hamrant a safodd yn stond am ennyd. Cael ei gwynt ati. Am ryw reswm, teimlai'r tro yma 'chydig yn fwy heriol na'r tro diwethaf. Roedd hi fel petai'n gorfod brwydro i gael ei gwynt yn y corff yma. Ella fod a wnelo hynny rywbeth â'r ffaith ei bod hi bellach yng nghorff dynes ddeunaw stôn. Ac roedd hi'n chwysu ymhob man. Ym mhob twll a chornel a hafn, mi roedd 'na wlybaniaeth drewllyd yn ffurfio. Teimlai'n fudr yn y corff yma. Roedd hyd yn oed y gwallt wedi troi'n saim ar ei phen erbyn iddi gyrraedd y tŷ. Llyncodd Jackie'n drwm cyn cerdded heibio'r tŷ oedd â phlismon yn sefyll y tu allan iddo eto. Daliodd i fynd nes iddi gyrraedd safle bws lle bu'n rhaid iddi eistedd. Yn groes i bob synnwyr a sgrechiai arni i beidio â chyffwrdd yn y sedd werdd, fedrai ei choesau ddim dal ddim mwy. Anadlodd yn drymach, yn ceisio tawelu'i chalon. Doedd y corff yma'n gwneud dim lles iddi. Ond lwcus nad oedd neb arall yno i'w gweld hi'n tuchan fel megin. Pwysodd ei dwylo ar ei phengliniau ac anadlodd yn drwm.

Yn y man, crynodd ei ffôn. Cododd ei phen a chwiliodd am yr iPhone yn ei phocedi.

'Ia?' gofynnodd Cara.

'*Dwi'n* iawn, diolch ti am ofyn!' tuchanodd Jackie.

'Ty'd 'laen! Be welist ti?'

Rhwbiodd Jackie'i thalcen a chaeodd ei llygaid gan drio cofio.

'Ym. O'dd 'na blismon tu allan . . . '

'A?'

'A 'na fo, dwi'n me'l.'

'To'dd 'na'm criw tu allan?'

'Nag o'dd, dwi'm yn me'l.'

'Ti'm yn meddwl?!'

'O, ffycin hel, dwi'n chwsu tits fi off yn y corff 'ma, 'sti!' Llyncodd ei phoer cyn ychwanegu, 'Ond fedrish i ger'ad ar y pavement a to' neb yn ffor'.'

'Iawn. Wel, cerdda'n ôl yna a gna dy ora i dynnu sylw'r plismon,' a diffoddodd Cara'r ffôn.

Pwysodd Jackie'n ôl a gorffwys ei phen ar gefn y safle bws, ond wrth wneud, teimlai rywbeth gludiog yn glynu yn ei gwallt.

O, shit!

Cododd ei llaw a theimlo'r peth meddal ar ei phen – nid gwm cnoi mohono, ond rhywbeth arall, gludiog, a llaith. Cythrodd amdano a'i fflicio o'i llaw, gan droi o'r safle bws a cherdded dow-dow yn ôl i gyfeiriad y tŷ. Roedd bloneg ei chluniau'n rhathu'n afiach yn erbyn ei gilydd a chwys yn llifo ar hyd ei hwyneb. Ond wrth nesáu at y tŷ, gwelodd hi Cara a Lowri yn y pellter, yn disgwyl iddi wneud ei sioe. Fyddai fawr o angen actio arni a dweud y gwir.

Cyrhaeddodd giât gardd tŷ Mrs Roberts-Hughes a phlygodd yn ei hanner, yn cythru am ei gwynt. Edrychodd y plismon arni. Trodd hithau i edrych arno yntau.

'You alright?' gofynnodd yr heddwas yn y diwedd.

Chwythodd Jackie'n hegar. Cododd yn syth, wel, cyn sythed ag y caniatâi'r corff iddi wneud. Un, dau, tri. Cyfrodd i bump a dyna ni, trodd ar ei hochr a syrthio'n fflat ar ei chefn mewn un symudiad llyfn. Doedd sach o datws ddim ynddi gan mor ddramatig yr aeth Jackie i lawr.

Camodd y plismon at y ddynes oedd yn gwingo tu draw i'r giât.

Gafaelodd am ei braich chwith. Awgrymodd Cara y dylai esgus cael hartan, ond doedd dim angen i Jackie gogio, gan fod 'na bigyn gwirioneddol *yn* rhwygo ar hyd ei braich.

Gofynnodd y plismon beth oedd yn bod.

Yr un pryd, cerddodd Lowri heibio'r olygfa, yn anweledig. Roedd Cara wedi rhoi cadwyn risial rudd-goch am ei gwddw i'w helpu i ddofi ei phŵer. Camodd drwy'r ardd a mentrodd agor y drws. Roedd wedi'i gloi. Edrychodd yn ôl i gyfeiriad Jackie ac ymhellach at Cara, ond doedd dim golwg ohoni.

Mae'n rhaid fod rhywun wedi gweld golygfa'r pafin o'r tŷ gan i'r drws agor ac i blismones ddod allan a mynd at y ddynes oedd yn gwingo ar lawr. Ar hynny, sleifiodd Lowri i mewn i'r tŷ.

Roedd y lle'n oer. Doedd neb wedi cynnau'r gwres ers dyddiau lawer, siŵr o fod. Cerddodd drwy'r pasej a gwelodd, drwy gil y drws, bobl fforensig yn astudio rhyw dameidiau ar lawr. Cododd ei phen. Gallai glywed synau o fyny'r grisiau. Ystyriodd. Yn araf bach, camodd i fyny'r grisiau gan geisio cadw mor dawel ag oedd bosib. Cyrhaeddodd y landin ac yno, roedd yna ysgol wedi'i gosod i fynd i fyny i'r atig. Roedd 'na dipyn o sŵn uwch ei phen. Pobl yn siarad yn ddifrifol. Meddyliodd. Camodd at yr ysgol a mentro. Rhoddodd ddwy law arni. Plygodd yr ysgol fymryn dan ei phwysau. Yna, meiddiodd estyn un droed. Gosododd y llall drws nesaf ar yr ysgol. Dringodd fymryn, ond wedyn, gwelodd ei dwylo'n ymffurfio o'i blaen – yn hanner gweladwy, hanner ynghudd. Plygodd ei phen a gweld gweddill ei chorff yn treiddio'n dameidiog i'r golwg. Shit! Dringodd i lawr a safodd ar y landin. Roedd hi'n ymddangos eto.

Beth ddylai hi ei wneud rŵan? Fedrai hi ddim mynd i lawr y grisiau rhag ofn iddi gael copsan, a fedrai hi ddim aros yno neu byddai rhywun yn siŵr o'i gweld.

Clywodd synau yng ngwaelod y grisiau, felly bachodd i'r stafell agosaf: llofft Mrs Roberts-Hughes. Arhosodd yno'r tu ôl i'r drws am rai munudau – yn gwrando ar y bobl – y ddau ddyn yn mynd heibio ac i fyny'r ysgol. Ceisiodd reoli'i hanadl.

Trodd yn ei hunfan yn y man ac edrych ar y stafell yn iawn am y tro cyntaf. Roedd popeth yno'n rhyfeddol o daclus, ond roedd yr heddlu wedi chwilio drwy'r stafell yma'n barod, roedd hynny'n amlwg, meddyliodd Lowri, gan fod 'na lun o ddyn (gŵr yr hen wraig, casglodd) yn wynebu'r pared. Go brin y buasai'r hen wraig wedi cysgu yn y stafell heb i'w gŵr fod yn ei hwynebu.

Ystyriodd Lowri cyn mentro gam yn nes i ganol y llawr. Aeth at y cwpwrdd dillad i weld a fyddai'n ddigon mawr iddi guddio tu fewn iddo petai raid, ac agor y drws. Roedd dillad yr hen wraig yn dal i fod ynddo. Dillad ysgafn gan fwyaf, ond roedd ganddi un gôt â ffwr am ei hwd yn y cefn, yn ddefnydd drud o beth. Mwythodd Lowri'r gôt am 'chydig. Yna, edrychodd ar y sgidiau – roedd 'na hanner dwsin yna. Pob un yn debyg i'w gilydd a dweud y gwir. Pob un yn amrywiad ar y lliw *beige*. Fe'u cyffyrddodd yn eu tro, yn y gobaith y gwelai rywbeth. Dim. Trodd, a sylwodd ar focs bach metel – copor o bosib – â phatrymau cywrain ar ei hyd yn eistedd ar y bwrdd bach wrth y gwely. Mentrodd ato a'i agor. Gwnaeth glec fach wrth ei ddadfachu, a synnodd Lowri at y cynnwys: llond llaw o grisialau bach gwyn a glas, darn o bren mewn siâp tricwetra, bag bach o berlysiau, a llyfr nodiadau. Estynnodd am y llyfr, yna agorwyd drws y stafell. Gollyngodd Lowri'r llyfr a'r bocs a throdd i wynebu'r drws.

Safai'r dyn fforensig yno, yn edrych ar hyd y stafell. Ond ddywedodd o ddim wrth Lowri. Edrychodd hithau ar ei dwylo, a gweld eu bod wedi diflannu.

'Has anyone been working in here today?' galwodd y dyn fforensig dros ei ysgwydd.

Atebodd neb mohono, felly caeodd y drws ar ei ôl.

Roedd calon Lowri fel petai mewn peiriant golchi.

Tecstiodd Cara i ddweud ei bod hi'n sownd yn y tŷ. Daeth yr ateb yn y man yn dweud wrthi am aros yno am ryw hyd gan fod y plismyn a'r tîm fforensig i'w gweld yn pacio.

Edrychodd Cara i gyfeiriad y tŷ eto a gweld Jackie'n taeru du'n las ei bod hi'n berffaith iawn ac nad oedd angen ffonio am ambiwlans, wir. Byddai'n rhaid iddi symud yn o handi, meddyliodd Cara, gan fod wyneb Jackie'n dechrau teneuo. Mater o amser fyddai hi cyn i'w gwallt oleuo eto.

Aeth pob math o syniadau drwy feddwl Cara. Yn y diwedd, cydiodd mewn un syniad a cherdded i gyfeiriad Jackie.

'Dow, what you doin' here?!'

Edrychodd Jackie'n gam ar Cara.

'You keepin' these busy people from workin', ey? . . . Shaz?'

Shaz? Pam 'Shaz' o bob enw dan haul, Cara?! Shazza?!

Ond mi lwyddodd Cara i ddwyn perswâd ar yr heddlu i adael iddi hi fynd â 'Shazza' adref a 'see that she's taken care of, yeah!'

Arhosodd Lowri yn ei hunfan am sbelan, yn gwrando ar y bobl yn cerdded heibio'r stafell, yn cario gwahanol bethau. Cododd ar ei thraed. Roedd hi'n weladwy. A chamodd at y drws.

Canolbwyntio. Dyna oedd yn rhaid iddi ei wneud.

Jyst ffocys, meddyliai. Newid. Mynd drwy'r drws.

Lawr y grisiau. Drwy'r drws allan. A'i heglu hi oddi yno. Dyna'r cyfan.

Caeodd ei llygaid. Gwagiodd ei meddwl. Aeth rhai eiliadau heibio. Agorodd ei llygaid a gallai ddal i weld ei dwylo. Caeodd ei llygaid eto. Gwagio'i meddwl. Agor ei llygaid ac roedd pethau'n dal yr un fath.

O, shit!

Caeodd ei llygaid. Gwagio. Yna, agorwyd drws y stafell. Saethodd ei llygaid yn llydan agored a gwelodd y dyn fforensig o'i blaen. Camodd yntau i mewn i'r stafell – heibio iddi. Edrychodd hithau ar ei dwylo – roedden nhw'n anweledig, eto.

Heb oedi'r un eiliad yn rhagor, bachodd Lowri o'r stafell, i lawr y grisiau a heibio'r plismyn tu allan.

☽O☾

Llond llaw o grisialau bach gwyn a glas, darn o bren mewn siâp tricwetra, bag bach o berlysiau, a llyfr nodiadau.

Gosododd Lowri gynnwys ei phocedi ar y bwrdd yn fflat Cara ac edrychodd y tair yn fanwl. Doedd bosib fod Mrs Roberts-Hughes yn wrach hefyd?

'Ma' raid bod nhw'n targetio ni,' meddai Cara.

'So, be rŵan?' gofynnodd Lowri.

PENNOD 38

Llonydd. Berffaith lonydd. Ei llygaid ynghau fel petai'n cysgu'n drwm. Y dydd wedi'i suo'n dawel. Safai'r cysgod uwch ei phen, yn edrych arni bob modfedd. Hon oedd hi.

'Merry Christmas, everyone,' canai Shakin' Stevens yn ei chlust.

☽○☾

Roedd hi'n teimlo'n dda. Ei phen yn yr awyr. Y gyda'r nos yn gusan ar groen. A chaneuon Dolig yn gyfeiliant i'w chamau.

'Sleigh bells ring, are you listenin'?'

Hymiai iddi'i hun wrth gerdded heibio'r siopau. Roedd sawl un fel hi yn llwythog iawn. Wedi cael diwrnod da o siopa. Lwcus nad oedd ganddi lwythi o deulu na ffrindiau neu ddeuai hi byth i ben â phrynu presantau i bawb. Roedd hi'n eithaf particiwlar efo presantau. Bu am yn hir cyn bodloni ar gap pom-pom Liverpool FC, *voucher* cwrw Bendigeidfran, a llyfr am ffilmiau arswyd gorau'r 20fed ganrif i'w thad. *Voucher* Marks a gawsai i'r fenyw oedd yn dal i fod yn botel dŵr poeth i'w thad. Bydden nhw'n bethau hawdd eu lapio a hawdd eu postio gan na fyddai'n mynd adref am y Dolig. Beth oedd yn bod gyda hi? Bangor oedd adref iddi bellach! Rhyw le yr arferai fyw ynddo oedd cartref ei thad. Rhyw le pell i ffwrdd. Bellach, roedd hi'n hanu o'r ardal hon. Doedd hi ddim yn sicr o ble roedd Cara'n dod, ond roedd hi'n grediniol mai Bangor oedd adref iddi hithau hefyd bellach.

'Let it snow, let it snow, let it snow!'

Dyna a wnâi ei Dolig hi'n berffaith eleni: dipyn o eira. Roedd ganddi ei choeden ddelfrydol ac anrhegion wedi eu lapio'n ddestlus oddi tani yn barod am y bore mawr; coron ar y cyfan fyddai gweld plu'n disgyn wrth edrych drwy'r ffenest. Nid o reidrwydd digon i godi dyn eira. Er, buasai hynny'n hwyl. Ond buasai'n fodlon ei byd gyda chawod fach. Cawod dawel yn ddagrau o lawenydd. Yn siapiau bach, unigryw. A byddai'n estyn ei llaw drwy'r ffenest, yn dal chydig o'r plu ac yn eu teimlo'n hyfryd ar groen, yn frathiadau bach, mwythlyd. Siawns nad oedd yn hen bryd i'r ddinas weld bach o eira!

Cyrhaeddodd ei fflat a dadlwytho'r bagiau a gosod eu cynnwys o dan y goeden – fe'u lapiai nhw'n nes ymlaen, ar ôl iddi fod allan eto. Yn y cyfamser, fe gaen nhw orwedd ar lawr, o dan y goeden berffaith.

Gwnaeth baned o de (â dau siwgr a llefrith sgim) a'i hyfed dow-dow. Estynnodd am ei ffôn ac edrych ar Facebook. Teipiodd enw Cara ac aeth i'w thudalen. Doedden nhw ddim yn ffrindiau Facebook, eto, ond doedd Cara ddim wedi cuddio llawer o gynnwys ei phroffil. Er, prin fyddai Cara'n rhoi dim arno mewn difri. Efalla'i bod hi'n gwneud mwy o ddefnydd o Instagram (doedd hi ddim wedi dod o hyd i gyfri Cara ar hwnnw eto) neu rywbeth arall? Os oedd hi'n defnyddio cyfrwng arall o gwbl? Efallai bod hi'n breifat iawn. Ond pam felly, meddyliodd. Onid oedd gan Cara fywyd diddorol, amrywiol? A chylch o ffrindiau? 437 ohonyn nhw ar Facebook. Onid oedd hi'n boblogaidd yn y gwaith? Oni fyddai eisiau dangos i'r byd ei bod hi'n bod ac yn gwneud sioe dda ohoni?

Gwenodd hithau wrth gau Facebook ac agor Whats App. Cliciodd ar yr enw 'Dad'.

Dechreuodd deipio neges – un yn ymddiheuro na fedrai ddod adref eleni gan ei bod wedi dewis aros ym Mangor i ddathlu'r Dolig efo'i ffrindiau. Na, nid ffrindiau o'i chwrs, nododd, ond rhai eraill. Ynghyd ag un 'sy'n fwy na ffrind a gweud y gwir'.

Ar derfyn y neges, nododd, 'Sori am hyn, ond wy'n siŵr y cewch chi Ddolig jacôs,' cyn ei chywiro ei hun, 'Dwi'n siŵr y cewch chi Ddolig braf.'

Caeodd ei ffôn ac aeth drwodd i'r bathrwm i dwtio'i hun eto. Bu felly am sbel go lew cyn dychwelyd i'w llofft. Edrychodd ar ei watsh; roedd yn 19:27 erbyn hynny. Roedd ganddi ryw hanner awr eto nes byddai Cara'n darfod ei gwaith. Hanner awr i gyrraedd y fflat. Hanner awr i fynd drwy'r araith roedd hi wedi'i pharatoi. Yr hyn fyddai'n llenwi Cara â llawenydd, a fyddai'n gwneud i Cara ei gwahodd hithau i mewn i'r fflat, a fyddai'n gwneud i Cara ddiolch o galon iddi hithau am fod yn gymaint o ffrind heb iddi wybod.

A byddai hithau'n gwenu. Yn yfed yn rhadlon efo Cara (y poteli gwin yn y bag ganddi'n barod – y coch, y gwyn a'r *rosé*), ac yn rhannu jôcs a straeon am gyn-gariadon. Pan fyddai Cara'n mynd i'r tŷ bach, byddai hithau'n malu tabledi cwsg yn fân ac yn eu cymysgu yn y gwin. Pan ddeuai Cara yn ei hôl, byddai hithau'n rhoi'r gwydryn i Cara a byddai Cara'n gwenu, a byddai Cara'n chwerthin, a byddai Cara'n diolch o galon unwaith eto am gael ffrind fel hithau. A byddai Cara'n blino. A byddai Cara'n gorwedd yn ei hôl. A byddai Cara'n cau ei llygaid. A byddai Cara'n cysgu. Yn cysgu'n dlws, fel dol. Ei hanadl yn ysgafn.

Byddai hithau wedyn yn chwilio drwy bocedi Cara ac yn cael hyd i'w ffôn ac yn ei roi yn ei phoced. Byddai hithau'n tynnu'r clustdlysau oddi ar Cara ac yn eu gwisgo ei hun. Byddai hithau'n tynnu'r freichled a gafodd Cara gan ei rhieni pan drodd hi'n ddeunaw oed – yr un nad âi i nunlle hebddi – a byddai hithau yn ei gwisgo'n ofalus.

Yna, byddai'n clymu dwylo Cara y tu ôl i'w chefn. Byddai'n clymu defnydd o gylch wyneb Cara – yn gosod *gag* yn ei cheg. Byddai'n gosod Cara i eistedd mewn cadair yn y bàth ac yn ei chlymu'n dynn, dynn yn y gadair. A byddai'n mwytho wyneb Cara. Yn teimlo llyfnder croen Cara. Yn dod i fod yn Cara.

Y bore wedyn, byddai hithau, y Cara Go Wir, yn mynd i'r gwaith, yn rhannu jôcs efo'r staff, yn siarad yn glên efo'r cwsmeriaid, yn gweithio fel trên stêm, ac yn dangos pam mai hi oedd rheolwr gorau pob un Marstons drwy Gymru benbaladr. Fyddai Dave neu Derek neu be bynnag oedd ei enw fo ddim ynddi, wir! A byddai'r Cara Ffals yn dal yn y fflat, yn eistedd yn y bàth, yn piso'i hun o fod eisiau mynd i'r tŷ bach, druan fach. Ond o leiaf na fyddai'n rhydd bellach i lesteirio'r Cara Go Wir. A byddai'r Cara Go Wir yn mynd at ei rhieni dros y Dolig. A byddai'r Cara Go Wir yn dathlu'r ŵyl; yn helpu'i mam i baratoi'r bwyd, yn helpu'i thad i addurno'r goeden (hen draddodiad ganddyn nhw – addurno'r goeden ar noswyl Nadolig), ac yn croesawu ffrindiau a theulu yn ystod y cyfnod tawel hwnnw rhwng y Dolig a'r Flwyddyn Newydd. Byddai'r Cara Go Wir yn dathlu'r Flwyddyn Newydd hefyd efo'i theulu, ond ddim yn yfed gormod oherwydd byddai'n gweithio ben bore wedyn. Yn wyneb croesawgar yn y siop.

Edrychodd ar ei ffôn. 19:49. Roedd hi'n bryd iddi symud, meddyliodd.

Cerddodd yn sionc o'r neuadd.

Roedd y nos yn fantell uwchben a'r sêr fel cannoedd ar gannoedd o lygaid yn wincio, yn gwenu'n rhadlon arni hi, ac roedd hithau'n gwenu: ar y sêr; ar y bobl a gerddai heibio iddi; ar y criw o hogiau oedd wedi dechrau dathlu'r Dolig yn barod, a hetiau Siôn Corn yn fflachio ar eu pennau.

Daliai i gerdded efo'i dwylo'n dynn am y bag-am-oes o Marstons, a'r cynnwys wedi'i bacio'n ofalus: y gwinoedd, y tabledi, y Terry's Chocolate Orange. Roedd hi am roi un *treat* bach i Cara ac fe wyddai mai'r siocled hwnnw oedd ei ffefryn.

Ond yn hytrach na dilyn y lôn bost i gyfeiriad y fflat, cerddodd drwy stadau amrywiol gan fod ganddi 'chydig amser i'w ladd.

Petai hi wedi dilyn y lôn bost am y traeth, byddai wedi cyrraedd y fflat mewn rhyw bum munud. Petai hi wedi dilyn y lôn, fe fyddai wedi gweld Cara ac wedi medru siarad efo hi – cydgerdded. Petai hi wedi gwneud hynny, fe fyddai wedi gallu gwireddu'i chynllun.

Ond wnaeth hi ddim.

☽○☾

Llonydd. Berffaith lonydd. Ei llygaid ynghau fel petai'n cysgu'n drwm. Y dydd wedi'i suo'n dawel. Safai'r cysgod uwch ei phen, yn edrych arni bob modfedd. Hon oedd hi.

'Merry Christmas, everyone,' canai Shakin' Stevens yn ei chlust.

Llifodd y gwaed yn bwll du o'i chwmpas.

Edrychodd y cysgod o'i ôl – doedd dim golwg o neb. Roedd yr ale'n dywyll beth bynnag ac roedd hi wedi'i chuddio'n dda yn fanno.

Cerddodd y person i'r ochr a chyda'i droed, gwthiodd y ddynes. Trodd y corff ar ei ochr. Estynnodd y cysgod am ei ffôn a'i fflachio i gyfeiriad y corff. Gwelai nad

Cara oedd yn gorwedd ar lawr. Rhywun arall oedd yno. Rhywun efo'r un gwallt, a gwisg, a bag, a'r un cerddediad â'r wrach 'na.

Cododd y ffigwr diarth ei ben ac edrych dros ei ysgwydd. Clywai bobl yn gweiddi yn y pellter. Trodd yn ôl i edrych ar y corff yn mwydo yn y gwaed. Heb oedi dim, penderfynodd y cysgod gymryd y goes.

Ac arhosodd y ferch yn berffaith lonydd ar lawr wrth i Shakin' Stevens ddal i ganu yn ei chlust.

'Merry Christmas, everyone.'

PENNOD 39

Gosododd Jackie'r plât o flaen Simon a nodiodd yntau, cystal â dweud diolch heb ddiolch go iawn. Aeth hithau draw i eistedd ben arall y bwrdd. Roedd rhai o'r plant wedi dechrau bwyta'n barod, Mel yn chwarae efo'i ffôn, a Simon yn edrych yn wrthgyferbyniad llwyr i'r ffordd y dylai rhywun fod y diwrnod hwnnw.

'Reit,' meddai Jackie, gan godi cracyr a'i gynnig i Adam. Edrychodd yntau'n gam ar ei fam fel pe bai hi newydd ofyn iddo wneud yr 'Hokey Cokey' ar ben y bwrdd efo hi. 'C'mon then,' anogodd y fam ei mab. Ildiodd yntau yn y man a thynnodd y cracyr. Clec. A hedfanodd y llyffant plastig i ganol y tatws stwnsh. Chwarddodd Jackie'n harti. Edrychodd ar y gweddill a'u hannog nhwythau i dynnu eu cracyrs.

'And no phones at the table.'

'Why?' gofynnodd Mel.

'Because it's Christmas.'

'Hy,' rhochiodd y ferch.

'And what's that supposed to mean?'

Edrychodd Mel ar ei mam cyn rhowlio'i llygaid, plygu'i phen, a theipio rhywbeth i'w ffôn.

Edrychodd Jackie i gyfeiriad Simon, ond roedd hwnnw wedi dechrau llifio'r twrci oedd wedi'i adael yn y popty ryw ugain munud yn rhy hir.

'You can live without your friends for half an hour,' meddai Jackie.

Anwybyddodd y ferch hi.

'I wanna play on my Switch then if she's allowed to

do tha',' cwynodd Timmy.

'No, you're not,' atebodd Jackie fel bwled.

'But she's on her phone now.'

'I wanna play on my Xbox then. I'm not hungry anyway,' meddai Adam.

Edrychodd Jackie i gyfeiriad Simon ac mewn llais straenllyd, gofynnodd, 'D'you want to say something?'

Cododd Simon ei lygaid ac edrych ar Jackie am sbel cyn plygu'i ben a rhawio grefi dros ei dwrci. Brathodd Jackie ei thafod nes ei bod yn brifo. Bu ei hannwyl ŵr fel mochyn efo hi drwy'r bore. Ers iddo ddeffro, roedd o fel petai'n tynnu'n groes i bob dim a wnâi Jackie. Gwnaeth hi frecwast llawn ar ei gyfer, ond y ci fwytodd o'n y diwedd. Rhoddodd hi ei phresant iddo (iPhone newydd) a rhoddodd yntau *vouchers* iddi hi. Nid *vouchers* ar gyfer siop ddillad iddi brynu rhywbeth neis iddi'i hun. Next? River Island? Reiss? Naci. Asda. Ella ga i hwfyr newydd, myn diân i, meddyliodd Jackie. A phan ffoniodd mam Simon i ddymuno Nadolig Llawen iddyn nhw, anwybyddodd Simon Jackie'n galw arno i gael gair efo Miranda.

Cododd yntau'i ben, yn y man, a gweld y llygaid taranllyd ben arall y bwrdd.

'Wha'?' gofynnodd yn amddiffynnol i gyd.

'Are you going to say something? . . . Do something to support me for once?'

'For once?!' gwaeddodd yntau. Roedd hynny'n ddigon i ysgwyd y plant. Cododd Mel ei phen o'i ffôn, tawelodd Adam â'i gŵyn, ac edrychodd y ddau arall ar eu rhieni, o'r naill i'r llall, fel petai yna gêm o fadminton yn digwydd o boptu'r bwrdd. Oedd, roedd 'na gêm yn digwydd, a honno heb yr un reff ar ei chyfyl.

'Today, you've just been so bloody . . . '

'Oh, don't be dramatic!'

'Me being dramatic?! You're the one who's being a bloody . . . I'm like a single parent today!'

'Well, that's what I'll be come January!' brathodd yntau'n ôl.

Fe drawodd hynny Jackie, a'r plant hefyd. Roedden nhw'n ymwybodol o'r hyn oedd wedi digwydd i'r 'old lady' roedd eu mam yn gweithio iddi, a bod eu mam ynghlwm wrth yr ymchwiliad, ond doedd yr un ohonyn nhw wedi meddwl yn iawn ei bod hi dan amheuaeth.

'Oh, well done for pointing that out,' atebodd Jackie, ei llais yn wastad.

'Well, it's true.'

'And it's not my fault.'

'Hm,' rhochiodd yntau.

'What was that?'

'Hm!' atebodd cyn gollwng y gyllell a'r fforc yng nghanol ei fwyd. 'We're playing happy families today and for what? Eh?'

'It's Christmas,' atebodd Jackie'n fflat.

'Exactly. And could be your last Christmas for a long time!'

'Is that true, Mam?' gofynnodd Amelia.

Trodd hithau ati, ei llygaid wedi meddalu, 'No, maybe not.' Trodd at ei gŵr eto a dweud, 'We're not going to talk about this today!'

'There you go again – dodging it.'

'It's. Bloody. Christmas. For Christ's sake!'

Cododd yntau ar ei draed, gwthio'i gadair yn ôl, a dweud, 'I'm going upstairs.'

Roedd y distawrwydd yn dew rhwng y pump oedd yn weddill o gylch y bwrdd. Naws fel y croen ar wyneb y grefi.

Yn y man, trodd Adam at ei fam a gofyn, 'Can I go up too?'

'You stay here. We'll all stay here and finish our meal.'

Feiddiodd Adam ddim herio'i fam. Plygodd y pump eu pennau a dechrau pigo'r bwyd. Edrychai'r plant yn gynnil o'r naill i'r llall. Arhosodd Jackie'n gadarn, er bod ei chalon yn robin goch wedi'i gaethiwo yn ei brest. Roedd pethau wedi suro cryn dipyn rhyngddi hi a Simon, ond roedd hi wedi meddwl, roedd hi wedi bod yn grediniol y buasai wedi bod yn gefn iddi hi. Yn wyneb yr amheuon, yn wyneb yr ansicrwydd, roedd hi'n bendant y byddai'r un yr oedd hi'n ei garu, yr un y bu'n briod ag o ers bron i ugain mlynedd, o gymorth iddi.

Cymerodd lymaid o'i diod.

'There's trifle for after,' a'r rheiny oedd y geiriau olaf a lefarwyd wrth y bwrdd bwyd y pnawn hwnnw.

☽○☾

'O, Dolig Llawen, 'mechan i!' meddai ei mam wrth Cara, wrth iddi roi hyg iddi efo'i braich rydd. Yn ei llaw arall, roedd yna flows lliw melyn golau, melyn llaeth enwyn o beth.

'Ew, ti 'di sbwylio ni!' meddai'i thad o'r gadair feddal ym mhen arall y lle tân.

''Dyn nhw'm byd mawr,' atebodd Cara.

'Ma' bod yn manager siop yn talu 'lly,' pryfociodd Efan, ei brawd, wrth iddo bori'n fras drwy'r llyfr coginio roedd hi wedi'i roi iddo.

Gwenodd Cara'n wan.

'Ti'n iawn?' gofynnodd ei mam iddi yn ddiweddarach, wrth i Cara olchi'r llestri a'i mam eu sychu. Roedd ei thad bellach yn pendwmpian o flaen ffilm ar BBC1, a'i brawd yn cymharu ryseitiau ar gyfer tatws *dauphinoise* mewn dau lyfr a gafodd yn anrhegion.

'Gysgist ti neithiwr?' gofynnodd ei mam eto, wrth estyn am blât arall i'w sychu.

Diolch byth fod y radio'n canu yn y cefndir neu buasai'r saib cyn i Cara siarad yn amlycach nag yr oedd.

Nag oedd, doedd Cara ddim wedi cysgu llawer y noson gynt, na'r un noson arall ers y digwyddiad. Aeth i'w gwely'n weddol hwyr, yfodd de lafant, ac yna, gorweddodd yn ei gwely, yn rhythu ar y nenfwd, yn teimlo pob eiliad yn rhygnu heibio.

Roedd 'na rywun wedi trio'i lladd hi. Rhywun wedi ei chamgymryd ac wedi lladd y ddynes ifanc 'na mewn gwaed oer. Roedd hi'n sicr o hynny. Gemma Greta Jones. Dyna'i henw. Myfyrwraig Cemeg yn y brifysgol ac un a gymerodd at Cara'n arw. Mewn difri, roedd Cara'n dal i fod yn gymysglyd i gyd oherwydd wyddai hi ddim pa un oedd wedi'i haflonyddu fwyaf: y ffaith fod 'na rywun wedi lladd rhywun a edrychai'r un ffunud â hi (cyd-ddigwyddiad o bosib, ond go brin, fel y dywedodd y plismon didrugaredd hwnnw – hen fochyn o ddyn – wrthi), neu fod yna rywun wedi mopio'i phen arni ac wedi bwriadu gwneud pob math o bethau iddi. Roedd y ferch honno wedi sgwennu'n fanwl mewn llyfr oedd ganddi yr union bethau roedd hi am eu gwneud i Cara ar ôl ei dal.

Bu'r diwrnodau wedyn yn rhai hunllefus wrth iddi gael ei holi gan yr heddlu droeon. Gyda hynny, bu'n rhaid iddi sortio'r staff i gymryd y baich yn y gwaith, a bu'n rhaid iddi newid cloeon ei fflat, oherwydd do, fe fuodd y ferch yna, yn ei fflat. Roedd hi wedi sôn yn ei llyfr am yr union fan lle cadwai Cara'r cyllyll yn y gegin, wedi disgrifio sut y byddai'n cario Cara oddi ar y soffa i'r bathrwm a hithau wedi syrthio i gysgu, diolch i'r tabledi, ac roedd hi wedi tynnu lluniau o'r fflat a'r rheiny wedi'u cadw'n saff ar ei ffôn.

Roedd y fyfyrwraig yn berson cymhleth iawn, yn ôl pob tebyg. Roedd hi'n dipyn o feudwy ymysg ei chyfoedion, 'bach yn beth'ma', meddai glanhawyr ei neuadd breswyl, ac yn cadw hyd braich a mwy oddi wrth ei theulu ei hun. Ac roedd hi wedi cymryd at Cara. Ers misoedd lawer, mae'n debyg. Ond yn enwedig ers y tro hwnnw y bu hi'n agos iawn ati yn y diwrnod agored yn y brifysgol 'nôl ym mis Gorffennaf. Datblygodd yr obsesiwn, ac nid oedd pall arno. Nid tan y noson honno.

Ei lladd mewn gwaed oer. Chymerwyd dim oddi ar ei chorff. Roedd ei phwrs yn dal ganddi, ei ffôn yn dal yn ei phoced, cynnwys y bagiau-am-oes yn dal yno. Chymerwyd 'run dim ganddi. Roedd hynny'n destun rhyfeddod gan y plismyn. Pam lladd y ddynes ifanc a pheidio â chymryd yr un dim gwerthfawr oddi arni? Ond roedd Cara'n sicr. O'r eiliad y dysgodd am yr hyn oedd wedi digwydd; o'r eiliad y gwelodd hi'r llun o'r fyfyrwraig efo'i gwallt bòb a'i hwyneb wedi pincio – llun a ddangoswyd ar y newyddion ryw ddeuddydd ar ôl ei marw – roedd Cara'n sicr.

Roedd Rhiannon wedi'i lladd. Roedd Mrs Roberts-Hughes wedi'i lladd. Ac roedd trydedd wrach i fod wedi cael ei lladd y noson honno.

Bu'n siarad efo Jackie am oriau bwygilydd, yn ceisio meddwl yn glir am bethau, ond doedd Jackie ddim o gwmpas ei phethau'n iawn; rhwng y cyhuddiad a'r cwestiwn mawr am ddiogelwch ei theulu – a oedd 'na rywun neu rywrai yn targedu aelodau'r Cylch? – roedd ei meddwl yn bwdin reis o beth.

Roedd Lowri, ar y llaw arall, yn ymddangos yn eithaf pwyllog, i Cara, beth bynnag.

'Mi 'nawn ni sortio hyn,' oedd ei geiriau terfynol mewn sgwrs sydyn rhwng arweinydd y Cylch a'r aelod ieuengaf y noswyl Nadolig honno.

Ond fuodd Cara fawr o dro'n penderfynu mynd adref i Bwllheli ar gyfer y Dolig. Doedd hi ddim am aros yn y fflat yna, ddim ar ei phen ei hun. Roedd gwybod fod rhywun wedi bod yn ei chartref pan nad oedd hi yno, wedi mynd drwy'i heiddo, wedi gwneud pob math o bethau heb iddi wybod, yn codi iasau afiach ar ei hyd.

Roedd cynnwys fflat y ddynes ifanc hefyd wedi codi ofn eithriadol ar Cara. Roedd 'na ffotograffau lu ohoni ar hyd un wal, ffeithiau amdani, cofnodion manwl ac ati wedi eu nodi ar bapurau bach yma ac acw. Roedd yna lyfrau yn llawn nodiadau amdani – ei diddordebau, ei hymddygiad, ei hoff bethau, ei chas bethau, ei chwyrcs. Pob dim oedd i'w wybod amdani. Heblaw am y Cylch. Hyd y gwyddai Cara, doedd dim sôn am y Cylch o gwbl. Ond roedd gan y fyfyrwraig grisialau wedi eu gosod o gwmpas ei choeden Dolig. Mae'n rhaid na wyddai arwyddocâd y crisialau yn fflat Cara, meddyliodd, a'i bod wedi'i chopïo heb ddeall yn llawn. Gobeithio, wir.

'Wel?' gofynnodd ei mam ymhen rhai eiliadau.

'Be?' gofynnodd Cara.

Gwenodd ei mam yn gydymdeimladol cyn camu at Cara, cymryd y sbwnj melyn a'r gwpan o'i dwylo, a dweud, 'Yli, dos di drwadd am dipyn. Mi orffenna i yma.'

'Ond . . . '

'Ti dal mewn sioc, 'mechan i,' gwenodd ei mam yn wan cyn ychwanegu mewn llais rhy llawen, 'Dos i weld sut ma' Jamie Oliver yn mwynhau 'i lyfra!'

Sychodd Cara'i dwylo yn y tywel, oedodd am eiliad neu ddwy, cyn ymadael â'r gegin.

Sylwodd Cara ddim ar y dagrau'n cronni yn llygaid ei mam. Ond plannodd ei dwylo'n ôl yn y sinc a dechreuodd y dŵr ferwi, a bwriodd ati i orffen golchi'r llestri.

☽○☾

Dechreuodd y gerddoriaeth ganu wrth i'r ffilm ddirwyn i ben. Trodd ei mam i gyfeiriad Lowri a gwenodd. Gwenodd hithau, y ffilm wedi'i gwneud hi'n gynnes i gyd.

'Reit. Ti barod am bwdin rŵan?'

'O, dwn i'm.'

'T'laen! Mi a' i i neud y cwstard!'

Cododd ei mam ac aeth drwodd i'r gegin.

Estynnodd Lowri am ei ffôn. Roedd Gwyn wedi anfon neges arall ati, yn gofyn sut oedd hi'n mwynhau ei diwrnod Dolig. Atebodd hi mo'i neges flaenorol a neges ddigon cwta a anfonodd ato'r bore hwnnw yn dymuno Nadolig Llawen iddo, a gobeithio'n wir fod Siôn Corn wedi galw heibio.

'Ti'n ok? xx'

Sgwennodd y geiriau, 'Ydw diolch', ac anfonodd y neges. Wedyn wrth deimlo pang o euogrwydd, anfonodd, 'Xx', yn atodiad.

Roedd ei pherthynas â Gwyn wedi troi'n rhywbeth digon rhyfedd dros yr wythnos, ddwy ddiwethaf. Fe gusanon nhw am y tro cyntaf, fe rannodd hi ei chyfrinach, a buodd yntau'n weddol ansad efo hi – fel petai'n mynnu bod yn agos ati ond eto'n cadw hyd braich yr un pryd. A'r diwrnod hwnnw, roedd o'n gwneud ei orau glas i gyfathrebu efo hi. Os ydi pobl yn dweud fod merched yn gymhleth, dydyn nhw'n amlwg ddim wedi trio deall yr hyn sy'n troi ym mhennau dynion, wir, meddyliodd.

Ac roedd arni fymryn o ofn. Ofn am ddiogelwch ei mam. Ofn a fyddai'r sawl oedd o'i chwmpas hi'n saff. Byth ers yr hyn ddigwyddodd i Cara, bu Lowri ar bigau. Yn wir, doedd hi ddim yn cysgu cystal ag y bu, a phan fyddai'n syrthio i gwsg anghysurus, byddai'n breuddwydio am bethau gwirion. Nid rhagwel-ediadau oedden nhw, roedd hi'n sicr o hynny, ond rhyw freuddwydion-dynion-papur-mewn-potiau-jam o bethau.

Yn ogystal, roedd hi'n teimlo braidd yn euog, oherwydd fe gafodd hi ragwelediad o'r fyfyrwraig 'na'n gwylio Cara yn y siop. Yn ystod y diwrnod agored ar ôl iddi roi'r daflen i Lowri, fe welodd Lowri hi. Ond soniodd hi ddim wrth Cara na Jackie na neb. Dim ond ei nodi yn ei llyfr. Y llyfr a gafodd ei ddarllen yn fanwl, siŵr o fod, gan Gwyn. Y llyfr lle roedd hi wedi datgelu ei theimladau dyfnaf, yr emosiwn a gymerai drosti pan gâi ragwelediadau, a'r chwithdod a deimlai bob tro pan fyddai rhagwelediad yn cael ei wireddu. Y *déjà vu* eithriadol.

Meddyliodd sôn am hyn i gyd wrth ei thad. O bawb a wyddai amdani, fe fyddai o'n deall. Roedd o wedi byw efo mam oedd wedi profi rhagwelediadau drwy gydol ei bywyd. Ystyriodd ei ffonio a sôn wrtho am bob dim – datgelu'r cyfan, ond sut fedrai wneud hynny? Doedd hi'i hun ddim yn siŵr ynghylch sawl peth. Doedd hi hyd yn oed ddim yn siŵr beth yn union roedd arni eisiau ei ddweud. Ac roedd gan ei thad ddigon ar ei blât fel ag yr oedd hi, rhwng pwysau'i waith a'r babi ar y ffordd. Na, roedd ganddo ormod heb iddi hi ychwanegu'n ddiangen at ei faich.

Wedyn dyna'i mam. Fe allai ddatgelu'r gwir wrthi. Ymddiried ynddi'n llwyr fel y dylai plentyn allu ym-ddiried yn ei riant. Ond petai'n gwneud, fyddai hynny ond yn arwain at ffrydlif o gwestiynau: Pam na soniodd hi'n gynt? Pwy ydi'r 'gwrachod' eraill 'ma mae hi mewn cysylltiad â nhw? Sut y gwyddai hi ei bod hi'n 'wrach'? A fedrai ddangos ei gallu ar waith? Na? Pam roedd hi'n methu ei reoli?

'Reit, 'ma ni,' meddai'i mam, wrth basio powlen efo pwdin Dolig a chwstard am ei ben at Lowri.

'Diolch.'

'Be am inni watshiad ffilm arall?'

Oedodd Lowri am ennyd, yn meddwl am esgus, ond beth arall a wnâi mewn difri? Ac, a dweud y gwir, roedd hi'n eithaf mwynhau treulio amser yn diogi efo'i mam. Heb fod y gwir yn garreg drom rhwng y ddwy.

'Ia, ideal.'

PENNOD 40

Dawnsiai ei hanadl fel ysbryd o'i blaen. Pan oedd hi'n blentyn, roedd Lowri'n siŵr mai'r enaid oedd hynny, yn ymddangos yn gynnes yn yr oerfel. Fel pe bai'r dydd yn mynd ati i chwilio am eneidiau pobl drwy sicrhau ei bod yn ddigon oer. Ond roedd yn rhaid cadw'r enaid rhag dengid yn gyfan gwbl, a byddai'n cymryd llond ei ffroenau o wynt i'w gadw tu fewn. Y hi a'i thad, yn gwneud wynebau gwirion fel dau bysgodyn aur. Roedd hi'n hoff iawn o weld ei 'henaid', yn enwedig ar noson Guto Ffowc a Nos Galan, pan fyddai 'na dân gwyllt yn sbarcio o'i chwmpas. Rywsut, fe daerai fod ei 'henaid' yn cael ei atynnu'n arbennig at y lliwiau amryliw, fel plentyn at ei riant, fel merch at ei thad. A byddai'n sgwennu ei henw o'i blaen efo'r *sparklers* a'i 'henaid' yn dawnsio rhwng ei llofnod dibapur a hi'i hun.

Rhwbiodd ei dwylo a chwythu'n gynnes ar ei bysedd. Doedd hi ddim wedi bod yno'n disgwyl yn hir, ond roedd hi wedi dechrau cyffio'n sefyll yn ei hunfan. Hanner dydd gytunwyd. Yn y Camp Rhufeinig. Lle distaw iddyn nhw gael trafod. Trafod beth yn union, ni wyddai Lowri, gan fod yna gymaint wedi cael ei ddweud heb eiriau'n barod. Ond cytunodd hi'r un fath. Roedd 'na ran ohoni oedd yn dal i fod wedi mopio'i phen ag o. Er ei fod yn anodd ei ddarllen, er ei fod wedi ymddwyn yn od efo hi'n ddiweddar, er hynny i gyd a mwy, roedd hi'n dal i deimlo'r adenydd pilipala tu fewn pan welai ei enw'n fflachio ar sgrin ei ffôn.

Meddyliodd. Dyna sut fuasai ei henaid hi'n edrych.

Pilipala lliw anadl ar ddiwrnod oer. Caeodd ei llygaid a'i ddychmygu. Meddwl am y rhywbeth meddal, saff yna, cyn meddwl am Jackie, a Cara, a'r llanast diweddar yma. Ysgydwodd ei phen. Ei wagio. Doedd hi ddim am feddwl am hynny. Roedd hi am feddwl am ddim byd. Dim byd gan ganolbwyntio ar ei hanadl. Gwrando ar yr adar yn y coed cyfagos. Su'r traffig o'r ddinas islaw. A theimlo'r awel yn brathu ei chroen, yn frifo braf o deimlad.

'Hei,' daeth y gair i darfu ar ei meddwl. Agorodd ei llygaid a gwelodd Gwyn yn sefyll wrth ei hymyl, golwg wedi ymlâdd arno. Doedd o ddim hyd yn oed yn medru edrych i wyneb Lowri.

'Iawn?'

'Iawn, ia.'

'Ti siŵr?'

Bu saib am ryw hyd. Simsanodd yntau.

'Ti isio mynd am dro?'

'Yli, Gwyn, os ti isio stopio . . . be bynnag s' gynnon ni . . . wel, o'dd gynnon ni, ella . . . Jyst, jyst deud be bynnag s' gin ti ddeud a wedyn ga i jyst . . . '

''Nei di stopio?' gofynnodd yntau, ei lais yn flinedig.

'Be?'

'Dwi jyst isio chat. Iawn?'

Oedodd hithau, ei llygaid yn craffu ar bob modfedd ohono, ond yn cymryd dim i mewn go iawn. Nodiodd ar ôl chydig. Trodd yntau ar ei sawdl, a cherddodd y ddau ochr yn ochr â'i gilydd.

'Gest ti Ddolig iawn?'

'Iawn, 'de,' atebodd hithau yn y man.

Camodd y ddau o'r llwybr ac i'r lôn.

'Awn ni ffor'ma, ia?' gofynnodd yntau, wrth ddechrau cerdded i lawr yr allt. Dilynodd Lowri'n syth, gan ddamio'i hun am fod mor llywaeth.

'Gest ti?' gofynnodd Lowri.

Atebodd Gwyn mohoni'n syth; yn hytrach, daliodd i gerddded cyn dod i stop wrth y coed, ac edrych ar y Fenai islaw.

'Be sy', Gwyn? Ti 'di bod mor . . . weird! Be sy'?'

Edrychodd Gwyn arni'n sydyn cyn troi'n ôl at y Fenai.

'Gwyn?'

'Dwi'n sori,' meddai yntau'n dawel, y geiriau wedi'u gwthio ohono, fel parsel tew trwy flwch post, a hwnnw'n barsel hyll.

'"Sori" am be?'

Edrychodd yntau'n sydyn ar ei hwyneb cyn troi oddi wrthi.

Ar hynny, teimlodd Lowri freichiau'n gafael amdani.

'Hei!'

Ceisiodd Lowri gwffio, ond roedd y breichiau'n rhy gryf.

'Gwyn!' galwodd, ond roedd o â'i gefn ati hi a phwy bynnag oedd yn ei dal. Ceisiodd hi bwnio'r person oedd yn gafael amdani ond chafodd hi ddim effaith. Yna, gwelodd y llaw fawr, denau, fel llaw sgerbwd â'r mymryn lleiaf o groen, yn pwyso dros ei llygaid. Gwaeddodd hithau ar Gwyn eto ond mewn chwinciad, teimlodd ei chorff cyfan yn gwanhau a syrthiodd yn anymwybodol ar lawr, fel diffodd cannwyll.

☽○☾

Tic . . . tic . . . tician . . . gwan . . . O bell . . . O bell ond agos yr un pryd . . . Tic . . . tic . . . tician . . . Yn cynyddu fesul trawiad . . . Tic . . . tic . . . tician . . .

Teimlai ei phen yn drwm ofnadwy, fel petai wedi bod am sesh oedd wedi para am wythnos gyfan. Teimlai ei stumog yn troi. Agorodd ei llygaid. Roedd popeth o'i chwmpas yn gymylog am rai eiliadau. Culhaodd ei llygaid. Blinciodd. Yna, gwelodd. Roedd hi mewn lolfa. O dipyn i beth, sylwodd arni hi'i hun, ar y ffaith na fedrai symud. Edrychodd i lawr a gweld rhaff wedi'i chlymu amdani, yn ei chaethiwo i gadair. Bron yr un eiliad, sylweddolodd fod yna sgarff wedi'i chlymu am ei cheg. Ceisiodd symud. Ysgydwodd yn wyllt, ond roedd y clymau'n rhy dynn. Gollyngodd ochenaid ac edrychodd o'i blaen eto. Roedd llenni'r stafell wedi cau ond roedd 'na olau mawr yn treiddio o'u cwmpas.

Lle roedd hi? Pwy oedd wedi'i chlymu hi? Yna, cofiodd am Gwyn. Lle roedd o? Be ddigwyddodd?

Crwydrai'r cwestiynau'n ddi-dor drwy'i meddwl.

Yn y man, daeth person i'r golwg. Allai Lowri ddim ei weld yn iawn. Person canolig ei faint, ac yna, dyn talach y tu ôl iddo.

''Dan ni 'di deffro?' gofynnodd un ohonyn nhw, ei lais yn feddal o gadarn.

Aeth y talaf o'r ddau at y wal a phwyso'r swits. Goleuodd y stafell. Caeodd Lowri'i llygaid wrth iddyn nhw losgi; roedd fel pe bai rhywun yn chwifio tortsh lachar i'w chyfeiriad. Cymerodd rai eiliadau iddi gynefino â'r golau. Agorodd ei llygaid ac, wrth wneud, fe welodd ddau gorff yn gorwedd ar y llawr. Gwaed sych yn llinellau bob sut o'u cwmpas. Roedd 'na ddynes efo gwallt tywyll ac roedd 'na ddyn â'i wallt yn britho. Y naill yn gorwedd i gyfeiriad Lowri a'r llall wrth ymyl y soffa. Cododd Lowri ei phen, ac o'i blaen, gwelai lun teulu ar y silff ben tân – diwrnod graddio – y mab, mae'n debyg. Pedwar yn wên uwch y grât gwag. Y rhieni oedd y ddau oedd ar lawr wrth ei hymyl, meddyliodd. A chyflymodd ei chalon. Caeodd ei llygaid ac ysgwyd yn ei hunfan. Agorodd ei llygaid eto ac edrych o'i chwmpas orau y gallai.

''Sna'm pwynt i chdi drio,' meddai'r llais meddal o'r tu ôl iddi.

Anadlodd Lowri'n sydyn, ei meddwl yn gwibio'n gandryll.

Ar ôl rhai eiliadau, clywodd hymian ysgafn. Suo-gân ddi-sôn mewn difri a oedd yn ei chorddi mwyaf sydyn. Taflodd ei phen i'r ochr ac fe welodd y dyn tal o'i blaen. Ei wyneb fel bwlb-golau-wedi-torri. Breichiau hir, hir o boptu iddo, ysgwyddau wedi crymu, a'i groen mor wyn. Yn gelain o wyn. Lledodd llygaid Lowri am ryw hyd, cyn i'r person arall gamu i'r golwg. Symud yn llyfn.

Daeth yn nes at y ferch.

Erbyn gweld, dynes oedd hi. Dynes â gwallt cwta, pigog, a gwên yn grachen ar ei hwyneb. Safodd o flaen Lowri. Edrych arni am 'chydig cyn chwibanu. Ymhen dim, hedfanodd aderyn drwy'r stafell a glanio ar y silff ben tân.

Magpie? meddyliodd Lowri.

'Ti'n siŵr o fod yn methu dallt be sy'n digwydd,' meddai'r un â'r llais meddal, gan godi'i llaw a chribo ochr wyneb Lowri, mor dyner, mor chwithig o dyner.

Roedd ar Lowri eisiau ysgwyd ei phen yn wyllt, cyfarth rhegfeydd ar y ddynes a'r dyn-marw-byw. Roedd arni eisiau datod y rhwymau a rhedeg nerth ei thraed, ond fedrai hi ddim. Doedd ganddi ddim dewis ond eistedd yno a gobeithio i'r nefoedd nad yr un dynged fyddai'n ei hwynebu hi â'r hyn a ddaeth i ran y ddau oedd ar lawr. Y ddau oedd yn byw yn y tŷ hwn. Y ddau oedd wedi digwydd cael eu lladd am mai hwn oedd y tŷ roedd y dyn a'r ddynes ddiarth wedi digwydd ei ddewis, meddyliodd Lowri.

Ystyriodd y ferch sawl peth. Gallai adrodd swyn i'w rhyddhau ei hun. Pa swyn, ni wyddai. A fuasai swyn yn medru gwrthsefyll y ddau yma? Beth bynnag oedden nhw? Gwrachod? Cythreuliaid? Gweision-y-cysgodion? Meddyliodd am bob opsiwn posib cyn meddwl am droi'n anweledig. Fe allai ddiflannu, diosg y rhaffau a'i g'leuo hi o'r tŷ. Caeodd ei llygaid yn dynn, dynn, a chanolbwyntio. Gwagio'i meddwl. Canolbwyntio, canolbwyntio, canolbwyntio.

Sisialodd y llais meddal ryw eiriau na ddeallai Lowri yn y man.

Ddaeth yr un smic o du'r dyn.

Agorodd Lowri'i llygaid yn y diwedd a daeth y ddynes ati, gorffwys ei dwylo ar ysgwyddau'r ferch, ac mewn llais tawel, sibrydodd, 'Does 'na'm pwynt i chdi drio, w'sti.'

Cododd yn araf a gwenodd ar y ferch.

Ysgydwodd Lowri.

Trodd y ddynes at y dyn a nodio i gyfeiriad y ferch. Camodd yntau ati. Gwingodd hithau.

Aeth y ddynes at y silff ben tân a chynnig ei braich i'r bioden. Neidiodd honno ac aeth i eistedd ar ysgwydd y ddynes.

Gwelodd Lowri'r wyneb gwyn o'i blaen a hwnnw'n bantiau byw. Gwelodd y llygaid. Yr ogofâu tywyll. Gwelodd ei law esgyrnog yn codi, yn dod i'w chyfeiriad, yn pwyso dros ei llygaid a theimlodd Lowri ei hun yn llithro. Syrthiodd ei phen yn llipa.

Aeth y ddynes o'r stafell efo'r bioden yn dal ar ei hysgwydd.

'Mi ddyla hyn weithio,' meddai'r llais meddal wrth rywun a eisteddai yn y gegin; y sawl a ddewisodd beidio â dod i'r lolfa.

PENNOD 41

Gosododd y bin bach brown wrth ymyl y biniau ailgylchu eraill ym mhen yr ardd. Roedd gwerth pythefnos o fwyd yn y bin brown gan iddyn nhw anghofio ei osod tu allan i'w wagio'r wythnos gynt. Gan hynny, roedd o'n gorlifo, ac roedd bysedd Jackie'n slwj i gyd. Aeth yn ôl i'r tŷ a golchi'i dwylo.

Beth ddylai hi ei wneud nesaf? Doedd ganddi ddim clem. Petai pethau'n dal yr un fath, fe fyddai wedi mynd draw i dŷ Mrs Roberts-Hughes i lanhau'r diwrnod hwnnw, a chael llymaid Blwyddyn Newydd efo hi. Rhyw sieri fach a thamaid o *stollen*. Roedd yn gas gan yr hen wraig *stollen*, ond fe gâi un bob Dolig gan Tim, y boi oedd yn golchi'r ffenestri. Ychydig a wyddai'r creadur hwnnw, oedd â'i galon yn y lle iawn, mai rhoi'r dorth i'w glanhawraig a wnâi Mrs Roberts-Hughes. Dda gan blant Jackie mo *stollen* chwaith, a dweud y gwir. Fe dorrodd un dorth yn ofalus a'i rhannu ymysg y plant ar ôl cinio Blwyddyn Newydd un tro, a surodd wynebau'r pedwar wrth flasu'r bara melys.

Bu Mrs Roberts-Hughes yn pwyso ar feddwl Jackie bob dydd dros yr ŵyl a rŵan yn y flwyddyn newydd. Yr hyn ddigwyddodd i'r hen wraig. Y ffaith fod yr heddlu'n dal i weithio yn y tŷ, yn ceisio'n daer ddod o hyd i unrhyw fanylion bach, bach. Yn ôl pob tebyg, doedd 'na fawr o dystiolaeth yn ei chynnig ei hun. Dyna a ddywedodd mab Mrs Roberts-Hughes echdoe. Roedd Jackie wedi gwylltio am nad oedd yr un o blant yr hen wraig wedi cysylltu efo hi. Wyddai hi ddim yn union beth roedd hi'n dymuno iddyn nhw ei wneud neu ei ddweud, ond roedd hi'n grediniol y buasen nhw wedi ei ffonio hi; rhoi rhyw syniad o'r hyn oedd yn digwydd. Y peth lleiaf fedren nhw ei wneud. Ond na, chlywyd yr un smic. Am hynny, penderfynodd Jackie, a hithau yn ei myll, ffonio'r mab. Er ei fod o'n hen lo o ddyn, roedd posib cael mwy o synnwyr ganddo fo na chan ei siswrn o chwaer.

Fuodd hi'n fawr o sgwrs a dweud y gwir, ond y neges a bwysleisid drwodd a thro oedd na châi'r hen wraig angladd am beth amser eto. Roedd yr heddlu'n trin y digwyddiad, yr 'incident', chwedl mab yr hen wraig, fel un eithriadol amheus, ac un â chysylltiadau posib â marwolaeth annhymig darlithydd oedd yn byw ym Mangor chydig fisoedd yn ôl. Gorfu i Jackie ymddwyn braidd yn naïf yn hynny o beth – oedd, roedd hi yn cofio'r sôn am y darlithydd yna, ond heb gymryd sylw enfawr o'r digwyddiad. Ond trawodd y frawddeg honno – 'cysylltiad posib rhwng y ddau incident' – Jackie yn hegar. Oedd, roedd 'na gysylltiad. Dwy ddynes yn byw ar eu pen eu hunain, ar wahân i gath a chrwban yn gwmni. Dwy wedi cael eu lladd a'u darnio'n debyg i'w gilydd. A dwy oedd yn wrachod o gig a gwaed a gafodd eu targedu. Mwya'n byd y meddyliai Jackie am hynny, sicra'n byd roedd hi fod 'na rywun yn mynd ati i ladd gwrachod yn benodol. Bu hynny'n mwydo yn ei meddwl am ddyddiau. Sawl tro mewn diwrnod y deuai hynny i'w chof – dychmygu cyflwr y cyrff, dychmygu'r sawl a dargedodd y ddwy wraig, dychmygu'r hyn allasai ddigwydd i'r tair oedd yn perthyn i'r Cylch. Gyda hynny'n lliwio'i meddwl un noson, chwiliodd drwy Google am straeon am lofruddiaethau tebyg.

Teipiodd:

'Murder of lonely women last year.'

'Cutting up dead bodies in rural areas.'

'Recent killings in Wales.'

Cododd straeon amrywiol am farwolaethau gwahanol, a'r rheiny'n afiach. Roedd digon o erthyglau am Rhiannon. Rhai erthyglau am Mrs Roberts-Hughes. Erthyglau eraill am farwolaethau amheus dros Glawdd Offa, gan gynnwys tair dynes a dau ddyn yn Swydd Gaerhirfryn yn ystod y flwyddyn a aeth heibio. Tybed a oedd cysylltiad?

Ystyriodd Jackie y dylai ddileu hanes ei chwiliadau ar Google rhag ofn yr edrychai'r heddlu ar ei ffôn. Aeth yn chwys oer wedyn wrth feddwl beth os oedd yr hanes yn cael ei gadw wrth gefn yn rhywle, mewn rhyw gwmwl digidol, ac y buasai modd i Blismon Puw a'i ffrindiau weld bod y ddynes 'ddiniwed' hon yn gwglo am lofruddiaethau.

Estynnodd am wydryn, ei lenwi efo dŵr a'i yfed ar ei ben. Roedd ei chalon yn curo.

Roedd y ffaith fod Mrs Roberts-Hughes yn wrach hefyd yn troi tipyn ym mhen Jackie. Doedd hi ddim wedi amau hynny o gwbl. Roedd yr hen wraig yn ymddangos yn ddigon cyffredin, ond, mewn difri, sut arall roedd Jackie'n dychmygu iddi fod? Doedd ganddi ddim het bigfain a chlogyn du yn ei wardrob, a doedd ganddi ddim ysgub a chath yn gwmni. Ond nid meddwl am yr ystrydebol roedd Jackie. Hyd y gwyddai, ella bod yr hen wraig yn gwybod ei bod hithau'n wrach ac wedi ceisio crybwyll y gwir yn gynnil. Dyna ddrwg Jackie, roedd hi'n anobeithiol am sylwi ar bethau oni bai eu bod nhw'n blwmp ac yn blaen. Ergyd gordd yn hytrach na phluen oedd yr hyn a weddai i Jackie.

Yn wir, bu'n meddwl cryn dipyn am sut fath o wrach oedd Mrs Roberts-Hughes. A oedd hi'n perthyn i Gylch? Wedi troi ei chefn ar un? Wedi cael ei hesgymuno gan ei chwiorydd? Neu chwiorydd a brodyr os oedd yn Gylch cymysg? A oedd hi'n annibynwrach? Fel honno o Ynys Môn? Yn byw eu bywydau'n dawel eu byd?

Canodd cloch y drws ffrynt a tharfu ar feddyliau Jackie. Arhosodd yn ei hunfan i ddod ati'i hun. Canodd y gloch eto. Buasai'n ormod o lawer i ddisgwyl i un o'r plant ateb y drws, mwn, meddyliodd.

Agorodd y drws.

'Mrs Jacqueline Buckley?'

'Yes?'

''San ni'n licio ca'l gair 'fo chi.'

Edrychodd Jackie o'r ddynes i'r dyn tal wrth ei hymyl. Roedd y ddau'n gwisgo cotiau hir fel cotiau cynhebrwng, a golwg gadarn ar eu hwynebau.

'Police 'dach chi?'

''Newch chi ddod efo ni?'

Cloffodd Jackie, 'O, fedra i ddim . . . Ma'r plant adra a ma'r gŵr yn 'i waith a . . . ' Yna, fe drawodd Jackie fel bollt: doedd y ddau wrth y drws heb ateb ei chwestiwn.

'Pwy 'dach chi?'

Symudodd y ddynes â gwallt cwta i'r ochr, camodd y dyn tal yn ei flaen ac er i Jackie gamu yn ei hôl, ni symudodd yn ddigon sydyn. Syrthiodd y llaw esgyrnog dros ei hwyneb a syrthiodd hithau yn ei hunfan, yn anymwybodol ar lawr.

Cariodd y dyn a'r ddynes Jackie o'r drws i gyfeiriad fan las oedd wedi'i pharcio wrth yr ardd. Gadawyd drws y tŷ'n llydan agored.

☽○☾

Caeodd Cara'r drws ar ei hôl a'i gloi'n syth. Roedd hi'n dal i fod yn anniddig. Er bod y ddynes ifanc wedi mynd, roedd Cara'n dal i fod yn bryderus. Felly, cododd rai o'r crisialau a'u gosod o amgylch ei fflat – wrth y drws, yn y ffenestri, un yng nghas gwydr Grasi, ei geco, hyd yn oed. Wedi gwneud hynny, aeth i'r gegin a gwnaeth baned iddi'i hun.

Yn groes graen y daeth hi'n ôl i Fangor a dweud y gwir. Roedd hi wedi cael ei hesgusodi o'r gwaith am dridiau arall, felly fe allai fod wedi aros efo'i mam a'i thad am ryw hyd eto, ond roedd hi dan draed yno. Roedd ei mam yn ffysian o'i chwmpas a'i thad yn mwynhau cael pâr arall o glustiau i'w byddaru, ond roedd hi yn y ffordd yno. Er iddi fyw efo'i rhieni am ugain mlynedd, roedd yr wyth mlynedd ar ei phen ei hun wedi sicrhau bod ganddi ffyrdd penodol o wneud pethau, a'r rheiny'n wahanol iawn i'w rhieni. Na, yn ei hôl roedd rhaid iddi ddod. Ac roedd yr heddlu wedi'i ffonio'r diwrnod cynt yn gofyn a fuasai'n gyfleus iddyn nhw alw heibio yn y dyddiau nesaf i gymryd datganiad arall ganddi.

Wyddai Cara ddim beth mwy fedrai hi ei ddweud wrthyn nhw. Doedd dim byd newydd wedi'i tharo tra bu efo'i rhieni, adref ym Mhwllheli, a doedd hi ddim wedi cofio unrhyw beth 'pwysig' yn y dyddiau diwethaf. Ond dyna ni, rhaid oedd ufuddhau. Un peth da o fod 'nôl ym Mangor, meddyliodd, oedd y gallai'r Cylch gyfarfod yn fuan i drafod pethau a meddwl am y camau nesaf i'w cymryd.

Yfodd 'chydig o'r baned cyn estyn am ei ffôn. Canodd yr alwad am 'chydig ond aeth i'r peiriant ateb yn y man.

'Haia, Jackie, fi sy' 'ma: Cara. Jyst meddwl o'n i, 'san ni'n medru cwarfod yn fuan? Fath â fory . . . ? Ne' rywbryd? . . . Anyway, gobeithio ti'n ok . . . T-ra.'

Cymerodd lymaid arall o'i phaned cyn rhoi cynnig ar Lowri. Canodd y ffôn. Aeth honno hefyd i'r peiriant ateb.

'Haia, Lowri, Cara sy' 'ma. Ti'n meddwl 'sa chdi ar gael inni gwarfod fory? . . . Gobeithio ti'n iawn. T-ra.'

Gorffennodd ei phaned cyn mynd ati i ddadbacio a rhoi'i dillad budron i'w golchi. A dyna fu Cara'n ei wneud drwy'r pnawn – twtio, trio cael trefn ar bethau, bwydo'r geco, a gwirio'i ffôn yn gyson.

Edrychodd ar WhatsApp yn y diwedd a sbio ar broffil Jackie a Lowri. Y tro diwethaf i Jackie fod yn 'active' oedd 10:59 y bore hwnnw, a'r tro diwethaf i Lowri fod oedd 14:07 y diwrnod blaenorol. Roedd hynny'n rhyfedd gan fod Jackie'n byw ac yn bod ar WhatsApp. Doedd Lowri ddim mor ofnadwy, ond go brin y buasai diwrnod cyfan wedi mynd heibio heb iddi wirio'i negeseuon.

Oedd Cara'n iawn i amau? 'Ta ai dychmygu pethau roedd hi?

Eisteddodd yn y lolfa efo pryd paced o'i blaen a'i meddwl yn wyfynod brith o gylch bwlb.

☽○☾

Roedd ei cheg mor sych, ei gweflau'n crafu yn erbyn ei dannedd. Agorodd ei llygaid, ond fe'i dallwyd gan olau'r stafell. Gwingodd.

'Switch the light off, Simon,' ceisiodd ddweud, ond wrth iddi ddechrau ynganu'r geiriau, teimlodd y defnydd meddal yn llenwi'i cheg.

Be uffar?

Agorodd ei llygaid eto ac edrych orau y gallai o'i blaen. Gwelai'r ddynes gwallt pigog a'r dyn tal gerllaw. Roedd 'na aderyn yn eistedd ar y silff ben tân. Oedd hi'n breuddwydio? Yna, clywodd weiddi mud wrth ei hymyl. Trodd ei phen ryw 'chydig a gweld Lowri wedi'i chlymu. Dyna'r pryd y sylwodd ei bod hithau wedi'i chaethiwo i gadair. Ysgydwodd, ond roedd y clymau'n dynn, dynn. Edrychodd ar Lowri. Roedd yna ôl crio ar ei hwyneb. Edrychodd ar y ddynes gwallt pigog a'r dyn tal am yn ail – y naill â chysgod gwên ar ei hwyneb, a'r llall mor ddifynegiant.

Treiddio trwy'r rhaffau, dyna fedrai ei wneud, meddyliodd Jackie. Canolbwyntiodd ar ei hanadl, miniogi'i meddwl a'i dychmygu ei hun yn treiddio trwy'r rhaffau, trwy bren y gadair, ac ar lawr; ac fe allai godi, datod rhwymau Lowri, a rhedeg oddi yno drwy'r wal. Ond doedd ei phŵer ddim yn gweithio. Canolbwyntiodd eto. Gwagio'i meddwl yn llwyr a cheisio'n daer ymadael â'r gadair. Ond fedrai hi ddim. Roedd rhywbeth yn ei nadu.

Edrychodd ar Lowri, ei llygaid yn gwestiynau llydan.

Ysgydwodd Lowri'i phen.

Aeth rhai eiliadau heibio cyn i'r ddynes gwallt pigog siarad. 'Dwi'n cymryd 'dach chi'n nabod 'ch gilydd?' gwenodd, yn llawn gwyleidd-dra. ''Sna'm pwynt ichi drio defnyddio'ch pwera yma gen i ofn, 'chi. Ddim o gwbl.'

Trodd Jackie'i phen at y ddynes gwallt pigog. Hedfanodd yr aderyn a glanio ar ei hysgwydd. Edrychai'n debyg i fôr-leidr, meddyliodd Jackie. A than amgylchiadau eraill, byddai wedi chwerthin ar yr olygfa: y ddynes yma oedd â stŷd arian yn ei thrwyn ac aderyn wrth ei chlust.

Brathodd Jackie'r defnydd oedd yn ei cheg. Edrychai'n debyg i gi yn sgyrnygu. Clodd ei hwyneb, ei llygaid yn rhythu ar y ddynes a'r dyn tal wrth ei hymyl.

'Ti hyd yn oed yn waeth na hon, 'dwyt?' meddai'r gwallt pigog, wrth gymharu Jackie efo Lowri. Edrychodd Lowri'n wan ar y llawr; roedd y rhaffau wedi brathu'n goch i'w breichiau bellach.

Caeodd Jackie'i llygaid a meddyliodd am swynion gwahanol. Fe'i trawyd gan un a llefarodd y geiriau, ond daethant o'i cheg yn gwbl aneglur. Ceisiodd eto –

symudodd ei gwefusau am y llafariaid a'r cysteiniaid i egino'r swyn. Ond methodd. Ceisiodd eto dreiddio drwy'r rhaffau, ond yn gwbl aflwyddiannus.

'Wel, ma' nhw'n benderfynol iawn!' meddai'r gwallt pigog wrth y dyn-marw-byw. Ymatebodd hwnnw ddim.

Camodd y gwallt pigog o'r stafell am ennyd ac arhosodd y dyn yn ei unfan, ei lygaid llonydd yn rhythu ar y ddwy wrach. Ar ei gwaethaf, roedd Lowri'n syllu'n ôl arno. Roedd Jackie wedi'i deall hi – peidio ag edrych i'w gyfeiriad, dyna'r peth gorau. Ceisiodd dynnu sylw'r ferch – gweiddi arni drwy'r safn, ond thynnwyd mo'i llygaid oddi ar y dyn.

Ai dyma sut oedd Mrs Roberts-Hughes a Rhiannon? Ai'r ddau yma oedd yn gyfrifol? Ia, siŵr iawn mai'r rhain oedd yn gyfrifol, cywirodd Jackie'i hun. Ond pam? Chwerwodd yn syth wrth ystyried hynny; go brin y câi unrhyw synnwyr gan yr un o'r ddau.

Yn y man, daeth y ddynes yn ôl i'r stafell ac wrth ei chwt, roedd rhywun arall. Dyn ifanc â gwallt cwta. Trodd y dyn-marw-byw i gyfeiriad y ddau a ddaeth i'r stafell. Torrodd hynny'r cysylltiad â Lowri a phlygodd ei phen gan flincio'n flinedig.

Roedd yna rywbeth cyfarwydd am yr hogyn, meddyliodd Jackie.

Cododd Lowri'i phen a gweld Gwyn yn sefyll wrth ymyl. Allai o ddim edrych yn iawn arni.

'Handi ca'l rhywun fel hwn, 'chi,' meddai'r gwallt pigog, wrth gribo cudyn o lygad Gwyn. Styfnigodd yntau am ennyd, yna, edrychodd hi i fyw ei lygaid, golwg rewllyd yn ei gwên, a meiriolodd yntau. Cribodd hi ei llaw ar hyd ei wyneb.

Y fo. Yr hogyn yna, meddyliodd Jackie. Y fo oedd yn eu nadu nhw rhag defnyddio'u pwerau. Roedd o fel gelen. Yn sugno'u galluoedd.

Cronnodd y dagrau yn llygaid Lowri wrth iddi ddal i edrych arno. Daliodd yntau i sefyll â'i ben wedi plygu.

Trodd y ddynes at y ddwy wrach o'i blaen a chyrcydu, fel ei bod yn edrych i fyny arnynt. Neidiodd pen Jackie o'r dyn-marw-byw i'r llanc i'r ddynes oedd yn plygu wrth ei hymyl. Daliodd Lowri i edrych i gyfeiriad Gwyn.

'Fydd petha ddim yn hir rŵan. Dwi'n addo,' a gwenodd eto. 'Iawn?'

Cododd ar ei thraed a chamodd o'r stafell. Dilynodd Gwyn hi a'r bioden.

Edrychodd Jackie'n sydyn ar Lowri, ond roedd y ferch eisoes yn edrych i gyfeiriad y dyn tal, yn ei pharatoi ar gyfer yr hyn fyddai'n digwydd nesaf. Dilynodd Jackie ei hedrychiad a sbio ar y dyn. Cododd yntau ei ddwy law a'u gosod dros lygaid y ddwy. Diffoddwyd.

☽○☾

Bu'n sefyll wrth y drws am sbel fach, yn disgwyl i rywun ateb. Pwysodd y gloch eilwaith ac arhosodd eto. Gallai glywed synau o'r tu mewn – lleisiau wedi codi. Ffrae o bosib. Meddyliodd ddwywaith am adael i bethau fod, troi o'r tŷ a rhoi caniad i Jackie rywbryd eto, ond cyn iddi symud yr un fodfedd, agorwyd y drws gan hogan yn ei harddegau.

'Haia . . . ' dechreuodd Cara cyn cloffi. 'Haia, ydi dy fam di 'ma?'

A chyn i'r ferch gael cyfle i ateb, clywyd gweiddi o'r gegin yn gofyn, 'Who's there?' a daeth dyn i'r golwg; gwallt wedi teneuo, mymryn dros ei bwysau, a chwestiwn yn ei wyneb.

'Yeah?' gofynnodd y dyn.

'I was just passing and was wondering if . . . ' yna, cywirodd ei hun, 'Is this where Jackie lives?'

'Who wants to know?' gofynnodd, wrth symud ei ferch o'r drws.

'I'm her friend . . . ' Ymdawelodd am chwarter eiliad cyn ychwanegu, ei llais yn sicrach, 'We're in the same yoga class.'

'Oh, right.'

'Is she here?'

'No, she's not,' atebodd yntau'n araf.

'Will she be back soon?'

Atebodd y dyn mohoni am ennyd. Doedd o ddim am ddweud gormod wrth y ddynes ddiarth yma oedd yn gofyn cwestiynau am ei wraig. Hyd y gwyddai o, ella mai newyddiadurwraig i'r *Daily Post* oedd hi, yn trio bob sut i gael cyfweliad efo un o'r bobl oedd dan amheuaeth gan Heddlu Gogledd Cymru. Na, calla dawo.

'I'm in the middle of making tea, sorry,' dywedodd yntau, ar fin cau'r drws.

'Can you let her know that Cara called?'

Oedodd Simon am ennyd. A fuasai rhywun nad oedd yn nabod Jackie'n iawn yn rhoi ei henw? Ond cydiodd y cwestiwn ynddo am eiliad neu ddwy yn unig, a chaeodd y drws yn sicr o'i flaen.

Cododd Cara'i llaw ac aeth i bwyso'r gloch eto, ond nogiodd. Ailfeddyliodd a gorffwysodd ei dwrn yn ysgafn o rwystredig ar wyneb gwydrog y drws.

Dyna pryd y gwelodd hi bob dim. Gweld Jackie'n sefyll yn y drws a dau o'i blaen. Allai Cara ddim gweld eu hwynebau. Ond roedd y ddau yno am sbelan fach. Gwelodd lygaid Jackie'n symud o'r naill i'r llall. Gwelodd Jackie'n simsanu, yna'r talaf yn estyn ei law ati a hithau'n syrthio'n drwm. Fe'u gwelodd yn mynd ati, yn plygu, yn cydio ynddi ac yna . . . yna darfu'r olygfa.

Agorodd Cara'i llygaid. Pwy oedden nhw? Cymerodd rai eiliadau iddi sylwi fod hogyn yn edrych arni drwy'r gwydr o'r grisiau. Cloffodd hithau. Trodd ar ei sawdl a cheisiodd synhwyro unrhyw beth arall. Ddaeth dim i'w meddwl. Aeth at y giât a'i chyffwrdd bob modfedd, ynghyd â'r wal wrth ei hymyl. Dim. Cododd ei phen yn y diwedd ac edrych i gyfeiriad y tŷ – roedd Simon yn sefyll yn sbio arni. Trodd Cara ei chefn ato a'i chychwyn hi am ei fflat.

☽O☾

Buon nhw'n disgwyl am bwcs. Doedden nhw ddim am wneud gormod o ffŷs. Disgwyl iddi gysgu. Wedi hynny, bydden nhw'n gweithredu. Amynedd piau hi.

PENNOD 42

Stafell. Eang. Tebyg i neuadd ysgol gynradd. Hen ysgol bentref. A llwyfan bach yn y tu blaen. Y llawr yn wag. Blas llaith i'r lle. Dim sŵn o gwbl. 'Run smic. 'Run dim. Ac mae hi'n sefyll yno, yn edrych ar y llwyfan o ganol y llawr. Mae yna lenni o boptu i'r llwyfan a chloc yn y canol. Hen gloc yn datgan ei bod yn chwarter wedi hanner. Hanner nos 'ta hanner dydd, fedr hi ddim dweud am nad oes yna ffenestri yn y neuadd. Dim ond waliau. Lluniau du a gwyn, ffotograffau sepia, ac ambell daflen â mymryn o liw yn gorchuddio'r wal. Mae'r lle'n debyg i'r adeilad hwnnw yr âi Cara iddo pan oedd yn blentyn ar gyfer gwersi jiwdo. Dim ond am chwe mis y parhaodd y gwersi, ond roedd yn chwe mis pwysig yn hanes y wrach. Dyna pryd y dechreuodd reoli ei gallu. Nid yn llwyr, o bell ffordd. Ond llwyddo i reoli'i meddwl, defnyddio'i hanadl mewn ffordd i ddenu hanes rhywbeth, i ennill rhyw afael ar ei gallu. Mae'n edrych o'i chwmpas. Mae'r neuadd yn teimlo'n gyfyngedig o eang heb ffenestri. Edrycha'n ôl i gyfeiriad y cloc. Dydi'r bys eiliad ddim yn symud. Mae'n edrych ar ei thraed. Nid yw'n gwisgo ei dillad jiwdo ond y wisg a oedd amdani ddiwrnod cynhebrwng Rhiannon. Mae'n troi yn ei hunfan wrth edrych arni'i hun. 'Smart iawn,' daw'r llais o'r llwyfan a rhewa Cara yn ei hunfan, yn amau ei chlyw. Yn araf, araf bach, cyfyd ei phen a mentra droi i gyfeiriad y llais. Mae'n sefyll yno. Dynes. Gwallt coch. Golwg dawel ar ei gwedd. Cymer Cara gam yn ei blaen, ond mae'r ddynes yn dweud, mewn llais meddal, 'Paid â dod yn nes, neu fydd hyn ddim yn gweithio.' Ufuddha hithau, yn edrych yn fanwl ar y ddynes. 'Mae'n braf dy weld di eto.' Mae'r ddynes yn gwenu – ei gwên wastad. Blincia Cara ac mae'i bysedd yn chwarae efo godre'i chôt ddu. Mae'r ddynes ar y llwyfan yn camu i'r canol fel ei bod yn sefyll o dan y cloc. 'Dwyt ti'm fel arfer mor dawedog â hyn.' Gwena'r ddynes. Y ddynes gwallt coch. Y ddynes â llygaid brown golau. Y ddynes â thrwyn smwt. Y ddynes ag esgyrn ei gruddiau'n bantiog, hardd. Y ddynes a estynnodd law at Cara pan oedd y wrach ar gyfeiliorn. Y ddynes a siomodd y wrach ifanc. Y ddynes a ymadawodd â'i byd ers chwe mis. 'Rhiannon?' gofynna Cara yn y man, ei llais fel y llanw. Gwena hithau. Mae Cara bron â chymryd cam yn ei blaen cyn i Rhiannon godi llaw a dweud, 'Aros.' Mae'r tu mewn i Cara'n troi, ei llygaid yn gwibio o gorun i sawdl ac yn ôl i gorun Rhiannon, a'i chalon yn dyrnu'n dawel. 'Rhiannon?' mentra ofyn. 'Ma'n braf dy weld di eto,' ateba Rhiannon. Caea Cara'i llygaid. Ei meddwl yn herciog. Ei llais yn boddi yn ei llwnc. Cymer gam yn ei blaen ond wrth wneud, cyfyd Rhiannon ei dwylo ac mae Cara'n llithro yn ei hôl ryw hanner troedfedd. 'Aros.' Mae Rhiannon yn dal i wenu ond mae elfen ddifrifol i'w gwedd. Edrycha Cara'n fanwl arni. Mae rhai eiliadau yn mynd heibio, os yw amser yn bod yn y neuadd hon, meddylia Cara, ac mae'n mentro, ei llais yn gryg, 'Rhiannon? Be . . . Be 'nath ddigwydd?' Croesa Rhiannon ei breichiau cyn ateb, 'Wel, lle fedra i ddechra? . . . Mi oedd petha'n weddol . . . Yn weddol a deud y gwir. Mi fuon felly am rai misoedd. Roedd y Cylch yn gwegian, yn doedd? A finna ddim o gwmpas fy mhetha'n iawn. Yn cael trafferth canolbwyntio, meddwl yn glir. Ond poeni'r un fath. Colli cwsg yn poeni amdanat ti, a Jackie, a Lowri fach. Yn poeni a phoeni a phoeni nes bod hynny wedi drysu fy mywyd i. Ond yn cau wynebu'r gwir. Yn taflu fy hyn i f'ymchwil. Trio twyllo.' Llynca'i phoer. Ceisia reoli'i hemosiwn. 'Ond dal i boeni. Ac er hynny, fedrwn i'm rhagweld yr hyn fysa'n digwydd . . . i mi. I'r Cylch. I erill.' Mae Rhiannon yn codi'i llygaid i edrych ar y cloc cyn plygu'i phen yn araf bach, a'r wên yn simsanu. 'Pwy 'nath . . . ? W'chi . . . ?' Mae'r geiriau'n sliwod yn nwylo Cara. Nodia Rhiannon yn fwriadus, ei llygaid yn dynn ar wyneb ei chwaer wrach. 'Maen nhw'n bwydo oddi ar erill.' 'Pwy? Rheini 'nath . . . ?' Mae Cara'n cloffi. Gwena Rhiannon, 'Doedd dim llawer ohonyn nhw ar un adeg. Ond bellach, a'r byd yn mynd fel mae o . . . Mae 'na fwy yn . . . ' Oeda Rhiannon cyn sibrwd rhyw eiriau nad yw Cara yn llwyddo i'w clywed. Mae'r gwaed yn curo'n galed yng nghlust Cara ac mae'n gofyn, 'Gwrachod 'dyn nhw?' Mae Rhiannon yn troi ei phen at y cloc. 'Rhiannon? Gwrachod 'dyn nhw?' Caea Rhiannon ei llygaid am ennyd cyn edrych draw at Cara. 'Rhiannon?' gofynna'r wrach yng nghanol y llawr. 'Bydda'n ofalus. Mi fedar y Cylch fod yn gryf.' Nodia Rhiannon cyn troi ar ei sawdl yn araf bach a chamu i gefn y llwyfan, gan fynd yn llai ac yn llai â phob cam. 'Be? . . . Lle 'dach chi'n mynd?! . . . Rhiannon? Rhiannon!' Mae Cara'n ceisio'n daer gamu yn ei blaen ond mae rhywbeth yn ei dal hi'n ôl, fel petai rhywun yn cydio ynddi, yn ei llusgo gerfydd ei breichiau oddi wrth Rhiannon, o'r neuadd, o'r adeilad.

Agorodd Cara'i llygaid. Teimlai fel petai ar fwrdd llong yng nghanol storm. Edrychodd o'i blaen – roedd 'na bobl yno. Faint? Ni allai ddweud yn union. Ni allai eu gweld yn iawn. Gallai flasu'r tamprwydd hwnnw oedd yn y neuadd. Yn ei breuddwyd. Ai breuddwyd oedd hi? Ymweliad gan ysbryd? Fe welodd hi Rhiannon.

Y Rhiannon go iawn? Caeodd ei llygaid. Roedd hi wedi darllen am brofiadau o'r fath – lle ceid ymweliad gan ysbryd gwrach – ond wyddai hi ddim am neb oedd wedi'i brofi go wir. Wyddai hi ddim ai dyna roedd hi wedi'i brofi hyd yn oed.

Agorodd ei llygaid eto ac edrych o'i blaen. A oedd hi'n dal i freuddwydio? Oherwydd fe welai Jackie a Lowri wedi'u clymu i gadeiriau. Gwelai fwgan o ddyn. Gwelai rywun â rhywbeth ar ei ysgwydd – aderyn? Gwelai rywun arall yn eistedd wrth fwrdd. Yna, clywodd yr ogla. Ogla pydru. Cnawd dynol yn madru. Plygodd ei phen a gwelai'r ddau gorff ar y llawr wrth ei hymyl. Roedd yna fwydod yn berwi yng ngwallt y corff a oedd reit wrth ei throed chwith.

Cododd Cara'i phen ac edrych ar ei chorff ei hun. Doedd hi ddim wedi'i chlymu, yn wahanol i Jackie a Lowri. Roedd hi'n eistedd mewn cadair feddal wrth y lle tân. Edrychodd o gylch y stafell. Safai'r dyn tal, moel yn un pen i'r stafell yn syllu ar Cara. Cododd hithau'i hun yn ei sedd a sythodd yntau, yn barod i'w dal pe bai rhaid. Bu saib am ennyd, yna, daeth y ddynes gwallt pigog i'r golwg yn iawn, efo'r bioden ar ei hysgwydd, ac aeth at Cara. Eisteddodd yn y gadair feddal gyferbyn.

'Sut wyt ti 'stalwm?' Roedd ei llais yn gyfarwydd, mor gyfarwydd, ond roedd ei hwyneb yn ddiarth.

Pwysodd Cara yn ei blaen fymryn. Cymerodd y dyn gwelw gam yn nes yr un pryd. Edrychodd Cara ar y ddynes: ar ei gwallt, ei llygaid, ei thrwyn, ei cheg.

'Ti'm yn falch o 'ngweld i?'

Hi oedd hi?

'Rachel?' hedfanodd yr enw o geg Cara fel cysgod yn diflannu.

Nodiodd Rachel yn ysgafn â gwên gadarn o wylaidd ar ei hwyneb. Edrychodd Cara'n sydyn o'i chwmpas, ar ei chwiorydd o wrachod, ar y bwgan, ar y llanc wrth y bwrdd, cyn troi'n ôl at Rachel.

'Be . . . ?'

Ymsythodd Rachel yn ei sedd ac edrychodd i fyw llygaid Cara.

'Dwi'm yn dallt,' meddai Cara yn y man.

'Nag w't, ma' siŵr,' sylwodd Rachel cyn ychwanegu, ei llais yn dosturiol, 'Bechod.'

Pwysodd Rachel yn ôl yn y gadair a phlygodd ei choes dde dros ei choes chwith.

'Wel, dwi'n meddwl fod hi'n amsar stori i chdi, Cara. Ti'n dal i licio dy storis?'

Teimlodd Cara ias yn cropian drosti wrth glywed ei henw yn cael ei ddweud gan Rachel. Yr un y chwiliodd yn ddyfal amdani. Yr un y gweddïodd mor daer amdani. Yr un yr hiraethodd amdani. A rŵan, roedd hi'n eistedd gyferbyn â Cara, a golwg iach arni.

'Lle ti 'di bod?' gofynnodd Cara yn y diwedd, dagrau'n cuddio tu ôl i bob gair.

'O, yma ac acw 'sti. Gweld dipyn o'r hen fyd 'ma 'de! Wel, y gwledydd 'ma, deu' gwir . . . Mynd am dro lawr sowth, wedyn i Loegr, mynd i fyny wedyn i'r Alban. Ac roedd hi'n braf iawn 'sti. Ddim y tywydd – ew, nag oedd! Mi gafon ni law uffernol tra o'ddan ni yng nghanolbarth Lloegr, a bach o eira yn Glasgow! Yn do?' Cyfeiriodd Rachel ei chwestiwn at ei dau gyfaill, ond atebodd yr un ohonynt.

Roedd Lowri'n dal i edrych ar Gwyn, ond roedd o'n rhy brysur yn astudio'i ddwylo ar fwrdd y gegin i sylwi.

'Ac mi gafon ni grwydro yma ac acw, gweld llefydd fel . . . www, lle d'wad? . . . Pen-y-bont. Pencelli – ew, mae'r Bannau'n le braf 'sti! Ti'n cofio ni'n sôn 'san ni'n mynd yna rywbryd? . . . Ac mi gafon ni jolihoitian dipyn; codi sandcastles yn Blackpool, ca'l eis-crîm yn Preston o bob man, ac aros mewn bwthyn bach efo'r holl mod-cons mewn lle o'r enw Balerno! Ti 'di clwad am fanno? . . . Hm!'

Roedd tafod Cara'n dew a chwestiynau lu ar eu chwarter yn baglu dros ei gilydd yn ei cheg. Y cyfan a wnaeth yn y diwedd oedd ysgwyd ei phen.

'Na, 'sa'n werth mynd, 'de.' Chwarddodd cyn difrifoli'n llwyr. Sa 'di bod yn werth i chdi fynd. Ond, 'na ni, dwi'm yn meddwl fod 'na neb yn marw go iawn heb ddifaru rhwbath neu'i gilydd. Yn nag o's?'

'Be?' gofynnodd Cara'n wan.

'O, blydi hel, Cara! Ti dal mor thick ag erioed!' Sgrechiodd Rachel ar dop ei llais, ei llygaid yn fflamio. Cyn oedi. Llyncu'i phoer. Anadlu, a throi at y dwpsen o'i blaen. 'Dyma – hyn rŵan 'lly – y chi'ch tair – dyma'ch diwadd chi. Ydi hynna'n gneud sens?' gofynnodd, ei llais yn feddal, feddal.

'Be?' gofynnodd Cara eilwaith, ei dwylo'n crynu.

'Ffycin 'el!' Cododd Rachel ar ei thraed a chamodd i sefyll tu ôl i'r sedd y bu'n eistedd arni. Trodd ei phen at y bwgan o ddyn, 'Ti isio trio ca'l o fewn i'r ffycin thick skull 'na s' gynni hi?'

Ymatebodd y dyn ddim, dim ond dal i edrych ar Cara.

'Rachel?' gofynnodd Cara.

'"Rachel"! Ow, Rachel! Rachel! Rachel-Rachel-Rachel Rachel-Rachel-Rachel!' gwatwarodd y gwallt pigog. 'Ti dal mor pathetig ag o'dda chdi o' blaen!'

'Pam ti'n deud hyn? Pam ti'n gneud . . . ?'

'Haleliwia, ma'i 'di dechra dallt! Y chwe GCSE 'na 'di helpu chdi o'r diwadd!' datganodd wrth y stafell gyfan, cyn camu at Jackie a Lowri a gofyn, ''Di hi 'di bod yn job trio ca'l hi yn – w'chi – fod on the ball efo petha?'

Clensiodd wyneb Jackie.

'Www! Touched a nerve there, have I?' Trodd Rachel at Cara, 'Ma' gen ti un ffrind bach 'lly!'

Ac fel petai tant wedi torri, safodd Cara ar ei thraed a chamu at Rachel. Cerddodd hithau'n ôl at ei sedd ac aeth y bwgan o ddyn at Cara. Arhosodd wrth ei hymyl nes iddi eistedd o'i gwirfodd.

'Be wyt ti?' gofynnodd Cara yn y diwedd.

'Wel, wir! Tydan ni'n glyfar pnawn 'ma!' Clapiodd ei dwylo. 'Y geiniog shiny 'na 'di disgyn! Rhywun yn haeddu ca'l treat rŵan, 'dydi?!' Chwarddodd Rachel cyn eistedd yn ôl yn y sedd. 'Wel, dwi'n ddynes, yn gyn-weithiwr mewn cwmni insurance (cyn imi weld sens a 'sbaddu'r mysogynist o fòs o'dd gen i cyn stwffio'i geillia fo lawr ei gorn gwddw fo), dwi'n single (ready to mingle), o, a dwi'n wrach . . . Yn gysgodwrach a bod yn fanwl gywir.'

Edrychodd Cara'n wag ar Rachel.

'Ffycin 'el!' Trodd Rachel at ei dau gyfaill, 'Ac o'n i'n meddwl na dod â hi yma 'sa'r job anodda!' Cododd ar ei thraed ac aeth am y silff ben tân gan gamu dros gorff y dyn. 'Mi dwi, a Jaco, a Gwyn – sy'n dipyn o ffrind i chdi'n dydi, Lowri! Sori, Lows, ia? – wel, 'dan ni'n gysgod-wrachod. A be ma' hynna'n feddwl, 'dach chi'n ofyn?! . . . Wel, mi 'dan ni'n ca'l gwarad â gwrachod bach gwan drw' yfad eu hegni nhw. 'Dan ni'n gneud defnydd iawn o be s' gynnon nhw. Mi 'dan ni'n gneud defnydd iawn o bwerau – ddim be 'dach chi 'di bod yn neud efo nhw – o botensial be mae'n olygu i fod yn wrach. A ca'l rhwbath gan y ffycin Cylch 'nath daflu fi allan ohono.'

'Ond be amdan ... be amdanan ni ac, ac ... ?' gofynnodd Cara'n wan, y cryndod yn ei llaw'n gwaethygu.

Caledodd wyneb Rachel a phwysodd yn ei blaen nes i Cara symud i ffwrdd oddi wrth ei hwyneb, 'Gêm! Dyna o'dd rhyngthon ni. Odda chdi'n handi i ga'l gweld pwy o'dd o gwmpas. Ti wir yn meddwl 'swn i isio bod efo rhywun fath â chdi?!' Oedodd Rachel am eiliad cyn ychwanegu, mewn islais, 'Ac o'dd y sex yn shit, 'sti! Ffordd i ga'l nôl at y bitsh Rhiannon 'na o'ddo. 'Na'r cyfan.'

Trodd y gysgodwrach ar ei sawdl a chamodd i gyfeiriad y gegin. Bron yn syth wedyn, safodd Cara ar ei thraed, ei dwylo'n ddyrnau, ond camodd Jaco ati, a gosod ei ddwylo ar ei hysgwyddau. Teimlai hithau ei choesau'n simsanu mwyaf sydyn, felly eisteddodd yn y sedd.

Hoeliodd Jackie'i llygaid ar y gysgodwrach yn y gegin, wrth i honno edrych drwy'r droriau nes oedi wrth un a chodi cyllell ohoni. Trodd yn ei hôl i'r lolfa yn y man a sefyll o flaen y tair gwrach gaeth.

'Reit, pwy s'isio mynd gynta?'

Edrychodd Rachel o'r naill i'r llall, y gyllell yn dynn yn ei llaw. Aeth at y wrach ieuengaf a rhoi llafn y gyllell i orffwys ar ei boch, yn gusan oer o beth. Tynnodd Rachel y gyllell yn araf ar hyd croen Lowri.

Ar hynny, daeth Gwyn i'r golwg â chadair bren o'r gegin yn dynn yn ei ddwylo, a chyda nerth ei ddwyfraich, fe drawodd Rachel yn galed dros ei phen. Syrthiodd hithau ar y llawr yn syth, yn gwbl anymwybodol. Gwylltiodd y bioden a hedfan i gyfeiriad y llanc, ei phig yn awchu am ei lygaid. Trodd yntau yn ei unfan, yn barod i ymosod ar Jaco, ond cyffyrddodd hwnnw wyneb y llanc â'i law a syrthiodd Gwyn ynghwsg ar lawr. Yr eiliad y diffoddwyd Gwyn, treiddiodd Jackie drwy'r gadair.

Hedfanodd y bioden o gwmpas y stafell yn wyllt ond, o dipyn i beth, gwanhaodd gryn dipyn, ac roedd fel petai wedi meddwi, yn cael trafferth sefyll ar ei thraed hyd yn oed, heb sôn am hedfan.

Neidiodd Jackie ar ei thraed a chamodd y bwgan ati. Cododd hithau'r gadair y bu'n gaeth iddi a'i dal o'i blaen fel tarian. Safodd y bwgan yno, ei lygaid yn wag. Cymerodd gam yn nes a chwifiodd Jackie'r gadair. Aeth yn nes eto a mentrodd Jackie i gyfeiriad Rachel, y gyllell yn ei golwg, ond camodd Jaco o'i blaen, ei wyneb wedi caledu a'i ddwylo wedi'u hymestyn. Plannodd ei law ar wyneb Jackie ond wrth iddo wneud, treiddiodd Jackie drwyddo a syrthiodd yntau yn ei flaen. Trodd Jackie tu ôl iddi fel ei bod yn wynebu cefn Jaco.

'Jackie?' gofynnodd Cara.

A heb feddwl ddwywaith, plannodd Jackie'i llaw yng nghorff Jaco. Ymsythodd yntau'n sydyn fel pe bai wedi'i daro gan wayw. Symudodd ei llaw o gwmpas ei berfedd am eiliad neu ddwy, cyn cydio mewn rhywbeth. Gwingodd Jaco. Oedodd Jackie am eiliad. Ystyriodd. Y dyn yma. Y poenydiwr yma. Y llofrudd yma. Yr un a ddygodd fywydau cymaint, yn wrachod ac yn bobl feidrol. Hwn. Y bwgan. Yma. Llyncodd ei hanadl. Gwasgodd am yr asgwrn cefn ac, ar hynny, fe'i tynnodd. Tynnodd ei llaw yn llyfn o gorff y dyn gan dynnu'r asgwrn cefn ohono hefyd, a gwyliodd hi Jaco'n syrthio ar ei bennau gliniau cyn glanio'n fflat ar ei wyneb, y gwaed yn tasgu o'i gwmpas.

Arhosodd Jackie yn ei hunfan am ennyd, yr adrenalin yn pwmpio'n gadarn drwy'i chorff, yn ceisio prosesu'r hyn roedd hi newydd ei wneud, ond gan deimlo'n ddi-deimlad yr un pryd. Yno, ac eto tu hwnt, yn ei gwylio'i hun. Aeth Cara at Lowri a datod y rhaffau oedd yn ei chlymu i'r gadair.

'Dowch. O 'ma,' meddai Cara'n frysiog.

'Ond be am . . . ?' Cloffodd Lowri wrth edrych ar Gwyn ar lawr.

'O 'ma,' meddai Cara eto, gan gychwyn o'r stafell.

'Cara,' roedd llais Jackie'n dynn, dynn, fel weiren bigog wedi cyrraedd yr eithaf.

Trodd arweinydd y Cylch ati. At lais nad oedd Cara wedi'i glywed o'r blaen.

Nodiodd Jackie i gyfeiriad Rachel a orweddai ar lawr wrth ei hymyl.

Gwibiai llygaid Cara o'i chwaer wrach at y ddynes yr oedd hi'n dal i'w charu er gwaethaf pob dim. Rachel. Hi oedd hi. Ond eto. Eto ddim. Ond fedrai hi ddim, meddyliodd Cara. Fedrai hi ddim gwneud niwed i Rachel. Fedrai hi ddim.

Ond doedd dim rhaid i Cara benderfynu, oherwydd cyrcydodd Jackie a chymryd y gyllell o afael Rachel.

'Jackie?' gofynnodd Cara yn y man, ei llais yn gloff.

Bu saib beichus.

'Ma' raid neud hyn . . .' atebodd Jackie'n syml ymhen tipyn, ei llais mor wastad, wrth feddwl am Rhiannon, am Mrs Roberts-Hughes, am bob gwrach arall oedd wedi colli eu bywydau'n gwbl ddiniwed. Treiddiodd ei llaw i mewn i gorff Rachel. Brathodd ei gwefusau ac anadlu'n bwyllog.

'O, na, Jackie. Plis . . . paid . . . '

Plethodd Lowri ei llaw am law Cara, wrth i arweinydd y Cylch grio'n dawel, ei meddwl ar ddisberod go iawn.

Canolbwyntiodd Jackie ac, o dipyn i beth, daeth o hyd i asgwrn cefn Rachel.

Ysgydwodd Cara yn ei hunfan a gafaelodd Lowri amdani.

Trodd Jackie ei llaw ar ei hochr. Gwasgodd. A chwalwyd yr asgwrn cefn wrth i Jackie dynnu'i llaw o gorff y gysgodwrach.

Caeodd Cara'i llygaid wrth i'r dagrau lifo'n hallt.

Trodd Jackie Rachel ar ei hochr. Roedd hi wedi mynd. Cododd Jackie ar ei thraed a throdd y bwgan ar ei ochr. Fyddai hwnnw ddim yn deffro eto 'chwaith. Sychodd Jackie'i dwylo yn ei siwmper, ei meddwl yn bell i ffwrdd.

Deffrodd Gwyn yn y man, a chododd ar ei draed yn simsan.

Agorodd Cara'i llygaid a gweld y bioden yn ei llusgo'i hun ar hyd y llawr, ei llygaid wedi cymylu a'i hadenydd yn drwm o boptu iddi. Gwyliodd ei symudiadau. Gwyliodd bob modfedd ohoni wrth iddi ddarfod yn raddol bach, cyn syrthio ar ei hyd ar lawr.

Arhosodd y tair yn dawel am sbel.

Roedd calon Gwyn yn dyrnu wrth iddo sefyll o'u blaenau. Edrychodd ar Lowri. Edrychodd hithau'n sydyn ar Jackie. Roedd hi'n gadarn ei gwedd; golwg ddiarth hollol arni. Edrychodd Lowri ar Cara, ond roedd pen arweinydd y Cylch wedi plygu. Trodd yn ôl at Gwyn.

'Lows . . . ?' meddai yntau yn y man.

O dipyn i beth, plethodd Cara'i llaw am law Lowri.

'Dos o 'ma,' meddai'r wrach ifanc.

'Ond . . . '

'O fa'ma. O Fangor. A jyst . . . dos . . . '

Oedodd yntau am ennyd. Ei lygaid yn araf symud o wyneb ei gyn-gariad i'r ddwy wrach arall, i'r cyrff o'u cwmpas. Roedd o am ddweud ei henw eto, ond methodd ei lais â chyrraedd ei geg. Bu saib. Yna, camodd Gwyn heibio i'r tair. Agorodd ddrws y tŷ ac edrych i gyfeiriad y lolfa. Roedd Jackie'n rhythu arno, ond Cara a Lowri â'u cefnau ato. Trodd yn ôl at y drws yn y diwedd, a'i gau'n dawel ar ei ôl.

PENNOD 43

Aeth chwe mis heibio mewn dim o dro i'r tair. Llusgodd heibio i weddill trigolion Bangor. Wedi canfod cyrff pedwar mewn tŷ ar gyrion y ddinas, codwyd amheuon. Bu ymchwiliad manwl. Daliwyd i archwilio mater Elinor Roberts-Hughes, ond prinhau roedd y wybodaeth a allai gyfeirio'r heddlu at wraidd y drosedd. Cynhaliwyd ei hangladd maes o law, a bu'r plismyn fel brain yn gwylio'r sawl oedd yn bresennol, ond ddaeth dim o hynny. Archwiliwyd llofruddiaethau'r pedwar ar gyrion y ddinas yn ddiflino. Gwnaed ceisiadau lu am lygad-dystion, am unrhyw un allasai fod â rhithyn o wybodaeth, ond ofer fu'r ymdrech. Ond er hynny, roedd yr heddlu'n dal i weithio. Roedd y papurau newydd yn dal i sylwebu ar y marwolaethau. Roedd Bangor wedi dyfod i amlygrwydd drachefn ar y newyddion cenedlaethol. Ond gan fod yna chwe mis wedi mynd heibio ers y llofruddiaethau diwethaf, y gobaith gan amryw yn y ddinas oedd mai dyna fyddai diwedd y drwgweithredu.

Roedd y ddwy yn sefyll wrth y bedd yn barod – y naill mewn sodlau a hen siaced amdani, a'r llall yn ei chôt hir a broetsh Mrs Roberts-Hughes yn sownd i'w lapél.

Bu'r wythnosau diwethaf yn newidiol dros ben a bywyd wedi cerdded yn ei flaen. Ac roedd yr ysgol yn mynd yn well nag y bu ers tro i Lowri. Ei hastudiaethau'n mynd rhagddyn nhw'n iawn, er gwaetha'r llwyth gwaith, ac roedd hi ryw fymryn yn fwy cyfforddus yn ei chroen ei hun. Roedd hi wedi cael swydd yn Pontio ar gyfer y gyda'r nosau a'r penwythnosau, iddi ddechrau hel celc ar gyfer y brifysgol; doedd hi heb benderfynu'n iawn i ble yr hoffai fynd, ond roedd hi am adael Bangor fwy na thebyg. Ac roedd hi a Gwen ar delerau gwell. Doedden nhw ddim fel yr arferen nhw fod, ond roedden nhw'n cydnabod ei gilydd yn amlach ac yn cynnal ambell sgwrs dros baned yn stafell gyffredin y Chweched.

Roedd hi hefyd, bellach, yn chwaer fawr i fachgen a aned ar y cyntaf o'r mis bach. Doedd hi heb ei gyfarfod eto, ar wahân i'w weld dros Skype, ond roedd ei thad a'i deulu am ymweld â Bangor mewn 'chydig wythnosau, felly roedd hi'n brysur yn meddwl am anrheg i'w chael i'r bychan.

Roedd hi'n dal i drio rheoli ei galluoedd. Byddai wrthi am ddyddiau'n trio rhagweld rhywbeth neu droi'n anweledig, a dim ond weithiau y llwyddai. Ond bob tro y ceisiai droi'n anweledig, fe gofiai'n ôl at y pnawn hwnnw pan oedd hi yng nghwt Rhiannon, a'r ddynes gerllaw. Chafodd hi fyth wybod pwy oedd y ddynes honno. Rhywun wedi'i chyflogi i lanhau'r tŷ oedd hi, tybiai Jackie. Neb o bwys.

Edrychodd Jackie dros ei hysgwydd: doedd dim golwg o neb eto. Roedd hi ar bigau braidd am ei bod wedi gadael y plant ar eu pen eu hunain. Er bod Mel yn ddigon 'tebol mewn difri, doedd hi ddim am i Simon lanio yno'n ddirybudd a gweld iddi adael y tŷ yng ngofal y pedwar plentyn. Chwaraeodd efo'i modrwy. Er nad oedd diben ei gwisgo bellach, byddai'n rhyfedd iddi fod hebddi. Fe wnaeth hi drio am dipyn – tynnu'r fodrwy a gadael i'r bys fod yn noeth – ond roedd hynny'n chwithig ar y naw. Felly, fe'i gwisgodd eto, a phetai rhywun yn gofyn iddi (er, go brin y gwnâi neb), byddai'r ateb parod ganddi: 'modrwy gan ffrind.' Ac a dweud y gwir, roedd 'ffrind' yn andros o ddatganiad o'r hyn oedd Simon iddi bellach, ond roedd yn well meddwl yn gadarnhaol nag fel arall, yn enwedig er mwyn y plant. Fe alwai heibio ryw ddwy noson yn yr wythnos a byddai'r ddau fach yn mynd am ddiwrnod allan efo'u tad ddydd Sadwrn neu ddydd Sul fel arfer. Fyddai'r ddau hŷn yn gwneud fawr ddim ag o.

Roedd hi hefyd wedi cael swydd newydd: glanhau i ddwy wraig oedrannus (y ddwy'n perthyn i Deiniol's Darlings – Mrs Roberts-Hughes wedi rhoi geirda arbennig iddi), a gweithiai ddeuddeg awr yr wythnos yn y siop bapur yng ngwaelod stryd fawr Bangor – roedd hi wedi dychwelyd at ei gwreiddiau fel petai. Ac roedd hi wrth ei bodd efo'r gwaith – y ddwy swydd – gan eu bod yn cynnig y fath amrywiaeth i'w hwythnosau.

Ac ers mis, nid oedd dan amheuaeth ynglŷn â marwolaeth ei ffrind, Musus Âr-Aitsh. Roedd golwg pnawn glawog ar y ddau dditectif pan alwon nhw heibio i dŷ Jackie a gorfod dweud nad oedden nhw am ei holi rhagor, gan gyfaddef hefyd nad oedd argoel o haul ar y gorwel o ran datrysiad.

Ond fe gâi hunllefau'n eithaf aml. Amrywiadau ar yr un un mewn difri, lle byddai yn lolfa'r tŷ hwnnw ar gyrion y ddinas, yn gorfod lladd Jaco a Rachel drosodd a throsodd a throsodd. Er mai dyna oedd yr unig ateb a gynigiodd ei hun ar y pryd, roedd hynny wedi'i hysgwyd yn arw. Doedd hi erioed wedi ystyried y gallai wneud y ffasiwn beth o'r blaen. Doedd hi erioed wedi dychmygu cymryd bywyd neb. Ond fe wnaeth y diwrnod hwnnw. A thrachefn a thrachefn yn ei breuddwydion. Byddai'n deffro'n chwys laddar, fel arfer wedi treiddio drwy'r gwely ac yn gorwedd ar lawr. A dyna'i gallu wedyn. Y gwir oedd ei bod wedi colli pob rheolaeth arno. Waeth faint y ceisiai ei ddefnyddio – mentro camu drwy waliau – doedd dim yn tycio. Fe gâi byliau pan ddigwyddai rhywbeth yn gwbl anfwriadol, ond achlysurol oedd y troeon hynny bellach.

'Hei, ma' nhw 'ma,' meddai Lowri, gan dynnu Jackie'n ôl i'r fynwent.

Trodd y ddwy wrach a safai ar yr allt i gyfeiriad y giât a gweld y ddwy arall yn cerdded dow-dow. Cara'n arwain yn araf deg, ei braich wedi'i phlethu'n ofalus am fraich y wraig fregus. Bu gweld ei dirywiad yn anodd i Cara. O gofio'r tro cyntaf iddi ei chyfarfod, a hithau'n llawn egni, yn byrlymu ac yn llawn afiaith, roedd yn anodd iddi weld Elfair fel hyn. Roedd hi wedi torri, ond doedd hi bellach ddim ar ei phen ei hun. Roedd Cara yn gefn iddi. Yn wir, roedd Cara yn byw rhwng Bangor a Maenaddwyn, ac roedd yr hen wrach bellach yn aelod heb fod yn aelod llawn o'r Cylch. Rhyw fath o aelod cysylltiol. A'r pedair yno'n gefn i'w gilydd, mewn theori o leiaf.

Pendilio buodd Cara, â phob agwedd ar ei byd. Ystyriodd adael Bangor cyn meddwl prynu tŷ yno. Bu bron iddi ymgeisio i newid ei swydd i fod yn oruchwylydd yn lle rheolwraig y siop. A bu rhwng dau eithaf – y naill dro'n derbyn cyswllt yn dawel ddiolchgar: dal dwylo efo'i mam, derbyn ambell goflaid gan Lowri; a'r tro arall yn teimlo cyfog-nad-oedd-yn-bod yn llosgi ei chorn gwddw wrth i rywun fynnu ysgwyd ei llaw neu sefyll hanner modfedd yn rhy agos ati. Ond fe allodd gynnig braich i Elfair, a hwnnw'n gyffyrddiad deall-heb-ddweud. Braich i bara.

''Dach chi 'di bod yn disgw'l e's mitin, do,' meddai Elfair, yn ddatganiad yn hytrach na chwestiwn.

'O, naddo, ddim yn hir iawn,' mentrodd Jackie.

Edrychodd Cara, Lowri a Jackie ar ei gilydd am ysbaid, tra edrychai Elfair ar y bedd, ar y garreg newydd a osodwyd yno. Diolch i'r ffaith fod Rhiannon mor drefnus, fe ofalodd am bob cost ac ati ar gyfer pan fyddai wedi mynd, a hithau heb deulu. Gosodwyd y garreg yno'r wythnos gynt, ac roedd yn farmor cadarn o beth. Edrychodd y pedair ar y geiriau ar y garreg, er bod Lowri a Jackie wedi eu darllen droeon yn barod wrth ddisgwyl.

Arhosodd y pedair felly ar lan y bedd am rai eiliadau'n dweud dim. Bangor yn su tawel yn y cefndir.

Ymhen rhai munudau, gofynnodd Cara, 'Reit, 'dan ni'n barod?'

Nodiodd Lowri a Jackie, ac yna Elfair, fymryn yn arafach. Cyrcydodd Lowri a Jackie a helpodd Cara Elfair i blygu.

Gosododd Jackie'r tusw o rosod porffor ar y bedd a thynnodd Cara'r *athame* o'i bag. Gorffwysodd fin y gyllell ar gledr ei llaw ac, yn araf, tynnodd y gyllell ar ei hyd. Estynnodd ei llaw o'i blaen gan adael i ddiferion o waed lawio am ben y rhosod. Pasiodd yr *athame* at Elfair a gwnaeth hithau'r un modd, gan ollwng gwich fach. Yna, fe wnaeth Jackie, ei llygaid yn gadarn ar enw Rhiannon ar y garreg fedd, a gorffennodd Lowri'r ddefod. Codwyd y tusw a'i osod yn y pot blodyn wrth waelod y garreg.

Safodd y pedair yn y man, gan edrych ar y bedd, ar y blodau, ac ar y garreg. Hyd yn oed o'r tu draw, daliai cyn-arweinydd y Cylch i siarad gyda'i gwrachod. Edrychodd yr arweinydd newydd ar y frawddeg a nodwyd mewn ffont italig o dan enw Rhiannon S. Griffiths, a chysgod gwên ar ei hwyneb:

Ni therfyna Cylch.

Sylwodd yr un o'r pedair ar y petal – un o'r petalau rhosod oedd yn cuddio dan y gweddill a'i wyneb yn pwyso ar y pridd. Hwnnw oedd yn dechrau crebachu'n dawel, fel ymylon papur yn llosgi. Ond heb y mwg . . .